ПОЛИНА ДАШКОВА

ДЕТЕКТИВ

ПОЛИНА ДАШКОВА

НИКТО
НЕ ЗАПЛАЧЕТ

РОМАН

МОСКВА
«ИЗДАТЕЛЬСТВО АСТРЕЛЬ»
«ИЗДАТЕЛЬСТВО АСТ»
2004

УДК 821.161.1-312.4
ББК 84(2Рос=Рус)6-44
Д21

**Серийное оформление
Ирины Сальниковой**

*Впервые публикуется
в авторской редакции*

Охраняется законом РФ об авторском праве.
Воспроизведение всей книги или любой ее части
воспрещается без письменного разрешения издателя.
Любые попытки нарушения закона
будут преследоваться в судебном порядке.

Дашкова П. В.

Д21   Никто не заплачет: Роман / П. В. Дашкова. — М.:
ООО «Издательство Астрель»: ООО «Издательство
АСТ», 2004. — 478, [2] с.

ISBN 5-17-010372-7 (ООО «Издательство АСТ»)
ISBN 5-271-00168-7 (ООО «Издательство Астрель»)

Убийство коммерсанта Дениса Курбатова и пропажа
миллиона долларов у представителя русской мафии в Праге неожиданно врываются в жизнь одинокой московской
переводчицы — Веры Салтыковой. Теперь за ней охотят-
ся бандиты, пытающиеся возвратить деньги. Что это?
Просто совпадение или продолжение одной истории?

УДК 821.161.1-312.4
ББК 84(2Рос=Рус)6-44

Подписано в печать с готовых диапозитивов 02.08.2004.
Формат 70×90^1/$_{32}$. Гарнитура Журнальная.
Бумага газетная. Печать высокая с ФПФ.
Усл. печ. л. 17,55. Доп. тираж 15 000 экз. Заказ 2064.
Общероссийский классификатор продукции
ОК-005-93, том 2; 953000 — книги, брошюры
Санитарно-эпидемиологическое заключение
№ 77.99.02.953.Д.000577.02.04 от 03.02.2004 г.

ISBN 5-17-010372-7 (ООО «Издательство АСТ»)
ISBN 5-271-00168-7 (ООО «Издательство Астрель»)

© Дашкова П. В., 2000
© ООО «Издательство Астрель», 2000

Глава 1

Утренняя Прага пахла мокрым булыжником и горячей сдобой. В конце мая в городе стояла небывалая, тропическая жара. К полудню столбик огромного термометра на башне старинной ратуши подскакивал вверх до тридцати шести градусов. Наступивший день обещал быть знойным, потным, тяжелым. Но пока было раннее свежее утро. Улицы городского центра еще не наполнились толпами людей и машин, радостно щебетали воробьи, от умытой брусчатки веяло прохладой.

Полупустой трамвай неторопливо пересек площадь и грохотнул на повороте. Мужчина лет тридцати, сидевший на заднем сиденье первого вагона, сильно вздрогнул и пробормотал себе под нос по-русски:

— Почему?! Ну почему?!

Соседка, пожилая пани с клеенчатой сумкой на коленях, удивленно скосила глаза. Она увидела вздыбленный ежик темно русых волос, мягкий курносый профиль, бледную щеку с неприятной трехдневной щетиной.

Молодой человек достал несвежий носовой платок и стал натужно сморкаться. Он страдал аллергией на тополиный пух, слизистая носа распухала, глаза слезились. Он почти не мог дышать, особенно когда нервничал. А сейчас он не просто нервничал – психовал, сходил с ума. Ему казалось, что шея окаменела. Надо было повернуть голову, взглянуть

5

сквозь заднее стекло во второй прицепленный ва
гон. Оттуда, из пустой кабины водителя, на него
смотрели спокойные, немигающие глаза убийцы.
Надо было убедиться, что это мираж, бред, послед-
ствие бессонной ночи. Надо было всего лишь оглянуться. Но шея окаменела.

— Пшичка станичка Инвалидовна! — сладко зевнув, сообщил в микрофон кондуктор.

В детстве, проезжая мимо трамвайной останов-
ки со странным для русского уха названием, Денис
Курбатов каждый раз усмехался.

— Это бабулька, старая-престарая, с клюкой. Ин-
валидовной зовут, — говорил Денис брату.

— Нет, — возражал Антон, — это тетка средних
лет — толстая, косолапая, злющая.

Они пробирались к выходу, на следующей надо
было выходить. По этому маршруту два года они ез-
дили в чешскую школу. Особым шиком считалось
придержать раздвижные двери и спрыгнуть на
брусчатку мостовой в самый последний момент, когда трамвай уже трогался. Если водитель или кондуктор замечали такие безобидные детские шало-
сти, они начинали громко ругаться в микрофон. По-
чешски бранные слова звучали смешно и необидно.

Про Инвалидовну они придумывали разные истории, рисовали ее уморительные портреты. Это
была одна из их любимых игр. Все свое детство братья Курбатовы, погодки, старший Антон и младший
Денис, играли только друг с другом. Чешские мальчики и девочки сторонились их со странно-взрослой
вежливостью. Шел 1976 год, но память о советских
танках была еще жива. Одноклассники Дениса, дети шестьдесят восьмого года рождения, разумеется,
ничего помнить не могли. Но брезгливый ужас перед стальными монстрами, прущими с грохотом по
узким улочкам родного города, эти дети впитали с
материнским молоком.

Отец, Владимир Николаевич Курбатов, был направле в Злату Прагу, в сердце Европы, именно тогда, в 1968-м. Он преподавал марксизм-ленинизм и историю КПСС в Пражском университете, являлся доктором общественных наук, подполковником КГБ. Чешским языком Владимир Николаевич владел свободно, выучил его в Институте международных отношений. И сыновей своих отдал не в русскую школу при посольстве, а в чешскую — во-первых, для того, чтобы как следует знали язык, а во-вторых, чтобы учились одолевать трудности, с детства привыкали к чужой среде. Он готовил мальчиков к дипломатическо-шпионской карьере и никаких возражений не терпел...

Сквозь толстые трамвайные стекла взгляд убийцы жег Денису Курбатову затылок. Струйка холодного пота быстро пробежала под ворот мятой льняной рубашки. Трамвай остановился, пожилая пани с клеенчатой сумкой спохватилась, неуклюже поднялась и направилась к выходу. Краем глаза Денис увидел, как пани неловко переваливает ногу в растоптанной туфле с высокой трамвайной ступеньки на мокрую, блестящую брусчатку. Через минуту, когда двери стали медленно закрываться, он вскочил, со смутной паникой вспоминая детскую забаву, раздвинул двери слабыми, дрожащими руками и выпрыгнул на ходу.

Трамвай тяжело двинулся по рельсам. Водитель и кондуктор хором ругались ему вслед по-чешски. Он бежал по мокрой улице, мимо открывающихся фруктовых и мясных лавок, мимо распахнутых дверей утренних тихих кофеен, мимо темно-серого пятиэтажного здания школы, в которой проучился когда-то два года. Он бежал очень быстро, не оглядываясь. Редкие прохожие провожали его удивленными взглядами.

Он помнил с детства, что где-то здесь, в переулке, неподалеку от школы, между табачным магазином и парикмахерской, должен быть проходной подъезд. Он даже узнал этот дом, с парадным ходом на улицу, с черным ходом в тихий дворик. Но дверь парадного подъезда теперь оказалась стальной, с маленькой коробкой домофона. Бессмысленно взглянув на кнопки с цифрами, он сделал несколько шагов, уже медленно, почти спокойно.

В открытой двери парикмахерской стояла, прислонившись к косяку, полная девушка в сиреневом халатике с чашкой кофе в одной руке и с половинкой поджаристого роглика в другой.

— Прошу, пан, проходите, доброе утро, — сказала она по-чешски и ласково улыбнулась.

Он шагнул в приторный запах лака и одеколона, рухнул в вертящееся кресло. Из огромного зеркала на него смотрел чужой, за одну ночь постаревший, очень бледный человек, с черными кругами под глазами, с заросшими, ввалившимися щеками.

Пани в халатике быстро доела свой роглик с маслом, одним глотком допила кофе и возникла в зеркале у Дениса за спиной.

— Пана побрить? Стричь не надо? — спросила она, быстрыми легкими движениями заправляя крахмальную простыню под ворот его рубашки.

— Да. Только побрить, — ответил он хрипло по-чешски, — стричь не надо.

— В общем, и нечего пока стричь, — улыбнулась пани, прикасаясь прохладными пальчиками к его вздыбленным, очень густым и коротким волосам, — такой ежик пану к лицу. Мне нравится, когда у мужчины короткая стрижка. — Она хохотнула и стала взбивать помазком мыльный крем в фарфоровой чашке.

Он немного успокоился. В зеркале отражалось широкое открытое окно. За окном был виден кусок улицы как на ладони. Не поворачивая головы, он мог наблюдать за прохожими. Вот промелькнул банковский служащий в строгом сером костюме, молоденькая мамаша в шортиках прокатила прогулочную коляску. У годовалой девочки на голове была ярко-розовая соломенная шляпка. Потом не спеша прошел мимо окна старик трубочист в черном цилиндре. Денис вспомнил, как нравились ему в детстве эти сказочные пражские трубочисты. В старинном городе много каминов, и трубы чистят все так же, как триста лет назад. Однако сейчас, в конце мая, вряд ли кто-нибудь разжигает камин душными вечерами...

Трубочист взглянул в окно, кивнул парикмахерше. Она улыбнулась в ответ и крикнула: «Доброе утро, пан Сташек!»

И тут голова Дениса резко дернулась. Лезвие скользнуло по щеке, оставив на коже тонкий глубокий порез. Сквозь белоснежную пену просочилась струйка крови. Денис не почувствовал никакой боли, но от вида собственной крови на мыльной пене его затошнило.

— Ах, простите, пан так неожиданно повернулся, я сейчас... простите, — заволновалась девушка и стала аккуратно стирать стерильной салфеткой пену с его щеки.

Убийца появился сразу, вслед за трубочистом. Он остановился прямо у окна парикмахерской и закурил, спокойно глядя в зеркало, на Дениса. Их глаза встретились. Денису показалось, что по молодому черноусому лицу скользнула тень усмешки.

«Это убийца, преступник! — хотел выдохнуть он в чистое личико девушки, которая осторожно протирала порез на его щеке ваткой с перекисью. — Вызывайте полицию, срочно!»

Но он не сказал этого. Он не мог оторвать глаз от зеркала. Там, за его спиной, маячило черноусое лицо и мягко слоился на утреннем солнце дымок сигареты.

— Проминто просим, пани, — прохрипел он еле слышно, — здесь есть где-нибудь поблизости факс?

— Да, очень близко, за углом, на Кленовой улице,

офис туристической компании. Оттуда можно недорого отправить факс.

Парикмахерша очень осторожно добрила его щеку, нежно поскребла лезвием по подбородку, стерла пену с лица.

— Пан желает массаж или маникюр? — спросила она, промокая его подбородок салфеткой с одеколоном.

Лишь на секунду Денис прикрыл глаза, просто моргнул. А когда опять уставился в зеркало, убийцы за окном не было. Только слабая струйка дыма поднималась от плохо затоптанного окурка.

— Нет, спасибо, больше ничего не нужно.

— Двадцать четыре кроны, — немного обиженно сообщила девушка.

— Простите, где у вас туалет? — спросил он, доставая деньги из поясного портмоне.

На этот раз ему повезло. В маленькой кабинке было окно, густо замазанное масляной краской. Дернув шпингалет, он перемахнул через низкий подоконник и очутился в глухом безлюдном дворике. Сначала ему показалось, что это тупик, дворик окружен домами с четырех сторон, и выхода нет. Но потом он заметил маленькую, заставленную мусорными контейнерами арку.

Он присел на корточки за одним из контейнеров, не чувствуя помойной вони, стараясь оставаться в тени, оглядел кусок улицы. Ему показалось, что все спокойно. Черноусый убийца опять потерял его. А может быть, тот парень за окном был просто похож на убийцу? Может, там стоял и курил совсем другой человек? Ведь глаза болят и слезятся от аллергии, к тому же бессонная ночь, пережитый ужас... И никто не сверлил ему затылок ледяным взглядом сквозь трамвайные стекла. Померещилось. На самом деле он оторвался от убийцы еще несколько часов назад, на Центральном вокзале. Или все-таки нет?

Денис покинул подворотню и быстро, пружинисто зашагал по тенистой стороне узкой улицы. Хотелось есть. Это хороший признак – значит, опасность действительно миновала. Он с раннего детства чувствовал опасность животом.

***

Антон Курбатов нажал кнопку отбоя и тут же опять набрал восьмерку, потом код Праги. Задребезжали протяжные гудки.

– Дениска, ну где тебя черт носит! – проговорил он в гудящую трубку, подождал еще немного, полистал толстую записную книжку, закурил.

Он сидел голышом в огромном кожаном кресле. За окном гудел утренний Кутузовский проспект. Московское майское солнце пробивалось сквозь тяжелые шелковые портьеры.

– Я же просила тебя не курить в комнате! – На пороге появилась высокая худая женщина лет сорока в прозрачном пеньюаре. – И вообще, кончай звонить в Прагу, мне потом счета придут баксов на сто.

– Извини, – буркнул Антон, но сигарету не загасил и опять стал набирать пражский код.

На этот раз трубку взяли очень быстро.

– Проминто просим, пани, – заговорил Антон почешски, – пан Денис Курбатов живет у вас в гостинице, в тридцать девятом номере. Да, я знаю, как позвонить в номер. Но там никто не отвечает вторые сутки. Да, спасибо. Я перезвоню через полчаса, если позволите.

Столбик пепла упал на дорогой пушистый ковер. Женщина выхватила сигарету из его руки.

– Никуда ты перезванивать не будешь! – заявила она. – Мне это надоело! Сегодня Вовчик прилетает, а ты мне здесь свинячишь, да еще за бугор названиваешь за мой счет!

– Га-лю-ша, не заводись! – Антон быстро взглянул на часы, мягким кошачьим движением соскочил с кресла, опрокинул Галюшу прямо на ковер и стал ловко расстегивать перламутровые пуговки пеньюара.

— Ты думаешь, если ты такой великий трахатель, тебе все можно? — Галюша игриво шлепнула его по мускулистой голой заднице. — Найдется твой братец, никуда не денется, — прошептала она уже с придыханием, с закрытыми глазами.

Ровно через полчаса Антон опять набирал код Праги. Галюша, скорчив притворно-гневную гримаску, отправилась в ванную.

— Что вы говорите, пани? Вторую ночь не ночует в номере? А горничные не могли ошибиться, перепутать? Да, простите. Я понимаю. До какого числа оплачен номер? То есть еще два дня? Огромное вам спасибо. Пожалуйста, если он появится, передайте ему записку, звонил брат из Москвы. Номер телефона и факса фирмы поменялся. Я буду сам ему звонить. Еще раз благодарю.

Положив трубку, он опять закурил, задумчиво глядя в окно.

***

Все-таки хорошо, что у него интуиция, словно у экзальтированной дамочки. У мужчин это редко бывает. Даже сны ему снятся вещие, иногда становилось страшно: чувствуешь опасность, вот она, за поворотом, через минуту... Это нельзя объяснить словами, просто желудок сжимается, сердце бухает глухо и медленно.

Так было вчера, ранним вечером, когда он сидел в пивном ресторане «У Флэка», праздновал фантастическую шальную удачу, в которую сам пока что верил с трудом. Хотелось ущипнуть себя и спросить: «Я не сплю? Это правда?..»

За соседним столом шумно гуляли немцы-туристы, вопили хором тирольские песни, громыхали пудовыми кружками. Денис невольно следил, как высокий тощий парнишка у черной от времени пивной бочки разливает янтарную «десятку» — светлое десятиградусное пиво. Парнишка был как будто частью конвейера, одна его рука непрерывно двигала кружки, другая закрывала и открывала медный кран. Денис знал, что этой пивной восемьсот лет, ни на один день за восемь веков она не прекращала работу. И рецепты пива все те же. До сих пор пивовары проверяют качество напитка древним способом: выливают на дубовую скамью, садятся в пивную лужу в кожаных штанах, по пять-шесть человек. Посидят немного, потом встают одновременно. Если тяжеленная лавка поднимается вместе с ними, значит, пиво хорошее.

Злата Прага потому и осталась золотой, что во всех войнах сразу сдавалась на милость врагу. Турки, крестоносцы и прочие завоеватели, которых было немало за тысячелетие, не трогали чудесный город, не разрушали дома и соборы. Как было все, так и сохранилось — Карлов мост, собор святого Витта, кривые улочки Стара Мяста. Черная брусчатка Вацлавской площади помнит, как горели на кострах инквизиции знаменитые на весь мир пражские алхимики. И эта древняя пивная, все с теми же столами, бочками, лавками, все с той же «десяткой» и «двенадцаткой» — тоже символ вечности. Может, тощий парень в кожаном переднике так и стоит, разливает пиво уже восемьсот лет?

Поймав вилкой последний кнодлик, размокший в мясном жирном соусе, глотнув черной «двенадцатки», Денис вдруг застыл. Почему? Откуда взялось это знакомое чувство опасности? Сначала он подумал, что зря заказал свое любимое двенадцатиградусное пиво. Слишком оно крепкое, валит с ног, туманит голову. Разница всего-то в два градуса, но если пьешь пятую кружку... А голова должна

13

быть ясной. Почему? Ведь он празднует самое невероятное везение, которое может выпасть человеку. Зачем же ему сейчас ясная голова? Затем, что из глубины полутемного зала следят за ним чьи-то странные, неподвижные глаза.

Денис попытался разглядеть лицо сквозь клубы табачного дыма, но заметил только аккуратные черные усы, могучую шею и мятый пиджак, надетый на черную футболку.

«Что ж он так уставился? Может, просто «голубой»? Много их ошивается по пивным, туристический сезон давно открылся...»

Однако он тут же понял, что врет самому себе, пытается спрятать голову в песок, как глупый страус. Никакой это не «голубой». Это турок, киллер. Денис уже видел его однажды, в аэропорту в Анкаре. Тогда удалось уйти, и это было чудо. Его вели двое, молодой и старый. Вот он, молодой, черноусый... Профессионал он или нет, не важно. Все равно убьет.

Они целый год за ним охотились. А он, дурак, думал, их всех взяли... Ведь был телерепортаж... Ну как не поверить репортажу? Корреспондент из Анкары очень убедительно рассказывал, что всех их арестовал Интерпол, словно Дениса Курбатова лично утешал с телеэкрана.

Однако так не бывает, чтобы всех... Вот он, один из них, в глубине зала, сверлит Дениса своими угольно-черными турецкими глазами. Это можно было предвидеть, да что толку? Телохранителей нанять? В бронированный бункер засесть? Рано или поздно они бы все равно достали его – в Москве ли, в Париже, в Праге, на Северном и Южном полюсе, на дне океана. А так он хотя бы год прожил спокойно. Хотя бы год. И на том спасибо...

Но почему именно сейчас? Может, одно с другим как-то связано? Да нет, ерунда... А если и за Антошкой в Москве тоже идет «хвост»? У Антошки нет та-

14

кой острой интуиции, он не просечет опасность вовремя. От одной только мысли об этом Дениса передернуло. Остается надеяться, что до брата они не доберутся. Зачем им? В конце концов, Антон к той истории не имеет отношения. Им нужен Денис. Его хотят они убить. И понятно, за что. А брата не тронут.

Немного успокоившись, Денис Курбатов подозвал официанта, расплатился, оставил щедрые чаевые и не спеша направился к выходу. Ничего, он отлично знает старый центр, он сумеет уйти, запутать убийцу в узких средневековых улочках. Он ведь родился в этом городе. Главное, все время быть в толпе, держаться людных мест. Вряд ли убийца решится стрелять в толпе. Или у него нож?

Нельзя ни в гостиницу, ни в офис филиала фирмы, нельзя на автостоянку, где он оставил машину. Там могут ждать. Вполне вероятно, убийца не один.

И началась изнурительная гонка по самому красивому городу мира. Денис любил этот город, знал историю каждой улочки в старом центре, ему было здесь уютно и хорошо. Но только не сейчас.

Настала ночь, народу становилось все меньше. Денис затесался в группу английских туристов, медленно прошел Карлов мост. Туристы шумно загружались в автобус. Он огляделся и понял, что стоит один под ярким фонарным лучом, как живая мишень; метнулся в темноту, нашел глазами небольшую группу молодежи, кинулся к ним. Это были студенты из Амстердама. Ему тут же предложили сигарету с марихуаной. Он отказался.

Иногда черноусый убийца мерещился ему за поворотом, в тени цветущей липы, за пьедесталом конной статуи в глубине Стара Мяста. Черные немигающие глаза отражались в витринном стекле сувенирной лавки. Знаменитые куранты на Старомястской ратуше пробили полночь. Медленно заскользили по кругу фигуры двенадцати апостолов. Головы редких прохожих были подняты вверх, а

15

Денис опять почувствовал ледяной взгляд. Черноусый человек в льняном пиджаке, единственный на всей площади, глядел в эту минуту не на знаменитые часы с готическими фигурами, а на Дениса Курбатова.

Иногда ему казалось, что убийца его потерял, совсем потерял. Он ведь иностранец. Откуда турку знать улицы старой Праги? Денис вздыхал с облегчением. Он сразу, как только заметил и узнал убийцу, рассудил, что прежде всего надо оторваться, а потом уж принять решение, как быть дальше — лететь ли в Москву, осесть ли здесь, в Праге, переждать в укромном месте. Или вообще рвануть куда-нибудь в Братиславу или Брно, туда, где они ждать его не могут.

Но сначала надо оторваться. А он не мог. После полуночи шансов спастись было все меньше. Улицы стали пустынны. Автобусы с туристами отчаливали один за другим. Надо было срочно менять тактику. Он решил отправиться на Центральный вокзал. Поймал такси. Сквозь зеркало заднего вида он заметил, как успел вскочить в другое такси черноусый убийца.

— Этот парень преследует меня весь день, — сказал Денис по-чешски милому пожилому водителю, — какой-то сумасшедший «голубой», может, вообще маньяк. Надо оторваться от него.

— Почему пан не обратится в полицию? — спросил таксист.

— Так не с чем пока обращаться. Он просто ходит за мной и прожигает глазами насквозь. За это не арестовывают.

— Оторвемся, — хмыкнул водитель, — попытаемся удрать.

Таксист виртуозно крутился по спящему городу, домчал Дениса до вокзала таким причудливым маршрутом, что понять, куда они едут, было невозможно.

На вокзале Денис отдышался и немного успокоился. Черноусый потерял его. Глаза слипались. Он рухнул в удобное кресло в зале ожидания и сам не заметил, как уснул. Но поспать ему удалось не больше часа. Проснулся он от того, что сильно заболел живот. В соседнем проходе стоял убийца и тревожно озирался по сторонам. Захотелось залезть под кресло, исчезнуть, стать невидимкой.

Убийца заметил его. Здесь он, конечно, не станет стрелять. Его сразу схватит полиция. Этот турок не идиот, не самоубийца, он ждет подходящего момента. Рано или поздно такой момент настанет, либо черноусый потеряет терпение и пальнет...

По радио объявили, что поезд на Братиславу отправляется через десять минут, с пятого пути. Денис не спеша поднялся, потер кулаками сонные глаза и направился к платформам. Он вел убийцу к братиславскому поезду.

«Тебе, приятель, придется взять билет, — мысленно обратился он к черноусому, — сейчас ты убедишься, что я сажусь в этот поезд, рванешь к кассам. Ты ведь не решишься отправиться зайцем. Зачем тебе лишние неприятности при твоем деликатном ремесле?»

Но черноусый решился и вскочил в поезд.

Денис быстро шел по вагонным коридорам. Поезд тронулся. В пустом тамбуре проводник гремел ключами, собираясь запереть дверь.

— Простите, пан! Я сел не в тот поезд, я перепутал! - Денис рванул еще не запертую дверь и выпрыгнул прямо на соседний путь.

— Пан! Вы сумасшедший! - кричал ему вслед проводник.

Было начало третьего ночи. До рассвета он слонялся по городу и уже не мог понять, мерещится ли ему черноусое лицо или вправду убийца где-то рядом и трюк с поездом не удался. К утру его шатало от слабости, аллергия обострилась, нос совсем не

17

дышал, из глаз текли слезы. Надо было поспать хотя бы пару часов. Ему вдруг пришло в голову, что убийца – тоже человек и ночная гонка должна была его порядочно измотать. Но вслед за этой утешительной мыслью мелькнула другая – паническая: а если ему на смену пришел другой? Турок отправился спать, а за Денисом идет «утренняя смена». Этого он знает в лицо. А как узнает другого? Глаза почти не видят, руки трясутся, интуиция может и не сработать.

Но черноусый появился опять – во втором трамвайном вагоне, потом за окном парикмахерской. Это не может продолжаться бесконечно. Нужна хоть небольшая передышка. Для начала необходимо поесть.

В маленьком баре под потолком шумел старомодный вентилятор-пропеллер. Денис заказал себе яичницу с ветчиной и две порции кофе-экспрессо. Откинувшись на неудобную спинку венского стула, он наблюдал, как за стойкой, у небольшой электрической плиты, выливает яйца на шипящую сковородку толстый хозяин в лихом поварском колпаке.

Аппетита не было, но он заставил себя съесть все. После первой чашки крепкого сладкого кофе он закурил. «Когда это кончится, мы с Антошкой купим дом в Карлштейне. Именно тот, двухэтажный, прошлого века. Мы приведем его в порядок, починим камин, проведем воду, канализацию, сделаем три ванные комнаты. Двух, конечно, достаточно. По нашим российским меркам и одной хватит, но если можно три – почему нет? Это так удобно. Во всем цивилизованном мире при каждой спальне полагается иметь отдельную ванную, тем более Антошка будет таскать туда своих бесконечных баб. И пусть таскает! В доме места достаточно, есть два отдельных входа. Перед домом лужайка, там можно устроить маленький теннисный корт...»

Горячий кофе попал в дыхательное горло. Денис закашлялся очень сильно, никак не мог остановиться. Слезы покатились из глаз ручьями, лицо побагровело. Хозяин смотрел на него из-за стойки с сочувствием, потом налил воды в стакан, подошел.

— Пана постучать по спине?

Но Денис не мог сказать ни слова, отрицательно помотал головой, взял стакан из рук хозяина, жадно глотнул холодной воды. Стало легче.

— Только кофе? — услышал он голос хозяина уже у соседнего столика.

— Да, покрепче, с сахаром, — ответил кто-то на ломаном английском.

Денис промокнул слезящиеся глаза салфеткой. За соседним столиком сидел черноусый убийца.

***

— И что я, по-твоему, должна сказать мужу? — спросила Галюша, быстро вбивая кончиками пальцев дневной крем в кожу.

Сейчас, ярким утром, в трельяже было видно, что она немолода, что лицо ее отечно, брови и ресницы бесцветны, нос и губы толстоваты, над шеей намечается второй подбородок.

— Скажешь своему Вовчику, что он — скотина и импотент, что, пока он занимался темными делишками в Стокгольме, варганил очередной «лимон», его красотка жена развлекалась с молодым пылким любовником. И любовник этот, хороший в общем парень, пару раз звякнул в Прагу.

— Кончай придуриваться, — поморщилась Галя.

Розовая губка быстро скользила по ее щекам и подбородку, лицо покрывалось ровным слоем тонального крема. Антон каждый раз поражался, глядя, как за двадцать минут на его глазах немолодая, весьма потасканная бабеха превращалась в яркую, холеную красотку.

Он увидел Галину Игнатьеву без макияжа только через месяц после того, как познакомился с ней. Она умудрялась даже в постели оставаться «при полном параде лица», как сама выражалась. Антон сразу понял почему, когда влез к ней под душ. Сквозь струи воды он разглядел совсем другое лицо. С тех пор она не церемонилась с ним.

— Без макияжа я как без кожи, — говорила она, — как улитка без ракушки или ежик, перевернутый нежным брюшком вверх. Я голенькая, слабенькая, беззащитная. Тебе я очень доверяю, очень. Цени.

Он ценил. Он вообще относился к своим многочисленным пассиям по-джентльменски, не допускал слез, сцен, тяжелых разрывов. Он умел сделать так, что каждая думала, будто она у него — единственная. И расставаться он умел таким образом, что покинутой даме казалось — это она бросила легкомысленного красавчика. Поиграла и бросила. Это тешило тщеславие стареющих, скучающих дамочек, одиноких и замужних, успешных предпринимательниц и богатых романтических бездельниц.

Антон вовсе не был альфонсом. Ему нравились женщины бальзаковского возраста. Но он не терпел однообразия. Когда закручивался какой-нибудь очередной роман, Антон искренне верил, что это всерьез и надолго. Однако не успевал закончиться этот роман, а уже как бы сам собой начинался следующий. Получалось, что Антон одновременно крутил любовь с тремя-четырьмя дамочками, сам того не желая.

Часто обстоятельства складывались так, что ему необходимо было исчезнуть из дома на несколько дней. И квартиры его стареющих пассий оказывались весьма кстати. Это, пожалуй, был единственный корыстный момент в его романтических отношениях с богатыми дамами бальзаковского возраста.

Вот и сейчас деловая поездка члена Государственной Думы господина Игнатьева В. Н. в Швецию обернулась неделей страсти для его сорокапятилетней жены Галины и для тридцатилетнего вольного предпринимателя Антона Курбатова. Антону надо было исчезнуть на некоторое время из квартиры. Очередная попытка братьев Курбатовых заработать сразу много денег провалилась.

Полгода назад они создали маленькую посредническую фирму по покупке недвижимости в Чехии. Это была авантюра чистой воды, как и все их предыдущие попытки быстро разбогатеть. Чем только не пробовали торговать братья Курбатовы за последние пять лет: итальянской обувью, немецкими памперсами и тампаксами, турецкими дубленками, французским шоколадом, отдыхом на Кипре, американскими оздоровительными программами, живой водой с Тибета, средствами для ращения волос и для удаления волос — всего не перечесть.

Иногда им даже везло, удавалось кое-что заработать. За эти пять бурных лет они успели влипнуть в пару-тройку весьма неприятных историй, но каждый раз чудом выкручивались в последний момент.

Вот и сейчас на посредническую фирму был произведен серьезный наезд, причем с двух сторон: с одной стороны, стали донимать бандиты, с другой — налоговая инспекция. Когда это началось, Дениска отправился в Прагу, там был липовый филиал фирмы, состоящий из одной комнаты в квартире приятеля-чеха Иржи Словчика. Надо было подстраховаться, собрать кое-какие документы, подчистить концы, обеспечить тылы, в общем, дел у Дениски хватало.

Антон остался в Москве, чтобы попробовать договориться хотя бы с одной атакующей стороной, найти компромисс, лазейку, либо обеспечить надежную криминальную крышу, которая решит проблемы и с наехавшими «отморозками», и с налоговой полицией.

За эти три дня ему удалось горы свернуть, выйти на серьезных людей, но люди эти не сочли маленькую посредническую фирму достойным объектом для своего высокого покровительства. А атака с обеих сторон приобрела совсем уж угрожающий характер. Нельзя было медлить. И Антон принял решение: фирма исчезла, испарилась, будто и вовсе не существовала.

Исчезло все – в подвальчике, где был крошечный офис, какая-то другая фирма делала европейский ремонт и про «Стар-Сервис», который находился здесь всего неделю назад, не имела ни малейшего представления. Номер телефона и факса принадлежал теперь неизвестно кому, каким-то совершенно посторонним людям. А сам Антон кочевал от одной своей пассии к другой и в собственной квартире не появлялся.

Но Денис этого еще не знал. Он был в Праге. В последний раз они общались по телефону неделю назад, и тогда ситуация еще не выглядела столь безнадежно. А потом связь оборвалась. Иржи Словчик уверял, что Денис всю эту неделю у него не появлялся, не звонил. Гостиничный номер не отвечал. Антон не слишком волновался за брата. Там, в Праге, сейчас спокойней, чем в Москве. Наезжали здесь, а там никто пока не трогал. Сообщить Дениске, что фирмы больше нет, надо было непременно. Но пока не получалось.

***

Денис Курбатов влетел в приемную офиса небольшой туристической компании на Кленовой улице и затравленно огляделся по сторонам. Не было ни одного посетителя.

— Доброе утро, пан. Я могу вам чем-нибудь помочь? — улыбнулась ему девушка, сидевшая за компьютером.

— Пани, факс! Мне надо срочно отправить факс в Москву!

— Матерь Божья! Денис! — Девушка вышла из-за стола.

Она была высокой, полноватой, очень миловидной. Копна ярко-рыжих волос, большие круглые темно-зеленые глаза, мягкий овал лица, полные губы. Денис несколько минут глядел на нее, тупо хлопая глазами.

— Неужели я так изменилась? — покачала головой девушка. — В общем, ты, конечно, тоже изменился. Столько лет прошло. — Она вздохнула. — Я Агнешка Климович. Ну, вспомнил? Теперь я пани Бем.

Агнешка... Да, конечно, он должен был сразу ее узнать. У них в четырнадцать лет был заколдованный треугольник. Рыжей Агнешке нравился Антон, а она нравилась Денису. В общем, это была его первая любовь, горькая, глупая, никому не нужная. Он не ревновал ее к брату. Ему просто было обидно. К тому же, если бы Антон не нравился рыжей Агнешке, они не шлялись бы втроем поздними вечерами по Стару Мясту, не сидели бы в крошечных кондитерских.

У нее все лицо было усыпано яркими хулиганскими веснушками. Она была очень худенькая, длинная, сутулилась и стеснялась. Она смотрела на Антона с немым обожанием, отдавала ему свои взбитые сливки, писала за него сочинения.

В четвертом классе из простой чешской школы отец перевел их в закрытый лицей. Там учились дети сотрудников Пражского отделения КГБ, мальчики и девочки из советского посольства и торгпредства. В классах было не больше десяти человек, на четырех чехов приходилось шесть русских. Отец Агнешки был крупным чиновником в правительстве Чехословакии. Она училась в одном классе с Антоном.

— Агнешка, где твои веснушки? — спросил он.

— Вспомнил наконец! — Она рассмеялась. — Нет больше веснушек, надоели они мне. Слушай, ты надолго в Праге? А как Антон? Да ты садись, давай я кофе сварю.

— Да, спасибо. — Он уселся в мягкое кожаное кресло и покосился на стеклянную дверь. — Антон в порядке. А я... Вот приехал по делам... Слушай, можно мне быстренько отправить факс в Москву?

— Конечно, — кивнула она, — вон аппарат. Ты как, от руки напишешь или тебе на компьютере напечатать?

— Я от руки. Там совсем маленький текст.

— Сам справишься или хочешь, чтобы я отправила?

— Сам. Я лучше сам. — Он встал, подошел к аппарату, написал на листочке всего несколько слов почешски крупными печатными буквами. Просто адрес. «Карлштейн... улица... дом номер... третий этаж... «Мокко»... Туретчина... Брунгильда».

— Это что, шпионская информация? — хохотнула Агнешка, заглянув через его плечо.

Аппарат просигналил, что факс в Москву прошел.

— Это коммерческая тайна, — нервно усмехнулся Денис.

— Ладно, я пойду кофе сварю. Я здесь сегодня одна, мы с мужем владеем этой фирмой. Есть еще секретарша и пара агентов, но сегодня я одна... Ты посиди. Можешь покурить пока. И вообще расслабься. Ты какой-то дерганый.

— Спасибо. Сколько я тебе должен?

— Хамишь, парниша! — Она весело махнула рукой.

В четырнадцать они все трое зачитывались романами Ильфа и Петрова. У них даже сложился своеобразный жаргончик, состоящий из цитат. Агнешка часто разговаривала языком знаменитой Эллочки-Людоедки, у нее это получалось смешно и мило.

Она исчезла за дверью в глубине приемной. Оставшись один, Денис скомкал в кулаке листок бумаги, сунул в карман джинсов. Секунду подумав, достал, расправил, оторвал кусок с написанным текстом, положил в большую медную пепельницу и поджег кончик зажигалкой. Потом крутанулся в кресле, вытянул сигарету из смятой пачки, машинально отметил, что это — последняя, закурил. Клочок бумаги скорчился и почернел. Он сгорел быстро, за несколько секунд.

— Денис! — послышался голос Агнешки из соседней комнаты. — Тебе сколько сахару?

— Две ложки! — крикнул он в ответ.

— А Антон женат?

Его немного задело, что Агнешка сначала спрашивает про Антона.

— Нет! — крикнул он. — И я тоже нет.

Наружная стеклянная дверь бесшумно распахнулась. Денис успел заметить черные усы, мятый льняной пиджак, закатанный до локтя рукав, руку, обильно поросшую черными волосами. Пистолетного дула с навинченным глушителем он не увидел и вскрикнуть не успел.

В соседней комнате у Агнешки свистел электрический чайник. Никто не услышал легкого хлопка.

— Я тебя не спросила, ты завтракал? Я могу быстро согреть пару роликов... — Агнешка застыла на пороге с подносом в руках. Забыв, что на подносе стоят две чашки с горячим кофе, она прижала ладонь ко рту. Чашки со звоном упали на пол, покатились, расплескивая коричневую сладкую жижу.

Опомнившись, она заплакала и стала звонить в полицию и в «Скорую».

Глава 2

Вера Салтыкова услышала, как зажужжал факс, повернулась на другой бок и закуталась в одеяло. Ей очень хотелось спать, хотя было уже одиннадцать утра. Она легла в четыре и теперь никак не могла заставить себя открыть глаза.

— Верочка! Я ушла! — крикнула мама из прихожей.

Промычав в ответ что-то невнятное, Вера укрылась с головой. Дверь хлопнула. Несколько минут было тихо. Потом послышался быстрый топот четырех лап по паркету.

— Ай! — вскрикнула Вера, когда мокрый холодный собачий нос защекотал ей пятку. — Мотька, я сплю, отстань. — Она откатилась в глубину широкой тахты, к стене, поджала ноги.

Рыжий ирландский сеттер Матвей двух лет от роду поставил передние лапы на тахту, разрыл носом нору в одеяле и стал бесцеремонно вылизывать Верину щеку.

— Ну почему? — простонала Вера. — Почему с мамой ты себе такого не позволяешь? — Она открыла наконец глаза и села на кровати. — Я ведь знаю, мама с тобой погуляла, покормила тебя. Чего ты от меня хочешь?

Пес сел, потом лег, потом опять встал, протянул лапу, отчаянно замахал лохматым рыжим хвостом, пару раз тявкнул и уставился на Веру большими, карими, очень печальными глазами.

— Я все равно сейчас с тобой гулять не пойду. Мне надо принять душ, выпить кофе, и вообще я могла бы еще часика полтора поспать.

Пес слушал ее очень внимательно, склонив голову набок и шевеля длинными шелковистыми ушами.

Вера вылезла из-под теплого одеяла, поеживаясь, подошла к письменному столу.

— Ну, что там у нас нападало? — произнесла она, перебирая листы с факсами, поступившими за ночь.

В основном это были длинные, мелко напечатанные тексты на английском и французском языках.

— Так, это опять про морских млекопитающих, это фауна Ледовитого океана, манифест в защиту новорожденных китят, еще манифест, — бормотала Вера себе под нос, перебирая страницы, поднося их очень близко к глазам, — а это вообще чушь какая-то. О Господи, что это за язык?

Держа в руке листок с двумя строчками текста, написанного очень крупно от руки, Вера стала искать очки. На столе их не было, на тумбочке у кровати тоже.

— Мотя, ну помоги мне, — обратилась она к собаке, — ищи, Матвей, ищи!

Пес деловито побежал в прихожую и вернулся через минуту, держа в зубах белый носок.

— Нет, Матвей, — вздохнула Вера, — не то. Очки... — Она прошлепала босиком на кухню, оттуда в ванную.

Мотя тем временем опять рванул в коридор, вернулся, поставил лапы Вере на плечи и прямо **в нос** сунул ей старую кроссовку.

— Все, спасибо. Ты, конечно, молодец, но мне надо совсем не то. Ладно, если мои очки попадут тебе в зубы, им конец.

Зазвонил телефон.

— Фирма «Стар-Сервис»?

— Вы ошиблись, — буркнула Вера и, кладя трубку, увидела наконец свои очки, они лежали на телефонном столике в прихожей.

— Кажется, это польский, — задумчиво произнесла Вера, вглядываясь в крупные латинские буквы, — или чешский. Карлштейн... Слово немецкое. Но Германия ни при чем. Вроде есть такой городок под Прагой...

Телефон зазвонил опять.

— Можно попросить Антона? — На этот раз голос был женский.

— Вы ошиблись. — Она хотела повесить трубку, но услышала:

— Фирма «Стар-Сервис»?

— Девушка, никакой фирмы по этому номеру нет. Пожалуйста, вычеркните его и больше сюда не звоните.

Эти дурацкие звонки донимали Веру и ее маму вот уже третий день. Совершенно неожиданно в квартире поменяли телефонный номер, и теперь телефон заливался круглые сутки. Звонили и в полночь, и в пять утра. Какие-то Гарики, Додики, Рустамы Ибрагимовичи требовали к телефону каких-то Антонов и Денисов. Мама ругалась страшно, собиралась подать в суд на Московский телефонный узел. Однако выяснилось, что это была целая компания, по всей Москве. Почему-то вдруг, ни с того ни с сего, в городе стали менять телефонные номера.

Вере Салтыковой незадолго до этого подвернулась переводческая «халтура». Три месяца она сидела без работы, и вот неделю назад позвонила подруга, сказала, что «Гринпис» проводит в Москве международную конференцию по глобальным вопросам экологии. Требуются переводчики со знанием английского и французского. Перед началом конференции надо перевести кучу информации, которая будет поступать по факсу со всех концов мира, а потом предстоит десять дней синхронки, по двенадцать часов в сутки. Платить должны по международным расценкам, то есть можно заработать очень приличные деньги.

Вера, конечно, согласилась, подписала контракт. И вот вчера утром ей дома установили казенный факс. Подготовительные документы посыпались в огромном количестве. Иногда среди пламенных воз-

28

званий в защиту морских млекопитающих, чистоты вод Арктики и Антарктики попадались какие-то случайные тексты о займах, кредитах, договорах и ценах на недвижимость, написанные по-русски и адресованные все той же фирме, «Стар-Сервис», название коей Вера и ее мама уже не могли спокойно слышать. Номер факса был тот же, что и новый телефонный, то есть недавно он принадлежал этой злосчастной фирме. Скорее всего, «Стар-Сервис» разорилась, и теперь ее бывшие владельцы скрываются от назойливых кредиторов.

Вере Салтыковой до этого, разумеется, никакого дела не было. Она с головой ушла в работу и целый день переводила с французского и английского экологические шедевры. Впрочем, факсов, адресованных фирме «Стар-Сервис», было не так уж много.

Все еще держа в руках листок со странным текстом без адреса и обращения, написанный от руки то ли по-польски, то ли по-чешски, она зашла в ванную и повернула кран. Вместо горячей полилась ледяная вода. Вера прикоснулась к трубе радиатора. Ну конечно, с сегодняшнего утра горячую воду отключили на полтора месяца! И что же она, растяпа, не помыла вчера голову? Ладно, придется греть в кастрюлях.

Сладко зевнув, Вера бросила листок на кухонный стол, зажгла газ. Пока грелась вода, она уселась на кухонный диванчик и рассеянно перечитала латинские буквы непонятного факса. Когда-то она увлекалась графологией. На втором курсе романо-германского отделения филфака университета был даже спецсеминар по графологии. Вел его профессор-психолог, посещение было свободным. Вера ходила на каждое занятие с удовольствием.

В наше время все реже попадаются тексты, написанные от руки. Если только чиркнет кто-нибудь телефонный номер или записку. А так, пишут на компьютерах, в крайнем случае — на пишущих машинках. Среди гор бумаг, заполненных механическим текстом, этот листочек был единственным, написанным человеческой рукой. Сначала Вера не сообразила, почему так внимательно разглядывает крупные латинские буквы, а потом поняла: писавший страшно волновался. Рука у него дрожала, но это не почерк алкоголика или больного. Тот, кто отправил факс, был здоров. Он нервничал, спешил, но при этом старался вывести каждую букву как можно тщательнее, очень хотел, чтобы его поняли. Однако почему же тогда не воспользовался компьютером и принтером? Там, где стоит факс, компьютер есть наверняка...

Содержание текста понять было несложно. Просто адрес: «Карлштейн, улица Мложека, дом 37, третий этаж. «Мокко». Туретчина. Брунгильда». Да, действительно, Карлштейн – это маленький городок неподалеку от Праги. Пять лет назад они с мамой были в турпоездке по Чехословакии. Но что такое «Мокко»? Сорт кофе? Однако при чем здесь кофе? Может, прозвище? Почему нет имени, чей это адрес? При чем здесь «Туретчина» и «Брунгильда»? Туретчина на славянских языках – Турция. Брунгильда – героиня германского эпоса. Это похоже либо на розыгрыш, либо на шпионский шифр. Но шпионы передают информацию как-то иначе...

Вера ясно вспомнила тихий уютный городок Карлштейн. Там только частные домики, один-два этажа. Туристическую группу возили смотреть замок четырнадцатого века с известной на весь мир коллекцией готической живописи и рыцарского оружия.

Вода в двух больших кастрюлях долго не закипала. Чтобы не терять времени, прямо в ночной рубашке Вера села за письменный стол, включила компьютер и взялась за перевод. Но опять зазвонил телефон.

– Да! – рявкнула она в трубку.

— Доброе утро, Веруша...

От одного звука этого мягкого баритона у Веры вздрогнуло сердце.

— Здравствуй, Стас, — как можно спокойнее ответила она.

— Как дела? Как мама? — быстро спросил баритон.

— Спасибо, нормально. — Вера старалась, чтобы в ее голосе звучали ледяные нотки, но голос предательски дрожал.

— Ты не могла бы уделить мне пару часов?

— Нет, прости, я очень занята.

Вера подумала, что надо положить трубку сию же минуту, и вообще класть ее молча всякий раз, когда из нее раздается этот приятный баритон. А еще лучше — сказать: «Стас Зелинский, будь так любезен, не звони мне больше никогда».

Но ведь она сама позавчера позвонила ему и продиктовала на автоответчик свой новый телефонный номер. Сама!

— Ну хотя бы час. Я приеду к тебе, когда скажешь, Верочка, выручи меня в последний раз, очень тебя прошу. Ты же знаешь...

Она знала: ему надо опять что-нибудь перевести, написать пару страниц дурацкого текста по-французски или по-английски, позвонить за границу, торговаться с каким-нибудь финном о поставке партии бумаги. Ему всегда что-то такое от нее надо, и он не стесняется.

— Когда ты заведешь себе секретаршу или женишься на женщине, которая владеет хотя бы одним иностранным языком? — тихо спросила Вера.

— Ну не злись, Веруша, солнышко, ты же умница, и вообще, я так соскучился.

— У меня очень много работы. Я занята. — Голос ее дрожал, она взглянула в зеркало над телефонным столиком и заметила, что щеки горят.

«Дура несчастная, размазня! — мысленно обратилась она к своему лохматому, неумытому отражению. — Ну пошли его наконец! Пусть катится как можно дальше. Есть у тебя хоть капля человеческого достоинства?»

— Ладно, так и быть, можешь приезжать. Через час. Нет, через два, — отрывисто проговорила она, с ненавистью глядя в глаза своему отражению.

Положив трубку, она побежала на кухню, выключила газ под кипящими кастрюлями, ринулась в ванную, расплескивая кипяток, чуть не обварила себе ноги.

Мыться, сидя на корточках в холодной ванне и поливая себя теплой водой из ковшика, очень неудобно. В прихожей опять зазвонил телефон, пена шампуня попала в глаза, Мотя стал скрести лапой дверь, жалобно завыл. Во дворе запускали петарды. Пес панически боялся этого грохота и каждый раз прятался именно в ванной. Ванная для него была чем-то вроде бомбоубежища.

Дрожа от холода, Вера закуталась в махровый халат, открыла дверь, впустила Мотю. Со двора послышался очередной залп. Пес в ужасе вскочил в ванную, столкнул на пол пластмассовое ведро с остатками теплой воды. Вера кинулась вытирать. В старом доме совсем сгнили перекрытия, соседи без конца протекали друг на друга. Даже если кто-то наверху мыл пол, внизу на потолке проступали влажные серые пятна. Под двухкомнатной квартирой Веры и ее мамы жила вредная тетка, которая за каждое пятнышко на потолке требовала, чтобы ей оплатили европейский ремонт.

«Будет ужасный день, — подумала Вера, вытирая воду, — и вообще все у меня ужасно. Совсем скоро мне стукнет тридцать. У меня нет ни мужа, ни детей, ни постоянной работы. За этот месяц я поправилась на два килограмма. Собственное отражение в зеркале вызывает тоску и оскомину».

Вера распрямилась, откинула мокрые волосы с лица и скорчила самой себе гнусную гримасу.

— Ну, давай, старайся, приводи себя в порядок, ври самой себе, будто ему важно, как ты выглядишь, будто он видит в тебе особь женского пола! Ты для него — толстый словарь, стационарный компьютер, который можно включить и выключить, когда вздумается.

В детстве Веру дразнили «ватрушкой». Она была полненькая, маленькая, со светло-желтыми волосами и бледно-голубыми глазами. Брови и ресницы тоже были совсем светлые, от этого ее круглое мягкое лицо ей самой казалось каким-то хлебобулочным, похожим на ватрушку. Кожа у нее была очень белая, нежная, чувствительная и к солнцу, и к ветру. На морозе ее маленький, чуть вздернутый носик моментально краснел, на солнце тоже краснел, обгорал и шелушился. Стоило хоть немного занервничать, и тут же щеки заливались жгучим румянцем. Если она плакала, даже совсем немного, то потом весь день ходила с воспаленными, опухшими глазами.

Каждое ее чувство сразу отражалось на лице. Она не могла ни соврать, ни притвориться. Если она огорчалась, лицо ее непроизвольно вытягивалось, уголки губ сами собой ползли вниз. Когда радовалась, глаза ее становились ярко-голубыми, сверкали, рот растягивался в счастливой щенячьей улыбке, щеки нежно розовели. Она знала это свое дурацкое свойство, но ничего поделать с лицом не могла.

С семи лет Вера носила очки, которые совершенно не шли ей, уменьшали и без того небольшие глаза, делали ее совсем скучной и неженственной. Беленькая пухленькая отличница, мамина дочка, пай-девочка, всегда чистенькая, тихонькая, безотказная...

В двенадцать лет Вера пыталась морить себя голодом. Ей хотелось стать тонкой, воздушной, неземной. Целый день она ничего не ела. Чтобы не обсуждать эту болезненную проблему с мамой, она, вернувшись из школы, разогревала себе суп, наливала в тарелку, потом аккуратно выливала в унитаз, тарелку и половник мыла и оставляла в сушилке.

— Верочка, ты пообедала? — спрашивала мама каждый раз, возвращаясь с работы.

— Конечно, — отвечала дочь, отворачивалась и заливалась горячим румянцем.

Ночью Вера, крадучись, пробиралась на кухню и съедала несколько толстых кусков колбасы, мазала маслом белый хлеб, стоя у холодильника и презирая себя до слез. Чтобы утешиться, она отправляла в рот полдюжины шоколадных конфет.

Шоколада в доме всегда было много. Мама, детский врач, участковый терапевт, получала в качестве подарков на все праздники исключительно шоколадные наборы.

У отца была другая семья, Верой он не интересовался. Мама работала на полторы ставки, и девочка была с семи лет предоставлена самой себе. Она росла самостоятельной, обязательной, очень аккуратной. Не ребенок, а чудо. К тому же с первого класса школы до последнего курса университета училась Вера на одни пятерки.

Когда начался период жгучих школьных романов, вечеринок при погашенном свете, Вера вообще перестала есть, даже по ночам. Ей действительно удалось немного похудеть, она была счастлива, пока однажды на контрольной по геометрии не упала в обморок.

— Ты никогда не будешь худой, Веруша. Смирись и не мучай себя, — сказала ей мама.

Одним из счастливых свойств Вериного характера было умение быстро забывать все неприятное. Она легко мирилась и с собственными внутренними проблемами, и с внешними обидами. Она вообще не умела обижаться — ни на людей, ни на природу, ко-

34

торая создала ее пухленькой, а не тонкой-звонкой. Настроение ее могло исправиться в один миг из-за какой-нибудь мелочи. Например, дождик теплый пошел или, наоборот, кончился, солнце выглянуло, два щенка, черный и белый, смешно гоняются друг за другом во дворе, по радио вдруг зазвучала песенка «Битлз» или старинный русский романс в хорошем исполнении.

Ко всему прочему, Верочка с десяти лет писала стихи. До четырнадцати она их не показывала никому, только маме. И вот однажды мама потихоньку от нее отнесла несколько стихотворений в популярный молодежный журнал. Маме сказали, что у девочки есть кое-какие способности, стихи не напечатали, но Верочку пригласили в литературное объединение при журнале.

Теперь раз в неделю она приходила вечером в редакцию, где в зале заседаний собирались мрачные длинноволосые или бритые наголо молодые люди, надменные барышни в широких свитерах, пожилые сумасшедшие гении обоего пола.

Возглавлял литобъединение известный советский поэт, добродушный, сильно пьющий, с крайне запутанной личной жизнью и парой тоненьких сборничков лирики. Сборнички были изданы давно, в конце шестидесятых. Никто бы не заметил этих двух книжек, если бы не хлесткий фельетон партийного критика, опубликованный в газете «Правда». Поэт был объявлен чуть ли не запрещенным, встал в почетные ряды пострадавших от советской власти и тут же прославился на многие годы вперед. Даже стихов ему писать с тех пор не надо было. Он и не писал.

На занятиях обсуждалась какая-нибудь очередная поэма или подборка стихов. Каждый слушал только себя. Каждый приходил для того, чтобы раз в три месяца «обсудиться». Это была болезненная словесная эквилибристика, взрослые люди тратили вечера и силы на восхваление, а чаще – на уничтожение витиеватых, пустых опусов, спорили о каждой строке, издевались друг над другом с изысканным садо-мазохистским кайфом.

Пятнадцатилетняя Верочка Салтыкова была самой юной и незаметной из всех завсегдатаев литобъединения. Надменные барышни с сигаретками в зубах снисходительно называли ее «деточка», молодые люди вообще не смотрели в ее сторону. Но она чувствовала себя причастной к чему-то значительному, возвышенно-духовному. Творения непризнанных гениев казались ей действительно гениальными, злобные взаимные подколки членов литобъединения она воспринимала как образцы утонченности мысли, шедевры остроумия.

До обсуждения Верочкиных детских стихотворений очередь, к счастью, так и не дошла...

Один из завсегдатаев ЛИТО, двадцатитрехлетний студент Полиграфического института, пригласил небольшую компанию к себе на дачу. Стоял очень теплый май.

– И ты, малышка, давай с нами! – сказал он, мельком взглянув на розовое, круглое личико под желтой челкой.

– Я только позвоню маме!

– Тебя кто-нибудь потом проводит домой? – спросила мама по телефону.

– Конечно, мамуль, не волнуйся.

Надежда Павловна действительно не слишком волновалась. Ей, детскому врачу, человеку, далекому от прилитературной среды, все эти сложные непризнанные гении представлялись людьми чистыми, высокодуховными и абсолютно порядочными.

Пустая двухэтажная дача находилась в пятидесяти километрах от Москвы. В электричке Вера смотрела в окно, прислушивалась к разговорам, в которых Пушкина панибратски именовали Сашей, Лермонтова – Мишей, Мандельштама – Осей, Пастернака — Борей и так далее, словно все реальные гении русской поэзии были своими людьми в этом склочном табунке.

В саду на деревянном столе стояла пятилитровая бутыль мутного самогона. Вера, ни разу в жизни не бравшая в рот спиртного, залпом, зажмурившись, выпила почти полный стакан, любезно предложенный ей наравне со всеми. Ее никто не остановил. Проглотив жгучую гадость, она небрежно вытянула сигарету из чьей-то пачки и закурила. Ей хотелось быть, как они, бесшабашно-утонченной, искушенной, сложной.

Еды на столе было мало, только хлеб, плавленые сырки и толстые куски одесской колбасы. Вера выпила еще полстакана самогона, не закусывая.

Потом был сплошной тошнотворный туман, стремительное головокружение. Она запомнила только бреньканье расстроенного фортепьяно на темной веранде, мутные пятна смеющихся лиц, какой-то самолетный гул в ушах.

Очнулась она от резкой боли в паху и собственного крика. Открыв глаза, она увидела над собой бородатое чужое лицо, успела подумать, что совершенно голый человек с бородой выглядит как-то особенно дико и непристойно. Прежде чем что-либо сообразить, она изо всех сил вмазала своим маленьким кулачком по этой темной бороде и только потом узнала хозяина дачи, Стаса Зелинского.

— Я люблю тебя, не бойся, все хорошо, не бойся, — шептал он, пытаясь поймать ее руки.

Она вырвалась, дрожа и захлебываясь слезами, стала искать свою одежду в темноте на полу. Он тоже стал одеваться, бормоча, что влюбился в нее с первого взгляда, жить без нее не может и теперь они вовек не расстанутся.

До первой электрички осталось полтора часа. В доме было тихо, гости то ли разъехались, то ли заснули. Зелинский плелся за ней на станцию, продолжая бормотать признания и извинения. Он ни разу не обратился к ней по имени, и Вера поняла, что он даже не помнит, как ее зовут.

Но самое ужасное заключалось в том, что из всех завсегдатаев литобъединения именно на этого бородатого Стаса Верочка заглядывалась с первого занятия. Не то чтобы он ей нравился, просто хотелось на него смотреть. Он считался в поэтическом табунке самым талантливым, и собой был недурен, и умел говорить хлестко, смешно, почти афоризмами.

Всю дорогу до Москвы Верочка молчала, старалась не встретиться глазами со своим протрезвевшим жалким провожатым. Когда они вышли из метро, он попросил у нее телефон.

— У женщины в твоем возрасте уже должен быть мужчина, — сказал он, — рано или поздно это все равно бы произошло. Если не я, так кто то другой... Так почему не я? Ты мне действительно очень нравишься, и все случилось не по пьяни. Ты похожа на рембрандтского херувима, у нас все будет хорошо.

Она тогда не дала ему номера телефона, вошла в подъезд, тихонько прикрыла за собой дверь. Он остался стоять на улице.

Выйдя из лифта, Вера взглянула в окно на лестничной площадке и обнаружила, что он так и стоит у подъезда, курит и, задрав бородатое лицо, глядит вверх.

«А может, он и вправду полюбил меня? — подумала она. — Я ведь не знаю, как это должно происходить на самом деле...»

— Интересно тебе было? — спросила мама за завтраком. — Я, честно говоря, стала волноваться. Ты ведь впервые не ночевала дома.

— Да, мамуль, было очень интересно, — ответила Верочка, отвернулась и густо покраснела.

— Много было народу?

- Человек десять, — пожала плечами Вера.

— Чем же вы там занимались всю ночь? Стихи читали?

— Да, стихи... — эхом отозвалась дочь.

«Наверное, Верочке кто-то очень нравится из этих талантливых молодых людей. Хорошо, что девочка сразу попала в интеллигентную среду и нет возле нее жутких дворовых компании», — подумала мама и не стала больше задавать вопросов.

На следующий день, возвращаясь из школы, Верочка увидела у своего подъезда Стаса Зелинского с белой гвоздикой в руке.

— Вот видишь, я уже по тебе соскучился, — сообщил он и, наклонившись, нежно поцеловал ее в щеку. — Ты что-нибудь рассказала родителям?

— У меня только мама, я ничего ей не говорила...

— Умница, — он еще раз поцеловал ее.

На этот раз она продиктовала ему свой телефонный номер.

Ни у кого из одноклассниц не было романа с таким взрослым двадцатитрехлетним молодым человеком. Вере было жутковато и приятно, когда он встречал ее у школы.

— Ну ты даешь, Ватрушка! — качали головами одноклассницы.

Верочка сама не заметила, как по уши влюбилась в Зелинского. Если он исчезал на несколько дней, она не находила себе места. Но он появлялся, вел к себе домой. У него была комната в коммуналке на Самотеке, доставшаяся от бабушки. Он жил там один, отдельно от родителей.

Попадая в прокуренную пыльную клетушку, Вера прежде всего наводила там чистоту, мыла посуду в общей раковине на коммунальной кухне, подметала пол, стирала в тазу в общей ванной рубашки своего драгоценного Стаса. Потом готовила какую-нибудь еду. После тихого совместного ужина он не спеша, лениво, притягивал ее к себе, целовал, раздевал. У нее кружилась голова от прикосновений его больших теплых рук, от звука его голоса.

Потом он провожал ее домой. С мамой знакомиться не хотел, со своими родителями тоже не знакомил.

Через год, после очередной уборки, ужина и порции любви, он закурил и, глядя в потолок, с какой-то глупой ухмылкой произнес:

— Ты, Верочка, можешь меня поздравить. Я женюсь.

— Поздравляю, — натягивая колготки, машинально ответила Вера.

Он посмотрел на часы и добавил:

— Ты знаешь, сегодня в девять ко мне придут, а сейчас половина девятого...

Вера ничего не ответила, быстро оделась и выбежала вон. Она бежала по вечерним улицам, и ей казалось, что жизнь кончена, ничего хорошего больше не будет.

Женитьба Зелинского, впрочем, оказалась весьма кстати. Вера заканчивала десятый класс, надо было поступать в институт. Теперь ничто не отвлекало ее от экзаменов. С первой попытки она поступила на филфак университета.

Но через год Стас развелся, и опять появилась в Верочкиной жизни грязная комната в коммуналке на Самотеке... Потом он женился, разводился, находил и терял работу, нищал, богател, менял любовниц, заводил детей, бросал их, платил алименты.

Всякий раз, когда ему было худо или когда между женами и любовницами получался перерыв, он звонил Вере. Она приходила, мыла посуду, стирала белье, готовила еду, ложилась с ним в постель. Если в ее жизни появлялись другие мужчины, Зелинский тут же возникал призраком на горизонте, распушал хвост, говорил нежные слова. Презирая себя, Вера забывала обо всем и снова мыла, стирала, готовила, ложилась в постель.

Какой-нибудь дошлый психоаналитик углядел бы в этих отношениях жуткий, утробный садо-мазохистский подтекст. Но Верочка не посещала психоаналитиков. Даже маме она почти ничего не рассказывала. Конечно, за эти годы Надежда Павловна имела честь познакомиться с Зелинским. Но не могла спокойно слышать его имени, не подзывала дочь к телефону, когда он звонил.

Дело было в том, что Верочка нежно и проданно любила его, только его одного, и никто другой ей не был нужен.

Единственному человеку, самой близкой своей подруге Тане Соковниной она рассказала все, как было. Еще тогда, в девятом классе.

— Он ведь изнасиловал тебя! — всплеснула руками Таня. — Он скотина последняя, и все они там — скоты, ублюдки, ненавижу!

— А вдруг он меня все-таки хоть немного... — Верочка запнулась и покраснела, — хоть немного любит?

— Знаешь что, — внимательно глядя в ее круглое личико, сказала Таня уже мягче, — давай не будем воспринимать это ни как трагедию, ни как великую любовь. Ну случилось, и ладно. Первый твой женский опыт, пусть не самый романтический, но опыт.

Потом, в двадцать, Таня говорила:

— Он разобьет тебе жизнь, на твоем месте любая нормальная баба послала бы его ко всем чертям давным-давно.

И сейчас, в тридцать, Верочка слышала от своей ближайшей подруги:

— Зелинский — скотина, бесчувственное животное...

В общем, она и сама это понимала. Она давно знала ему цену, но ничего не могла с собой поделать... На самом донышке ее души жила слабенькая шальная надежда: а может быть, он и правда любит меня? Просто он такой сложный, непредсказуемый, ни на кого не похожий... Ей было стыдно признаться даже самой себе в том, что эта глупая надежда все еще жила.

Сейчас, стоя перед зеркалом, она ругала себя последними словами за то, что подкрашивает ресницы, обводит губы контурным карандашом, пудрится. Она даже решила не завтракать до его прихода. Все равно ведь придется поить его кофе.

Потом она ужасно долго одевалась. Натянула джинсы и майку, повертелась перед зеркалом, джинсы поменяла на длинную пеструю юбку. Ей хотелось выглядеть небрежно, по-домашнему, чтобы он не заметил ее стараний.

— Он и так не заметит, — усмехнулась Вера, опять влезая в джинсы и меняя майку на длинный тонкий свитер.

Все это время нестерпимо громко гавкал Мотя. Пес считал, что она одевается исключительно ради прогулки с ним. Он только не мог понять, почему так долго, и был искренне возмущен.

Наконец, пристегнув поводок, она отправилась с Мотей во двор. Шел мелкий грибной дождь, мягкое майское солнце проглядывало сквозь свежую листву тополей, капли дождя сверкали, маленькая, едва заметная радуга стояла вдалеке над крышами соседнего переулка.

«Сегодня я наконец распрощаюсь с ним, — думала Вера, — я скажу ему что-нибудь обидное, унизительное. Сегодня я увижу его в последний раз, и все. Пусть катится. А потом мне некогда будет страдать и рефлексировать. Я буду очень занята, заработаю много денег, поеду с мамой на море...»

Через полчаса Зелинский явился. Как всегда — ни цветочка, ни шоколадки, только дежурный поцелуй в щеку и папка с двумя страничками очередной рекламной мути, которую надо перевести на английский.

— Ты зажаришь для меня твой фирменный омлет с черными гренками и помидорами? Я специально не завтракал.

Она зажарила омлет, потом сварила кофе. Потом перевела на английский пламенные тирады о волшебных свойствах новой косметической серии российской фирмы «Дива».

— Стас, неужели американцы покупают нашу косметику?

— Наверное, да, — пожал он плечами, — по-моему, это чистой воды авантюра. Но мне по фигу. Мне заказали буклеты.

Стас работал в маленьком издательстве, которое печатало всякие рекламные брошюрки, гороскопы, книжечки о тайнах сексуальной совместимости, о чудодейственных диетах и гимнастиках, настенные календари с голыми девицами. Владельцем был его приятель, а он сам — единственным сотрудником. По сути дела, Вера Салтыкова тоже работала в этом издательстве. Она без конца что-то переводила, вела переговоры по телефону, когда надо было это делать по-английски. Телефонные счета она отдавала Зелинскому, он оплачивал. А за свой труд она из рук драгоценного Стаса не получала ни копейки. Она привыкла за пятнадцать лет делать для него все бескорыстно и с радостью.

Когда она закончила перевод и протянула ему отпечатанные на принтере странички английского текста, он спросил:

— Мама во сколько вернется?

— В пять. — Верочка посмотрела на часы, потом на Зелинского. — Знаешь что, Стас, я хотела тебе сказать...

Но он уже подошел вплотную, его руки нырнули под свободный свитер и ловко расстегнули лифчик.

— Я хотела тебе сказать, что больше не...

— Да, Верочка, я тебя внимательно слушаю, — и он зажал ей рот своими тонкими, сухими губами.

От его жесткой бороды на Верочкиной нежной коже иногда появлялась неприятная краснота. Раздражение долго потом не проходило.

Глава 3

Илья Андреевич Головкин попал под дождь в новом костюме. Он вообще терпеть не мог дождь, а тут еще зонтик забыл.

Когда Илья Андреевич обнаружил, что темно-синий пиджак линяет и на воротнике белоснежной рубашки появились омерзительные голубые разводы, ему захотелось завыть от тоски. Он упорно убеждал себя, что выть ему хочется именно из-за этих дурацких разводов, из-за того, что бирка на красивом пиджаке «Made in England» оказалась поддельной, как и весь костюм, такой элегантный, темно-синий, в редкую тонкую полосочку...

Эти разводы он заметил в зеркале в дешевой пиццерии, куда зашел поесть. Он уже больше месяца не разговаривал с женой. Когда они ссорились, а случалось это в последнее время часто, Раиса Федоровна переставала покупать продукты и готовить, сама ела где придется, но зато и «этот стервец», муж ее Илья Андреевич, вынужден был питаться в дешевых забегаловках.

Средства вполне позволяли Головкину пообедать и поужинать в хорошем ресторане. И костюм он мог бы приобрести не на вьетнамской барахолке в Лужниках, а в приличном магазине. При желании он мог бы давно уже не пользоваться городским транспортом, а ездить если не на «Мерседесе», то хотя бы на «Жигулях».

Нельзя сказать, что Илье Андреевичу было приятно каждое утро в час «пик» втискиваться в переполненный вагон метро, гусиным шагом в душной сонной толпе пробираться к эскалатору на переходе, где кто-нибудь обязательно толкнет, пнет, обматерит.

Разумеется, ничего приятного не было и в должности начальника отдела снабжения маленькой макаронной фабрики. Но вот уже двадцать лет Илья

Андреевич занимал эту странную и, в общем, довольно хлопотную должность. И жить он старался «по средствам», но не по тем, которые имел на самом деле. О реальных доходах скромного снабженца не догадывался никто, даже жена. Скудный быт семьи Головкиных соответствовал доходам Раисы Федоровны, учительницы труда в школе, и Ильи Андреевича, начальника отдела снабжения макаронной фабрики.

Каким чудом сохранилась нищая грязная фабричка в укромном переулке в Сокольниках, никто не знал. Макароны, которые она производила на ржавом довоенном оборудовании по устаревшим технологиям, давно никто не покупал. Развесная лапша и вермишель десятилетней давности плесневела на складах магазинов в глубинке, иногда ее пускали на корм скоту, но чаще кормили ею заключенных в тюрьмах и лагерях, солдат в армии и детей в детских домах.

Мрачное, полуразвалившееся здание было построено в середине прошлого века немцем-кондитером. Когда-то здесь вручную пеклись вкуснейшие пирожные, воздушное печенье птифур, отливались глянцевые шоколадные «бомбы», внутри которых были замурованы крошечные фарфоровые зайчики с розовыми ушками, куколки в балетных пачках, белые медвежата. Все это прямиком из Сокольников отправлялось каждое утро в знаменитый гастроном Елисеева, в булочную Филиппова. Рассыльные в элегантной униформе развозили по всей Москве заказные огромные торты. Высокие, причудливо разукрашенные коробки в пышных бантах они держали на вытянутых руках, торжественно, осторожно, ибо каждый такой торт был неповторимым произведением кондитерского искусства.

Для себя немец выстроил двухэтажный пряничный домик с широкой винтовой лестницей внутри.

После революции потомки кондитера эмигрировали, фабричка была объявлена народным достоянием и стала вместо кондитерских изысков производить серые макаронные изделия для голодных трудящихся.

В пряничном домике разместились бухгалтерия, отдел кадров, партком, фабком и прочая администрация. Пожилая секретарша нынешнего директора, натура тонкая и впечатлительная, любила рассказывать шепотом, как поздними вечерами бродит по гулкой винтовой лестнице прозрачное привидение, немец-кондитер в белой рубахе до пят, в ночном колпаке с кисточкой, и его страшное лицо подсвечено снизу дрожащим огоньком сальной свечи. Никто ей, конечно, не верил, но допоздна в пустом административном здании старались не засиживаться.

Впрочем, в последние годы администрации фабрички и днем делать было нечего. Бухгалтерия и плановый отдел, полдюжины пожилых женщин с трудными судьбами, гоняли чаи, обсуждали мексиканские телесериалы, недостатки своих зятьев и невесток, рост цен и преступности.

Войдя в свой маленький кабинет, все еще украшенный портретом Ленина и почетными грамотами в деревянных рамках, Головкин первым делом снял пиджак, брезгливо осмотрел полинявший ворот. Даже на пальцах остались мерзкие голубоватые пятна.

— Вот ведь дрянь какая, — пробормотал он себе под нос, повесил пиджак на плечики, надел синий сатиновый халат и уселся за стол.

Позавчера вечером, наглотавшись снотворного в купе поезда Прага — Москва, засыпая тяжелым, нездоровым сном, он сказал себе: «Потом. Все потом. Я отдохну после безумной гонки, приду в себя и попробую спокойно обдумать ситуацию».

Потом он ехал еще день, до вечера, и вроде было у него время подумать. Но соседи по купе громко разговаривали, играли в карты, настойчиво предлагали ему выпить. Он убеждал себя, что это мешает думать, что в такой обстановке невозможно сосредоточиться, но уже ясно понимал: вранье, отговорки. Вариантов нет, думай не думай, хоть мозги вывихни, — на этот раз нет никаких вариантов.

Выйдя из поезда в Москве на Белорусском вокзале, он продолжал малодушно врать себе, что дома он тоже не сумеет собраться с мыслями. Мрачное, нервозное молчание жены не даст ему сосредоточиться. И действительно, за две недели, пока он был в Праге, дома ничего не изменилось. Жена продолжала свой демонстративный бойкот, холодильник был пуст.

Илья Андреевич опять выпил сильное снотворное и забылся тяжелым сном. Проснулся он рано, по дороге на работу позавтракал в пиццерии и опять сказал себе, что вот наконец сейчас, заперевшись в своем тихом уютном кабинете, он сумеет сосредоточиться. Выход должен быть. Надо только как следует пошевелить мозгами.

Но, когда он остался один и ничего уже не мешало шевелить мозгами, ему вдруг почудилось, что в окошко кабинета за ним неотрывно следят, наблюдают и видят не только выражение его лица, но даже мысли могут прочитать.

Паника, которая жила в нем все эти дни, поднялась в душе новой тошнотворной волной. Илья Андреевич считал себя человеком трезвым, разумным, крайне осторожным. И не мог понять, почему на пятьдесят седьмом году жизни, пройдя огонь и воды, выбравшись живым и невредимым из самых немыслимых передряг, он умудрился так смертельно вляпаться.

Антону Курбатову приснился совершенно идиотский сон. Сны ему вообще снились редко, и были они обычно какие-то мутные, черно-белые, бессмысленные. Просыпаясь, он уже ничего не помнил. А тут — вскочил среди ночи в холодном поту, стал хлопать глазами в темноте.

Рядом, приоткрыв рот и по-детски положив ладонь под щеку, крепко спала Оля. Из шикарных Галюшиных хором пришлось перебраться сюда, в однокомнатную Ольгину квартирку в Чертанове. Сановный Галин супруг вернулся из Стокгольма. А у Ольги никакого супруга не было. Клетушка в Чертанове и ее тридцатипятилетняя хозяйка всегда были к услугам Антона. В любое время суток он мог заявиться сюда и жить, сколько захочется. Но Антон старался не злоупотреблять Ольгиным гостеприимством. Одинокая независимая дама, врач-уролог, кандидат наук, Ольга Тихонова больше всего на свете хотела стать женой красивого легкомысленного предпринимателя Антона Курбатова, который был младше ее на четыре года и к семейной жизни совершенно не пригоден.

Как женщина умная и тактичная, Ольга никогда не заводила разговоров о браке впрямую. Но она постоянно намекала, мягко, тонко, как бы между прочим. Однако для свободолюбивого Антона этих намеков было вполне достаточно, чтобы появляться в Чертанове редко и не задерживаться надолго. Стараясь не разбудить Ольгу, он тихонько вылез из-под одеяла, накинул на голое тело махровый Ольгин халат, висевший на стуле, отправился на кухню, зажег маленькое бра под соломенным абажуром, налил в кружку воды из холодного чайника, выпил залпом, уселся на широкую деревянную лавку и закурил.

Идиотский сон не выходил из головы. Он был

такой яркий и конкретный, что Антона даже познабливать стало от ужаса. Ему приснилось, будто они с Дениской несутся по старой Праге, по знакомым улицам. Бежать тяжело, ноги во сне кажутся ватными, не слушаются, но за ними гонится кто-то страшный, с черными провалами вместо глаз. Антону хотелось закричать, позвать на помощь, но вместо крика получался какой-то беззвучный хрип. А Денис отставал, без конца спотыкался и вдруг исчез совсем. Антон оглянулся, а брата нет рядом. Во сне Антону показалось, что брата вообще больше нет, никогда не будет.

— Чушь, фигня какая-то, — сказал он себе вслух и подошел к окну.

Уже светало. С высоты тринадцатого этажа все казалось маленьким, игрушечным. Стандартное четырехэтажное здание школы выглядело белым кубиком, качели и домики детской площадки напоминали детали пластмассового конструктора.

Коробки новостроек уходили вдаль, в бесконечность, и зыбкий пасмурный рассвет делал их призрачными, нереальными, будто кто-то расчертил пространство на аккуратные прямоугольники, а на самом деле нет там никаких домов, никаких людей, просто черно-белый плоский рисунок.

На Антона вдруг накатило ощущение пустоты и одиночества. Он вспомнил, как в детстве его одного отправили на месяц в Болгарию, в детский санаторий на берегу Черного моря. Денис сломал ногу, у него был какой-то сложный двойной перелом, и он весь месяц лежал в больнице в Праге. Антону было семь, Денису шесть. Ни до этого месяца, ни после братья не расставались так надолго.

Антону в санатории не нравилось. Ему было одиноко и неуютно. Там отдыхало много детей из России, но он не мог ни с кем подружиться. Многие часы он проводил, стоя у высокого забора, втиснув лицо между металлическими прутьями и глядя на небольшое кукурузное поле, которое шло по обеим сторонам шоссе. И вот однажды он увидел, как бежит по шоссе мальчик лет шести, худой, маленький, с темно-русым ежиком волос. Он даже закричал: «Дениска!», стал протискиваться сквозь прутья забора. Мальчик подбежал ближе, засмеялся, крикнул что-то по-болгарски. Это, конечно, был не Дениска.

Чувство обманутости, брошенного, безнадежного сиротства долго потом не проходило. Оно так и осталось в нем на всю жизнь, где-то на самом донышке души. Когда у него, взрослого, бесшабашного, независимого, случались серьезные неприятности, а брата рядом не было, он опять на несколько минут превращался в семилетнего Антошку, втиснувшего лицо между прутьями забора и глядящего на кукурузное поле...

Он докурил до фильтра, поеживаясь, вернулся в комнату, нырнул под одеяло, прижался лбом к Ольгиному теплому плечу. Она что-то пробормотала во сне, повернулась, обняла его за шею.

«А может, и правда жениться на ней? — неожиданно подумал он. — Из нее выйдет отличная жена».

Но он тут же отогнал от себя эту дурацкую мысль и удивился, как сильно подействовал на него странный противный сон. Он ведь никогда не был суеверным, плевал на всякие приметы, предчувствия. Это Дениска верил в интуицию, в сны, в прочую мистическую муть.

Антон сам не заметил, как заснул. Никаких кошмаров ему больше не снилось. Проснулся он от телефонного звонка. Телефон стоял на ковре у тахты. Ольга, не открывая глаз, нащупала трубку.

— Да, здравствуйте, Ксения Анатольевна. — Она вопросительно уставилась на Антона.

Он молча кивнул и взял трубку.

— Мама? Доброе утро.

Он не успел удивиться, каким образом мать разыскала его здесь, откуда узнала Ольгин телефон.

Лицо его сильно побледнело, голова закружилась.

— Да, мама. Я сейча приеду, — проговорил он совершенно белыми губами, положил трубку, вскочил с кровати, заметался по комнате, подбирая разбросанную по ковру одежду.

— Что случилось? — тихо спросила Ольга.

— Чушь какая-то! — закричал он ей в лицо. — Этого не может быть! Ты слышишь?! Этого быть не может!

— Антон, в чем дело?

— Какие-то идиоты позвонили, говорят, будто Дениска... Будто его...

— Что? — не поняла Ольга. — Объясни толком...

Но он уже вылетел вон, забыв зашнуровать кроссовки.

***

Невысокая прямая фигура появилась перед Ильей Андреевичем так неожиданно, что он даже не успел испугаться. Да и поздно было пугаться. Он знал: стоит ему сейчас рыпнуться, сделать любое резкое движение, и ему в грудь упрется темное пистолетное дуло или тонкое сверкающее лезвие финки.

Прохожих в переулке было мало, но все-таки были. Колченогая бабка с авоськой просеменила мимо, два подростка в широких приспущенных штанах промчались на роликах, молодая мамаша медленно катила коляску. Были люди вокруг, все-таки город, не пустыня, и время не позднее — семь часов вечера. Но Илья Андреевич знал: если что, не успеет он пикнуть, позвать на помощь.

Человек, стоящий вплотную к нему, убивал сразу, с первого удара. Ему даже оружие не требовалось для этого. Он владел моментальными смертельными приемами всяких сложных восточных единоборств.

51

Кличка Сквозняк появилась у него еще в детстве и прикипела, вероятно, на всю жизнь. Казалось, этот человек может проходить сквозь стены, возникать ниоткуда и исчезать в никуда.

Однажды Илья Андреевич стал случайным свидетелем разборки. Молодой бандит подозревался в воровстве у своих. Сквозняку кто-то стукнул, будто этот парень притырил по-тихому перстень с изумрудом, взятый среди прочих вещей в ограбленной квартире. До тех пор пока Сквозняк не выяснил правду, он и пальцем не шевельнул, стоял, заложив руки за спину, смотрел, как двое бандитов не без удовольствия обыскивают своего собрата.

Перстень был найден у парня в ботинке. Сквозняк совсем легко и незаметно саданул ребром ладони парнишку в живот. Удар со стороны даже не казался ударом, никто не успел понять, что произошло. Илья Андреевич стоял совсем близко, ему почудилось, будто быстрый ледяной ветерок пробежал по комнате.

Парнишка скорчился, лицо его приобрело какой-то смертельный синеватый оттенок. Он умер не сразу, а только через десять дней в больнице. У него была отбита печень, и врачи не смогли его спасти.

А перстенек оказался подделкой — дешевый желтый металл, зеленая стекляшка.

— Давай отойдем куда-нибудь, — прошептал Головкин, — а хочешь, можно вон в то кафе.

— Давай, — спокойно кивнул Сквозняк, — можно и в кафе.

Шагая с ним рядом по переулку, Илья Андреевич честно признался себе, что опять тянет время, каждая минутка сейчас на вес золота, ибо сколько этих минуток ему осталось, неизвестно.

В маленьком кафе не было ни одного посетителя. Они сели за столик у окна. Молоденькая официантка в туфлях на метровой «платформе» приветливо улыбнулась:

— Добрый вечер. Что будем кушать?

Илья Андреевич подумал, что вряд ли сможет сейчас есть. А вот выпить не мешает. Конечно, надо выпить. Водки.

— Нам, пожалуйста, водки, — сказал Сквозняк.

Илью Андреевича передернуло, словно этот человек мог читать его мысли. Ведь сам Сквозняк водку не пил. Он вообще не употреблял спиртного.

— А на закусочку? — ласково спросила официантка.

— Салат, рыба, — пожал плечами Сквозняк, — принесите что-нибудь легкое, на ваш вкус.

— А горячее? — Девушка выжидательно переводила взгляд с молодого симпатичного посетителя на маленького, кругленького, какого-то нервного старикана.

— Да-да! — спохватился Илья Андреевич. — Мне цыпленка-табака, пожалуйста.

С горячим они просидят здесь дольше, хоть немного дольше...

— Цыпленка нет, — вздохнула официантка, — возьмите котлетку по-киевски, очень советую.

От слова «котлетка» у Ильи Андреевича немного потеплело на душе. Слово это было такое мирное, уютное...

— Да, мне котлетку, — радостно закивал он.

— А вам? — Девушка кокетливо склонила голову набок и довольно откровенно улыбнулась, глядя на молодого симпатичного.

Сквозняк всегда нравился женщинам. В его облике причудливо сочетались интеллигентность и вкрадчивая мощь, мягкая мужественность. Разумеется, интеллигентность была лишь обманчивой внешней оболочкой, за которой скрывался холодный, лютый зверь.

Илья Андреевич, как человек наблюдательный, заметил невинное кокетство молоденькой официантки и усмехнулся про себя: «Знала бы ты, детка, кому глазки строишь...»

Головкин опять пытался побороть внутреннюю панику, цыпляясь за всякую мелочь, застревая на незначительных деталях. Все это были живые детали, они как бы отдаляли неминуемую развязку, создавали иллюзорную преграду между жизнью и небытием.

— Спасибо, девушка, мне горячего не надо. И водки принесите только для него. А мне апельсиновый сок, — говорил между тем Сквозняк.

— Что, совсем не пьете? — Девушка удивленно вскинула брови.

— Не пью. — Внезапно широкая улыбка вспыхнула на его лице и тут же погасла.

Официантка удалилась. Тяжелые, стального оттенка глаза уперлись Илье Андреевичу в лицо. Все, тянуть больше нельзя было. Мысленно перекрестившись, Головкин произнес:

— Деньги пропали. Собственно, поэтому я и задержался, пытался найти, сделать хоть что-то...

Он стал подробно рассказывать, как выкачивал из пражского филиала подопечного банка миллион долларов. Банда Сквозняка, хоть и действовала на территории России, основные свои капиталы переправляла в недалекое зарубежье и пользовалась для этого услугами банка «Славянка», который, кроме прочей финансовой деятельности, весьма активно занимался отмыванием криминальных денег.

В последние несколько лет среди «новых русских» стало модно приобретать недвижимость на территории Чехии.

Хотя Чехословакия и принадлежала в недавнем прошлом к социалистическому лагерю, но после его развала довольно быстро справилась с неприятными последствиями развитого социализма. Эта страна умудрилась сохранить стабильность, спокойствие, высокий жизненный уровень. Прага — географический и архитектурный центр Европы, но цены на недвижимость там значительно ниже, чем в других европейских столицах, не говоря о Москве.

Заиметь квартиру в Праге или домик в пригороде оказалось делом недорогим и не слишком хлопотным. Формально иностранные граждане не имеют права покупать недвижимость на территории страны. Но любой иностранец может запросто зарегистрировать фирму, пользуясь посредничеством любого гражданина Чехии. Фирма, в свою очередь, имеет полное право приобрести и недвижимость.

Фирмы реальные, а чаще фиктивные, стали расти на территории бывшей братской страны, как грибы под августовским дождем. Потекли капиталы, появились сомнительные посреднические структуры, банки, товарищества с ограниченной ответственностью. Разумеется, стержнем этой финансовой круговерти были криминальные деньги. В мощный поток вливались ручейком и кровавые доходы банды Сквозняка.

Когда костяк банды, трое приближенных Сквозняка, трое ближайших его подручных, были арестованы оперативниками ГУВД, срочно потребовались деньги, очень много денег — на адвокатов, на взятки, на приличный «грев» и на прочие экстренные нужды. Общак стал быстро таять. Соратники получили свои многолетние сроки. Сквозняка взять не удалось, он был объявлен в розыск и находился в бегах. А это дорогое удовольствие.

Банда существовала обособленно, главарь ее был горд и независим, а потому на помощь коллег рассчитывать не приходилось. Раздобыть наличные быстро и незаметно, не подставляясь, не светясь, можно было только в Праге. Именно туда по поручению самого Сквозняка и отправился скромный снабженец макаронной фабрики, тайный казначей банды, Илья Андреевич Головкин.

Руководству банка «Славянка» было отлично известно, что банды больше нет и Сквозняк в розыске. Но банкиры знали: сам по себе Сквозняк, без всякой банды, представляет достаточно серьезную опасность. В любой момент он может сколотить бригаду, поэтому лучше с ним не конфликтовать и не торговаться.

Илья Андреевич застал в Праге неприятную картину. Банк «Славянка» готовился к эвакуации, к тихому и бесследному исчезновению. Со стороны это было незаметно, однако Головкин, как человек бывалый, понял сразу: ребята собираются слинять, раствориться где-нибудь на просторах Австралии или Новой Зеландии.

После недолгих, но бурных переговоров Илья Андреевич все-таки получил миллион долларов, сложил толстые пачки сотенных купюр в неприметный кожаный кейс и должен был возвращаться поездом в Москву. Но случилось непредвиденное.

Глубокой ночью Илья Андреевич проснулся в своем скромном гостиничном номере. Разбудил его очень тихий звук. Что-то неприятно скрежетало в замочной скважине. Кейс находился под кроватью. Думать было некогда. Одним бесшумным прыжком тучный пожилой Головкин подлетел к приоткрытой балконной двери с кейсом в руке. Номер находился на четвертом этаже. Балкон соседнего номера был отделен снизу пластиковой перегородкой, а сверху шли витые металлические прутья.

Илья Андреевич аккуратно протиснул заветный кейс на соседний балкон и умудрился прислонить его к перегородке. Народу в гостинице было мало, Илья Андреевич не сомневался: в соседнем номере никто не живет. Да и думать было некогда...

До сих пор Головкин недоумевал, каким образом ему удалось проделать все это за полминуты. Он даже успел нырнуть назад под одеяло за секунду до того, как дверь номера открылась.

В номер вошли двое молодых людей. Их лица были закрыты черными трикотажными шлемами с прорезями для глаз и рта. Один из них подскочил к лежащему на кровати Илье Андреевичу, приставил дуло к его виску и сказал по-русски:

— Не дергайся. Где деньги?

Илья Андреевич сразу понял, что глупо и опасно притворяться, и не стал спрашивать: «Какие деньги?» Было ясно, что молодые люди о кейсе с миллионом знают.

— Я их уже отправил в Москву с курьером, — ответил он как можно спокойней.

Второй молодой человек тем временем выглянул на маленький балкон, осмотрел его, потом закрыл балконную дверь, плотно задвинул шторы, зажег свет и стал тщательно обыскивать номер. Кейс с миллионом — не иголка, вещей у Ильи Андреевича было совсем немного, и обыск занял не более двадцати минут.

Головкин, как человек опытный и наблюдательный, успел сообразить, что ночные гости не представляют серьезной опасности. Они позаботились о том, чтобы Илья Андреевич не видел их лиц, стало быть, намерены оставить его в живых при любом исходе. А исход один — денег они не найдут.

Это были русские, юные шальные «отморозки». Судя по всему, информация о миллионе попала к ним случайно или почти случайно. Солидные люди не решились бы на такое безумие. Солидные люди сначала бы выяснили, чьи это деньги, и хорошенько подумали, прежде чем влезать в номер к казначею Сквозняка.

Несильно вмазав напоследок Илье Андреевичу под дых и оставив его жалкое барахлишко валяться на гостиничном вытертом паласе, мальчики удались ни с чем.

Подождав для верности еще минут десять, Илья Андреевич встал, тихонько вышел на балкон, сунул руку между витыми прутьями и стал шарить за перегородкой. Сначала он подумал, что кейс просто упал на пол. Встав на четвереньки, Головкин протиснул ладонь в узкую щель под перегородкой. Сердце его остановилось.

Стараясь унять внезапную дрожь, Илья Андреевич вернулся в свой номер, взял тяжелую настольную лампу. Провод был достаточно длинным. Он вынес на балкон стул, потом зажженную лампу, залез на стул, держа ее в руках, и осветил сквозь прутья решетки соседний балкон. Кейса не было.

Сейчас, рассказывая все подробности той ужасной ночи, стараясь не глядеть в стальные глаза своего собеседника, Илья Андреевич подумал о том, что в общем никаких ошибок не допустил и поступил разумно.

Подобное уже случалось.

Несколько лет назад Сквозняк отдал ему на хранение маленький подлинник Шагала, бесценный кусок холста размером не больше двух развернутых школьных тетрадей. Было жаркое лето. Жена уехала на дачу к приятельнице.

Стояла очень душная ночь, Илья Андреевич проснулся от духоты, в комнате была открыта только форточка. Головкин боялся сквозняков, но решил открыть окно — спать в такой духоте невозможно. Взглянув в тихий ночной двор, он заметил, что у подъезда остановился бандитский джип, и безошибочное чутье подсказало, что это по его душу приехали пятеро человек, вылезающие из машины. Кто-то как-то пронюхал о картине.

Не долго думая, Головкин вытащил холст из-под матраса, завернул его в газеты. Соседи из квартиры напротив заканчивали ремонт. Лестничная площадка была уставлена ящиками, коробками с мусором. Пока любители Шагала входили в подъезд и поднимались на лифте, Илья Андреевич успел запихнуть бесценный холст в одну из коробок с грязными газетами на лестничной площадке.

Гости связали хозяина, самым тщательным образом обыскали квартиру и удалились ни с чем. Бесценный шедевр удалось сохранить. Сквозняк великодушно подарил его находчивому казначею. Для Ильи Андреевича этот кусок холста стал чемто вроде талисмана. Картина ему нравилась: летает парочка влюбленных в облаках, фикус стоит на подоконнике, а рядом – кошка с человеческим лицом.

Позже Илья Андреевич нашел хитрый способ показать картинку искусствоведу, на всякий случай – вдруг подделка? Рисковал, конечно, однако холст стоил того. Он и правда оказался подлинником.

В случае с миллионом долларов Илья Андреевич поступил почти так же, как тогда, с Шагалом. Но просчитался.

Лицо Сквозняка было каменным. Илья Андреевич пытался поймать хоть какое-то движение губ, глаз, лицевых мышц. Но не мог. О чем думает собеседник, что происходит в его темной душе, оставалось тайной.

Илья Андреевич рассказал, как, рискуя жизнью, перелез на соседний балкон, дверь в номер оказалась запертой изнутри. Там было темно и стояла гробовая тишина. Проникнуть внутрь не удалось, он вернулся к себе, вышел в коридор. Разумеется, дверь из коридора в соседний номер была заперта. Больше Головкин сделать ничего не мог. Остаток ночи он провел без сна. Рано утром спустился вниз, к администратору.

За стойкой сидела молоденькая блондинка.

В Чехословакии русский язык был обязательным предметом. Те, кому сейчас двадцать, учили русский в средней школе. Но многие двадцатилетние не желают говорить на этом языке. Даже если собеседник не знает никакого другого. Девушка-администратор относилась именно к этой категории. Ей было чуть больше двадцати. По-русски она разговаривать не желала. Для нее это был язык оккупантов, навязанный силой. Хотя пожилой господин являлся постояльцем гостиницы и беседа с ним входила в круг ее профессиональных обязанностей, она холодно сообщила Илье Андреевичу, что по-русски «не разумеет». Если угодно пану, она может говорить по-английски или по-немецки.

К счастью, в чешском и русском языках множество общих корней. В школе Головкин учил немецкий, это было страшно давно, запас его знаний сводился к двум десяткам слов. Еще десяток слов он мог сказать по-чешски. В последнее время он часто бывал в этой стране и кое-какие слова поневоле запоминал.

С грехом пополам, мешая немецкие, чешские и русские выражения, он стал объяснять надменной блондинке, что ему необходимо узнать, кто живет в соседнем номере. Это очень важно для него. Его родная сестра с мужем погибли в авиакатастрофе, много лет назад.

— И все эти годы я разыскиваю ее единственного сына, моего племянника. В силу сложных жизненных обстоятельств мы потерялись, ребенка усыновили другие люди, дали ему свою фамилию, новое имя. А тайна усыновления охраняется законом. И вот недавно я узнал, что мальчик, теперь уже взрослый мужчина, в данный момент находится в Праге, в длительной командировке. Я приехал, чтобы продолжить поиски. Я очень болен, у меня рак, жить осталось совсем немного, своих детей нет, и перед смертью я хочу увидеть единственного, драгоценного племянника. Здесь, в гостинице, мелькнул в коридоре молодой человек, удивительно похожий на мою покойную сестру. Возможно, мне просто показалось... Но вдруг? Вдруг он живет в соседнем номере? Судьба могла сделать мне такой неожиданный щедрый подарок в награду за многолетние поиски...

Он сам удивлялся своему красноречию и буйной фантазии. Он плел невесть что, сочинил целый роман, давно уже перешел исключительно на русский. В глазах у него стояли слезы.

Администраторша слушала его очень внимательно, на ее хорошеньком личике было написано искреннее сострадание. Она даже забыла о том, что «не разумеет» по-русски. В самом деле, надо быть бесчувственным животным, чтобы «не разуметь» такую трогательную и печальную историю, даже если ее рассказывают на языке бывших оккупантов.

— Но пан, — растерянно произнесла она по-русски, когда он закончил, — в соседнем номере никто не живет.

Еще немного, и для Ильи Андреевича пришлось бы вызывать «Скорую помощь».

— А через номер? — еле слышно безнадежно спросил он, вспомнив, как сам сегодня ночью перелезал на соседний балкон.

— Секундочку, — девушка стала листать регистрационную книгу, — да, через номер живет молодой человек из России... Вот, Курбатов Денис Владимирович, 1968 года рождения... К сожалению, больше никаких сведений нет. Мы записываем только имя, гражданство и год рождения. Это при Советах полагалось писать полный адрес, место работы... А сейчас мы даже не спрашиваем документов, имя может быть и вымышленным. У нас частная гостиница, мы свято чтим право личности на инкогнито.

Девушка как бы даже извинялась перед Головкиным за новые демократические порядки. Действительно, был бы еще и адрес, и место работы, задача Ильи Андреевича упростилась бы в сто раз. Тем более ловкий молодой человек вроде бы из Москвы, а не откуда-нибудь из Варшавы или Лондона.

— Благодарю вас, пани... Вы представить себе не можете, как много для меня сделали...

— Ну что вы, пан, это так мало... Если бы еще хоть чем-нибудь могла помочь вам. Вы хотите подняться в номер к пану Курбатову?

Илья Андреевич растерялся. Нет, подниматься в номер нельзя. Что он скажет? Станет повторять душещипательную историю о племяннике? Но если этот Курбатов действительно умудрился украсть кейс, он моментально все поймет. Нет, идти к нему нельзя. К тому же его, скорее всего, уже нет в гостинице, а возможно, и в Праге.

Да, пожалуй, исчезновение молодого человека было бы первым доказательством, что кейс у него. Сначала надо выяснить, появится ли он еще раз в гостинице, потом попытаться узнать о нем как можно больше подробностей. В любом случае, если он исчез, то выписаться не успел...

— Знаете, пани, это слишком большое потрясение для него и для меня. А вдруг я ошибся? Год рождения совпадает, но ведь ни имени, ни фамилии я не знаю. Я должен еще раз посмотреть на него. Сердце подскажет мне.

...Официантка давно расставила на столе закуски, но никто к ним пока не притронулся. Илья Андреевич даже водки не хлебнул. Он прерывал свой рассказ, только когда у стола появлялась официантка. Теперь она поставила перед ним аппетитно шипящую котлету по-киевски с бумажным цветочком на тонкой косточке, с жареной картошкой, маринованным чесноком и оливками.

— Я смотрю, вы не кушаете ничего, — заметила девушка, — так увлеклись беседой.

— Да-да, все очень вкусно, — ответил Головкин невпопад.

— Мы не торопимся, девушка, — ослепительно

улыбнулся официантке Сквозняк, — нам надо поговорить.

Она поняла намек и удалилась. Илья Андреевич наконец решился, залпом осушил стопку водки, быстро отправил в рот кусок копченой осетрины и оливку.

— А потом, — продолжал он, — администраторша сообщила мне, что Курбатов исчез, больше в номере не появлялся. Еще она сказала, что ему звонили из Москвы. Некто, представившийся его братом, разыскивал пана Курбатова и просил передать, что «номера телефона и факса изменились». Она даже прочитала и перевела мне записку, которую оставила в книге регистрации ее сменщица.

А еще через день она поднялась ко мне в номер и показала газету. Чешскую, разумеется. Там в разделе криминальной хроники сообщалось, что гражданин России Курбатов Денис Владимирович был убит. Полиция считает, что это — типичное заказное убийство, следствие внутренних разборок между русскими «деловыми людьми», которых в последнее время так много в Праге.

Переводя для меня маленькое сообщение, девушка чуть не плакала. «Я надеюсь, пан, это все-таки был не ваш племянник...»

Я понял, что из гостиницы надо сматываться. Чешская полиция наверняка в ближайшее время заявится туда, и сострадательная девица может догадаться рассказать им историю о несчастном больном дядюшке из России...

— Все? — тихо спросил Сквозняк после паузы, которая длилась целую вечность.

— Да, — кивнул Илья Андреевич и накинулся на котлету по-киевски.

Кто знает, может, эта котлетка будет последней в его жизни... Ведь он так редко позволял себе вкусно поесть. А жаль, он многое потерял.

— Сколько у тебя наличности на сегодня? — Вопрос был задан так просто и буднично, что Илья Андреевич поперхнулся.

Речь шла о его личных сбережениях, о тех деньгах, которые были дороже жизни, ради которых он столько лет рисковал, отказывал себе во всем. Да, речь шла об этих, святых для Ильи Андреевича сбережениях, ибо то, что осталось от общака банды, на данный момент представляло собой сумму настолько смехотворную, что и говорить о ней не стоило. Оба, Сквозняк и Головкин, об этом знали.

Еще несколько секунд назад Илья Андреевич прощался с жизнью и не думал о деньгах. А сейчас оказалось, что с деньгами прощаться куда сложнее, чем со своей старой шкурой. Почему, интересно? Ведь никаких любимых наследников нет, и с собой на тот свет ни копейки не возьмешь...

— Сколько тебе нужно? — спросил Илья Андреевич сквозь кашель.

— Все, — ответил Сквозняк просто, — мне надо все, что у тебя есть.

— Но у меня нет налика... Золотишко, побрякушки, срочные банковские вклады... Сразу не получится.

— Можно и не сразу, — кивнул Сквозняк. — Не сразу. Постепенно.

Илья Андреевич налил себе еще водки, выпил залпом, быстро, с неприличной жадностью доел котлету и весь гарнир, который был на тарелке. Подозвав официантку, он спросил:

— Девушка, у вас можно купить пачку сигарет?

— Конечно. Каких вам?

— Самых лучших, самых дорогих. И еще кофе. Этот, как его? Капуччино! — Илья Андреевич быстрым движением отправил в рот сразу три тонких ломтика копченой осетрины, оставшихся на закусочной тарелке.

— Ты же не куришь, — заметил Сквозняк, когда официантка отошла за сигаретами.

— Теперь курю! — Головкин залпом допил остатки водки прямо из графина.

Глава 4

Володя заметил их еще в переулке. Болезненно-полный мальчик лет семи медленно шел рядом с пожилой женщиной. Женщина передвигалась на костылях. Оба были одеты очень бедно, почти нищенски. Володя ехал на небольшой скорости, окно машины было открыто. Он услышал, что мальчик называет пожилую женщину мамой.

На перекрестке скопилось стадо машин, был час «пик». Когда зажегся зеленый для пешеходов, две толпы ринулись навстречу. Люди бежали, чуть не сшибая друг друга, лавируя между бамперами машин, вставших прямо на полосатой пешеходной дорожке.

Мальчик бережно поддерживал свою маму, они шли очень медленно. Их толкали, кто-то рявкнул: «Нельзя побыстрей? Мешаете!» И тут машины тронулись. Все еще горел зеленый, люди переходили дорогу, а машины уже ехали — прямо на людей.

Женщина с мальчиком замерли посреди мостовой. Володя выскочил из своего «Москвича» и рванул к ним, но не успел. Черный джип, ехавший прямо на женщину, будто перед ним была пустота, ударил бампером по костылю, костыли выпали из рук. Женщина упала на колени.

— Сука, дома сиди, раз больная! — завопил из открытого окна водитель джипа.

Все машины вокруг оглушительно гудели. Володя, помогая женщине подняться, подавая ей костыли, успел взглянуть на номер джипа. Лицо водителя он тоже успел разглядеть и запомнить.

Мальчик плакал. Женщина тихо повторяла:

— Спаси вас Господь!

Он ничего не ответил, быстро довел их до тротуара и бросился назад, к своей машине.

Джип обогнул площадь Белорусского вокзала, выехал на эстакаду, ведущую к Ленинградскому шоссе.

Водитель джипа не замечал, что из желтого старенького «Москвича» в его квадратный затылок неотрывно глядят ясные светло-голубые глаза.

Зло должно быть наказано.

***

— Скажите, пан Курбатов, по каким делам ваш брат приезжал в Прагу?

У полицейского инспектора было усталое лицо, мягкие, чуть обвислые щеки, мешки под глазами.

«Он пьет много пива и любит перченые шпикачки, — как-то отстраненно подумал Антон. — А что, собственно, я должен ответить? Мой брат приехал заметать следы? Наша дурацкая фирма погорела, и Дениска должен был разобраться с банковскими счетами, аннулировать пару-тройку договоров. Ничего криминального в этом не было. Но и ничего законного тоже не было...»

— Это был частный визит. Мы оба выросли в Праге, осталось много старых друзей.

— Да, я знаю, — кивнул инспектор. — Пани Бем сказала мне, что училась с вами в одном классе и хорошо знала вашего брата.

— Пани Бем? — не понял Антон. — Кто это?

— Вы разве не знакомы с пани Бем? — быстро спросил инспектор.

— Нет, — покачал головой Антон.

— Ах, ну конечно! — Инспектор даже по лбу себя шлепнул. — Вы, наверное, знаете только ее девичью фамилию. К сожалению, я не могу вспомнить. Эту пани зовут Агнешка.

— Агнешка?!

Господи, рыжая Агнешка Климович... Теперь она пани Бем. Вышла замуж за какого-то Бема. Но при чем здесь она?

— Ваш брат был убит в офисе туристической компании, принадлежащей семье Бем. Пани Бем — единственная наша свидетельница.

— То есть его убили при ней?

— Не совсем. По ее словам, она вышла в другую комнату, варила кофе. Она ничего не видела и не слышала, пистолет был с глушителем. Когда она вернулась, ваш брат был мертв. Пуля пробила ему голову. Еще нам удалось найти таксиста, который подвозил вашего брата к вокзалу. Ваш брат попросил его оторваться от преследователя, сказал, что какой-то сумасшедший ходит за ним целый день. Таксист мельком видел лицо того человека, но запомнил только черные усы. Простите, ваш брат не был гомосексуалистом?

Антон вспыхнул, но сдержался.

— Нет. Мой брат не был гомосексуалистом, — медленно процедил он сквозь зубы.

— Просто недавно мы задержали гомосексуалиста, который охотился за своими неверными партнерами... Всякое бывает. Еще раз прошу меня извинить. Значит, вы утверждаете, что ваш брат никакой коммерческой деятельностью на территории Чехии не занимался.

— Насколько мне известно, нет.

Антон старался не глядеть в добрые усталые глаза полицейского инспектора. Если он начнет рассказывать про их с Дениской убогую коммерцию, то подставит Иржи. Да и следствие запутается... Нет, покойная фирма «Стар-Сервис» здесь ни при чем. И чехи Денискиного убийцу не найдут. Поищут-поищут и спрячут дело в архив. Этот инспектор, любитель пива и шпикачек, копать не станет. Он небось сидит и думает: «Понаехали деловые русские на нашу голову, палят друг в друга в нашем красивом, чистом и спокойном городе...»

— Есть еще одно любопытное обстоятельство. Администратор гостиницы рассказала нам, что некий пожилой русский якобы узнал в вашем брате своего племянника. Он жил через номер от пана Дениса Курбатова и обратился к администратору с просьбой сообщить его фамилию. Этот русский сказал, будто его сестра с мужем погибли в авиакатастрофе много лет назад, а племянника усыновили какие-то люди. Но, насколько я знаю, ваша мать жива и вашего брата никто не усыновлял. Следствие не исключает, что этот русский имеет какое-то отношение к убийству. Впрочем, возможно, это просто совпадение...

— Вы нашли его? — хрипло спросил Антон.

«Нет, — подумал он, — это не совпадение. Здесь должна быть ниточка, где-то здесь. И ты, инспектор, плохой полицейский, если не зацепишься».

— Нет, — покачал головой инспектор, — он успел уехать. Мы послали запрос в Россию. Однако если он действительно причастен к убийству вашего брата, то, скорее всего, в гостинице он жил под вымышленным именем.

— Да, это логично, — произнес Антон.

— Распишитесь, пожалуйста. Вот здесь и еще здесь. Благодарю вас. — Инспектор поднялся и крепко пожал Антону руку. — Вы хотите кремировать тело в Праге или повезете в Россию?

Он прилетел всего несколько часов назад. Прямо из аэропорта его повезли в морг, на опознание. Он еще раз убедился, что поступил правильно, уговорив маму не лететь с ним, остаться в Москве. Глядя на мертвое Денискино лицо, он все равно не мог поверить. Все в нем сопротивлялось этой чудовищной правде.

Он механически подтвердил, что да, убитый является Курбатовым Денисом Владимировичем, 1968 года рождения... И сейчас он не был готов от-

ветить на вопрос инспектора. Везти тело в Россию
В специальном холодильнике? О Господи... Или
сжигать в здешнем крематории и возвращаться домой с урной? А мама? Что, звонить в Москву и советоваться с ней?

— Я повезу в Москву урну, — выдавил он наконец.

— Что ж, это разумно, — кивнул инспектор, — зайдите завтра утром, мы начнем готовить необходимые бумаги.

— Простите, могу я узнать адрес туристической
фирмы Бем?

— Да, разумеется. Это на Кленовой улице.

Он с трудом узнал в высокой полноватой даме
Агнешку, рыжую, конопатую, худющую девочку. В
ее зеленых глазах показались слезы, как только она
увидела Антона.

— Хочешь, мы пойдем к нам домой? Где ты остановился?

— Пока нигде, — признался он и поцеловал гладкую прохладную щеку.

От Агнешки пахло дорогими духами. На лице не
было ни одной веснушки. Из неуклюжего сутулого
подростка выросла красивая, холеная леди. Видно
было, что дела фирмы идут хорошо.

— Знаешь, Денис ведь зашел сюда совершенно
случайно. Ему надо было срочно отправить факс.
Он даже не узнал меня сразу.

— Факс? В Москву? — глухо переспросил Антон.

— Да. Он отправлял его сам, писал от руки. Я заглянула, там был какой-то адрес... Но вспомнить не
могу, просто вылетело из головы. Хочешь, я посмотрю, по какому номеру? В моем аппарате это возможно, там все фиксируется... Так ты пока нигде не остановился? Тогда давай к нам. Тебе лучше сейчас не
оставаться одному. Да, вот. Посмотри. Переписать
тебе этот номер?

— Не надо...

Антон знал этот номер наизусть. Совсем недавно он принадлежал фирме «Стар-Сервис». Теперь принадлежит неизвестно кому. Совершенно посторонним людям. Денис отправил факс, еще не зная о том, что фирмы больше нет. Он что-то хотел сообщить брату за несколько минут до смерти... Агнешка сказала, он спешил, был взволнован, стал писать от руки, вместо того чтобы воспользоваться компьютером. Почему?

— Скажи, Агнешка, он не объяснил, почему пишет от руки?

— Нет. Но я и не спрашивала. Раз ему так удобней... На компьютере было бы дольше, а он очень спешил. Мне кажется, он чувствовал или даже знал, что за ним кто-то охотится. Он был очень взвинченный. Но потом успокоился немного, согласился выпить кофе...

— Слушай, Агнешка! — почти выкрикнул Антон. — А бумага? Бумага с текстом не сохранилась?

Агнешка грустно покачала головой.

— Он оторвал кусок с текстом и сжег в пепельнице. Я видела потом бумажный пепел. И еще... Только сегодня утром я узнала, совершенно случайно, что он заходил в парикмахерскую на соседней улице. Я стригусь там у своей приятельницы. Она мужской мастер, но я стригусь у нее. В общем, это не важно сейчас.

Агнешка волновалась и сбивалась, рассказывая. Конечно, гибель Дениса, да еще в офисе ее фирмы, была для нее огромным потрясением. Она побледнела. Даже веснушки проступили сквозь слой тонального крема. Видно, не удалось ей вывести их окончательно.

— Так вот, — продолжала Агнешка, закуривая, — я зашла туда сегодня утром. Моника меня стригла, и мы, конечно, говорили об этом ужасном убийстве. О нем сейчас говорит вся Кленовая улица. Монике, оказывается, уже пришлось пообщаться с полицией. Но только сегодня она вспомнила, почему нечаянно порезала щеку Денису, когда брила его. А потом...

— Подожди, — перебил ее Антон, — он никогда не брился в парикмахерской. Никогда.

— Но в то утро, ну... перед тем, как все случилось, он зашел в парикмахерскую. Это совершенно точно. А вышел оттуда не через дверь. Он спросил, где туалет, и сбежал в окно. Окно туалета выходит во двор. Моника очень удивилась, ведь он заплатил за бритье. Зачем же так странно убегать? Потом он опознала его. Полиция опрашивала всех по соседству. Но тогда она так волновалась, что забыла про порез на щеке. А сегодня вспомнила. Она теперь не знает, надо ли звонить в полицию и рассказывать... Она видела в зеркале, как за окном остановился человек. Молодой, в светлом льняном пиджаке. Пиджак был надет на черную футболку. И усы... Черные усы. Он стоял лицом к окну и курил. Она еще подумала, что, возможно, он зайдет стричься. Так вот, когда этот черноусый появился в окне, Денис сильно дернул головой, словно испугался. Поэтому получился порез.

— Могу я поговорить с этой Моникой? — тихо спросил Антон.

— Ты что, хочешь сам искать убийцу? — испуганно взглянула на него Агнешка. — Ты сошел с ума, тебя тоже убьют...

— Не беспокойся, частным сыском я заниматься не собираюсь. Я доверяю вашей полиции. А почему ты решила, что меня тоже убьют?

— Моника сказала, тот человек за окном был похож на турка или на азербайджанца. В общем, мафия. У нас здесь, как и у вас, мусульмане орудуют. Турки...

— Значит, он знал убийцу, — пробормотал Антон, — возможно, он бегал от него по городу всю ночь, пытался оторваться.

— Почему всю ночь? — удивилась Агнешка.

— Если бы он ночевал в нормальных условиях, в гостинице, то побрился бы сам. Он брился каждое утро. У него щетина росла очень быстро. В каком бы он ни был состоянии, обязательно брился утром. Для него это было как зубы почистить... Или он зашел в парикмахерскую, надеясь, что там его не убьют? А потом увидел того черноусого в зеркале и убежал через окно? Турок... А ведь это действительно мог быть турок... Или нет?

— Ты меня спрашиваешь? — Агнешка осторожно прикоснулась к его руке.

— А? Нет. Я самого себя спрашиваю, — Антон слабо улыбнулся, — просто размышляю вслух.

— Так мы пойдем к Монике?

— Да, обязательно...

Парикмахерша Моника увела их в закуток, поставила чайник, насыпала в блюдце печенье, долго вздыхала и охала.

— Это ваш брат? Какое горе, не дай Бог никому... Он был усталым, взвинченным, испуганным. Я еще подумала, этот парень не спал ночь. Знаете, после бессонной ночи глаза красные, лицо бледное. Я такие вещи всегда замечаю. Когда я давала показания полицейскому инспектору, то очень волновалась и совсем забыла о том черноусом, который стоял и курил. А ведь он потом еще раз мелькнул в окне. Мне показалось, он озирался по сторонам, искал... Конечно, это был убийца! Если бы я знала, я бы вызвала полицию. Мы бы вместе с вашим братом что-то придумали. Он так хорошо говорил по-чешски, мы могли потихоньку договориться. Понимаю, я совершенно посторонний человек, но, когда спасаешься от убийцы, можно обратиться и к постороннему. Если бы он не убежал потихоньку в окно, мы бы позвонили в полицию отсюда. Убийцу бы арестовали, нашли пистолет. А, да что теперь говорить! — Она безнадежно махнула рукой. — Вы не ответили, мне стоит звонить инспектору?

— Да, конечно, — равнодушно кивнул Антон.

Теперь это уже не имело значения. Теперь он сам понял, кто мог убить его брата. Или почти понял. Но убийцу не найдут никогда. Впрочем, если бы случилось чудо и убийцу все-таки арестовали, брата не вернешь.

Конечно, Денис мог бы сказать этой милой Монике, шепнуть ей на ушко: «Помогите мне, позвоните в полицию! Сделайте что-нибудь, иначе меня убьют!» Возможно, другой человек на его месте так и поступил бы. Прага — не Москва. Здесь люди более открыты, добросердечны. Нет холодного опасливого остервенения, которое появилось у москвичей в последние годы.

Но Денис не стал обращаться за помощью ни к сострадательной Монике, ни даже к старой знакомой Агнешке. То есть не к ним, конечно, а к полиции — с их помощью. К чешской полиции... Да, он недооценил опасность, переоценил собственные силы. А главное, он не хотел объяснять полицейским, кто и почему собирается его убивать.

***

Володя оставил машину в тихом дворе, неподалеку от ресторана. Хорошо, что у этого заведения нет охраняемой стоянки. Черный джип встал не у самого входа в ресторан, а подальше, возле гастронома. Припарковался он кое-как, по-наглому, криво, перегородив выезд для других машин.

У Володи был отличный наблюдательный пункт. Он видел, как громила с квадратным затылком, хозяин джипа, вошел в ресторан вместе с высоченной девицей. Кожаная юбчонка едва прикрывала ягодицы, на голые плечи был небрежно накинут какой-то сверкающий дорогой мех. Гладкие длинные ноги даже в сумерках отливали глянцевым загаром. Видно было, что уже сейчас, в конце мая, эта

73

красотка успела побывать на югах, наверняка где-нибудь в Греции или в Испании. И уж никак не честным трудом заработала она деньги на шикарный отдых. Да, такие всегда шикарно отдыхают, они себе ни в чем не отказывают. Они себя обожают, им никогда не бывает стыдно. Никогда...

Володя сам не понимал, почему его так раздражает девица. Она вообще ни при чем. Ее спутник – да. Он заслужил свой приговор. То, что с ним произойдет, когда он выйдет из ресторана, сядет в свой джип и заведет мотор, справедливо. Он заслужил. А девица? Она ведь тоже сядет в машину...

Володя замер в нерешительности. Он должен был вынести еще один приговор. Прямо сейчас, сию секунду. Это было сложное и страшно ответственное решение. Неизвестно, когда еще представится такой удобный случай, как сейчас. А времени мало. Счет идет даже не на дни – на часы. Он не имеет права тратить драгоценное время на этого ублюдка. Но зло должно быть наказано.

Стоя в темной арке, он пытался определить степень добра и зла в душе неизвестной девушки, которую видел мельком, даже лица не разглядел. Но она шла рядом с квадратным громилой. Она шла с ним в ресторан, нагло демонстрируя свое тело – роскошное, порочное. Такое тело стоит дорого, и она демонстрировала товар. Она вполне могла бы сидеть рядом с громилой в джипе в тот момент, когда он ехал прямо на живого человека, словно перед ним было пустое место. Она бы не остановила его. Она бы только посмеялась над несчастной нищей женщиной, у которой вышибли костыли. Она такая же, как он, если ходит с ним в рестораны и ложится в постель. А значит, все справедливо.

Громила наверняка наклюкается в ресторане. Для таких нет ничего важнее собственных сиюминутных желаний. Хочется выпить, он выпивает, и ему плевать, что после этого он сядет за руль. Для таких чужая жизнь ничего не стоит. Он будет мчаться на предельной скорости по вечернему городу, не обращая внимания на светофоры и пешеходные переходы. И не дай Бог никому оказаться у него на пути. Но нет, никто больше не пострадает из-за тупого ублюдка.

Володя поднял воротник плаща, заложил руки в карманы и твердым шагом направился к джипу.

Никто не обратил внимания на маленького, сутулого человечка в сером плаще, который в густеющих сумерках вертелся возле джипа. Никто не заметил Володю. Его вообще никогда не замечали, словно на нем была шапка-невидимка...

Он не стал ждать взрыва. Неизвестно, сколько они пробудут в ресторане. Он и так потерял слишком много драгоценного времени. Устройство сработает, как только машина тронется с места. Взрыв будет локальным. Другие машины и люди не пострадают.

Глава 5

Дежурная оперативная группа с Петровки, выехавшая в полночь к ресторану «Райский уголок» у «Войковской», обнаружила два трупа. Довольно быстро удалось установить, что мужчина, сидевший за рулем взорвавшегося джипа «Чероки», являлся боевиком небольшой подмосковной группировки. Такие гибнут стаями, таким на роду написано умирать не своей смертью. Несомненно, взрыв бандитского автомобиля неподалеку от ресторана, в котором обычно кутили мафиозные «шестерки», был следствием очередной бандитской разборки.

Вместе с боевиком погибла его случайная подружка, двадцатилетняя продавщица коммерческого магазина.

Разумеется, убийц следовало искать не где-н -

75

будь, а в бандитской среде. Необычной оказалась только одна деталь, впрочем, весьма существенная — само взрывное устройство было сконструировано удивительно оригинально.

Такого специалисты еще не видели. Не иначе, среди мастеров-самоучек появилась новая звезда взрывного дела. По мощности взрыв был эквивалентен ста граммам тротила. Взрывной волной разворотило все внутри салона, водитель и пассажирка были разорваны на куски. Но корпус автомобиля остался целехонек. Эксперты утверждали, будто злоумышленник закрепил свою смертоносную хлопушку именно снаружи, примагнитил ее к днищу машины, и то, что корпус уцелел, было совершенной мистикой.

— Первый раз такое вижу, — разводил руками капитан милиции Георгий Мальцев, — не машина, а консервная банка с мясным фаршем. Хотел бы я познакомиться с этим чудо-мастером, гением пиротехники...

— Ты, Гоша, не одинок в своем желании, — задумчиво произнес майор Уваров, — за такого гения любой авторитет многое бы отдал.

Позже выяснилось, что в тот же день со взорванным джипом было связано небольшое ДТП. Нет, даже дорожным происшествием нельзя назвать — мелочь, никто не пострадал. Просто в час «пик» у станции метро «Белорусская-кольцевая», на пешеходном переходе через улицу Грузинский вал, джип слегка задел женщину-инвалида. Женщина даже не упала, только выронила костыли и опустилась на колени. Какой-то маленький, тощенький выскочил из своего «Москвича» и помог женщине-инвалиду подняться. Вот, собственно, и все ДТП. Сотрудники ГАИ, наблюдавшие эту сцену из своего «Мерседеса», тоже стояли в пробке. Они даже хотели сначала рвануть за джипом, но потом раздумали. Совсем недавно вот так же рванули за одним «отмороженным», а он выхватил пушку, открыл пальбу. Двоих ранил.

***

Володя включил телевизор, налил себе чаю. Он любил «Пиквик» с бергамотом, и за белоснежной дверцей кухонного шкафчика столло аккуратными рядами десять упаковок «Пиквика» с одноразовыми пакетиками. Он вообще предпочитал закупать продукты впрок. Благо ему одному требовалось совсем немного еды. Он никогда для себя не готовил. Морозилка была забита полуфабрикатами быстрого приготовления. Консервы, сахар, соль, банки с растворимым кофе, изюм, орехи – всего было много, и все удобно размещалось на крошечной кухне.

В ванной, в специальном ящике, хранился годовой запас мыла, зубной пасты, стиральных порошков и прочих гигиенических средств. Он закупал все необходимое впрок не потому, что отсиживался в своей однокомнатной квартире месяцами. Просто он старался как можно реже ходить по магазинам. Это всегда на него плохо действовало.

Недавно поблизости появилось сразу три шикарных супермаркета. У касс стояли стенды с журналами. С глянцевых обложек лезли в глаза голые груди, бесстыдно изогнутые женские и мужские торсы. Полки ломились от снеди в ярких упаковках. Володя думал о том, что само по себе изобилие не является злом. Но человека оно делает тупым, жадным, беспощадным.

По шестому каналу начались криминальные новости. Он увеличил громкость. Рассказали о крупных пожарах. Потом перешли к трупам. Вот оно! Володя затаил дыхание.

– Вчера вечером на Ленинградском шоссе...

77

Скороговоркой несся закадровый голос. Камера с удовольствием вперилась в обезображенные лица трупов.

— Погибший был членом одной из преступных группировок, — тараторила дикторша, — рядом с ним в салоне находилась его знакомая... работала продавцом в коммерческом магазине...

Володя облегченно вздохнул, съел кусок черного хлеба с сыром, выпил чай. Потом тщательно помыл чашку, стер влажной губкой несколько незаметных пятнышек с плиты, подмел пол.

Страсть к аккуратности, к стерильной чистоте появилась у него еще в детстве. Мама, папа и бабушка не терпели грязи. В доме не было ни пылинки. Два раза в неделю вся семья бралась за генеральную уборку, дружно вылизывали каждый уголок. Ковры чистили влажной гущей от спитой чайной заварки, натирали полированную мебель специальным составом. Дом был всегда чистым, светлым, самым уютным на свете.

Но по-настоящему Володя понял, что такое родной дом, когда ушел служить в армию. Он попал в танковую часть под Воронежем. Ему, московскому мальчику из интеллигентной семьи, пришлось хлебнуть всех прелестей армейской жизни. Он узнал, что такое дедовщина, старшинский беспредел, фурункулез от сырости и нехватки витаминов. Он, не терпящий бранных слов, жил в постоянной матерщине. Он, чистюля, аккуратист, спал в казарменной вони, брезговал собственным телом, которое покрылось отвратительными гнойниками. Ему приходилось трижды отсиживать на «губе», от недели до десяти дней. Там, в каменном мешке, спали на грязных тюфяках не раздеваясь, невозможно было умыться, почистить зубы. Нужду справляли тут же, в вонючее ведро, при всех.

Но самым тяжелым испытанием для Володи стала грязь и мерзость человеческих отношений, которая в условиях казармы обнажалась нагло, бесстыдно. Родители учили его с детства, что человек человеку брат, что нельзя лгать, стыдно быть жадным, с несправедливостью и жестокостью надо бороться, даже если ты обречен на поражение, слабого надо защитить, а сильного нельзя бояться. Мама, папа, бабушка в один голос внушали Володе: самое дорогое у человека – это чистая совесть и чувство собственного достоинства.

В армии все происходило с точностью до наоборот. Там господствовали не человеческие, а звериные законы. Володя терпел, стиснув зубы. Он пытался остаться человеком. Единственной его отрадой были письма из дома. Он считал дни до дембеля. Он утешался тем, что все на свете кончается.

Дембель был в мае. В Воронеже Володя купил маме и бабушке по пуховому платку, папе – красивые кварцевые часы, позвонил с центрального телеграфа домой. Бабушка разохалась, стала плакать, сказала, что все здоровы, мама с папой на работе, дома все хорошо.

Поезд прибывал в Москву в субботу вечером.

Сердце радостно колотилось, когда он входил в родной подъезд. От волнения он не дождался лифта, молнией влетел на седьмой этаж. За дверью было тихо. Он долго давил кнопку звонка, слышал, как мелодичное треньканье разливается по квартире. Никто не открывал. Английский замок оказался запертым, а ключа у Володи не было. Он сбежал вниз по лестнице, выскочил во двор, взглянул на окна. В двух комнатах горел свет. Он опять поднялся на свой седьмой этаж и позвонил в дверь к соседям.

Соседка едва узнала Володю, вспомнила, что видела его маму в пятницу утром, ехала вместе с ней в лифте.

– Ты не волнуйся, может, бабушка день перепутала и они ушли в гости? А свет погасить забыли.

Но это было исключено. Бабушка, хоть и старенькая, потерей памяти не страдала, к тому же имела привычку всякую важную информацию записывать в специальный блокнот, который висел на шнурке в коридоре у телефона. А какая информация может быть важнее, чем возвращение любимого внука из армии после полутора лет разлуки?

Володя позвонил от соседки в милицию. Ему дали телефон районного отделения, пришлось долго объяснять дежурному, что его родные в этот вечер никуда уйти из дома не могли. Наконец приехал наряд. Володя настоял, чтобы взломали дверь...

Папа и мама сидели, примотанные к стульям широкими полосами скотча. Рты их были заклеены тем же серым блестящим скотчем. Вокруг было много крови. Тела оказались уже холодными.

Бабушка лежала на кровати в ночной рубашке. Она не была связана. Ее просто придушили подушкой. А маме и папе перерезали горло.

В квартире все было перевернуто, Володя долго не мог сообразить, что из вещей пропало. Он вообще плохо соображал. Ему стало казаться, что это — кошмарный сон, что он все еще едет в плацкартном вагоне из Воронежа, спит на верхней полке и ему привиделся этот запредельный ужас. Стоит только проснуться — и он услышит мерный стук колес, увидит далекие огни за темным окошком. Ведь еще вчера днем он разговаривал с бабушкой по телефону.

Судмедэксперт сказал, что смерть всех троих наступила прошлой ночью. Позже выяснилось, что из дома вынесли все, представлявшее хоть какую-нибудь ценность, — цветной телевизор «Садко», две хрустальные вазы, дюжину серебряных ложек, старинные золотые часы-луковку, которые бабушка прятала под бельем в нижнем ящике комода. С бабушки сняли золотой нательный крестик. У мамы из ушей вырвали серьги с сапфирами. И еще пропал перстенек, который мама носила в юности.

С возрастом ее пальцы стали полнее, перстенек не налезал. Он был очень красивый, но никакой ценности не представлял. Желтый металл точно имитировал золото, светлое, высокой пробы, но на самом деле являлся каким-то дешевым сплавом. Камень глубокого зеленого цвета совершенно не отличался от настоящего изумруда. Но это было обычное стекло.

Володя не знал, сколько могло быть в доме денег. Семья не бедствовала, но и особенным достатком не отличалась. Не оказалось ни одной, даже мелкой купюры.

На кухне, на столе у плиты, стояла кастрюля с перебродившим дрожжевым тестом. Тесто толстой массой перевалилось через края, заляпало чистую пластиковую поверхность стола. Почему-то именно это стало для Володи последней каплей. Он представил, как бабушка накануне поставила тесто, хотела напечь пирожков, его любимых, с яйцом и капустой.

Голова закружилась, в глазах потемнело. Он потерял сознание.

Потом две недели он провел в больнице, в неврологическом отделении. К нему ходили оперативники, следователь из прокуратуры.

Похоронив на Долгопрудненском кладбище три урны, Володя обменял родную трехкомнатную квартиру в центре, на Миусах, на однокомнатную в другом конце города. На оставшиеся от обмена деньги купил подержанный, но добротный «Москвич». Устроился работать обходчиком в метро.

Работа была сменная, ночная. Ему хватало пяти часов сна. Свободного времени оставалось много. Он проводил его, толкаясь на барахолках, в антикварных магазинах с ювелирными отделами. Сидел в пивных барах и ресторанах, в которых, по его представлениям, должны были собираться темные личности, уголовники и те, кто скупает краденое.

Внешность Володя имел самую неприметную: маленький, всего сто шестьдесят сантиметров, узкоплечий, худой, со светло-голубыми глазами и прямыми жидковатыми волосами неопределенного пепельно-русого цвета, он был в толпе почти невидимкой. Взгляды всегда скользили мимо.

Прислушиваясь к обрывкам разговоров во всяких сомнительных злачных местах, приглядываясь к теням городской криминальной жизни, Володя пытался узнать что-нибудь о банде квартирных грабителей, убивших его семью. Он не верил, что оперативники поймают убийц. Он не признавался самому себе, что пытается сам их искать, не ставил перед собой таких определенных и, в общем, безумных целей. Просто ему надо было что-то делать с той болью, которая не давала дышать.

О страшной банде писали газеты, мелькнуло несколько сюжетов по телевизору. Но реальных следов не было. Волна зверских грабежей прошла по Москве и Московской области быстро и практически бесследно. Бандиты не оставляли свидетелей. Все, кого они грабили, были мертвы, включая детей и стариков.

Выбирали подъезды без домофонов, без кодовых замков. В квартиры обычно проникали глубокой ночью, под утро, в три-четыре часа, когда особенно крепок сон. Предпочитали квартиры, у которых нет стальных дверей и хитрых замков. Пользовались отмычками либо стандартными ключами. Вероятно, действовали они по принципу, что в любом доме можно чем-нибудь поживиться. Обязательно найдется кое-какое золотишко, деньги в чулке, столовое серебро, а уж телевизоры и магнитофоны есть везде.

Выносили они все, что можно было вынести, брали парфюмерные флаконы, дорогую косметику, качественные продукты. Хозяев они обычно приматывали к стульям широким скотчем, пытали, требуя сообщить, где спрятаны ценности. Потом убивали либо ударом ножа в сердце, либо перерезали горло. Детей и стариков просто душили подушками. Огнестрельным оружием не пользовались. Никаких отпечатков пальцев не оставляли. Соседи практически никогда ничего не слышали. Грабители умели действовать очень быстро и бесшумно. Эксперты полагали, что в банде действует не меньше четырех человек.

Всего за шесть месяцев, с января по май 1994 года, было ограблено девять квартир в Москве и пять частных домов в Московской области. Убито двадцать семь человек, из них трое детей от четырех до четырнадцати лет.

Володины родные оказались тремя последними жертвами. Серийные грабежи, отличавшиеся одинаковым почерком, прекратились. Судя по всему, банда либо распалась, либо сменила сферу деятельности, вышла на некий другой уровень. Но ни один из ее членов пока не был арестован.

Прошел год. Володя жил замкнуто, друзей у него не было, подруг тоже. Он брезговал случайными связями, а семью заводить боялся. Было страшно привязаться к кому-то, полюбить живое существо, которое в любую минуту по чьей-то злой прихоти может стать горстью праха. Володя чувствовал всей кожей, что мир вокруг наполнен злом и все живое беззащитно. Зло всегда торжествует, оставаясь безнаказанным. Оно всюду – в лицах и душах людей, в мчащихся по улицам иномарках. Зло вопит о себе с экрана телевизора и с газетных страниц. Уголовники, блатные авторитеты, наемные убийцы становятся супергероями. Подростки пытаются им подражать.

Однажды, под Новый год, он зашел в супермаркет за очередным запасом продуктов. Вдоль ярких полок навстречу ему двигалось двухметровое существо женского пола. Распахнутая шуба из серебристого соболя, алые лаковые сапоги до бедер, подобие платья в золотых блестках, толстый слой грима вместо лица, оглушительный запах сладких духов. Одной рукой существо толкало решетчатую тележку, наполненную доверху банками икры, бутылками самых дорогих коньяков и ликеров, упаковками с экзотическими морскими гадами, картонками со свежей клубникой и черешней, алеющей под тонким пластиком. В другой руке — сотовый телефон. На десяти пальцах обеих рук сверкали бриллианты немыслимых размеров. Из ярко накрашенного рта извергалась в трубку витиеватая матерная тирада, заполняющая словесной грязью все пространство супермаркета.

Провожая взглядом девицу, он вдруг подумал, что ради такой вот сверкающей мишуры были убиты три самых прекрасных на свете человека — мама, папа и бабушка.

Бриллиантово-матерная девка накрепко врезалась в память потому, что впервые в жизни Володе захотелось убить конкретного живого человека — за бесстыдство, за слепое самообожание, за обложной наглый мат, а по сути — ни за что. Просто так. Только потому, что она показалась ему воплощением зла. Зло причиняло ему острую физическую боль. Болела душа, он чувствовал, она находится где-то в подвздошной области. Боль была нестерпимой...

Однажды в антикварном магазине на Старом Арбате Володя увидел часы-луковку. Он узнал их сразу. Бабушка иногда доставала из-под стопок чистого белья эту семейную реликвию, принадлежавшую еще ее деду. Володя отлично помнил каждую деталь тонкого узора на золотой крышке, две темные трещинки на фарфоровом циферблате. В детстве он удивлялся, что механизм старинных часов все еще исправен. Стоит покрутить рифленое колесико, и часы затикают, начнут опять отсчитывать время, как сто лет назад. На колесике была небольшая щербинка.

Он попросил продавщицу показать часы. Когда он взял их в руки, сердце его больно стукнуло. Он бросился звонить из автомата в прокуратуру, телефон следователя он помнил наизусть.

— Почему вы так уверены, что это те самые часы? — спросил следователь.

Володя перечислил подробно все приметы старинной вещицы.

Вскоре выяснилось, что часы сдала в антикварный магазин одинокая старушка, жительница коммуналки в одном из арбатских переулков. Она категорически заявила, что это ее вещь, доставшаяся по наследству. Две ее соседки, такие же старые и одинокие, подтвердили это.

— Подумайте сами, Владимир Сергеевич, — говорил следователь, — грабители вряд ли допустили бы, чтобы такая заметная вещь попала в московский антикварный магазин, да еще на Арбате. Они стараются сбывать награбленное в других городах... Вы могли ошибиться. Вещь, хоть и редкая, но посмотрите, сколько похожих часов лежит на прилавках. Я понимаю, вам хочется помочь следствию, однако будет лучше, если каждый займется своим делом.

Но Володя не сомневался: это часы его прапрадеда, взятые бандитами из его дома, из той счастливой и прекрасной жизни, которой больше не будет никогда.

Следователь сказал, что часы в качестве вещественного доказательства больше не фигурируют. Их вернули в магазин. Володя потратил весь свой месячный заработок и то, что было в заначке. Купил часы. Кроме того, ему удалось выследить старушку, когда она пришла за деньгами.

Теперь все свободное время он крутился в тихом арбатском переулке, у старого, полуразвалившегося дома с коммуналками. Он изучил образ жизни одинокой бабульки, знал, когда она встает, когда отправляется в булочную, сколько времени проводит во дворе на лавочке, какие газеты покупает в киоске. Вскоре он убедился, что она не так уж одинока. Пару раз наведывался к ней невысокий плотный господин лет шестидесяти, одетый скромно и опрятно.

Следить за господином оказалось значительно сложней, чем за старушкой. Он был крайне осторожен и, судя по его поведению, вовсе не исключал, что кто-то захочет за ним понаблюдать. Именно это больше всего и заинтересовало Володю в аккуратном толстячке.

Конкретно Володиной слежки толстячок не чувствовал, но без конца «проверялся». Довольно скоро Володя потерял его, так и не выяснив, где он живет и работает. Оставалось вернуться в арбатский переулок. Но и там толстячок больше не появился.

Теперь время отсчитывали для Володи старинные золотые часы-луковка. Прижимая к уху холодный, но живой механизм, Володя думал о том, что исчезает день за днем, месяц за месяцем, а зло остается безнаказанным.

Он уже понял, что не успокоится, пока не выйдет на след банды. Но что дальше? Опять идти к тому разумному следователю? Опять видеть, как тонкая, с трудом пойманная ниточка ускользает из рук? Или доставать пистолет, расправляться с бандитами самостоятельно? Но это смешно.

Быстрое тревожное тиканье старинных часов, похожее на учащенный стук сердца, подсказало ему, что он должен делать. В школе Володя увлекался химией. После десятого класса пытался поступить в химико-технологический институт, но не добрал баллов, потом ушел в армию.

В однокомнатной квартире была темная маленькая кладовка. Там Володя оборудовал настоящую лабораторию. Для того чтобы сконструировать взрывное устройство, достаточно знать химию и физику на уровне средней школы. А если знания чуть выше этого уровня, голова светлая и руки толковые, то можно достичь небывалых успехов. Такие безобидные вещества, как марганцовка, сахарная пудра, сера, селитра, активированный уголь, доступны любому, купить их можно свободно и открыто, не вызывая ничьих подозрений.

Зло должно быть наказано. В Володиных толковых руках появилось реальное оружие. Он постоянно совершенствовал свои смертоносные игрушки. Главной его целью оставалась банда. Но иногда, видя слишком уж бесстыдные проявления зла, он не выдерживал. Случалось это крайне редко. Потом каждый раз он испытывал странное чувство звенящей ледяной пустоты в душе. Он не мог понять, то ли это легкость от сознания выполненного долга, то ли душа леденеет, делается пустой и безжалостной. Он убеждал себя, что хитроумные взрывные устройства, над которыми он колдует в своей тихой кладовке, надо иногда испытывать. А как же иначе?

Между тем он упорно возвращался в арбатский переулок. Его тянуло туда, и он мерз на ветру, промокал под дождем, парился на солнце, ждал аккуратного толстячка. Но встретил его случайно совсем в другом месте.

На Сокольнической ветке случилась поломка в системе энергоснабжения. Бригада ремонтников, в которой работал Володя, была направлена туда по разнарядке. Во время перерыва Володя поднялся из метро на улицу, побежал к ларьку купить горячих бутербродов и буквально налетел на толстячка.

Забыв про бутерброды, Володя проследил, как долгожданная «ниточка» скрылась в проходной макаронной фабрики.

Взяв на работе неделю отгулов, которая накопилась у него за год, Володя с раннего утра дежурил у проходной. Он понял, что господин на этой фабрике работает. Оставалось узнать, где он живет. Володя выяснил и это. Теперь следить стало проще. Он понимал, что скорее всего пожилой господин имеет косвенное отношение к банде. Настоящие грабители молоды и выглядят совсем иначе.

В один прекрасный день удалось засечь встречу толстячка с молодым плечистым парнем в дорогой лайковой куртке и широких приспущенных штанах. Именно так, по Володиным представлениям, и должен выглядеть настоящий бандит.

С толстячка он переключился на молодого-плечистого. Парень ездил на новенькой синей «шестерке», встречался со стандартными длинноногими девицами (Володя насчитал их три штуки), шлялся по барам и казино, ошивался на оптовых рынках.

Прошло почти два года после той кошмарной майской ночи. Володя почувствовал, что вот наконец удалось ему выйти на живой след. Но случилось непредвиденное: владелец синей «шестерки» был арестован. Это произошло у Володи на глазах, просто и буднично, совсем не так, как показывают в кино...

След опять оборвался. Молодой-плечистый исчез за глухими стенами Бутырки. Толстячок мирно ездил каждый день на свою макаронную фабрику, оттуда домой и ни с кем не встречался. Володя пытался выдумать предлог, чтобы позвонить следователю. Но так и не выдумал. И только через три месяца ему пришла повестка в суд. Его вызывали в качестве свидетеля. Оказалось, что за это время успели взять еще двоих членов банды. Взяли совсем по другим делам, но тот, первый, вдруг стал «колоться», рассказывать об ограблениях.

Судебные заседания тянулись бесконечно долго. Приговоры, вынесенные троим убийцам, показались Володе невероятно мягкими. Он не чувствовал удовлетворения. Зло все еще не было наказано. Из показаний обвиняемых он понял, что главное зло сосредоточено в одном человеке, которого никогда не поймают. Даже члены банды не знали, как зовут их главаря. Во всяком случае, никто ни разу не назвал фамилии этого человека.

В показаниях бандитов, в судебных разбирательствах он фигурировал под кличкой Сквозняк.

Глава 6

Свое первое слово Коля Козлов произнес в четыре года. Это слово было не «мама», не «папа». Звучало оно длинно, красиво и грозно: «олигофрения».

Никто из питомцев Дома малютки не начинал говорить раньше четырех лет. Одна нянька приходилась на двадцать малышей, ей едва хватало сил мыть двадцать обакаканных задниц, запихивать двадцать резиновых сосок в орущие слюнявые рты. От многолетней усталости, от смехотворной зарплаты, которую платили за каторжный труд, нянька совсем озверела. Возможно, где-то на самом донышке души и осталась простая человеческая жалость к вечно грязным, диатезным, опрелым, никому на свете не нужным детенышам. Но в повседневной работе эта жалость никак не проявлялась. Не было на нее ни сил, ни времени. Свою работу нянька делала молча, строго по расписанию. Детский крик стал для нее настолько привычным, что часто она вообще переставала его слышать, а воспринимала как некий обязательный неприятный фон.

Все без исключения дети в Доме малютки отставали в развитии. Даже те, которые рождались нормальными, здоровыми, без родовых травм и наследственных недугов.

С младенцем надо разговаривать, петь ему песенки, брать на руки, гладить по головке, нашептывать всякую ласковую ерунду. Но это невозможно, когда всего одна нянька на двадцать малышей.

К году здоровых детей уже трудно было отличить от больных. Врачи легко, без зазрения совести, штамповали здоровым детям стандартный диагноз: «олигофрения в стадии дебильности». Нет, никакого злого умысла в этом не было. Просто в специнтернатах для умственно отсталых детей педагоги получают солидную надбавку за вредность. Следовательно, в такие интернаты идут работать охотней, и самих интернатов больше, чем тех, которые предназначены для здоровых сирот. Меньше проблем с устройством ребенка после Дома малютки. И меньше проблем с воспитанием. Раз есть диагноз, значит, надо лечить. А лечить полагается сильнодействующими психотропными препаратами: аминазином, галоперидолом и прочей гадостью. Если умственно отсталый ребенок становится агрессивным и неуправляемым, его всегда можно отправить в психбольницу, где ему назначат инъекции.

У непослушного звереныша от укола сводит все тело, ему плохо, ему страшно. На какое-то время он становится шелковым, тихим, как ангел.

У милой пожилой женщины, детского психиатра, не сразу поднялась рука поставить стандартный диагноз в личном деле четырехлетнего Коли Козлова. Ребенок был такой хорошенький, с круглым правильным личиком, с живыми умными глазками. В отличие от большинства своих сверстников-детдомовцев, питомцев Дома малютки, он с двух лет начал самостоятельно пользоваться горшком, был опрятен в еде и, в общем, совершенно никаких признаков умственной отсталости не проявлял.

— Как тебя зовут, мальчик? — ласково спросила врач.

Он смотрел на нее исподлобья и улыбался.

— Как тебя зовут? Ну? Скажи: Ко-ля. Повтори за мной: Ко-ля.

Он молчал и улыбался.

— Хорошо, — вздохнула доктор, — давай поиграем в кубики. Этот кубик у нас какого цвета? Красный?

Мальчик молча взял зеленый пластиковый кубик у нее из рук, легко размахнулся и ударил углом по дорогим очкам доктора.

От неожиданности женщина дернула головой, очки слетели на пол, но не разбились. Ребенок молнией спрыгнул со стула и аккуратно, жесткой подошвой казенного сандалика раздавил стекла очков, растер по полу, словно это было какое-то мерзкое насекомое. При этом с лица его не сходила вполне осмысленная, спокойная улыбка. Он смотрел в глаза докторше. Казалось, он с любопытством и с удовольствием наблюдает за ее реакцией.

— Так, ну здесь все понятно, — сказала врач, поднимая с пола то, что минуту назад было очками, осматривая итальянскую тонкую оправу и прикидывая, можно ли будет ее починить, вставить новые стекла. — Типично олигофреническая агрессия.

Она бережно завернула оправу в чистый носовой платок, спрятала в карман белоснежного халата и уже уверенной, не дрогнувшей рукой написала в личном деле Коли Козлова: «Диагноз: олигофрения в стадии дебильности». У нее была привычка произносить вслух то, что она пишет.

— Олигофрения, — четко и медленно повторил вслед за ней мальчик.

Он выговаривал все до одной буквы, не картавил. Доктор сильно вздрогнула и уставилась своими близорукими без очков глазами на немого звереныша. Коля Козлов смотрел на нее спокойно, как бы оценивающе, уже без всякой улыбки. И больше не сказал ни слова.

В детскую память накрепко врезалось острое, жгучее удовольствие, которое он испытал, когда на лице большой важной тетки в белом халате мелькнули ужас и растерянность. До этого момента ничего не вызывало в его душе такой бури эмоций. Тогда он не понимал, что за это удовольствие расплатился пожизненным приговором. Для него, четырехлетнего, слово «олигофрения» еще ничего не значило, кроме причудливого, красивого сочетания звуков.

Жизнь в Доме малютки и в детдоме, куда его перевели после года, была крайне бедна впечатлениями и тем более удовольствиями. Общие игрушки не радовали. Они были общие, а значит, тебе не принадлежали. Еда давала на время приятное, теплое чувство сытости, но радостью это тоже назвать нельзя. Сверстники казались расплывчатыми смутными тенями в однообразной казенной байке какого-то тошного серо-коричневого цвета. От первых лет жизни в памяти остался только запах хлорки, белые халаты нянек, бритые головы соседей сквозь прутья казенных кроваток.

В специнтернате сирот-первоклашек было чуть больше половины. Остальные дети оказались «домашними», как бы полуброшенными. Далеко не всех родители забирали домой на выходные и на каникулы. Однако моментально возникало жестокое деление на две касты: «домашние» и «детдомовские».

У большинства «домашних» родители были запойными алкоголиками, дома жизнь их оказывалась еще невыносимее, чем в интернате. Они возвращались избитыми, в синяках и ссадинах, набрасывались на интернатскую еду со звериной жадностью. Но все равно они считались детьми первого сорта.

И вот тут Коля Козлов в полной мере осознал свое абсолютное врожденное одиночество. У него нет и никогда не было матери, никакой, даже вечно пьяной, безобразно лохматой и вонючей. Никакой вообще. Никому в этом мире нет до него дела. Он люто возненавидел баловней судьбы, «домашних» детей.

Сироты начинали звать мамами всех подряд взрослых женщин — педагогов, нянек, уборщиц, медсестер. Каждой они заискивающе заглядывали в глаза и осторожно спрашивали:

— Ты моя мама?

— Нет, — отвечали им.

— А где моя мама? — с простодушной хитростью спрашивал ребенок, хотя прекрасно понимал, какой получит ответ.

— У тебя мамы нет. Тебя воспитывает государство.

Сам Коля никого мамой не называл и глупых вопросов не задавал. Когда при нем это делали другие, ему становилось противно, но одновременно он чувствовал свое превосходство. Он никогда не станет выклянчивать чужое ласковое слово, ему не надо, чтобы его гладили по головке из жалости.

Каждый день воспитанникам интерната полагалось для профилактики пить таблетки, которые медленно, но неотвратимо калечили мозг. Считалось, что без медикаментозного вмешательства эти дети существовать не могут, становятся неуправляемыми и агрессивными.

Про таблетки Коля понял сразу, что пить их нельзя. Другие пили покорно, не задумываясь. Про психушки и уколы рассказывали ужасы в темной спальне ночами. А таблетки считались безобидными. Однако Коля их не пил, единственный из всех, хотя сам пока точно не знал — почему. Он научился ловко прятать таблетки за щекой, так, что даже бдительная медсестра, заглядывая в рот, ничего не замечала. Он находил способ потихоньку выплюнуть и выбросить таблетки и после этого обязательно плоскал рот. Чутье подсказывало ему, что никто из сверстников не должен знать про его хитрость. Обязательно донесут медсестре или педагогам.

С рождения в Коле был заложен мощнейший инстинкт самосохранения, не только физического, но и интеллектуального. Он чувствовал: чтобы выжить, надо оставаться умным, не превращаться в дебила. Ему казалось, именно этого добиваются все, кто его окружает.

Дети хотят, чтобы он стал таким же, как они. Им обидно, что он умней. Взрослым удобно, если он тупой и послушный. Все — враги. Все хотят ему зла. Но он сильный и умный, он должен перехитрить и победить.

Умственно отсталых детей учили не особенно старательно. У них были специальные учебники — для вспомогательной школы. Коля освоил грамоту по такому спецбукварю за две недели. Через месяц он читал по слогам. Через два месяца прочитал весь букварь, от корки до корки. На уроках он отвечал лучше всех. Это никого не удивляло и не радовало.

Однажды в третьем классе, прочитав на доске условие контрольной задачки, он громко произнес:

— Ну-у, фигня! Любой придурок решит.

— Ты что, Козлов, самый умный? — вяло поинтересовалась учительница.

— Да, — просто ответил он, — здесь я самый умный.

Учительница взбесилась, поставила его в угол на весь урок. И весь урок класс был занят тем, что грубо потешался над «самым умным олигофреном». Когда какая-то «домашняя» девочка высказала идею набить «умному» морду, Коля спокойно вышел из угла, не обращая внимания на учительницу и на детей, подошел к девочке, сильно ударил ее носом о парту и спокойно вернулся в свой угол. При этом он испытывал такое же жгучее удовольствие, как когда-то в детдоме, растоптав очки важной докторши. Но вскоре он понял, какова расплата за такой вот минутный кайф.

Учительница поволокла его за шиворот в спальню, бросила на кровать и отправилась за медсестрой. Оставшись один, он поудобней улегся на застеленной кровати и стал спокойно ждать, что будет дальше.

Ждать пришлось недолго. Через несколько минут в спальню вошли медсестра и воспитательница.

— Козлов, — сказала воспитательница, — ты наказан. Гулять сегодня не пойдешь. Встань.

«И всего-то! — обрадовался Коля. — Подумаешь, фигня какая!»

Вставать он не собирался, даже бровью не повел.

— Встань, Козлов, — повторила воспитательница.

Он продолжал лежать, удобно раскинувшись на койке. Медсестра молча наклонилась над ним, расстегнула штаны и стала их стягивать. Тут до него дошло, что сейчас произойдет. Его разденут догола и унесут всю одежду.

Прозвенел звонок, и в спальню стали заглядывать любопытные лица одноклассников. Медсестра и воспитательница не чувствовали никакого сопротивления и спокойно его раздевали. Брюки были почти сняты, и тут Коля, изловчившись, брыкнул обеими ногами мягкий живот медсестры. Одновременно, легко размахнувшись, он вмазал кулаком в лицо воспитательницы. Обе женщины растерялись от неожиданности и боли. А он уже ловко натянул штаны, вскочил на ноги и бросился вон из спальни, разбросав сгрудившихся у двери детей.

— Козлов! — завопил ему вслед кто-то из одноклассников. — Поймают, в психушку отправят!

«Пусть! — думал он и несся по коридору так, что ветер свистел в ушах. — Пусть в психушку! Только бы не раздевали догола при всех! Хуже ничего не бывает».

Но довольно скоро он понял, что ошибся. Бывает значительно хуже.

Наперерез ему уже бежал воспитатель старших классов, здоровенный молодой мужик. Снизу по лестнице тяжело топал дворник Макарыч. С обеих сторон подступали опомнившиеся и разъяренные воспитательница с медсестрой. Он знал, сопротивляться бесполезно, но все равно, когда его схватили, продолжал брыкаться, умудрился укусить Макарыча за палец до крови.

Через двадцать минут, привязанный к носилкам специальными кожаными ремнями, он лежал в фургоне детской психиатрической перевозки, но все еще извивался, брыкался и поливал фельдшера с врачихой отчаянным матом.

— Не ори, уколю, — предупредила врачиха.

— Да пожалуйста! Я не боюсь! Все равно буду орать, — буркнул Коля и продолжил матерную тираду.

Машина встала на светофоре.

— Не боишься? — Врачиха нехорошо ухмыльнулась. — Давай-ка, Василек, аминазинчику ему двадцать миллиграмм, внутримышечно.

Фельдшер молча наполнил шприц, выпустил воздух, ловко повернул привязанного Колю чуть на бок, приспустил штаны, мазанул по коже ваткой со спиртом и быстрым движением всадил иглу.

Было больно, но не слишком. Сначала он вообще ничего не почувствовал. Однако довольно скоро у него закружилась голова, во рту пересохло, тело сковала какая-то противная потная слабость, а главное, свело ноги и руки, как будто он сразу все отсидел. И совершенно пропала охота орать.

«Нет, это не ерунда, — думал он, пытаясь преодолеть отвратительные ощущения, — теперь я понимаю, почему все боятся. Это в сто раз хуже, чем таблетки».

Таблетки можно потихоньку выплюнуть. Ядовитую гадость из тела не выдавишь. Она моментально всасывается и делает из тебя придурка. От укола тупеешь и слабеешь. А сколько их будет в больнице? Надо стать тихим, шелковым. Пусть они думают, что он все понял. Пусть они забудут, как он дрался и вопил.

Коля закрыл глаза и притворился, будто спит.

В приемном покое воняло марганцовкой. Кафельные стены делали голоса гулкими, а крик отдавался эхом.

— Не надо! Пустите меня! Я больше не буду! Домой хочу! А-а-а! — Худющая бритая наголо девочка лет десяти, совершенно голая, извивалась в руках двух теток в белых халатах и в марлевых повязках на лицах.

Тетки пытались натянуть на нее больничную проштампованную рубаху с рукавами до полу. Она брыкалась, норовила укусить, оттолкнуть локтями и кулаками. Но тетки были сильнее. Их двое, она одна. Они быстро и ловко справились с девочкой, натянули рубаху, рукава связали за спиной. Девочка уже не орала, а тихо, безнадежно всхлипывала.

— Я больше не буду, тетеньки, отпустите домой к маме. Меня мама ждет, волнуется. Отпустите.

— Ну что ты врешь, Колпакова, — устало вздохнула одна из теток, — какая мама? Ты же детдомовская.

В ответ девочка тихо завыла, как больной щенок. Тетки быстро увели ее.

«Ну и дура», — подумал Коля, проводив девочку равнодушным взглядом.

Он послушно дал себя раздеть, помыть в облупленной, коричневой от марганцовки ванне. Он даже помогал, приветливо улыбался пожилой няньке и думал о том, что мог бы с такой вот бабулькой справиться одной левой, если б захотел. Да что толку? Мигом набегут мощные тетки, дядьки-санитары.

Нянька натянула на него обычную рубаху с короткими рукавами.

— Вот хороший мальчик, тихонький, — приговаривала она, провожая его в палату.

Из десяти коек была свободна только одна, у

окошка. Туда и положили Колю. Он не успел разглядеть своих соседей. Пришел врач, маленький, щупленький, в смешных круглых очечках, висевших на кончике длинного носа.

— Ну что, Коля Козлов, драться будем? — спросил он.

— Не будем, — Коля виновато потупился, — я был не прав. Я хочу попросить прощения у всех, кого обидел.

Врач взглянул на него с интересом. Действие укола еще не прошло, соображал Коля с трудом. Но чутье не подводило. Надо понравиться этому хлюпику. От него многое зависит. Коля сразу возненавидел хлюпика за это. Но опускал глаза и изображал раскаявшегося тихоню.

Он спокойно и разумно отвечал на вопросы, дал себя послушать, осмотреть. Врач снисходительно потрепал его по загривку и ушел. А потом пришла сестра со шприцем. Стиснув зубы, дрожа от ненависти, Коля дал себя уколоть.

— Ты думаешь, ты здесь самый умный? — спросил мальчишка с соседней койки. — Вон, такой же умный лежит.

Коля взглянул туда, куда указывал сосед. Там, бессмысленно улыбаясь и раскачиваясь, как неваляшка, сидел парень лет восьми с дебильным лицом.

— Овощ, — прокомментировал сосед, — говно свое ест. Тоже умный был, тихий, все терпел. Но не выдержал, выхватил однажды шприц у сестры и всадил ей в ногу. Теперь овощ. А вон тот, тоже умный, окошко ночью в коридоре вышиб. Сбежать хотел. Тоже овощ. Дрочит с утра до вечера.

— Аминазину! Аминазину мне! — заорал кто-то из другого конца палаты.

Невероятно жирный парень сполз со своей койки и забился на полу, задергался, завизжал, как поросенок. В палату тут же вошли санитар и сестра со шприцем наготове. Толстяка водрузили назад на койку, вкололи полный шприц. Он затих.

— Тоже овощ? — шепотом спросил Коля соседа.

— Пень.

— Это как?

— Отсюда в психоневрологию пойдет, в интернат. На инвалидность.

На этот раз вкололи что-то другое, не аминазин. Захотелось спать, глаза закрывались сами собой. Но надо было договорить с соседом, единственным нормальным на всю палату. Раз он сумел таким остаться, значит, с ним надо договорить, чтобы все знать заранее.

Звали его Славик. Он был старше Коли на год. Такой же детдомовский, с таким же диагнозом.

— А ты? — спросил Коля, тараща глаза, чтобы не закрывались. — Ты как овощем не стал?

— Я пока терплю. Но скоро не выдержу. Я здесь уже в третий раз лежу за этот год.

— За что?

— Сбегаю. Не могу. Маму хочу найти.

«Такой же, как все», — с презрением подумал Коля и сам не заметил, как уснул.

Когда он открыл глаза, был тусклый рассвет. Кусок сизого зимнего неба сквозь зарешеченное окно, обход, целое стадо врачей и сестер в белых марлевых масках, опять укол, потом завтрак, такой же, как в интернате: рисовая каша, жидкое приторное какао, кубик масла в капельках воды на ломте серого хлеба. За столом многие ели кашу руками или лакали из мисок, как собаки.

Кроме уколов, давали еще таблетки, три раза в день. Он не глотал, так же, как в интернате, ловко прятал за щекой, а потом выплевывал. Но однажды проглотил нечаянно, хотел побежать в туалет, сунуть скорей два пальца в рот, чтобы вырвало. Но стало лень бежать, и сил не было. Один раз — ничего страшного, решил он. А вечером опять нечаянно проглотил две таблетки.

«Надо отсюда сматываться, – думал Коля, – иначе станешь овощем или пнем».

Однако думалось ему как-то вяло, тяжело. В мозгу стоял плотный туман, такой же сизый, как небо за окном, как лица «овощей». И почему-то все время хотелось есть. Голод сделался главным чувством и рос с каждым днем, заслоняя все остальное – ненависть, страх, отчаяние.

Славика перевели куда-то на другой этаж. Теперь вместо него на соседней койке лежал совсем маленький мальчик, не старше шести. Он ни с кем не разговаривал, только плакал, накрывшись с головой одеялом.

Как-то за ужином, с дикой жадностью слизывая комочки картофельного пюре с тарелки, он вдруг услышал:

– Козлов, не делай этого. Перестань.

Он поднял глаза. Над ним стоял Славик.

– Меня завтра выписывают, – тихо сказал он, – я больше сюда не попаду. Сбегать не буду. Нет у меня никакой мамы. Если и была, то бросила меня, сволочь, и искать ее нечего. А я выдержал, Козлов, выдержал. Морду никому не набил, вел себя тихо. И меня выписывают, назад в интернат. Я отойду от уколов, стану опять нормальный. А ты, Козлов, не вылизывай тарелку, как собака. С этого все начинается.

Он ушел, не оглядываясь. Коля смотрел ему вслед и думал: как же не вылизывать тарелку? Жрать-то хочется, а там столько остается. Как же не вылизывать?

Однажды Коля проснулся среди ночи от того, что простыня под ним была мокрой. Он сначала не сообразил, что произошло, а потом его вдруг обожгло, как каленым железом. Нет. Вот этого не будет. Никогда.

В интернате таких называли писунами. Над ними издевались все, кто как хотел. Лучше умереть, чем стать писуном, или пнем, или овощем. Славик прав, нельзя вылизывать тарелку, как собака. С этого все начинается. Славик выдержал, и он выдержит, тоже отойдет от уколов.

Коля тихо встал, содрал с койки мокрую простыню, под которой была рыжая клеенка, прошел на цыпочках в коридор. Дежурная сестра спала за своим столиком, уронив голову на руки. Из открытой двери ординаторской слышался приглушенный смех. Там пили чай фельдшер и дежурный врач. Коля бесшумно прошмыгнул мимо, никто его не заметил.

В пустой умывалке мерцал мутный люминесцентный свет. Коля постирал простыню в раковине, аккуратно развесил на раскаленной батарее. И стал отжиматься на кафельном полу, повторяя шепотом:

— Я не буду писуном. Я не буду овощем. Раз, два, три... Я не буду пнем... четыре, пять, шесть... Я всех ненавижу... семь, восемь, девять...

От слабости дрожали руки, пот тек в глаза, голова кружилась, хотелось лечь на холодный кафельный пол, распластаться, как тряпка, и ни о чем не думать. Но он продолжал. И пока не отжался двадцать раз, не позволил себе передохнуть. А потом умыл лицо ледяной водой и сделал еще десять приседаний.

Утром за завтраком он старался есть красиво и опрятно, не спеша, не пачкая лицо кашей. Искушение вылизать тарелку было сильным, каша кончилась, а есть все еще хотелось. Но Коля отнес тарелку в мойку. А в обед было уже легче с собой справиться.

Ночью он дождался, когда в коридоре станет тихо, прошмыгнул в умывалку. Удалось отжаться уже двадцать пять раз и сделать двенадцать приседаний...

Через три дня его выписали. Оказывается, он провел в больнице всего две недели. Теперь он знал точно, что больше никогда сюда не попадет. Ни з что на свете.

Но так думали многие интернатские дети после первой «ходки» в психушку. И многие попадали туда вновь, до тех пор пока вообще не переставали о чем-либо думать.

Оставаться нормальным среди олигофренов, умным среди дураков очень трудно, особенно когда тебе только девять лет и ты еще не отошел от уколов, в голове тяжелый туман, руки слабые, а все вокруг только и ждут, чтобы ты сорвался.

Вся интернатская жизнь состояла из бесконечной цепи взаимных злобных нападок и провокаций. Никому нельзя было верить. Дети продавали друг друга моментально, из страха перед наказанием или за половинку печенья, за карамельку, за любой съедобный кусок. Коля научился легко справляться с голодом. Он знал, есть удовольствия куда более яркие, чем половинка печенья.

Например, за сладкий кусок можно заставить какого-нибудь ненавистного «домашнего» ребенка покукарекать на уроке, на глазах у всех слизать твой плевок, вытащить несколько рублей из кошелька учительницы. Но особенно приятно было потом не дать «домашнему» этот заслуженный сладкий кусок.

Если в результате возникала драка, Коля старался подманить обманутого, доведенного до истерики однокашника поближе к учительской, ловко уворачивался от ударов, мог сам врезать, но только так, чтобы никто не видел. Очень быстро драчунов разнимали. И всегда виноватым оказывался не Коля.

Почувствовав в нем опасность и силу, к нему стали тянуться мальчики, нуждавшиеся в лидере. Он быстро сколотил вокруг себя нечто вроде свиты. В свиту входили только детдомовские, всего пять человек, пять избранных, которые подчинялись Коле Козлову беспрекословно. Тень его силы падала на этих пятерых счастливцев, их тоже боялись, им тоже подчинялись остальные. И за это они готовы были жизнь отдать за своего жестокого лидера.

Он умел выкручиваться из самых сложных передряг, которые затевал иногда с помощью свиты, иногда сам. Но всегда только он один понимал, что происходит, сознательно наслаждался бешенством больных детей и растерянностью усталых издерганных взрослых. В скучной интернатской жизни Коля развлекался, как мог. И вместе с ним развлекалась маленькая верная свита.

Иногда он выбирал какого-нибудь «домашнего» ребенка, как правило, самого благополучного, спокойного, и начинал методично издеваться над ним. Ночью кто-нибудь из свиты мочился в баночку, потом это выливалось потихоньку в постель к выбранной жертве. И тут же раздавался крик:

— Ой, не могу! Воняет! Писун! Вонючка!

В итоге ребенок бился в истерике, пытаясь доказать, что он не «писун», доводил себя и воспитателей до исступления. И в конце концов оказывался в больнице.

Изобретательность маленького пахана не знала границ.

Было так забавно среди ночи устроить подушечный бой в спальне, довести легко возбудимых олигофренов до полного безумия, а потом самому тихонько выскользнуть, разбудить дежурного воспитателя и сообщить испуганным доверительным шепотом:

— Мария Петровна, посмотрите, что там творится. Они все с ума посходили.

И еще забавней было наблюдать, как пожилая полная растрепанная со сна женщина носится по беснующейся палате, пытаясь навести порядок. А потом шепнуть ей на ухо:

— Это все Сидоров, он в последнее время такой странный стал, даже страшно.

Иногда все кончалось тем, что несчастного Сидорова отправляли в больницу на следующий день. И никому не приходило в голову заподозрить спокойного, рассудительного Колю Козлова.

— Мария Петровна, вы пойдите поспите. Если опять начнется драка, я вас быстренько разбужу, — с искренним сочувствием в голосе говорил Коля измотанной воспитательнице, — вы не волнуйтесь, вам поспать надо.

Он научился делать чистые, невинные глаза, тонко, по-взрослому льстить воспитателям и учителям. Им трудно было предположить, что в ребенке с таким диагнозом может быть столько изощренного коварства, даже если этот ребенок отличается от других детей и является безусловным лидером в классе. Люди опытные и внимательные, они легко распознавали детские хитрости. Но Коля Козлов хитрил по-взрослому, слишком уж нагло и цинично.

Чутье подсказывало, что перехитрить здесь можно всех, кроме одного человека — директрисы Галины Георгиевны. Она не покупалась на его чистые, невинные глаза и разумные речи. Он кожей чувствовал ее особое, настороженное отношение к себе. Это было опасно.

Высокая широкоплечая фигура в темно-синем кримпленовом костюме и белой блузке всегда появлялась неожиданно и бесшумно — в спальне, в классе, в игровой комнате. Несколько минут она стояла и молча наблюдала. Когда ее замечали — вздрагивали, замолкали, вытягивались по стойке «смирно» не только дети, но и воспитатели и учителя. Позже Коля Козлов перенял у нее эту манеру. Ему нравилось видеть испуг и замешательство, нравилось заставать врасплох.

Широкое грубое лицо всегда было покрыто толстым слоем розовой пудры. Модная в те времена перламутровая помада делала тонкие губы еще тоньше и суше. Аккуратно подведенные рными «стрелками» маленькие водянисто-голубые глаза глядели прямо в душу. Вытравленные до белизны волосы были уложены в сложную модную «халу». Пахло от директрисы сладкими духами «Красная Москва».

Этот запах и весь образ навсегда врезался в память не только Коле Козлову, но и всем воспитанникам специнтерната. В маленьком жестоком интернатском мирке от ее воли зависело все.

Галина Георгиевна никогда не повышала голоса. Наоборот, говорила очень тихо, и все замолкали, стараясь расслышать каждое слово. Эту манеру Коля тоже запомнил и использовал потом, в своей взрослой жизни.

Самого сильного и влиятельного человека лучше иметь в союзниках, чем во врагах. А еще лучше — в должниках.

Разумеется, особое расположение всесильной директрисы пытались заслужить многие. Но она не поддавалась ни на грубую лесть, ни на примитивное стукачество, ни на заискивающую ласку и услужливость. Коля наблюдал за жалкими тщетными попытками других подлизаться к Галине Георгиевне, терпеливо ждал подходящего момента. Он знал: директрису не купишь глупой лестью и примерным поведением. Только поступком. И подходящий случай представился.

Стоял очень холодный февраль. Третьеклассни Гарик Голованенко, «домашний» ребенок с реальной, серьезной олигофренией, вскарабкался по пожарной лестнице на крышу пятиэтажного здания интерната и, стоя на самом краю, вопил как резаный:

— Ща прыгну, с-сука! Пусть тя пас-садят... Довела, сволочь... — Истерика была адресована не кому-нибудь, а самой Галине Георгиевне.

Весь интернат высыпал во двор, задрав головы, все смотрели на Гарика, который балансировал на скользком обледенелом краю, держась одной рукой за хлипкое металлическое ограждение.

— Ща кто шагнет — прыгну! — орал он и сдабривал свое обещание отборным матом.

И никто не решался шагнуть к пожарной лестнице.

Коля замер вместе со всеми. Голова его работала лихорадочно быстро. Если этот придурок сорвется, директрису посадят. Другого такого шанса не будет...

Он знал, как с пятого этажа попасть на чердак. Оттуда прямой ход на крышу. Пока все стояли и смотрели, Коля рванул на пятый этаж, ногой выбил чердачную дверь. Она была на замке, но замочные ушки держались на расхлябанных винтах. Через минуту он полз по обледенелой крыше. Гарик его не видел, но снизу заметили, и воцарилась гробовая тишина.

Одна нога Гарика соскользнула. Ему было трудно держаться за ледяное железо ограждения рукой без варежки. В тот момент, когда онемевшие от холода пальцы разжались, Коля Козлов крепко схватил его за запястье. От неожиданности Голованенко сильно дернулся, его вторая нога потеряла опору, он уже по пояс болтался внизу. Он падал и тащил за собой Колю, при этом еще продолжал истерить, орать, теперь уже ему в лицо, мерзко брызгая слюной:

— Отпусти, с-сука, не хочу жи-ить! Пусти, сказал! — А сам крепко цеплялся за вторую Колину руку и всей тяжестью тащил за собой, вниз, на припорошенный снегом асфальт интернатского двора.

Внизу наконец опомнились. На крышу по пожарной лестнице уже поднимались санитар и дворник Макарыч.

— Держись, пацаны! — повторял дворник.

Санитар карабкался молча, только пыхтел. Коля одной рукой стискивал запястье Гарика, другой изо всех сил держался за ограждение. Он тоже был без варежек, и пальцы начинали неметь. К тому же тощий на вид Гарик оказался страшно тяжелым. Его крик слился в одно сплошное «А-а-а!..». Он уже не произносил матерных слов, просто орал, так что у Коли звенело в ушах. Дождавшись короткой паузы, он тихо, сквозь зубы, произнес:

– Заткнись, а то отпущу.

И Гарик послушно заткнулся. Он опять начал орать только тогда, когда санитар волок его с пятого этажа, уже связанного специальными полотенцами. Он понимал, теперь ему одна дорога – в психушку. Пощады не будет. За несколько минут кайфа, который он испытал, выкрикивая с крыши все, что думает о всевластной директрисе, он будет расплачиваться долго и страшно. Затих он только после того, как в машине детской психиатрической перевозки ему вкололи несколько кубиков аминазина.

Директриса подошла к Коле и обняла его за плечи. Под слоем пудры было видно, что лицо ее все еще бледно-землистого цвета...

В психушке из Голованенко могут сделать «овощ» – идиота, который будет ходить под себя, поедать собственные фекалии. Это произойдет законным образом, и никто не понесет ответственности. Но если бы ребенок сорвался с крыши и погиб, Галине Георгиевне грозила бы тюрьма.

– Ну что, Коля Сквознячок, замерз? – спросила она и ласково взъерошила ему волосы.

Она сама не знала, почему назвала мальчик «Сквознячком». Возможно, потому, что он был тихий, быстрый, бесшумный, умел появляться ниоткуда и исчезать в никуда. Она и раньше обращала на него внимание, он сильно отличался от остальных ее воспитанников. Она прекрасно понимала:

этот ребенок совершенно здоров, нормален, более того — умен не по годам. Такие дети уже встречались в ее многолетней практике. Редко, но встречались.

В молодости Галина Георгиевна пыталась за них бороться, иногда ей удавалось добиться снятия диагноза. Но это была такая нервотрепка, что даже вспоминать не хотелось. И она постепенно привыкла не замечать нормальных детей, не выделять их из общей массы. Тем более они очень быстро с этой массой сливались. Одна-две госпитализации, и ребенок становился как все.

Но Колю Козлова трудно не заметить. Он был лидером. Интуиция и многолетний опыт подсказывали, что от этого мальчика следует ждать серьезных неприятностей. «Хитер, ох хитер», — думала директриса, изредка останавливая на нем холодный цепкий взгляд.

Однако предположить, что однажды именно Коля Козлов спасет ее от тюрьмы, Галина Георгиевна никак не могла. И растерялась. Надо ведь как-то наградить ребенка за хороший поступок.

— Послезавтра воскресенье, — сказала она, прижимая стриженную ежиком голову мальчика к своей большой мягкой груди, — я возьму тебя домой, Коля Сквознячок. Хочешь?

Детдомовских иногда, очень редко, брали домой на выходные воспитатели и учителя. Директриса за всю историю интерната никогда никого не брала.

— Хочу, — еле слышно ответил Коля.

От жесткого кримплена пахло табаком и «Красной Москвой».

— Ну, беги в столовую, Сквознячок, скажи, я велела, чтобы тебя горячим чаем напоили.

Этот разговор слышал весь класс. Он проходил в полной тишине. Дети и два воспитателя, затаив дыхание, ловили каждое слово. С тех пор кличка Сквознячок приросла к Коле Козлову намертво.

Глава 7

— Здравствуйте, простите за беспокойство, — произнес в трубке незнакомый мужской голос, — вы меня не знаете...

— В чем дело, молодой человек? Куда вы звоните? — строго спросила Надежда Павловна Салтыкова.

— Дело в том, что этот номер недавно принадлежал фирме «Стар-Сервис», и у меня к вам огромная просьба...

— Вы что, издеваетесь? — выкрикнула Надежда Павловна. — Мы уже про «Стар-Сервис» слышать не можем! Оставьте нас в покое.

— Подождите, простите... — взмолился Антон Курбатов, но в трубке уже раздавались частые гудки.

— Мамуль, это кто? — крикнула из комнаты Вера, не поворачивая головы от экрана компьютера.

— Не туда попали. Опять эта чертова фирма, — ответила Надежда Павловна, — скоро я вообще буду отключать телефон.

— Нет, так ничего не выйдет, — пробормотал Антон себе под нос, — наверное, этих людей действительно достали звонками. Но факс у них есть. Ведь аппарат в Агнешкином офисе просигналил, что сообщение прошло. Интересно, куда они дели ту бумажку? Ведь могли просто выбросить. Тогда все...

Ему стало не по себе. Неужели он так и не узнает, что хотел сказать брат за несколько минут до смерти? Предупреждал об опасности? Сообщал имя убийцы? Нет, убийцы обычно безымянны, во вся ком случае, наемные киллеры... Судя по всему, Дениску заказали. Мотивом была месть, и Антон догадывался, кто мог так отомстить брату.

Год назад Дениска отправился в Турцию. Это была очередная идиотская авантюра. Братья Курбатовы не то чтобы решили заделаться челноками, но тогда не было других вариантов заработка, а жить без денег и без дела они не могли. Один знакомый посоветовал рискнуть, уверял, что сам два месяца назад без особых усилий заработал три с половиной тысячи долларов.

Знакомый рассказал, что в городе Эскишехир, между Анкарой и Стамбулом, есть фабрика, где шьют дубленки. Место не курортное, до моря далеко, туристов и вообще приезжих мало. Поэтому цены там просто смехотворные. Он даже назвал адрес конкретного магазина, в котором можно оптом закупить партию дубленок. Турок, владелец того магазина, отдает отличный товар по сто долларов за штуку. Если хорошо поторговаться, можно и по восемьдесят. А в Москве такие шубки идут по четыреста-пятьсот. Учитывая все издержки на дорогу, жилье и процент реализатору, прибыль все равно получается очень приличная.

Конечно, лучше бы лететь за дубленками вдвоем. Но братья посчитали, что одному дешевле. К тому же надо было найти в Москве надежных продавцов, ведь не самим же стоять на рынке.

В Анкару Денис прилетел утром, а до города Эскишехир добрался на поезде только к позднему вечеру. Город показался ему неприятным, грязноватым. Но какая разница? Ведь он приехал сюда на два дня, не больше. Завтра утром отправится в тот магазин, о котором рассказывал приятель, а еще через сутки улетит домой с партией дубленок.

Денис отправился искать гостиницу подешевле. Вещей у него не было, только легкая спортивная сумка. С ярко освещенных людных улиц он незаметно забрел в какие-то темные глухие переулки. И тут на него налетели трое, повалили на землю. Он стал сопротивляться. В кармане легкой джинсовой куртки лежал бумажник, а там – тысяча долларов, загранпаспорт, обратный билет. Еще тысяча лежала в сумке, в особом кармашке на «молнии».

Били Дениса долго и больно, ногами, все трое. В какой-то момент он потерял сознание, а когда очнулся, обнаружил, что лежит поперек кривой темной улицы. Ни куртки с бумажником, ни сумки при нем, разумеется, не оказалось.

У него хватило сил встать, добрести до более людного и светлого квартала. Пока он шел, его несколько раз вырвало, голова страшно кружилась, ноги не держали. Между тем настала ночь, народу было совсем мало. Он пытался спросить по-английски, где полиция, но редкие прохожие шарахались от него в ужасе.

Шатаясь, как тростинка на ветру, он вышел на проезжую часть, стал голосовать, однако машины проносились мимо. Когда ему уже казалось, что сейчас он умрет прямо здесь, в чужом турецком городе, возле него резко затормозил старенький черный «Фольксваген».

— Вам нужна помощь, сэр? — спросили его на хорошем английском.

За рулем сидела девушка с длинными светлыми волосами. Она показалась Дениске ангелом неземной красоты.

— Помогите мне, пожалуйста, — забормотал он окровавленным ртом, — меня только что избили и ограбили, я русский, у меня нет ни денег, ни документов. Мне надо в полицию.

— О'кей, — кивнула она, вышла из машины, помогла ему забраться на заднее сиденье и повезла куда-то.

Он решил, что они едут в полицию, и опять вырубился.

Очнулся он в маленькой темной комнате на какой-то чужой широкой койке и долго не мог понять, где находится. Потом стал смутно вспоминать, как его тащили, укладывали в постель чьи-то сильные руки, как подносили к губам стакан с водой. Он помнил только обрывки, детали и понять пока ничего не мог.

Он попытался подняться с койки. Все тело ныло, как один сплошной синяк. Голова была забинтована. Он огляделся. Ему показалось, что это номер в дешевой гостинице. Облупленный комод, за пластиковой шторкой — стоячий душ и унитаз. Над комодом висело большое зеркало, и он увидел свою разбитую физиономию, забинтованную голову. Ко всему прочему, на нем не было ничего, кроме каких-то цветастых плавок, явно чужих.

Сначала он подумал, что ему невероятно повезло: он жив. А ведь те трое могли забить насмерть. Он не покалечен, ничего не переломано, пары зубов не хватает, но, к счастью, коренных, а не передних. Однако через минуту он спохватился: а что дальше? Он не знает, где находится, у него ни документов, ни денег. Обратный билет на самолет пропал вместе с бумажником.

Денис отодвинул жалюзи и выглянул в маленькое окно. Комната находилась невысоко, не выше третьего этажа. Внизу был глухой узкий двор-колодец, окруженный серыми стенами домов с маленькими черными окошками, за которыми, казалось, никто не живет. Впрочем, от одного окна к другому над двором тянулась веревка. На веревке сушились простыни и детские ползунки.

Дверь открылась, и в комнату вошла высоченная коренастая блондинка в джинсовых шортах и в майке без рукавов.

— Ты уже в порядке? — спросила она. — Есть хочешь?

Ее звали Каролина, она была из Швеции. Запивая холодную пиццу теплой пепси-колой, Денис узнал, что целые сутки провалялся без сознания.

— Это не гостиница, а маленький частный пансион, — объясняла Каролина, — я здесь снимаю комнату. Наверное, у тебя сотрясение мозга. Но ведь медицинской страховки у тебя нет, поэтому врача я вызывать не стала. А в местную полицию лучше не обращаться.

— Мне надо в российское консульство, — догадался Денис, — сначала надо получить какой-то документ.

— И как ты собираешься добираться до Анкары? — хитро прищурилась шведка. — На какие деньги собираешься покупать билет на самолет? Ты, кстати, из какого города в России?

Из трех вопросов он сумел ответить только на последний.

— Я из Москвы.

— О, это замечательно, — сказала Каролина, — совсем недавно я познакомилась с одним сладким мальчиком из Москвы. Мы провели чудесную неделю в Анталии, в бунгало на берегу. Он не говорил по-английски, но мы отлично понимали друг друга. Море шумело у наших ног, это было так романтично. Ты ревнуешь? Не стоит, малыш. — Она нежно погладила его по щеке.

— Нет, я не ревную, — вздохнул Денис. — Так как же мне добраться до Анкары, до консульства?

— Уж если я подобрала тебя на улице и привезла к себе, то не выбрасывать же тебя опять на улицу в таком состоянии. Сначала тебе надо немного окрепнуть, а уж потом мы что-нибудь придумаем. — Каролина улыбнулась. — Мы с тобой — два европейца в этой дикой азиатской стране и должны помогать друг другу.

Три дня они не вылезали из койки. Мускулистая шведка было неутомима и изобретательна. В перерывах она меняла повязку у него на голове, смазывала ссадины каким-то розовым гелем, убегала и

113

возвращалась с гамбургерами или пиццей на картонных тарелках.

Все это время они почти не разговаривали. Он рассказывал ей, что занимается маленьким бизнесом и в Турцию приехал за дешевыми дубленками. Она о себе сообщила некую смутную информацию, назвалась студенткой, но ничего более конкретного о своей страстной подружке Денис узнать не сумел. Она даже фамилии своей не назвала, и он тоже не стал представляться полностью. Зачем, в самом деле, фамилии в такой неофициальной обстановке?

Иногда он проваливался в тяжелый, тревожный сон, просыпался среди ночи весь в поту от слабости и думал о том, что, в общем, ему действительно повезло. Он представлял, как будет рассказывать Антошке о своих турецких приключениях. Конечно, он не был настолько наивен, чтобы предполагать, будто мускулистая красавица приютила его только из сострадания к собрату-европейцу и ради бурного, продолжительного секса.

Денис предполагал, что за гостеприимство придется расплачиваться не только любовью. Каролина хоть и не обещала ничего конкретного, но заверила, что на улицу не выбросит. Он был готов сделать все, о чем она его попросит. Он был ей искренне благодарен и считал, что она спасла ему жизнь. Если бы не она, Денис так и умер бы там, на грязной мостовой, его бы переехала машина, и никто никогда не нашел бы его безымянной могилы. Прекрасная шведка спасла его, она поможет добраться до Москвы. Но не худо бы все же узнать о ней побольше...

В одном из ящиков комода он обнаружил альбом для фотографий с трогательными голубками на обложке. Там было около двадцати полароидных снимков. Шведская красотка щедро демонстрировала свои пышные прелести на фоне морского пейзажа. На большинстве фотографий она была одна. Но в конце альбома Денис увидел ее в обнимку с моло дым человеком.

Парень в узких плавках был почти на голову ниже Каролины, отлично сложен. Он глядел в объектив чуть исподлобья. Лицо его показалось Денису ничем не примечательным и вполне приятным.

«Мой сладкий русский медведь», — было написано под снимком по-английски.

На двух последних снимках «сладкий медведь» был запечатлен в одиночестве на фоне живописного заката. На одном он сидел в шезлонге и потягивал апельсиновый сок через трубочку, на другом было крупно заснято лицо. И под этим снимком надпись по-английски:

«Я знаю, мы увидимся вновь, мой маленький русский Иван».

Денис брезгливо чертыхнулся и убрал альбом назад, в ящик.

На четвертый день она принесла ему джинсы, майку и большую спортивную сумку. Из его одежды остались только кроссовки. Каролина сказала, что все остальное она выкинула.

— Твоя одежда была грязной. А стирать здесь негде.

Денис принял душ, нашел пачку одноразовых лезвий на полочке, побрился. Ссадины на лице уже не выглядели так ужасно, повязку с головы можно было снять.

Каролина критически оглядела его, достала из ящика комода маскирующий карандаш, тональный крем и стала тщательно замазывать синяки и ссадины на его лице.

— Зачем это? — спросил Денис, покорно подставляя свою физиономию.

Шведка только хихикнула в ответ. Закончив свою работу, она еще раз критически оглядела его и, бросив короткое «Жди!», убежала куда-то, заперев за собой дверь. Только сейчас он обратил внимание, что, уходя, она каждый раз запирает его снаружи.

Вернулась она примерно через полчаса, причем не одна, а в сопровождении двух молодых черноусых турок.

— Это Али, это Ахмед, — представила она гостей.

Тот, который оказался Ахмедом, вытащил из сумки фотоаппарат «Кодак».

— Ты не могла бы мне объяснить, что происходит? — тихо спросил Денис.

— Тебе нужен паспорт, — весело сообщила она, — давай становись к стене. Фон что надо.

— Голову прямее, — сказал Ахмед на плохом английском и тут же сделал два снимка. — Теперь в профиль, — скомандовал он.

— Это еще зачем? — удивился Денис. — На паспорт нужен только анфас, и вообще надо ехать в российское консульство, в Анкару! Вы что, собираетесь делать мне фальшивый паспорт?

— Расслабься, — посоветовала Каролина, — повернись боком. Вот так, молодец, хороший мальчик.

Фотоаппарат щелкнул еще два раза.

— Напиши латинскими буквами свое полное имя, фамилию, дату рождения и адрес в Москве, — подал голос тот, которого звали Али.

— Зачем вам адрес? Для загранпаспорта домашний адрес не нужен... Нет, ребята, я в эти игры не играю, — как можно решительнее произнес Денис.

— У тебя нет выбора, малыш, — грустно покачала белокурой головой Каролина.

— Что вам от меня надо? — тихо спросил Денис.

— Ничего особенного, — шведка пожала мощными плечами, — нам надо, чтобы ты благополучно долетел до Москвы. Тебе ведь хочется именно этого?

Денис молча кивнул. Конечно, больше всего на свете ему хотелось сейчас оказаться дома. Пусть даже без дубленок...

— Вот видишь, наши желания совпадают. Я не сомневалась, мы сумеем договориться. От тебя потребуется одна услуга. Ты должен будешь захватить с собой в Москву небольшой сверток, он весит чуть больше фунта, так что ты не надорвешься.

— Наркотики? — спросил Денис еле слышно.

— Лекарства, — с улыбкой уточнила Каролина. — В Москве, в аэропорту, тебя встретят. Ты отдашь сверток и получишь пятнадцать тысяч долларов. Видишь, как все просто?

Денис почувствовал, как между лопатками пробежала холодная струйка пота. Он читал где-то или видел по телевизору, что в Турции за перевоз наркотиков отрубают голову. Смертная казнь без всяких разговоров. А тут — фунт наркотиков, полкило.

Усатые турки смотрели на него в упор, мрачно и недвусмысленно.

— Ребята, вы бы отпустили меня, — попросил Денис, — ну зачем я вам? Я трус ужасный. Начнут меня шмонать на вашей таможне, у вас ведь неприятности будут.

— Ну, за нас ты не беспокойся, — утешала его Каролина, — мы свои проблемы как-нибудь решим. А отпустить тебя не можем, ты уж прости, малыш. Не можем. Лекарства эти очень нужны в Москве, их там ждут. Так что давай не будем нервничать. Вот тебе блокнот, напиши печатными буквами, латинскими и русскими, свое имя, фамилию, дату рождения, адрес. Не стоит задерживать занятых людей, это невежливо. И у нас с тобой осталось совсем немного времени. — Она кокетливо повела мощным плечом и подмигнула.

Денис понял: вариантов у него нет. Если он не согласится, эти усатые янычары изрежут его на мелкие кусочки, и все дела. На листке блокнота, который протянула ему Каролина, он написал: «Семенов Денис Иванович» крупными печатными буквами, латинскими и русскими. Потом придумал себе дату рождения и адрес.

Забрав блокнот, мрачные турки удалились.

— Расслабься, малыш, — Каролина стиснула его в объятиях, — не будем терять времени.

— Прости, — он попытался отстраниться, — я сейчас не могу... Это слишком... Здесь, в Турции, за наркотики — смертная казнь...

— Можешь, детка, можешь, сладкий мой. — Она опрокинула его на койку и ловко расстегнула «молнию» джинсов...

В самый ответственный момент, когда страстная Каролина громко отрывисто застонала, он спросил тихонько:

— Эти лекарства для твоего русского друга, с которым ты жила в бунгало?

— Да. О да, это для него... не отвлекайся, — простонала она в ответ.

— Он будет ждать меня в аэропорту?

— Да, мой сладкий, да... вот так, быстрее... о-о, как хорошо...

Ночью Денис потихоньку открыл ящик комода, нащупал в темноте альбом с фотографиями и, на секунду включив свет в крошечном душе, вытащил портрет «сладкого русского медведя», засунул его в задний карман джинсов, которые валялись на полу, альбом положил на место и нырнул обратно в койку.

Паспорт принесли на следующее утро. Он выглядел совершенно натурально. Сверток с наркотиками был запаян в полиэтилен, на ощупь оказался плотным.

— Может, лучше рассовать как-нибудь, спрятать? — спросил Денис.

— И так сойдет, — Каролина бросила сверток в пустую спортивную сумку и застегнула «молнию».

— Дай майку какую-нибудь, прикрыть.

Она, не глядя, вытянула из ящика комода нечто розовое, в цветочек.

— Мужское, что-нибудь мужское, хотя бы для видимости, — взмолился Денис и стал сам рыться в ящике. Выбрав простую белую футболку с надписью по-английски «Поцелуй меня, детка!», он прикрыл кое-как страшный сверток.

— Ты готов? Поехали.

Али и Ахмед ждали их у выхода из облезлого пансиона. Они тут же взяли Дениса под конвой, шли вплотную, с обеих сторон. Каролина вышагивала сзади.

Они прошли два грязных квартала с какими-то темными лавками и магазинчиками. У дверей играли чумазые полуголые дети. Мимо прошмыгнуло несколько женщин в черных робах до пят, в черных платках, надвинутых низко, до бровей.

«А говорят, Турция — почти европейская страна, — подумал Денис, озираясь вокруг, — ничего здесь нет европейского. Впрочем, это, наверное, какой-нибудь совсем бедный мусульманский район».

За углом их ждал бежевый «Форд». Ахмед сел за руль. Дениса запихнули на заднее сиденье, Каролина и Али разместились по бокам.

До Анкары доехали часа за три. Всю дорогу в машине царило гробовое молчание.

— Как я узнаю вашего человека в Москве? — спросил Денис, когда на шоссе все чаще стали появляться указатели «К аэропорту».

— Он сам тебя узнает, — ответила Каролина, — он подойдет, как только ты выйдешь за ограждение, и передаст от меня привет.

Значит, она не запомнила короткого разговора, который происходил в момент бурной страсти. В общем, немудрено, пылкая шведка отдавалась любви столь самозабвенно, что ни о чем другом думать не могла.

— А деньги он сразу отдаст, этот ваш человек?

— Сразу.

— У меня одно условие, — быстро произнес Денис.

— Очень интересно, — хмыкнула Каролина, — какое же у тебя, мой сладкий, может быть условие?

— Аванс. Мне нужен аванс. Я рискую головой. Пока у меня в кармане нет ни доллара, я не понимаю, ради чего рискую, и очень нервничаю. Меня всегда выдает лицо, а таможенники — отличные физиономисты. Я читал об этом. Доллары согреют мне душу, я буду чувствовать себя спокойней. Меньше шансов попасться.

Несколько минут трое совещались. Денис не понимал ни слова. Его удивило, что белокурая шведка так бойко болтает по-турецки.

— О'кей, — произнесла наконец Каролина, — ты получишь аванс. Тысяча тебя устроит?

— Ты шутишь? — криво усмехнулся Денис.

«Форд» уже подъехал к стеклянным дверям зала отлета.

— Нет, малыш, я серьезно, — вздохнула Каролина, — у нас с собой больше денег нет. Твой самолет через полтора часа.

— Хорошо, ребята. Если вы такие бедные, я вообще никуда не полечу. Перевозите сами через границу ваши поганые свертки.

В бок со стороны молчаливого Али уперлось что-то твердое. Денис скосил глаза. Конечно, пистолет с глушителем...

— Вам это невыгодно, — произнес он как можно спокойней, — не каждый день попадается такой лопух, как я. Придется самим рисковать головой, тащить товар через границу. И потом, оглянитесь, здесь полно полицейских. Они все время смотрят по сторонам, очень внимательно. Здесь совсем не просто замочить. Я не думаю, что вы именно это хотите сделать. Вы просто пугаете меня, ребята. А я предупреждал, я страшный трус. Вот сейчас как заору от страха, полицейские сбегутся. Что тогда делать?

— Ну, заорать ты, положим, не успеешь, — процедил сквозь зубы Али на своем плохом английском, — и выстрела никто не услышит.

— А куда денете труп? — спросил Денис почти весело. — Вдруг вас остановят по дороге? Такое ведь случается. Вот будет интересно! Вас остановят, а в машине мертвяк, еще тепленький. Тогда уж точно и сверточек с товаром найдут. Так что еще вопрос, кто из нас больше рискует. Мне-то терять нечего. Поэтому либо вы мне даете нормальный аванс, либо из машины я не выйду и никуда не полечу.

— Что ты считаешь нормальным авансом? — спросила Каролина.

— Десять тысяч.

— А говорят, русские романтичны и бескорыстны, — она печально покачала головой. — Зачем тебе в самолете столько денег? Ты ведь все сполна получишь в Москве, как только долетишь.

— Простите, ребята, но на слово я вам не верю. А гарантий у меня нет. Вдруг ваш человек окажется таким же бедным, как вы, сверток возьмет и смоется? Или вообще кончит меня по-тихому? Десять, или я остаюсь в машине и начинаю орать.

Они снова стали совещаться по-турецки.

— Пять, — произнесла наконец Каролина.

— Десять.

— Шесть, — подал голос Ахмед с водительского сиденья, — больше у нас все равно с собой нет.

— Ладно, давайте восемь, и привет, — вздохнул Денис.

Каролина достала из сумочки его паспорт, билет, потом небольшую пачку стодолларовых купюр. Еще пачку вытащил из портмоне-набрюшника Али. Денис стал не спеша пересчитывать.

— Опоздаешь на самолет, — предупредила Каролина.

— Не отвлекай меня, а то придется считать сначала, — буркнул он. — Да, все правильно. — Он поднес одну купюру близко к глазам и посмотрел на свет. — А они не фальшивые? Ладно, ребята, верю на слово. Все, привет.

— Поцелуй меня на прощание, сладкий мой, — нежно пропела Каролина.

— Извини, дорогая, ты меня разочаровала, так что обойдемся без лобзаний и объятий.

Она вышла из машины, пропуская Дениса, и все-таки умудрилась смачно чмокнуть его в губы. У нее изо рта пахло приторной апельсиновой жвачкой.

— Удачи тебе, малыш. Я буду скучать. А ты?

Стеклянные двери аэропорта автоматически разъехались перед ним. Он оглянулся. Бежевый «Форд» не двигался с места. Ахмед вышел из машины и застыл в вальяжной позе, опершись локтем на крышу «Форда». Денис прошел несколько шагов по людному залу, еще раз оглянулся. Каролина послала ему воздушный поцелуй. Ахмед все стоял, курил и, казалось, не собирался садиться за руль. И вдруг он почувствовал на себе чей-то жесткий, внимательный взгляд.

Народу было много, мимо сновали толпы, носильщики катили тележки с горами чемоданов и ящиков. Денис не сразу понял, кто на него смотрит. Множество лиц мелькало вокруг, в глазах рябило. А «Форд» все стоял у стеклянных дверей.

Нервно озираясь по сторонам, Денис заметил, как от витрины сувенирной лавки отделились два турка, молодой и пожилой. Он посмотрел на них, потом за стекло, на «Форд». Усатый Ахмед едва заметно кивнул тем двум. Или показалось? Пожилой быстро мазанул взглядом по лицу Дениса и отвернулся. Ахмед затоптал окурок и сел за руль.

«Форд» уехал. Два турка, молодой и пожилой, внимательно рассматривали обложки журналов на стенде при входе в маленький магазин.

Денис поднял голову и увидел на табло рейс на Москву, потом заглянул в свой билет. Да, это его рейс. У стойки регистрации стояла длинная очередь. Бойкие молодые бабенки-челночницы в спортивных трикотажных штанах с лампасами, громкоголосые кавказцы, одетые, несмотря на жару, в кожаные куртки, и прочая деловая торговая публика. Отдыхающих было очень мало, от Анкары до моря далеко. Обычно курортники улетают из Стамбула или из Анталии.

Вдали, за стойками регистрации, был таможенный и пограничный контроль. Оттуда доносился возбужденный собачий лай. Натасканные на наркотики собаки унюхают чертов сверток моментально. Интересно, что там? Морфий? Героин?

Денис оглянулся. Два турка, пожилой и молодой, стояли совсем близко. Назад пути не было. Он шагнул к очереди и спросил по-русски у молодой крашеной блондинки:

— Это на Москву?

Девушка кивнула. Очередь двигалась очень быстро. Когда перед ним осталось не больше пяти человек, Денис громко произнес:

— Я отойду на минутку!

Покосившись на своих провожатых, которые не спускали с него глаз, он спокойно направился в сторону туалетов. Двое двинулись за ним. Он шел сквозь толпу, не оглядываясь.

«В сортир нельзя, там тупик, — думал он, — здесь вообще везде тупики. Интересно, что эти двое со мной сделают, если я опоздаю на самолет? Впрочем, в толпе прирезать совсем несложно. Очень даже просто. А если бросить сумку где-нибудь между регистрацией и таможенным контролем? Нет, тоже не годится. Там все на виду. Сразу подойдет полицейский, спросит, чья сумка. В аэропортах очень внимательно следят именно за оставленными вещами. Даже если случится чудо и я проскочу здесь, то в Москве меня запросто может прикончить тот, кто встретит и возьмет пакет. «Сладкий русский медведь».

Я для них посторонний, я свидетель. Зачем меня отпускать, да еще с баксами? Есть у меня маленький шанс, фотография. Я смогу узнать его первым, если это вообще он, а не кто-то другой. Однако и у него может быть мой снимок. Они наверняка перешлют по факсу».

Денис уже миновал двери туалетов и тут заметил, что входит в соседний зал. Это был зал прилетов. Толпа с очередного прибывшего рейса валила к выходу. Денис сделал обманное движение, метнулся назад, потом пронырнул между чинной пожилой дамой и огромным чемоданом, который она катила на колесиках, ловко вклинился в самую гущу толпы и оказался на улице.

У здания стояло множество машин и автобусов. Плохо соображая, что делает, Денис впрыгнул в закрывающиеся двери первого попавшегося автобуса. Салон оказался полным.

— Больше нет места, сэр, — сказал водитель-турок по-английски.

— Ничего, я постою, — бодро ответил Денис.

— Хорошо, — легко согласился шофер, — можете стоять. Только оплатите проезд.

— Конечно, но я не успел поменять деньги. У меня доллары, — дрожащей рукой он протянул водителю сотенную бумажку. Взгляд его скользнул по окну. Провожатые стояли посреди площади и озирались. На их лица было страшно смотреть.

«Хрен вы меня заметите, окна-то в автобусе затемненные!» — злорадно подумал Денис и напоследок вгляделся внимательно в их лица, стараясь запомнить на всякий случай.

— Ваша сдача, сэр! — Водитель протянул ему кучу измятых турецких лир, высыпал на ладонь горсть мелочи.

Автобус тронулся. Двое, пожилой и молодой, так и остались стоять на площади.

Автобус довез его до центра Анкары. Оказавшись на шумных, пестрых улицах, пахнущих крепкими пряностями, бараньим жиром, жаренными в сахаре орехами, горячим хлебом и кофе, Денис впервые за эти дни почувствовал волчий голод. Но прежде чем зайти куда-нибудь поесть, он нашел банк, поменял еще две сотни долларов на турецкие лиры, нырнул в огромный универсальный магазин, купил себе легкий песочного цвета костюм, кромовую льняную рубашку, светлые замшевые ботинки с дырочками, шелковый галстук под цвет костюма, небольшой кожаный портфель, темные очки. Расплатившись, он нашел в универмаге мужской туалет, переоделся в кабинке. Джинсы и майку, купленные для него заботливой Каролиной, запихнул в спортивную сумку. Предварительно вытащил из кармана джинсов снимок «сладкого медведя» и спрятал его во внутренний карман нового пиджака.

Взглянув на себя в зеркало, он почти успокоился. Его трудно было узнать. Он в отличие от брата не любил носить костюмы. Антон с детства был пижоном, любил светлые брюки, пиджаки, галстуки. А Денис предпочитал джинсы, свитера, темные футболки. Костюм сделал его другим человеком, даже выражение лица изменилось. Новый облик ему понравился.

«Теперь всегда буду носить костюмы! — весело подумал Денис. — Я похож на молодого банкира, преуспевающего бизнесмена, у которого все в жизни о'кей. А у меня и правда все отлично. Я не только жив, но имею без малого восемь тысяч, плюс этот сверточек. Полкило наркотиков — это же целое состояние, мы с Антошкой наконец сможем открыть свое дело, начать не с пустого места. Деньги идут к деньгам. Нам всегда не везло потому, что мы начинали почти с нуля. А сейчас вот он, шанс. Второго такого не будет.

Нет, конечно, вывозить наркотики я не стану. Я спрячу сверток где-нибудь здесь, в Анкаре. Найду

125

подходящее место и надежно спрячу. Для этого придется задержаться на сутки, снять номер в гостинице. Плохо, что я совсем не знаю города, но ничего, разберусь. А в Москве я найду серьезного покупателя и просто назову ему место. Мы с Антошкой придумаем какую-нибудь хитрую комбинацию, чтобы покупатель не растворился бесследно, пока не заплатит. Одна голова хорошо, а две — лучше. Обязательно возьмем половину вперед...»

Он все стоял над раковиной и мысленно беседовал с самим собой, глядя в глаза своему новому отражению. И вдруг за его спиной возникли два турка-полицейских. Они вошли в сортир, весело болтая, встали к писсуарам, не обращая на Дениса ни малейшего внимания, расстегнули ширинки форменных брюк. Они были при полном параде — кобура, наручники, дубинки.

Денис провел рукой по своим коротким волосам и заметил, что рука крупно дрожит.

«Идиот! Придурок!» — сказал он себе и быстро вышел из сортира.

Оказавшись на улице, он свернул в грязноватый переулок, где стояли на задворках кафе большие мусорные баки. Не размышляя ни секунды, он выкинул сумку, в которой был злосчастный сверток, джинсы и две футболки. Какой-то бродяга в рубахе до пят и в черно-белом клетчатом платке тут же бросился к баку. Денис, не оглядываясь, побежал прочь.

Грязный переулок с мусорными баками остался далеко позади, он попытался представить себе выражение лица турецкого бомжа, который откроет сумку и обнаружит сверток. Ему вдруг стало так весело, что он заулыбался во весь рот и стал тихонько напевать какой-то залихватский мотивчик. Только сейчас он почувствовал себя по-настоящему спокойно и безопасно. Вышагивая по шумным, пестрым улицам, он думал о том, что никогда ему еще не было так легко на душе.

Наверное, так чувствует себя человек, которому сообщили, что у него рак, а потом оказалось, что диагноз ошибочен. Краски вокруг казались ярче, запахи – гуще и вкусней. Ему нравился этот город, в котором пряный, грубый хаос Востока был приглажен легким европейским глянцем.

Он честно признался себе, что, если бы спрятал сверток с наркотиками, никогда бы не ощутил такой вот радостной легкости.

«Деньги деньгами, – думал он, – а жизнь дороже. Теперь только бы домой впустили с фальшивым паспортом. Но самое страшное позади. Я выжил, когда меня дубасили те трое на темной улице. Это чудо. Мне не пришлось падать в обморок от ужаса на турецкой таможне, когда дрессированные собачки загавкали бы на чертову сумку, и представлять, как отлетает моя отрубленная голова. Я, как колобок, ушел от этой медведихи Каролины с ее усатыми янычарами. И от тех, в аэропорту, тоже ушел. Причем не пустой, а с долларами и документом, пусть даже фальшивым. Но главное чудо в том, что я устоял перед соблазном спрятать сверток здесь и искать покупателя в Москве. У меня хватило ума. И мне нисколько не жалко этой гадости, этой смертельной дряни, пусть даже она стоит пол-»лимона». Жизнь дороже!»

Голова кружилась от пестроты улиц и вкусных запахов. Он зашел в банк, поменял еще сотню долларов и двинулся вдоль квартала не спеша, вальяжной прогулочной походкой состоятельного туриста, приглядываясь к вывескам бесчисленных кафе и ресторанов. Турецкая кухня, французская, японская, английская...

Зазывалы, почуяв в нем потенциального голодного клиента, стали подбегать, заглядывать в глаза, хватать за руки.

– Сэр, зайдите, всего на минуту, только взгляните, у нас совсем недорого! Парная телятина! Ребрышки ягненка! Кофе бесплатно! Особый десерт! Изумительные восточные сладости! Для наших клиентов бесплатно! Подарок от ресторана! Лучшие в городе омары!

Денису вдруг до ужаса захотелось омаров, которых он никогда не пробовал. В пустом зале было прохладно, тихонько играла монотонная восточная музыка. Когда усатый официант в феске уже отошел, приняв заказ, Денис вспомнил, что не купил сигарет.

— Не хотите ли попробовать кальян? — спросил прибежавший на его зов бармен.

«Это будет уже перебор, — подумал Денис, — сначала кальян, потом пышные турчанки в прозрачных шароварах и танец живота...»

— Почему вы смеетесь, сэр? — удивился бармен.

Надо же, он и не заметил, что смеется собственным мыслям.

— Настроение хорошее. Очень мне нравится у вас в ресторане. Но кальяна не надо. Лучше «Уинстон».

Бармен поклонился, принес сигареты, щелкнул зажигалкой. От первой затяжки Дениса повело. Он очень давно ничего не ел, к тому же давало себя знать сотрясение мозга. «Надо будет дома как следует отлежаться», — подумал он, загасил сигарету, откинулся на спинку низкого, с горой подушек, дивана, закрыл глаза и сам не заметил, как уснул.

— Ваш омар, сэр!

На столе перед ним возникло блюдо с огромной дымящейся ярко-красной креветкой. Есть это чудище было сложно и неудобно, хотя принесли кучу каких-то специальных хитрых вилочек и ножичков. Мясо оказалось пресным, суховатым, по вкусу напоминало разваренную старую курятину и воняло водорослями. Так и не справившись с дорогущим монстром, он отодвинул блюдо и заказал себе рагу из молодого барашка. Это было действительно вкусно Он наконец наелся, выпил две чашки крепчайшего турецкого кофе и уже спокойно, с удовольствием, выкурил сигарету.

Официант отлично говорил по-английски. Он объяснил Денису, как добраться до вокзала.

Ночь он крепко проспал в экспрессе Анкара — Анталия. А на следующий вечор уже летел из Анталии в Москву, чартерным рейсом.

В очереди к пограничному контролю в аэропорту Внуково он покрылся испариной. Пока молоденькая пограничница рассматривала его сквозь хитрую систему зеркал и листала паспорт, он готов был провалиться, ему казалось, все видят, как сильно он нервничает. Но пограничница вернула паспорт, не сказав ни слова.

Домой он приехал глубокой ночью, разбудил брата долгим, пронзительным звонком.

— Тебя убить мало! — завопил Антон, открыв ему дверь. — Я тут с ума схожу!

Ни слова не говоря, Денис обнял брата, потом прошел в ванную, вытряхнул грязные носки из эмалированного тазика, стоящего под раковиной, бросил туда красную книжечку загранпаспорта и щелкнул зажигалкой. Когда паспорт превратился в пепел, он выложил на стол перед Антоном кучу стодолларовых бумажек, сел, закурил и начал объяснять, что произошло, почему он вернулся на пять дней позже и без дубленок.

— Завтра утром ты пойдешь в вендиспансер, — сказал Антон, дослушав до конца. — Эта твоя Брунгильда запросто могла тебя наградить сифилисом или даже СПИДом.

Денис согласно кивнул. В диспансер сходил, ни сифилиса, ни СПИДа, к счастью, не оказалось. В этом смысле он был здоров. А вот сотрясение мозга еще месяц напоминало о себе приступами дурноты и головокружения.

Фотографию «сладкого медведя» они сохранили. Если именно этот человек должен был встретить Дениску в аэропорту, то лучше запомнить его лицо. На всякий случай.

Антон в который раз вспоминал подробный рассказ брата о турецких приключениях. Дениска был отличным рассказчиком. Он изображал в лицах мощную страстную шведку Каролину, молчаливых усатых турок Али и Ахмеда.

После возвращения Дениска отсыпался, отращивал усы и бороду. Щетина росла у него очень быстро, лицо менялось до неузнаваемости.

— Они ведь знают меня только в лицо, у них осталась фотография, — говорил он.

Прошло три месяца. Однажды вечером они сидели у мамы в гостях, пили чай. На кухне работал телевизор, какой-то международник вел репортаж из Турции. Вдруг Дениска вскочил как ошпаренный, опрокинул табуретку и завопил:

— Это она! Точно, это она!

Взглянув на экран, Антон увидел, как двое в штатском ведут от машины к зданию суда здоровенную блондинку в наручниках.

— Каролина Эриксон, гражданка Швеции, проживала в турецком городе Эскишехир около двух лет, — рассказывал корреспондент, — неделю назад она была задержана сотрудниками Интерпола по подозрению в торговле наркотиками и передана турецкой полиции. Вместе с ней предстанут перед судом еще несколько членов банды, граждане Турции Али Хусейн Зувлихан, Ахмед Максуд Лиджеми... Посольство Швеции обратилось к турецкому правительству с просьбой выдать Каролину Эриксон шведским властям. В Турции закон крайне суров к торговцам наркотиков, Эриксон грозит смертная казнь...

Дениска издал оглушительный победный клич и подпрыгнул чуть не до потолка.

— С ума сошел? — спросила мама. — Что ты так вопишь? Сейчас соседи прибегут.

— А она ничего, — заметил Антон, — огромная, конечно, как пятиборец. А так ничего, все на месте.

— Это вы о ком, мальчики? — Мама посмотрела на часы и переключила на другой канал. Там должна была начаться какая-то старая кинокомедия с Лесоновым и Евстигнеевым.

Дениска отправился в ванную сбривать усы и бороду. А фотография «сладкого русского медведя» так и осталась валяться где-то в ящиках, в бумагах.

Но они все-таки нашли его. Он выпутался тогда чудом, но чудес не бывает. Не всю банду арестовали. Те, кто остался, искали Дениску целый год, имея только фотографию, анфас и профиль. Нашли и убили. В Праге. Кто же, если не они? Вот он, пламенный привет от шведки Каролины. Ее, возможно, уже нет на свете. Но пуля Дениску достала.

Антон вспомнил про «сладкого медведя» и подумал, что надо съездить домой, найти снимок. Это может пригодиться. Известно, что стрелял в Дениску черноусый турок. Но мало ли? «Русский Иван» тоже может быть к этому причастен.

— Ты что, уснул? — Голос Ольги раздавался как будто издалека, хотя она стояла прямо над ним. — Тебе картошку жарить или варить?

— А? Что? — очнулся он, словно после глубокого обморока. — Какую картошку?

Ольга взяла в ладони его лицо и посмотрела в глаза.

— Тебе еще долго будет больно, — тихо сказала она, — но надо жить дальше, Антошенька. Брата не вернешь.

Глава 8

Грозная и неприступная директриса специнтерната Галина Георгиевна выполнила свое обещание, взяла Сквозняка на воскресенье к себе домой. Десятилетний мальчик впервые в жизни оказался в настоящей квартире.

Директриса имела две комнаты в небольшой коммуналке, в старом доме на Пресне. Она жила вдвоем со старухой матерью, ни мужа, ни детей не было.

Пространство двух комнат, заставленных красивой мебелью, показалось Коле огромным. Всюду были какие-то вазочки, салфеточки, статуэтки. Особенно понравился ему большой фарфоровый китайский болванчик, которого стоило тронуть, и он начинал выразительно покачивать головой.

Старуха, мать директрисы, такая же здоровая, широкоплечая, только с темными усами над верхней губой и с огромным, безобразно отвислым животом, противно сюсюкала и причитала, называла Колю «деточкой». Изо рта у нее пахло лекарствами. Сквозь толстые стекла очков ее глаза, такие же бледно-голубые и холодные, как у дочери, зорко следили за каждым Колиным движением, чтобы бедный сиротка с хорошеньким умным личиком ненароком не свистнул что-нибудь. Сквозняк чувствовал этот колючий взгляд, который мерзко контрастировал со сладким сюсюканьем, и думал о том, что такую вот фальшивую усатую бабку совсем не жаль было бы прирезать. Даже приятно. Если собрать в скатерть все эти красивые штучки-дрючки и продать, то будет много денег. Он знал, много денег – это очень хорошо. Это самое главное.

Вел он себя идеально. Разговаривал вежливо, за ужином не стал набрасываться на сыр, копченую колбасу, помидоры и прочие фантастические вкусности. Ел спокойно и красиво. Это он умел, хотя ни-

132

кто его не учил, что нельзя апихивать в рот огром
ные куски, вытирать руки о штаны, сморкаться и
рыгать. Он знал, жевать надо с закрытым ртом и
при этом лучше не разговаривать.

Поев совсем немного, столько же, сколько хозяева, он промокнул губы бумажной салфеткой и сказал:

— Спасибо. Было очень вкусно. Если хотите, я
вымою посуду.

Старуха умильно закудахтала, а директриса
улыбнулась:

— Не надо, Коля. Спасибо. Ты сейчас пойдешь в
ванную, помоешься. Вот тебе чистое полотенце. А с
посудой мы сами разберемся.

Ему понравилось, что все отдельно, ванная, сортир. В интернате мылись по десять–пятнадцать па-
цанов в огромной кафельной комнате с десятком
ржавых душевых рожков, торчавших из потолка,
даже перегородок не было. И сортир открытый, без
кабинок. Нужду справляли при всех, не стесняясь.
А здесь можно было запереться.

Он защелкнул задвижку, напустил горячей воды в большую облупленную ванну, нашел на полке
зеленую пузатую бутылку, на которой было написано «Пена для ванн», добавил в воду густую пахну-
щую хвоей жидкость, и получилась пышная пена.
Это был кайф. Но довольно скоро в дверь постуча-
ли. Квартира все-таки коммунальная, ванная, хоть
и запирается, но тоже – одна на многих.

Потом долго не мог уснуть. Ему постелили на
скрипучем диване в бабкиной комнате. Он ворочал-
ся с боку на бок под заунывный храп старухи и тиканье настенных ходиков. Иногда он проваливался
в тревожное забытье, и ему сразу чудилось, как он
встает, подходит на цыпочках к старухиной койке,
накрывает ее лицо подушкой. А потом очень быстро
сгребает в большую вышитую скатерть красивые
безделушки. Кивающего китайского болванчика он

заворачивает отдельно, аккуратно, чтобы не разбился.

Даже во сне он понимал: ничего этого не будет. Нельзя. Но само желание не казалось ему странным. Нельзя не потому, что жалко старуху, а просто сразу попадешься и загремишь в психушку или в колонию. Да и потом, куда идти со скатертью, наполненной добром? Ведь кому-то надо продать, чтобы были деньги...

Старуха застонала и тяжело заворочалась в темноте. Мальчик встал и на цыпочках подошел к двери.

— Ты куда, деточка? — спросила старуха.

Оказывается, она спала очень чутко. Или вообще не спала, только притворялась...

— Мне по-маленькому, — обернувшись, прошептал он.

В коридоре стояла тишина. Он заметил, что сквозь щель из-под двери кухни пробивается свет. Стало интересно. Он осторожно приоткрыл дверь. В большой общей кухне сидел на табуретке мужик в сатиновых синих трусах и задумчиво курил.

— Заходи, пацан, не стесняйся, — кивнул он, заметив худенькую фигурку в двери.

Коля вошел, тихо прикрыл за собой дверь и уставился на мужика. Было на что поглядеть. Огромное мускулистое тело покрывали красивые синие картинки — церковные купола с крестами, грудастые русалки, какие-то затейливые орлы, черепа, ножи, перевитые змеями. На толстых волосатых пальцах были нарисованы широкие перстни.

— Звать-то тебя как?

— Коля.

Мужик протянул ему огромную лапищу:

— Ну, будем знакомы. А я дядя Захар. — Он крепко пожал тощую детскую кисть. — Гостишь здесь у кого?

— Я интернатский, детдомовский. Галина Георгиевна, директриса, меня взяла на выходной. — Сквозняк не чувствовал никакого стеснения, разговаривая с этим огромным разрисованным дядькой.

— Детдомовский, значит, — вздохнул Захар, расплющил докуренную до бумаги «беломорину» в банке из-под кильки и тут же выбил из пачки следующую папиросу, подул в нее, постучал, чиркнул спичкой. — А чего ж ты в интернате для дураков?

Обидный вопрос был сдобрен широкой златозубой улыбкой и веселым подмигиванием.

Коля в ответ молча пожал плечами.

— Не похож ты на дурачка. Я такие вещи сразу вижу. Да ты садись, не маячь. Расскажи-ка мне, чем ты такую лафу заработал? Директриса твоя сюда никого никогда ночевать-то не приводила раньше.

Он опять подмигнул, и от этого стало совсем легко и весело. Коля уселся на облезлую трехногую табуретку напротив мужика.

— Дебила одного с крыши снял, — скромно сообщил он, — дебил залез на крышу и стал вопить. А я через чердак до него добрался, поймал на лету.

— Зачем? — серьезно спросил Захар.

Он смотрел Коле в глаза чуть прищурившись, и от этого тяжелого умного взгляда мальчику было одновременно весело и жутковато. Неужели этот дядька и правда не понимает, зачем было спасать дебила? Другой взрослый на его месте стал бы говорить: молодец, герой, а этот задал свой странный вопрос. С этим не надо хитрить, как с другими. Или уж так умно хитрить, как Сквозняк пока еще не умеет.

— Чтоб директрису не посадили, — не отводя взгляда, ответил мальчик.

— Интересно, — покачал головой Захар, — очень интересно. А это тебе зачем, чтоб ее не посадили? Она тебе кто, мамка? Ведь злая небось, вредная? — Он опять весело подмигнул.

— Она у нас главная, — тихо сказал Сквозняк.

И ничего больше не стал объяснять. Если этот расписной дядька такой умный, сам поймет. А нет, так и не надо.

— Главная, говоришь? А ты ее от тюряги спас? — Захар тихо, почти беззвучно засмеялся. — И теперь она тебе вроде как должна. По жизни... Интересный пацан. Лет-то сколько?

— Десять.

— Как же ты попал в дурку?

— По диагнозу, — пожал плечами Коля.

— И какой у тебя диагноз?

— Олигофрения в стадии дебильности, — спокойно объяснил мальчик.

Захар присвистнул и покачал головой:

— Что же за сука тебя так проштамповала?

— Докторша. Еще в детдоме. Мне четыре года было. Я очки у нее с морды сбил.

— Ты это сам помнишь или рассказал кто?

— Помню.

— А мамку свою помнишь? — Огромная рука легла на худенькое Колино плечо.

— Не было ее у меня. Никогда. Я сам по себе.

— Ну, так не бывает, положим... Другое дело, что ты не помнишь. А мамка была, обязательно была, — серьезно объяснил Захар.

— Вы это точно знаете? — тихо спросил мальчик.

Захар ничего не ответил, только ласково потрепал его по загривку.

На следующее утро Галина Георгиевна уже пожалела о своем благородном поступке. Нет, Коля Козлов вел себя безупречно. Но его присутствие мешало ей заниматься обычными воскресными делами. Она чувствовала себя неловко. По-хорошему, ребенка надо сводить в кино или еще куда-нибудь, мороженое купить. Но ужасно не хотелось тратить на это драгоценный выходной.

У нее никогда не было собственных детей, а своих интернатских питомцев она воспринимала не как детей, а как «вверенный контингент», не умела общаться с ними просто так, без командного тона и дисциплинарных взысканий.

Старуха рано утром ушла куда-то. Директриса занялась стиркой. Было странно видеть ее в домашнем фланелевом халате, с ненакрашенным лицом. На голове вместо сложной взбитой прически была какая-то старая косынка.

После завтрака Коля сидел на стуле и читал книжку. Он еще вчера вечером приглядел на полке над директрисиным столом толстый учебник с интересным названием «Детская психиатрия». По оглавлению он отыскал свой диагноз и теперь пытался разобраться в сложных медицинских фразах. Он понимал текст через слово, но спросить у директрисы боялся. Он вообще не хотел, чтобы она заметила, какую книгу он читает. Впрочем, ей, казалось, до этого дела нет. Она почти не заходила в комнату, была то в ванной, то в кухне.

И тут раздался стук в дверь. На пороге стоял ночной собеседник Коли, дядя Захар. Он был в модном красивом свитере и добротных брюках.

— Собирайся, — весело сказал он, — в кино пойдем. С начальницей твоей я договорился.

Это был первый по-настоящему счастливый день в жизни маленького Сквозняка. Захар повел его в кинотеатр «Россия» на «Новые приключения неуловимых». А потом они обедали в ресторане «Минск». Мальчику это вовсе не казалось сказкой. Именно таким он видел свое будущее, именно так в его представлении выглядели «лучшие времена», которые непременно настанут в его жизни.

День, проведенный с дважды судимым вором в законе Захаром, Геннадием Борисовичем Захаровым, был первой ласточкой из будущих лучших времен.

Захар и в интернат его отвез сам, поздним вечером.

— Ну что, Коля Сквознячок, буду теперь тебя навещать. Интересный ты пацан, такой маленький, а уже неправедно осужденный, — сказал он на прощание и опять ласково потрепал по волосам.

В следующее воскресенье Галина Георгиевна уже не брала его домой. Он и не ждал. Хорошенького понемножку. А вот дядя Захар навестил, как обещал. Правда, зашел всего на часок, апельсинов принес, шоколаду, колбасы сырокопченой.

— Отнимут небось? — спросил он, отдавая пакет с едой.

— Пусть попробуют! — сверкнул глазами Сквозняк.

— Молодец, Сквознячок. Я тебя еще спросить хотел, ты куришь?

— Нет. Пацаны бычки собирают, а мне противно. Вот если бы свои папиросы.

— Нет, — покачал головой Захар, — курить ты не будешь. И пить не будешь. Понял?

— Понял, — кивнул Сквозняк, — не буду.

— Ладно, беги. Зайду к тебе через недельку. — Он пожал ему руку, как взрослому, потом присел перед ним на корточки и взял за плечи. — А мамка все же была у тебя. Хоть часок, да любила...

Ночью Сквозняк залез потихоньку в архив и разыскал свое личное дело. Среди медицинских справок, расходных ордеров на казенную одежду и обувь он обнаружил пожелтевший листочек в клеточку. Четким, красивым почерком там было написано:

«Главному врачу родильного дома № 32 г. Москвы тов. Потапову К.Г.
от тов. Лукьяненко Ю.И.
ЗАЯВЛЕНИЕ
Я, Лукьяненко Юлия Игоревна, 1944 г.р., проживающая по адресу Москва, Кондратьевский проезд,

дом 10-а, общежитие обувной фабрики № 4, отказываюсь от ребенка, которого я родила 22 апреля 1963 года. Обязуюсь никаких материальных и иных претензий в дальнейшем не предъявлять как к усыновителям ребенка в случае его усыновления, так и к самому лицу, рожденному мной, по достижении им совершеннолетия.

5 мая 1963 года».

Далее следовало несколько подписей и печать.

Коля аккуратно сложил листок, сунул его в карман брюк, поставил папку с личным делом на место и тихонько ушел из архива.

Значит, прав дядя Захар. Была у него мать. С двадцать второго апреля по пятое мая, четырнадцать дней, женщина по имени Юлия Лукьяненко была его матерью. Две недели она все-таки думала, прежде чем написать это заявление. Возможно, она держала его на руках. Подержала и бросила.

«Хоть часок, да любила...»

У него был ключ от крошечной каморки, в которой интернатская уборщица держала свое хозяйство. Он очень дорожил этим ключиком, постоянно перепрятывал его.

В интернате, где в одной спальне, на кроватях, сдвинутых почти вплотную, спали двадцать мальчиков, одиночество было недоступной роскошью. Правда, никто, кроме Коли Козлова, в этой роскоши не нуждался. А ему необходимо было побыть одному, особенно ночью или ранним утром, до подъема, когда все крепко спят и так раздражает, бесит это чужое похрапывание, постанывание, сонное бормотание. Хочется забиться в глухую нору, чтобы никого рядом не было.

Стояла глубокая ночь, он забился в каморку, заперся изнутри. Не зажигая света, он сжал между ладонями сложенный вчетверо тетрадный листок и горько заплакал.

— Найду и убью суку, — шептал он, — найду и убью.

Но сам себе не верил. Впервые в жизни он не мог разобраться в собственных чувствах. Вдруг показалось, что больше всего на свете он хочет увидеть эту Юлию Лукьяненко, которая девять месяцев носила его в себе. Она представлялась ему необыкновенной, сказочной красавицей. Он тут же стал сочинять всякие немыслимые оправдания ее поступку. Кто-то заставил ее написать это поганое заявление. Она не соглашалась две недели, она говорила: «Отдайте моего сына...» Ее мучили, били, и она не выдержала, согласилась.

А потом искала его, но неизвестные беспощадные злодеи запрятали его в казенный дом. Теперь она плачет ночами и думает о нем. Она постоянно о нем думает. Когда-нибудь они встретятся и сразу узнают друг друга.

Он поймал себя на том, что становится похож на других, на собратьев-сирот. Они придумывают себе сладкие сказки про своих красивых несчастных мам и умудряются верить. На мгновение ему даже стало жаль, что он, как другие, не может утешиться этой чушью.

Неужели он начал ломаться? Неужели он хочет стать как они? Быть похожим на этих жалких ублюдков? Растекаться липким киселем, стать слабым, тупым?

Слезы высохли. Он никогда больше не заплачет. Из-за кого плакать? О ком жалеть? О суке, которая бросила его, маленького и беспомощного? Мир состоит из таких вот сук и сволочей. Ненавидеть, топтать, уничтожать, стать сильным и беспощадным... Как его, маленького, не пожалели, так и он не станет никого жалеть. Он вырастет большим и умным, он им всем покажет.

Лишь к одному человеку не было ненависти, к дяде Захару. Но и настоящей привязанности пока

140

не возникало. Коля не пускал ничего теплого, живого в свою леденеющую душу. Боялся обломаться. Вдруг этот добрый дядя тоже будет любить маленького Сквозняка «только часок»?

Глава 9

— Это не лето, это какая-то ядерная зима, — говорила Таня Соковнина, сидя на Верочкиной кухне в своей серой замшевой куртке, поверх которой была накинута еще и огромная вязаная шаль Вериной мамы.

— Лето не началось, только конец мая, — Верочка налила чаю Тане и себе, — а нам с тобой все равно до августа в Москве сидеть. Ты же не поедешь на дачу диссертацию дописывать. Когда холодно, не так обидно, что лето пропадает.

— Ну не знаю, — вздохнула Таня, — я в таком холоде не то что работать, жить не могу. Сижу целыми днями за компьютером в трех свитерах, как капуста. Горячую воду отключили до июля, даже в ванной не погреешься. Кстати, у вас есть горячая вода?

— Нет, у нас тоже отключили.

— Ну вот, — вздохнула Таня, — а я так надеялась у тебя помыться по-человечески. Надоело из ковшика поливаться. Чувствую себя немытой, как бомж. Вообще, Вёруша, все отвратительно. Дом превратился в свинарник, денег нет. Как говорит моя мудрая свекровь, у нас в доме все течет, но ничего не меняется. Ни одного исправного крана, ни одной целой табуретки. А я пишу диссертацию...

— Так ведь краны и табуретки — это мужское дело, — заметила Вера, — ты тут ни при чем. Пусть Никита чинит.

— Ты представляешь моего Никиту с отверткой в руках? — Таня усмехнулась, — На самом деле это

141

чушь собачья. Просто у меня депрессия, творческий кризис. Знаешь, меня эти английские овцы доконали.

— Какие овцы? — не поняла Вера.

— Те самые, из пробирки, — Таня резко встала и заходила по кухне с сигаретой в руке, — овцы-двойники.

— А, это которых из донорских клеток выращивали, — вспомнила Вера. — О них ведь совсем недавно по телевизору говорили, в газетах писали как об открытии, которое перевернет мир.

— Мир обычно переворачивает не наука с ее гениальными открытиями, а древняя человеческая глупость, которая норовит из каждого открытия соорудить людоедский топорик. — Таня загасила сигарету и тут же закурила следующую. — Я десять лет изучаю ДНК. Чем больше знаю, тем меньше понимаю. Каждый добросовестный ученый рано или поздно утыкается мордой в чудо, в Божий замысел. Но не у каждого хватает мужества в этом самому себе признаться.

— А я слышала, какой-то известный фантаст выступал по телевизору и сказал, мол, если про искусственных овец объявляют спокойно всему миру, значит, у них там, в Англии, уже подрастают искусственные мальчики, суперсолдаты, — заметила Вера.

— Лягушки подрастают, крысы... А мальчиков пока нет, слава Богу. Но скоро будут. Каждая семья сможет законсервировать клетку своего ребенка. Про запас, на всякий случай. Вдруг несчастье какое? А тут — пожалуйста! Берешь клетку и выращиваешь точную копию. И себя самого повторить можно, если очень хочется, если сам себе так сильно нравишься. Можно мир заполнить стадами одинаковых людей. А кто-то будет решать: вот этого продублируем, он правильный человек, а того — не надо. Ересь это, такая опасная, что и представить пока трудно. Повторить неповторимое! Отбирать лучшие образцы и штамповать людей... Ужас! Вот представляешь, второй Александр Сергеевич Пушкин. Интересно, будет он писать точно такие же стихи или другие?

— Мне кажется, — задумчиво произнесла Верочка, — он вообще стихов писать не сможет. Внешне, физиологически — да, это будет точная копия. Возможно, привычки, инстинкты повторятся. А вот стихи вряд ли.

— Правильно. Организм повторить можно. А душа? Значит, будут выращивать организмы, будут повторять до бесконечности здоровых, сильных особей обоего пола. А скорее всего расплодятся и придурки в немыслимых количествах.

— Почему?

— Да потому, что только придурок, самовлюбленный болван может считать себя совершенством, достойным точного повторения. А вся моя диссертация — ересь.

— Но твоя диссертация ведь не об этом. — Вера встала и включила остывший электрический чайник.

— Да об этом! Сейчас вся микробиология — об этом! И кибернетика, и физика... Ты видела по телевизору, какое было лицо у Каспарова, когда его компьютер в шахматы переиграл? Смоделировали разум мощнее, чем у шахматного гения. И гений плачет, как ребенок. Вся современная наука — суицид человеческого интеллекта. Даже не суицид, а самопожирание! Искусственный разум, искусственная клетка... Зачем? Господь Бог все уже создал, живое, натуральное, бесконечно разное, и лучше не придумаешь! Нет никакого научного прогресса, есть движение вспять, к людоедскому топору!

— Ну, уж ты загнула, — покачала головой Верочка, — не все так страшно. Нельзя же остановить научный прогресс.

— Вот когда пойдут строем с лазерными автоматами одинаковые биопридурки, тогда он сам и остановится, научный прогресс, — проворчала Таня.

Она была взвинчена, щеки ее пылали. Верочке показалось, что за те две недели, пока она не видела свою школьную подругу, Таня похудела еще больше.

В школе их называли «толстый и тонкий». Они дружили с первого класса и были диаметрально противоположны во всем. Таня, очень худенькая яркая брюнетка с огромными черными глазами на тонком, точеном лице, считалась самой красивой девочкой в классе. Она всегда была лидером, у нее был жесткий мужской характер, она вечно попадала во всякие конфликтные истории, пыталась дураку доказать, что он дурак, хотя знала, что это бесполезно и опасно. Если она бралась за какое-то дело, то всегда доводила его до конца, чего бы это ни стоило.

С четырнадцати лет главным делом в ее жизни стала биология.

— Если я когда-нибудь и выйду замуж, — говорила она, — то только за такого же фанатика науки, как я. Любой нормальный мужик сбежит от меня на следующий день. Но скорее всего я останусь старой девой.

Таня вышла замуж в девятнадцать. Никита Логинов, физик-ядерщик, был старше ее на десять лет и до смешного походил на классического растяпу-ученого из старых кинокомедий: встрепанная шевелюра, застывший, устремленный внутрь себя взгляд, мятый пиджак. Он вечно терял очки, часы, перчатки, зонтики, записные книжки. В их доме был стабильный беспорядок, питались они бутербродами, чаем и кофе, но вот уже одиннадцать лет жили душа в душу и были счастливы.

На самом деле две творческие личности под одной крышей это не так страшно. Крыша, конечно, может протечь или вообще рухнуть, чинить ее некому, но они этого даже не заметят. Главное, чтобы никто не приносил себя в жертву чужой гениальности...

Таня работала в НИИмикробиологии, несмотря на свои тридцать лет, успела стать достаточно известным ученым. Ее статьи публиковались в специальных журналах, ее имя уже знали микробиологи Европы и США, ей пророчили большое будущее в науке. У них с Никитой была дочь Соня десяти лет. Научная работа отнимала все Танино время, и ее постоянно мучила совесть, что ребенок растет как трава в поле, без присмотра.

Периодически на Таню накатывали волны тяжелых творческих депрессий и накрывали ее с головой. Она казалась самой себе тупой и бездарной, свои теоретические разработки считала блефом и околонаучным трюкачеством. Все валилось у нее из рук, она нервничала из-за любой ерунды. Странность заключалась в том, что причинами депрессий бывали вовсе не неудачи. Наоборот, если что-то в ее работе не ладилось, она азартно преодолевала препятствия, выходила из тупиков, легко переносила бессонные ночи, могла сутками не вылезать из лаборатории. Однако как только эта научная гонка с препятствиями завершалась победой, Таня сникала, мрачнела. Никто не понимал этого, ее поздравляли с очередной удачей, о результатах ее исследований писались восторженные отзывы в научных журналах. Но никакого удовлетворения она не испытывала. У нее начиналась очередная депрессия, и выйти из этого состояния ей помогала только работа.

Дело было в том, что Таня обычно выматывалась к финишу до последнего предела и на радость не оставалось сил. К тому же она была напрочь лишена тщеславия, на восторженные отзывы реагировала вяло и равнодушно. Сейчас, заканчивая диссертацию, она была на грани нервного срыва.

— Танюш, ты просто устала. У тебя когда защита? — спросила Верочка.

— Через месяц. А послезавтра мне в Хельсинки лететь, на научную конференцию. С докладом, — мрачно сообщила Таня. — Ребенка жалко. Научная мама, научный папа... Как говорит Соня, оба психи сумасшедшие. Я — в Хельсинки, Никита — в Армавир, установку испытывать. Одновременно. Представляешь? А свекровь в больницу ложится на обследование.

Вера поняла, что депрессия ее близкой подруги связана не только с творческими проблемами и тупиками научного прогресса. Дело было в том, что ребенка придется везти на дачу к Никитиной сестре, с которой и у Тани, и у Сони очень сложные отношения. Клубок этих сложностей потом предстоит распутывать целый год. Тане придется выслушивать жалобы на то, что девочка дурно воспитана, слишком много ест, слишком поздно ложится спать, не выказывает должного почтения, и вообще никто не ценит те великие жертвы, которые одинокая, насквозь больная Лидия Николаевна Логинова постоянно приносит беспутному семейству своего брата.

— Пусть Сонюшка у меня поживет, — предложила Вера.

— Она тебе работать не даст, с ней же надо постоянно общаться, умные разговоры вести обо всем на свете.

— У меня работа механическая. Я ведь не художественную литературу перевожу. И мама будет рада.

— Ну, меня-то не надо уговаривать. Соне, конечно, с тобой лучше, чем со всякими родственниками на даче. И мне спокойней... Просто стыдно свое чадо постоянно подбрасывать. Не мать, а кукушка. Если бы я могла ее в Хельсинки взять...

— Тань, прекрати, привози Соню и не рефлексируй. Мне это в радость, я же сказала.

Верочка не кривила душой. Она всегда с удовольствием брала к себе Соню. Лет с двух девочка гостила у нее по нескольку дней, и никаких сложностей, никаких проблем с ребенком не возникало. Наоборот, для Веры это всегда был праздник. Ей нравилось кормить Соню, укладывать спать, понемножку заниматься с ней английским, читать на ночь те детские книжки, которые сама Вера очень любила, но просто так, для себя, не стала бы перечитывать. А тут был замечательный повод вернуться к Пеппи Длинный Чулок, Тому Сойеру, Робинзону Крузо и ко многим другим любимым героям. Соня уже с пяти лет могла читать сама что угодно, однако слушать, как читают вслух, ей нравилось значительно больше.

Если появлялось свободное время, Вера водила ребенка в зоопарк, в кукольный театр, когда Соня стала старше, с ней вместе было интересно сходить в Пушкинский музей, в консерваторию, во взрослые театры на хорошие спектакли.

Еще в школе, глядя на Веру, все считали, что из нее получится отличная жена и мать, что она рано выйдет замуж, нарожает детей и ее дом будет всегда пахнуть пирогами. Возможно, если бы она не встретила в пятнадцать лет Стаса Зелинского, все именно так и сложилось бы в ее жизни. Но сложилось по-другому, и теперь, к тридцати, в ней накопился огромный запас невостребованной нежности. Она не умела жить для себя, ей надо было обязательно о ком-то заботиться, кого-то нянчить, жалеть, кормить. Поэтому она с удовольствием брала к себе Таниного ребенка. И девочка души в ней не чаяла.

— Только ты построже с ней, не давай на шею садиться, — вздохнула Таня.

Она прекрасно понимала, что Верочка по природе своей не может быть строгой. Впрочем, Соня никому на шею не садилась, у Верочки она вела себя даже лучше, чем дома.

«Лучше бы я был глухим, – думал Володя, – глухим и слепым».

Он зашел в это маленькое полупустое кафе с неприметной вывеской, только чтобы согреться и перекусить. Однако по привычке стал вслушиваться в разговор за соседним столиком.

– Да, понимаешь, не люблю я браться за такие варианты. Платят, конечно, лучше, но мне и так хватает, – говорил толстый, обрюзгший мужчина лет сорока, в светлом пиджаке, с массивным золотым перстнем на мизинце.

– Слышь, Кузя, очень надо. Ну вот позарез. Для меня лично.

Молодой накачанный парень, с низким прыщавым лбом, бритым затылком и большими, навыкате, бледными глазами, прямо-таки умолял своего приятеля.

– Не было бы там ребенка, я бы взялся без разговоров, – вздыхал толстый, – ты же меня знаешь.

На столе перед ними стояло много вкусной еды и пол-литровая бутылка пятизвездочного коньяку, в которой осталось совсем чуть-чуть, на самом донышке. Толстый слил этот остаток себе в рюмку, выпил, кинул в рот лимонный ломтик, сжевал, не морщась.

– Так я сам лично могу с сучонком разобраться. Очень надо, Кузя. Иначе мне кранты. Я обещал.

Подошла официантка, двое за столом замолкли.

– Коньячок повторим? – спросила она.

– Повторим, – кивнул толстый и громко, не стесняясь, рыгнул.

Появилась новая бутылка коньяку. Володя забыл о своих скромных битках по-московски, так увлек его разговор за соседним столом.

– Там ведь кто остался-то, – молодой стал рассудительно загибать пальцы, — бабка-параличка, мать-алкоголичка и этот сучонок. При таком раскладе с ним все может случиться. Выпадет, к примеру, из окна. Станет по улице шляться, машина собьет. Либо на помойке какую-нибудь тухлятину-отраву подберет, сожрет, и с концами. Пять лет всего, соображения — ноль. Голодный все время, как собака бродячая. И никто за ним не смотрит.

— Ну хорошо, а копать начнут? Попадется какой-нибудь дошлый опер. Нет, Прыщ, не могу, — толстый помотал головой, — и не уговаривай.

— Ну, Кузя, а? Ну такая площадь пропадает. Центр, Патриаршьи, окна на бульвар. Как подумаю, прямо душа болит. И ведь такую там вонищу, такую срань развели, бабка под себя ходит, хозяйка пьяная валяется. Это ж несправедливо, когда в такой хате в центре Москвы всякая шваль живет. Не могу, замочу я сучонка. А, Кузя? Я ведь сделаю все по-тихому, чистенько. Никому и в голову не придет.

Постепенно пустела вторая бутылка, и голоса за соседним столом становились все громче.

— Зачем я так нажрался? — задумчиво произнес Кузя. — Машину здесь оставить, что ли?

— Да ладно, ща кофейку покрепче, — махнул рукой Прыщ, — ехать недалеко совсем. Кто твою «Таврию» остановит? Была бы иномарка, тогда — да. Ну что решили-то, а?

Кузя помолчал, повертел в руке пустую рюмку, рассматривая ее на свет, и произнес со вздохом:

— Сумеешь все сделать аккуратно, чтобы следствия не было, тогда поглядим.

«Зачем я сюда зашел? — думал Володя с тоской. — Я хотел всего лишь поесть, погреться. А в итоге так и не съел ничего, и замерз еще больше».

За окном нервно затренькала автосигнализация. Толстый вздрогнул.

— Ну вот, а говоришь, иномарка... — Он выскочил из-за стола и побежал на улицу.

149

Володя сидел у окна. Ему достаточно было слегка, двумя пальцами, отодвинуть кружевную занавеску, чтобы увидеть, как толстый Кузя подбежал к новенькой желтой «Таврии», оглядывал ее со всех сторон, открыл дверцу, выключил сигнализацию.

— Кошка, наверное, прыгнула. Или дети балуются, — сообщил он, вернувшись.

У него была сильная одышка, он еще несколько минут после короткой пробежки до машины дышал часто и тяжело, с хриплым присвистом. Но Володя этого уже не слышал. Он подозвал официантку, попросил счет, расплатился и вышел из кафе.

Неизвестный пятилетний мальчик еще поживет на этом свете. Пусть плохо, в грязи и в голоде, но поживет. А зло должно быть наказано.

От взрыва желтой «Таврии», припаркованной у маленького кафе в Сокольниках, не пострадал никто из прохожих. Те, кто находился внутри, были разорваны в клочья. Корпус машины остался цел. Личности погибших, водителя и пассажира, удалось установить. На момент взрыва за рулем находился Кузько Генрих Иванович, 1950 года рождения, известный в определенных кругах как Кузя, черный маклер, хитрый и скользкий квартирный мошенник. Пассажир, Дементьев Александр Михайлович, 1970 года рождения, был дважды судим и являлся членом одной из небольших бандитских группировок.

Официантка кафе описала маленького, худощавого молодого человека, который сидел в кафе один все то время, пока за соседним столиком обильно обедали и пили коньяк двое посетителей, позже погибших от взрыва.

— Лицо у него было странное. Знаете, такое... сосредоточенное, и не съел ничего. После того как на улице, у окон, сработала сигнализация, он довольно быстро расплатился и вышел.

— А вы случайно не слышали, о чем беседовали эти двое? — спросил официантку майор ГУВД Уваров.

— О делах, наверное, — она равнодушно пожала плечами, — знаете, я не имею привычки прислушиваться к разговорам клиентов.

— Везет нам на этого гения взрывного искусства, — вздохнул капитан Мальцев. — Юр, может, это наша судьба? Как дежурим по городу, так что-нибудь хитро взрывается.

— Интересно, если этот маленький-задумчивый работает профессионально, заказы выполняет, зачем бы ему в кафе сидеть с будущими жертвами? Зачем официантке и этим, заказанным, глаза мозолить?

— А может, он не профессионал? — прищурился Мальцев.

— С таким взрывным устройством, и не профессионал? — Майор Уваров усмехнулся. — Нет, Гоша. Тут личное что-то... Ты знаешь, скольких этот Кузя кинул? Сколько бомжей и самоубийц ему своей судьбой обязано? И ведь доказать ничего нельзя, все чистенько.

***

— Я никуда не поеду, — повторяла Ксения Анатольевна Курбатова, упрямо мотая головой и ударяя стиснутым кулаком по колену.

Антон чувствовал, что мать на грани истерики. Все эти дни она почти ничего не ела, отчаянно курила, постарела за неделю лет на десять.

— Мамочка, выслушай меня спокойно, пожалуйста, очень тебя прошу.

— Хорошо, Антоша. Я готова выслушать тебя. Только сначала ответь мне на один вопрос. Зачем ты это сделал? —

— О Господи, мама, ну что ты мучаешь себя и меня? Ну не мог я везти Дениску в холодильнике, в цинковом гробу, в багажном отделении. Не мог, понимаешь ты или нет?

Антон почувствовал, что срывается на крик, и попытался взять себя в руки.

— Зачем ты сжег Дениса? Ты даже не дал мне с ним попрощаться, это жестоко, сынок.

Ксения Анатольевна повторяла это по нескольку раз в день, ни о чем другом она разговаривать не желала. Антон уже договорился с теткой, сестрой отца, которая жила в Александрове и готова была принять родственницу хоть на неделю, хоть на месяц. У тетки был свой дом с садом, огородом, и Антон надеялся, что на природе мать хоть немного придет в себя.

Он не мог оставить ее одну на час. После его возвращения из Праги мама все время пребывала в каком-то непонятном, тяжелом ступоре. У Антона были связаны руки. Он чувствовал: с каждым днем убывают шансы выяснить, что же хотел сообщить ему Денис перед смертью. Он знал, дома оставаться опасно. Внимание к нему как к бывшему владельцу фирмы «Стар-Сервис» не остыло, и время легализоваться еще не пришло. А главное, он вовсе не был уверен, что те, кто заказал Дениса, на этом успокоятся. Месть — чувство горячее, спонтанное, и поступки, диктуемые ею, редко можно предсказать. Вдруг обманутым туркам придет в голову расправиться не только с коварным обманщиком, но и с его родными? Слава Богу, вдовы и сирот Дениска после себя не оставил. Но мать и брат — тоже близкие родственники.

В общем, маму из Москвы надо было увозить срочно. А она ехать не собиралась, даже обсуждать эту тему не желала.

— Сейчас я согрею бульон, ты поешь и ляжешь спать, — сказал Антон и осторожно погладил ее короткие седые волосы, — а завтра утром мы поедем в Александров. Иначе нас могут убить. Ты понимаешь?

— Нет. Не понимаю.

Антон налил в тарелку крепкого куриного бульона, поставил в микроволновую печь. Пока бульон грелся, он мелко порезал укроп и петрушку.

— Что ты делаешь? Я не хочу есть, — сказала Ксения Анатольевна и закурила очередную сигарету.

Печь звякнула. Обжигая руки, Антон вытащил тарелку, насыпал в бульон свежую зелень, поставил перед матерью, потом осторожно вытянул из ее пальцев сигарету и загасил.

— Мама, я тебя прошу, несколько ложек.

— Почему нас должны убить? — Она достала еще одну сигарету.

— Мама, пожалей меня, пожалуйста. — Он опять отнял у нее сигарету, зачерпнул ложкой бульон, попробовал сам — не слишком ли горячо, подул, поднес к губам Ксении Анатольевны. — Мамочка, мы одни с тобой остались на свете. Я прошу тебя.

Она послушно отхлебнула бульона, Антон кормил ее с ложки, как маленького ребенка.

Ксения Анатольевна никак не могла заплакать. Слез не было. Она знала, от слез сразу станет легче. Так было, когда умер муж. Слезы лились ручьями, что бы она ни делала. Казалось, она выплакала все глаза. Но и горе выплескивалось из души вместе со слезами.

Она никогда не считала себя сильной женщиной. Ей все в жизни давалось легко, без усилий. Она была хороша собой, ей повезло родиться в благополучной семье, отец был чиновником в Министерстве иностранных дел, мама преподавала французский в Институте международных отношений. Родители любили друг друга и души не чаяли в единственной дочке, которая росла красавицей-умницей. С четырех лет ее стали учить музыке, педагоги не обещали блестящего будущего, но уверяли, что девочка способная, старательная и непременно станет хорошей пианисткой.

На четвертом курсе консерватории она познакомилась с Володей Курбатовым. Это произошло почти случайно, на дне рождения подруги. Но потом оказалось, что Ксюшина мама отлично помнит этого молодого человека. Он закончил МГИМО пять лет назад.

Невысокий, коренастый, с ранней лысиной, он за год упорных ухаживаний умудрился оттеснить в сторонку всех Ксюшиных кавалеров. На фоне консерваторских мальчиков, легкомысленных, капризных, сложных, он казался настоящим мужчиной. Он был старше на десять лет, от него веяло уверенностью и спокойствием. Он умел угадать каждое Ксюшино желание, любил ее нежно и преданно. С ним было все просто и понятно, он смотрел на мир ясными, строгими глазами, черное для него было черным, белое – белым. Ничего смутного, неясного, никаких оттенков. Аккуратный, дисциплинированный, надежный – лучшего мужа представить нельзя, за таким как за каменной стеной.

Они поженились. Ксюша закончила консерваторию, и сразу родился Антон. Она почти забыла о музыке, ей нравилось быть мамой, женой, хорошей хозяйкой. Антоше еще не исполнилось и полугода, когда она опять забеременела.

Это было в 1968-м. Владимира Николаевича Курбатова, майора КГБ, направили в Прагу. После известных событий необходимо было укреплять преподавательский состав во взрывоопасном Пражском университете. Требовались новые кадры, надежные и бдительные.

Ксюша не интересовалась политикой. Она быстро привыкла смотреть на мир глазами мужа. Владимир Николаевич не был убежденным коммунистом, хотя и преподавал марксизм-ленинизм. Но

154

люди четко делились для него на «своих» и «чужих». Своими он считал тех, кто за советскую власть, чужими — соответственно, тех, кто против. Характер его службы не способствовал более сложному и глубокому взгляду на окружающий мир. Он делал свое дело, выполнял долг и в этом шел до конца. Он был добросовестным служакой и не мучился опасными вопросами.

Денис родился в Праге, в закрытом военном госпитале. Ксения Анатольевна не работала, сидела дома с детьми, вылизывала казенную четырехкомнатную квартиру, с удовольствием ходила по чистеньким пражским магазинам, которые нельзя было сравнить с московскими по количеству и качеству продуктов. Она быстро научилась говорить по-чешски, увлеклась кулинарией, собирала коллекцию рецептов, вечерами перед телевизором вязала красивые свитера мужу и детям. За рояль она садилась только на детских утренниках, проходивших иногда в Доме офицеров Советской Армии.

В общем, жизнь ее текла спокойно и уютно, мальчики росли здоровыми, разумными. Годы летели совсем незаметно.

Но все рухнуло в одночасье, вместе с Берлинской стеной и развалом системы социализма. Надо было возвращаться в Россию. У Владимира Николаевича начались проблемы с работой. Стало катастрофически не хватать денег. Но главное, полковник Курбатов не мог сориентироваться в новой системе ценностей. Черное оказалось белым, белое — черным. Организация, которой он отдал жизнь и душу, теперь публично называлась палаческой, средства массовой информации нагло вопили о застенках Лубянки, бывшие враги советской власти объявлялись героями и мучениками совести. Святое слово «чекист» стало ругательным. Сыновья-студенты взахлеб читали Солженицына, Владимирова, Сахарова и прочих врагов. Когда он вырывал у них эти гнусные,

155

клеветнические пасквили, кричал, хлопал кулаком по столу, они снисходительно усмехались и уговаривали папу «не нервничать».

Нет, Владимир Николаевич не был слеп и наивен, многие недостатки рухнувшей системы он знал изнутри. Но в его душе зерна отделялись от плевел, он верил в святость системы как таковой, а недостатки считал отдельными и временными.

В определенном смысле Владимир Николаевич был человеком глубоко религиозным. Его божеством с раннего детства была советская власть.

В ночь, когда торжествующая толпа снесла памятник великому чекисту Феликсу Дзержинскому с пьедестала, полковник впервые в жизни напился до одури, а под утро пустил себе пулю в лоб.

Ксении Анатольевне казалось, она не сумеет пережить самоубийство мужа. Мир рухнул для нее. Но постепенно она справилась, надо было жить дальше. И не просто жить, а на какие-то средства. Мальчики заканчивали МГИМО, получали стипендию, пытались подрабатывать как могли, но Ксения Анатольевна не хотела, чтобы они отвлекались от учебы.

Она вспомнила о фортепиано, стала обзванивать своих бывших сокурсников по консерватории, ей помогли найти учеников для частных уроков, а потом она устроилась и на постоянную работу, преподавала музыку в платной гимназии.

Постепенно жизнь стала опять входить в определенную колею. Конечно, она не была уже такой сытой, спокойной и благополучной.

Ксения Анатольевна не переставала поражаться, как изменились времена. Если еще недавно диплом МГИМО был стопроцентным пропуском в светлое, обеспеченное будущее, то теперь даже у выпускников этого престижнейшего вуза возникли проблемы с трудоустройством. То есть, конечно, безработица ее сыновьям не грозила. Но мальчики хотели сразу много денег, а ни одна государственная служба сразу много не давала. Между тем вокруг было столько соблазнов, столько примеров быстрого, легкого богатства без всяких дипломов. Оба сына плюнули на свое элитарное образование, занялись сомнительным бизнесом. Это серьезно беспокоило Ксению Анатольевну, однако она не ждала еще одной беды в своей семье.

Но беда случилась такая, страшнее которой нет ничего на свете. Погиб Дениска, младший сын. Она не видела его мертвым. Антон привез из Праги маленькую керамическую урну — все, что осталось от ее мальчика. Теперь все ее мысли были об одном: она никогда не сможет попрощаться с сыном. Она не понимала, почему Антон не взял ее с собой в Прагу, почему надо куда-то уезжать сейчас. В голове был тяжелый, мертвый туман.

— Пойдем, мамочка, я тебя уложу. Тебе надо поспать, — услышала она голос старшего сына.

Оказывается, он скормил ей всю тарелку бульона и теперь протягивал на ладони две маленькие таблетки.

— Выпей, пожалуйста, это седуксен.

Она послушно запила таблетки холодным чаем и, глядя на Антона пустыми, бессмысленными глазами, спросила:

— Зачем ты это сделал? Зачем ты сжег Дениску?

Антон ничего не ответил. Поднял ее под локти, повел в комнату.

— Раздевайся и ложись. Завтра нам рано вставать.

Когда она легла в постель, он тихонько прикрыл за собой дверь, отправился на кухню, закурил и заметил, что руки дрожат.

— А ведь маму надо показать хорошему психиатру, — сказал он самому себе шепотом, — как только все кончится, я обязательно найду лучшего специалиста.

Глава 10

Захар приходил раз в неделю, брал Колю с собой в город. Первое время водил в кино, потом, когда потеплело и запахло весной, они подолгу гуляли, обедали в ресторанах. Иногда за столиком с ними оказывались какие-нибудь приятели Захара, с наколками на руках, с золотыми зубами. Изредка появлялись женщины, они казались Коле необыкновенно красивыми. Одеты они были во все заграничное, в ушах и на пальцах сверкали драгоценные камни.

Разговоры обычно велись непонятные. С каждым Захар общался по-разному. С одним говорил строгим голосом, рублеными скупыми фразами, словно приказы отдавал. Над другим посмеивался, как бы про себя. Собеседник не замечал, но Коля всегда чувствовал это.

Только с одним человеком он беседовал как с равным.

Однажды, войдя в зал ресторана «Прага», Коля заметил за дальним столиком известного эстрадного певца, которого много раз видел по телевизору. Певец пел на всяких праздничных концертах песни про партию, про Ленина, в общем, идейную муть. Голос его без конца звучал по радио, и в интернате его знал каждый, даже самый последний дебил.

Захар прошел сквозь зал именно к этому столику, и они с певцом обнялись, как старые друзья. Коле певец приветливо улыбнулся, пожал руку, порывшись в карманах дорогого пиджака, извлек маленький заграничный ножичек с несколькими складными лезвиями и протянул Сквозняку:

– Держи, малыш.

Этот красивый удобный ножичек на многие годы стал для Сквозняка чем-то вроде талисмана.

С певцом Захар не говорил о делах. Они смеялись, рассказывали анекдоты, певец сыпал известными на всю страну именами, словно шелухой от семечек. На прощание он ласково потрепал Колю по щеке.

— Певец — твой друг? — спросил он потом Захара.
— Почти.
— Он тоже вор?
— Нет. Он — один из самых богатых людей в России. Ему по жизни надо дружить с ворами.
— А если он не будет?
— Станет бедным.
— Почему? Он ведь может поставить хорошие замки, сделать у себя в квартире железную дверь.

Захар тихо засмеялся и покачал головой.

— Замки сломают, дверь взорвут, и вообще много есть разных способов... А вот если знают, что он со мной и с такими, как я, в ресторане сидит, никто к нему не сунется.
— А что, это все знают? — удивился Сквозняк.
— Кому надо — знают.

Летом детей отправляли в специальный подмосковный лагерь. Жизнь там отличалась от обычной интернатской только тем, что не было уроков и разрешалось большую часть дня проводить на свежем воздухе. А так — те же дети, те же воспитатели.

Место было болотистым, комары жрали нещадно. Если шел дождь, то дети не знали, куда себя деть. В Москве был хотя бы телевизор, а сюда даже кино не привозили. Читать эти дети не привыкли, играть друг с другом в замкнутом пространстве долго не могли. Игры обычно кончались драками и истериками. А воспитатели жили своей жизнью, иногда прикрикивая на тех, кто слишком уж бушевал. Но Коле все это было не важно.

К нему никто не смел подойти близко. Слушались

беспрекословно, даже самые неуправляемые. Иногда воспитатели обращались к Сквозняку за помощью, и он мог, если хотел, за три минуты утихомирить орущую палату. Но это его вовсе не радовало. Коварные подколки и провокации надоели, казались пресными и скучными. В маленьком интернатском мирке он был безусловным лидером, но равнодушным и молчаливым. Свита ходила за ним хвостом, выполняла каждое желание, однако желаний почти не осталось. Власть над умственно отсталыми уже не тешила его тщеславие. Наелся досыта. Это был пройденный этап.

Захар приезжал раз в неделю, привозил фрукты с рынка, но всегда спешил. Поговорить спокойно, как в Москве, не получалось. И Коля ждал, когда же кончится это скучное, дождливое, комариное лето, в котором нет никакого смысла.

Наступил сентябрь, детей привезли в Москву. Коля вздохнул с облегчением.

На короткие осенние каникулы Захар забрал его к себе, договорившись с директрисой. Он жил уже в другой квартире, не в коммуналке, а в отдельной, двухкомнатной, в Черемушках.

Иногда он уходил на весь день, дважды вернулся под утро. Оставлял еду в холодильнике, всегда ресторанную, в блестящих маленьких кастрюльках.

Коля смотрел телевизор, валялся на диване с «Тремя мушкетерами» и «Графом Монте-Кристо». Читать ему нравилось, он мог глотать все подряд, извлекая из прочитанного то, что считал для себя полезным.

— Мозги надо кормить постоянно, — говорил Захар, — иначе они зачахнут. Ты почитай, почитай про этого графа. Есть чему поучиться.

Однажды вечером к Захару пришли гости. Один маленький, чуть выше Коли, с плоским темным лицом, бритой налысо головой и глазами-щелочками. Эти глазки быстро окинули Колю с ног до головы, словно прощупали, каждую косточку насквозь просветили.

Другой длинный, узкоплечий, с обвислыми серыми усами. Его Сквозняк уже видел один раз, в ресторане. На правой руке у него не хватало пальцев. Вместо мизинца и безымянного смешно шевелились короткие обрубки. Коле понравилось, как он курит, зажимая папиросу между этими обрубками.

— С нами не сиди, — мрачно сказал Захар, — иди спать. Поздно уже.

Такое было впервые. Обычно Захар разрешал ему сидеть при взрослых разговорах, только велел молчать и не влезать. Потом отвечал на вопросы, кое-что объяснял. Не все, правда, лишь то, что считал нужным. А сейчас отправляет спать.

Ну ладно, спать так спать. Однако стены в панельном доме совсем тонкие, тахта стоит у той стены, за которой кухня. Отлично все слышно, даже не надо специально ухо прижимать. Коля очень быстро умылся, почистил зубы и прошмыгнул в комнату. Конечно, кусок разговора он пропустил. Сейчас было слышно, как Захар говорит:

— Нет, я сказал. Он уже свой срок мотает, с рождения. И статья у него на всю жизнь.

— Это можно исправить. — Высокий голос с небольшим акцентом принадлежал узкоглазому.

— А на фига? — Беспалый чуть шепелявил, говорил с тяжелым придыханием.— Где еще такого форточника найдешь? Пока он дебил, с него вообще никакого спроса. Я вот о чем миркую...

Беспалый перешел на быстрый шепот, и Коля ничего не мог разобрать. Но он уже понял, речь идет не о ком-нибудь, а о нем, о Сквозняке.

— Нет. — Захар даже кулаком по столу шарахнул.

«Почему они смеют с ним спорить? — тревожно подумал Сквозняк. — Он же главный! Одного его «нет» достаточно. А он дважды повторил».

— Как хочешь, — спокойно произнес узкоглазый, и послышался звук отодвигаемой табуретки.

«Уходят, — понял Коля, — не договорились...»

— Подожди, Монгол. — В голосе Захара мелькнули даже какие-то просительные нотки.

— Решай, Захар, решай сейчас, — они опять сели, — он тебе не сын. И усыновить ты его не можешь. У вора нет семьи. А пацан — это уже семья. Тебя заметут, что с ним станет? — Монгол говорил спокойно и рассудительно.— Ты хочешь, чтобы я его учил десять лет. А я хочу, чтобы он влез в форточку. Один раз. Мне надо получить свою вещь. Пусть он поможет.

И Захар согласился.

Когда гости ушли, он тихо вошел в комнату и сел к Коле на кровать. От него сильно пахло табаком и перегаром.

— Не спишь небось? — спросил он шепотом.

— Нет, — ответил Коля и открыл глаза.

— Этот узкоглазый умеет убивать одним ударом, без всякого оружия, — начал Захар, — он никогда не болеет, может не есть и не спать по нескольку суток. Он почти не чувствует боли, если его бьют. Но его никогда не били. Его невозможно ударить, он всегда опередит. Он — самый свободный человек из всех, кого я знаю. Он свободен от себя самого. Ты понимаешь меня, Сквознячок?

— Понимаю, — кивнул в темноте мальчик.

— Я вор, — продолжал Захар, — вор в законе. У меня никогда не будет семьи. Не имею права. Есть среди нас такие, которые плодят детей по всей России и забывают, как кого зовут. Но я другой. Я всегда хотел иметь сына, пацана, как ты. Я не могу тебя усыновить, хотя мне этого хочется. Я не живу долго на одном месте, меня в любой момент могут взять за жабры, и мусора, и свои. Я не хочу, чтобы ты хлюпал в дерьме. Монгол обещал научить тебя многому. Таким, как он, ты не станешь. С этим надо родиться. Но сумеешь стать свободным. И это будет твой главный капитал на всю жизнь. Однако, Сквознячок, ничего не бывает задаром. Чтобы Мон-

162

гол взялся тебя учить, ты должен ему помочь. Пойти на дело. Понимаешь?

Мальчик быстро кивнул, и Захар заметил, как заблестели в темноте его глаза.

— Ты хочешь стать вором, малыш? — тихо спросил он.

— Хочу.

— Почему?

— Мне это нравится.

Захар хрипло откашлялся, вышел на кухню, вернулся с папиросами, закурил.

— Ты думаешь, это только рестораны, шикарные бабы, много денег и никакой работы? Ты думаешь, это легкая и красивая жизнь?

Он сидел, тяжело сгорбившись, опустив голову, и показался вдруг Коле таким старым, усталым, беспомощным.

— Нет, — медленно проговорил мальчик, — я так не думаю. Я хочу стать вором потому, что всех ненавижу. — Он промолчал и добавил совсем тихо: — Всех, кроме тебя.

Остаток ночи Коля провел без сна. Он лежал с открытыми глазами, смотрел в потолок и обдумывал предстоящее дело. Ему всего одиннадцать лет, а он уже идет на дело, серьезное и рискованное.

Ему предстоит по пожарной лестнице добраться до четвертого этажа и влезть в форточку. Потом он должен очень быстро и тихо пройти в прихожую, отпереть входную дверь. Остальное его не касается. Они войдут в квартиру, он выйдет и сразу убежит. Захар будет ждать его в машине за углом. И все.

Нельзя сказать, чтобы маленький Сквозняк волновался, а тем более трусил. Ему было жаль, что он не останется в квартире, не увидит, как все произойдет.

— Ты сразу убежишь, — несколько раз повторил Захар, — сразу. Понял? Если вдруг кто-то проснется, ты услышишь. Будет тихо, квартира большая. Спят в спальне. Если вдруг шаги или шорох, ты все равно успеешь добежать до прихожей. Главное, старайся не шуметь и ни в коем случае не зажигай свет. Можешь осветить фонариком замок. Но только на секунду.

— А сколько в квартире будет людей? — спросил Коля.

— Двое. Мужчина и женщина.

— Молодые?

— Не очень. Женщина молодая, а профессору за пятьдесят.

— Хозяин квартиры — профессор?

— Да. Археолог. Древний Восток изучает.

— А женщина?

— Не знаю. Спи.

— Ты меня заберешь из интерната? — тихо спросил мальчик.

— Да.

— Я буду жить с тобой?

— Нет. Ты будешь жить в другом интернате, с нормальными детьми. Это специальная спортивная школа. Монгол преподает там вольную борьбу. А я буду брать тебя на каникулы и на выходные.

— Тебе не дадут. Если ты меня не усыновишь, тебе не дадут. Наша директриса отпускает меня с тобой по блату. А там блата не будет.

— Не твоя забота. Дадут. Там тоже будет блат. Спи. Завтра тяжелый день. Вернее, тяжелая ночь.

Утром Захар устроил что-то вроде репетиции. Он велел Сквозняку выйти на балкон и влезть в форточку на кухню. Потом еще раз. Это было совсем несложно.

— Главное, чтобы ты не простудился, — говорил Захар, — тебе придется лезть раздетым, только в свитере. А ночью заморозки. Все-таки конец октября.

— Ерунда. Я здоровый.

Днем Захар уложил его спать. Видно было, как

164

он волнуется. Он расхаживал по кухне, курил, но к спиртному не притрагивался. Кофе себе варил, ставил Высоцкого. Коля дремал в комнате под хриплый басок.

Живешь в заколдованном ди-иком лесу,

откуда уйти невозможно... —

пел магнитофон.

Из дома они вышли в два часа ночи. За углом, в соседнем дворе, их ждала новенькая бежевая «Нива». За рулем сидел какой-то незнакомый мужик, совсем молодой, курносый, в кожаной кепке, низко надвинутой на лоб. Рядом — Монгол, а беспалый — на заднем сиденье.

Ехали совсем недолго. По пустым ночным улицам до центра домчались за полчаса. Притормозили в тихом дворе у семиэтажного дома с колоннами и башенками. Из машины вышли только двое — Монгол и Коля.

— Смотри,— сказал Монгол, — лестница проходит мимо окна. Форточка открыта. Там кухня. Главное, старайся не шуметь, когда будешь спрыгивать на пол. Прежде чем проходить в прихожую, оглядись, глаза должны привыкнуть к темноте. И все — очень тихо. Ты понял?

Коля кивнул.

— Боишься? — В бледном зыбком свете фонаря глаза-щелочки впились в лицо Сквозняка.

— Нет, — тихо ответил мальчик.

— Держи фонарик.— Монгол сунул ему в ладонь маленькую металлическую коробочку чуть больше спичечного коробка.

Было очень холодно и влажно. Скинув куртку, Коля невольно поежился. Монгол взял у него куртку, легко подсадил на высокую лестницу и растворился в темноте. Было слышно, как заработал мотор «Нивы».

Коля остался один. Обледенелый металл перекладин сразу обжег ладони. Он стал быстро караб-

165

каться, стараясь не замечать ломоты в промёрзших руках.

Вдруг одна из перекладин предательски лязгнула под его ногой. Он понял: можно запросто сорваться. Проржавевшие винты держатся на соплях. Сердце гулко стукнуло. Конечно, высота не такая уж большая, насмерть он не разобьётся. Но дело сорвёт. И ноги переломает.

В лицо ударил порыв ледяного ветра. Сверху хлопнула форточка. Та самая, на четвёртом этаже. Мелькнула идиотская мысль, что оттуда, из тёмного окна кухни, его заметили и закрыли форточку. Но он тут же разозлился на себя. Это ветер, просто ветер.

Задрав голову и внимательно взглянув вверх, он понял: самое трудное впереди. На какой-то момент ему придётся отпустить обе руки и балансировать на скользком жестяном карнизе. Он должен оторвать одну руку от лестницы, а другой дотянуться до оконной рамы. Эта секундочка может стоить жизни.

Главное, оставаться совершенно спокойным, не пускать в душу панический ужас перед пропастью высотой в четыре этажа. Тогда каждое движение будет точным. Четыре этажа – это совсем немного, но дом старый, потолки высокие... Только не смотреть вниз. Только не смотреть...

Ледяная жесть карниза немного прогнулась и спружинила под ногой. Через секунду он легко и ловко протиснулся в форточку.

Ничего страшного. Жив.

Пахнуло теплом чужой кухни. Прямо под столом оказалась широкая деревянная лавка. На минутку он присел на лавку, отдышался и тут услышал какое-то сухое дробное постукиванье, совсем близко. Он понял: стучит пишущая машинка.

Коле это не испугало, а наоборот, странно воодушевило. Значит, не спит хозяин-профессор, сочиняет какую-нибудь научную статейку. И сочинять ему осталось совсем недолго. Но пока он ничего не подозревает.

Маленький жалкий детдомовец Коля Сквознячок знает, что случится с сытым счастливым профессором через несколько минут, а сам профессор — нет. Выходит, Коля Сквознячок сильнее и важнее.

У хозяина шикарной квартиры все было — мать, отец, всякие бабки-деды. Жил, сволочь, припеваючи, профессором стал. А Коля Сквознячок сейчас откроет дверь спокойного чистого дома, и профессору будет так хреново, как и не снилось в кошмарном сне.

Сквозняку вдруг захотелось хоть краем глаза взглянуть на профессора. Он даже зажмурился, сжал кулаки, чтобы перебороть жгучее любопытство. Это оказалось труднее, чем удержаться на скользком карнизе. Но справился.

Глаза привыкли к темноте, он на цыпочках вышел из кухни и оказался в широкой прихожей. Кеды ступали по паркету почти бесшумно, только половицы чуть поскрипывали. Достав из кармана брюк фонарик, он быстро осветил входную дверь.

А машинка все стучала. Сквозняк быстро справился с английским замком.

В квартиру вошли трое: Монгол, беспалый и тот курносый парень, который сидел за рулем. Не сказав ни слова, они выпустили Колю на лестницу и тихо закрыли за ним дверь.

«Нива» ждала за углом. Захар курил на заднем сиденье, Сквозняк уселся рядом. В салоне работала печка.

— Замерз? — спросил Захар и обнял его за плечи.

— А, ерунда, — махнул рукой мальчик. — Лестница проржавела, чуть не сломалась. А профессор не спал. На машинке печатал.

— Видел тебя?

— Нет.

— Ну и ладно. Это теперь без разницы.

— Почему?

Коля уже понял почему. Однако хотел уточнить.

— Монгол свидетелей не оставляет, — тихо ответил Захар, — он редко ходит на дело. Очень редко. Но потом всегда — никаких свидетелей. Он не сидел ни разу, Монгол. Если попадется, ему сразу вышак, без разговоров. А тут у него особый интерес. У профессора сейчас в квартире какой-то тибетский божок вроде талисмана. Монгол говорит, это его вещь.

— Значит, они замочат профессора и его жену? — задумчиво спросил Коля.

— Скорее всего, — кивнул Захар.

— А этот божок, он золотой, что ли?

— Не знаю. Монгол его для себя берет. Продавать не станет. А остальное, что возьмут в квартире, пойдет в общак. Монгол так решил.

— А Монгол главнее тебя? — спросил Коля осторожно.

— Ну, как тебе сказать? — Захар пожал плечами.— Я в законе, а закон — вещь железная. Я многое могу, но должен еще больше. А Монгол никому ничего не должен. Он сам по себе. Я весь на виду, отвечаю за каждое свое слово, а он в тени. И еще. Для меня существует предел. Мой собственный предел. Я, например, не могу убить женщину, старика, ребенка. Просто не могу — и все. По натуре своей. А Монгол может. Он никого и ничего не боится. Главное, самого себя не боится. Ты понимаешь?

Коля кивнул.

«Я хочу быть как Монгол, а не как ты», — подумал он, но вслух этого не сказал. Промолчал.

Прошло полгода. Некая Сидорова Мария Юрьевна стала хлопотать об оформлении опекунства над Козловым Николаем Николаевичем, 1963 года рождения. Хлопоты эти сводились к банальным взяткам. Из интерната Колю забрали поздней весной.

Пока опекунша занималась медицинско-бюрократической волокитой, ребенок сбежал от нее. Ничего удивительного, у олигофренов часто бывает мания бродяжничества. Сироту искали, но след его простыл.

А осенью в детской спортивной школе-интернате общества «Динамо» появился новенький. Звали его Захаров Николай Геннадьевич, ему было двенадцать лет. Из документов следовало, что родители мальчика погибли в автокатастрофе год назад.

Те чиновники, которым могло бы прийти в голову проверить это, были аккуратно подмазаны солидными взятками.

Захар решил, что от неправедного приговора, оскорбительного Колиного диагноза, не должно остаться и следа. Его не устраивало, чтобы диагноз просто сняли, признали ошибочным, хотя это возможно было сделать быстро и легко – за взятки. Он хотел, чтобы слово «олигофрения» навсегда исчезло из биографии мальчика.

Умные люди отговаривали, убеждали Захара, что диагноз только упростит Колину жизнь. Не возникнет проблем со службой в армии, и уголовная ответственность для таких дурачков всегда мягче. Но вор в законе был упрям и стоял на своем. Мало ли чем в этой жизни захочет заняться мальчик? Диагноз ограничит для него свободу выбора. Вдруг его потянет в институт? Почему нет? С его мозгами это вполне возможно. Пусть он станет кем захочет. Но слабоумным – даже только по официальным бумажкам – не будет никогда.

Монгол честно взялся за обучение. Вечерами в спортивном зале интерната он проводил с Колей свои беспощадные уроки. Он учил его не только приемам каратэ и дзюдо, он запретил ему есть мясо, курить, пить спиртное, рассказывал о тайных приемах тибетской медицины, посвятил в основы самовнушения, медитации, гипноза и даже восточной магии.

Монгол вовсе не был буддистом или дзэн-буддистом. Он создал нечто вроде собственного учения, суть которого сводилась к искусству физического выживания, к сохранению целостности себя как сверхсильного, совершенного организма. Никакой морали, никаких чувств, кроме самой примитивной физиологии.

— Человек — слабое животное, — говорил Монгол, — причины твоей слабости в тебе самом. Главное, что лишает тебя сил, — жалость к другому человеку. Жалея другого, ты отдаешь ему часть собственной энергии. Энергия — самое ценное, что есть в тебе.

Захар брал его на выходные и воспитывал по-своему:

— Никогда не позволяй себе расслабиться при других. Не жалуйся и не хвастай. Учись терпеть и молчать, не болтай попусту. Твое слово должно быть на вес золота.

Когда Коле исполнилось пятнадцать, Захар сел в очередной раз и застрял надолго, на пять лет. Вернувшись, он не узнал своего питомца.

Это был крепкий молодой волк, обученный и воспитанный Монголом. Он владел всеми видами рукопашного боя, мог ребром ладони перебить кирпич, а человеческие хрящи — и подавно. В его серых северных глазах посверкивал тот же ледяной огонь, что и в черных восточных щелочках Монгола.

Ни о каком институте не могло быть и речь. Монгол все эти годы активно использовал его в самых разных делах, и даже бывалого Захара покоробило, когда он услышал, что на счету Сквозняка уже четыре трупа.

Коля Сквознячок стал бандитом. Никакой иной профессии у него не было. И самое скверное, что сироте нравилось убивать. Захар подумал: парень мстит за детские обиды. Перебесится, поймет: ничего хорошего в «мочиловке» нет. Он ведь смышленый вроде, а к двадцати годам заработал себе верный вышак.

— Коля, честный вор на «мокрое» идет только в крайнем случае, — говорил Захар, опрокидывая в горло очередную рюмку водки, — ты бы выпил со мной, сынок.

Они сидели в укромном уголке огромного зала ресторана «Пекин». Гремел ресторанный оркестр, высокая рыжеволосая певица в переливающемся платье пела модную песенку про конфетки-бараночки и румяных гимназисток. У эстрады потные поддатые пары отплясывали не в такт.

Захар говорил и не слышал собственного голоса. Коля, ловко орудуя деревянными палочками, ел желтоватую прозрачную лапшу с морскими гребешками.

— Пить вредно, — произнес он, не поднимая глаз. Захар понял его по движению губ.

— Ты не слушай Монгола, сынок. Выпей со мной. Не по-людски сидим. И ешь вилкой, а не этими штуками. Удобней вилкой-то. Ты ведь не китаец.

— Еда китайская,— улыбнулся Коля, — палочками удобно. Ты попробуй, вот так, между пальцами зажми.

— На хрена, сынок? — поморщился Захар.— Не правится мне это. Ты вот взрослый совсем стал. Послушай меня. Серьезно послушай. Можно замочить за дело. Можно. И при нечестной разборке бывает, и по пьяни, в крайнем случае. Если шкуру свою спасаешь, тоже, конечно, можно замочить... Но так, тихого лоха, ни за что... Не понимаю, — он сильно помотал лысеющей головой, — западло это, сынок.

171

— Тихий лох — свидетель. Свидетелей оставлять нельзя. — Коля аккуратно вытер рот салфеткой.

— Монгол. Его школа... — усмехнулся Захар.— Я хотел, чтобы он тебя только драться учил, как никто не может. А он, сука, душу из тебя высосал.

По багровому, опухшему лицу вора в законе катился пот. Захар расстегнул ворот рубашки, ему было душно. Даже сердце стало покалывать.

— Не волнуйся, — спокойно усмехнулся Коля, — ничего он из меня не высосал. Нет ее, души. Сказки все это. Люди врут себе, чтоб умирать не страшно было. А все равно страшно.

Захар ничего не ответил, только махнул рукой, наполнил до краев свою рюмку, опрокинул резким движением, занюхал хлебной корочкой.

Певица объявила в микрофон:

— Белый танец! — и запела арию Магдалины из знаменитой рок-оперы «Джизус Крайн — суперстар».

Красивая пьяненькая блондинка лет тридцати подошла к их столику и пригласила Сквозняка. Он не отказался, галантно подал даме руку.

Захар задумчиво курил и смотрел, как Коля, обняв красотку за талию, медленно покачивается среди танцующих. В ушах и на пальцах дамы посверкивали крупные бриллианты.

— Коля, Коля... Ты еще и бабам нравишься... Далеко пойдешь. Сквознячок...— бормотал Захар себе под нос, но не слышал собственного голоса, не замечал, что говорит вслух.

Глава 11

Илья Андреевич носился по Москве с букетами цветов. В его новеньком добротном кейсе было несколько флаконов французских духов, белых конвертиков с одной-двумя стодолларовыми купюрами. С его уст слетало множество трогательных историй и возвышенных комплиментов. Постоянно звучала фраза: «Прелестная барышня, только вы мне можете помочь!»

Скромный снабженец за неделю сбросил пять килограммов веса, глаза его сверкали, лысина стала глянцевой и благоухала хорошим одеколоном. Дешевый темно-синий костюм он сменил на дорогой светло-серый. Галстук поблескивал серебристыми искорками.

Головкина было трудно узнать.

Прелестные барышни из разных департаментов действительно помогали Илье Андреевичу. Если не все подряд, то каждая третья выдавала ему информацию, скромно опуская глазки и пряча в ящик стола коробочку с флаконом духов или конвертик с деньгами. Большая часть этой информации оказывалась пустой и ненужной. Получалось словно в детской игре, когда ты ищешь с завязанными глазами какой-нибудь предмет, ходишь по комнате, шаришь руками, а тебе кричат: «Холодно... холодно... теплее...» Наконец ему удалось выяснить, что на фамилию Курбатов была зарегистрирована фирма «Стар-Сервис», занимавшаяся посреднической деятельностью по покупке недвижимости в Чехии. Это было уже «теплее». Правда, инициалы не совпадали. В Праге был застрелен Курбатов Денис Владимирович, а владельцем фирмы числился Антон Владимирович. К тому же фирма перестала существовать.

Мрачным влажным вечером он встретился со Сквозняком на скамеечке в тихом дворе неподалеку от Кропоткинской, передал очередные три миллиона российскими рублями и доложил о своих успехах.

Сквозняк, небрежно засунув в карман джинсовки пачку купюр, задумчиво произнес:

— Это брат. Родной брат. Одно отчество, одна фамилия. Выясни адрес.

— Невозможно, — покачал головой Илья Андреевич, — уже пробовал, невозможно. Есть только номер телефона и факса. Но фирмы не существует, и номер принадлежит другим людям.

— Вспомни-ка еще раз текст той заметки в чешской газете.

Илья Андреевич помнил то, что перевела для него администраторша гостиницы, почти наизусть и еще раз повторил текст для Сквозняка.

— А зачем он заходил в туристическую фирму? — внезапно спросил Сквозняк.— Он что, решил на радостях купить тур на Канары?

— Да, — признался Головкин, — я тоже все время об этом думаю, зачем он заходил в туристическую фирму? Ведь не от киллера прятался. Почему его именно там кончили? Вообще все с этим Курбатовым очень странно...

— Вот ты, Головка, как бы поступил на его месте?

— Я? — растерялся Илья Андреевич.— Правда, как бы я поступил, окажись у меня в руках кейс с миллионом?

И тут Сквозняк засмеялся. Он смеялся так громко, что припозднившаяся молодая мамаша с коляской испуганно оглянулась и бросилась в подъезд, домой, подхватив коляску с заплакавшим ребенком.

— Когда у тебя в руках оказался миллион,— отсмеявшись, хрипло проговорил Сквозняк, — ты его просто подарил этому несчастному Курбатову. Взял и подарил, добрая душа. Причем это был не твой миллион, а мой. Ну а теперь представь себя на его месте.

Последняя фраза прозвучала как неприятный намек. Курбатов был мертв, и Илье Андреевичу вовсе не хотелось представлять себя на его месте.

— Ну, тур на Канары я бы уж точно не побежал покупать, — судорожно сглотнув, произнес Илья Андреевич, — я бы, наверное, прежде всего исчез из Праги. В ту же ночь.

174

— Правильно, — кивнул Сквозняк, — но он этого не сделал. Что ему могло помешать? Ладно, он не решился лететь самолетом. Но поездом-то запросто мог уехать. У него что, были дела важнее миллиона долларов?

— Нет, — помотал головой Илья Андреевич, — не могло у него быть дел важнее миллиона. Если только...

— Если только за ним кто-то шел, а он пытался оторваться, но не мог, — произнес Сквозняк совсем тихо, — в городе ведь легче исчезнуть. Он не мог уехать незаметно. Вот и не уезжал. Или я не прав?

— Прав, — закивал Головкин, — как всегда, прав.

— Но оторваться ему не удалось, — продолжал Сквозняк, — пулю он свою получил в итоге. Однако мы с тобой его не мочили и не заказывали. Значит, еще кого-то он обидел.

— Ты думаешь, деньги взял тот, кто убил? — спросил Головкин шепотом.

— Ты бы стал три дня бегать по Праге с миллионом? — вопросом на вопрос ответил Сквозняк.— Если его сумели вычислить и замочили те, кто приходил к тебе в номер, они все равно пролетели мимо денег. Он не таскал их с собой. Спрятал он мой «лимон» где-то там, в Праге. Печенью чувствую.

— А толку? — вздохнул Илья Андреевич.— Никто, кроме Курбатова, не знает. А он не скажет. Может, конечно, и успел кому-то близкому сообщить, но это вряд ли...

Стальные глаза смотрели в темноту и казались черными, бездонными ямами. Сквозняк молчал. От этого молчания Илье Андреевичу делалось не по себе. Он вдруг подумал, что вот так сидеть и молчать в темноте можно только с человеком, которому доверяешь. Пауза затянулась и стала невыносимой. Илья Андреевич закурил и тут же закашлялся. Потом произнес:

— Я ведь позвонил по тому номеру, вежливо так попросил Антона Владимировича. Там молодой женский голос как рявкнет: какой, мол, номер вы набираете? Ну, я сказал какой. А она мне, как идиоту, по слогам стала объяснять: «Фирмы здесь больше нет. Здесь частная квартира. Пожалуйста, вычеркните этот номер и больше никогда сюда не звоните!» Видно, очень ее достали звонками. Недавно, между прочим, во многих районах номера меняли. У меня на работе старуха бухгалтерша ночами не спит. Тоже дали новый номер, так.теперь звонят круглые сутки. Она каждый день жалуется, мол, и в полночь, и в пять утра телефон надрывается и механический голос говорит: «Положите, пожалуйста, трубку и включите, пожалуйста, факс!» Кстати, я на всякий случай и насчет факса проверил. У той фирмы, «Стар-Сервис», номер телефона и факса был один и тот же. Зашел в первую попавшуюся контору и отправил ерунду какую-то, листочек с рекламой спортивных тренажеров. Машина в конторе просигналила, что факс прошел.

— Это еще зачем? — Сквозняк как бы опомнился и легонько хлопнул Головкина по плечу. — Ну, колись, что в голове-то у тебя было, когда факс отправлял?

Илья Андреевич сам не мог четко сформулировать, о чем думал, на что надеялся. Просто проверил телефон, а заодно уж и факс, на всякий случай. Однако Сквозняк был прав, заставляя его сейчас заново осмыслить и проанализировать тот нелогичный поступок.

— Да понимаешь, — медленно проговорил он, — я ведь тогда, в Праге, съездил на ту улицу, где кончили Курбатова. Мне все покоя не давало, почему именно в турагентстве? Что он там мог делать? Так вот, контора была, конечно, закрыта. На окошке висел рекламный щит, а на нем разноцветными буквами на разных языках — ну и по-русски тоже — написано: семейные туры, авиабилеты, в общем, перечень всяких услуг. В том числе ксерокс и факс. Я просто стоял, глазами хлопал и читал. Раз пять прочитал. Это ведь была для меня, так сказать, конечная станция. Оттуда уже мне идти некуда было, только в Москву ехать. С пустыми руками.

— Ладно, — Сквозняк поднялся, давая понять, что разговор на сегодня окончен, — узнай ка мне адресок той квартиры, куда тебя просили больше не звонить. Это можешь сделать?

— Попробую, — кивнул Головкин. — А зачем?

— На всякий случай, — ответил Сквозняк и растворился в темноте.

А Илья Андреевич, оставшись один, опять закурил.

«Он хочет выйти на второго Курбатова. Но при чем здесь случайные люди, которым просто поменяли номер? Они ведь об исчезнувшей фирме даже слышать спокойно не могут. Их звонками достали. При чем здесь они? Или он надеется узнать что-нибудь о втором Курбатове через тех, кто его сейчас разыскивает по телефону? Но ведь они же сами его разыскивают, а стало быть, не знают, где он. Но с другой стороны, эти люди когда-то имели дело с фирмой и, значит, могут располагать какой-то информацией. А он думает, что умнее их всех и сумеет вытянуть из них то, чего они сами не знают...»

Нет, логика Сквозняка в данном случае была для Головкина темна и непонятна. Илья Андреевич заметил, что опять накрапывает мелкий дождик. Новый дорогой костюм, конечно, не полиняет, как та дешевка, однако все равно лучше не мокнуть. А зонтик он опять не захватил. Вот ведь закон подлости...

Головкин встал, затоптал недокуренную сигарету и быстро пошел к метро.

***

Володя бежал, не глядя под ноги, и поскользнулся на банановой кожуре. Поднимаясь, он заметил, что одна брючина порвалась на колене, колено кровоточит, ободранные до крови ладони покрыты грязью. Боли он не почувствовал, только обиду и брезгливость к собственным грязным рукам.

Ну что ж, все равно пора возвращаться домой. Опять ни с чем. Собеседнику толстячка удалось скрыться, исчезнуть в сумерках. Опять Володя не видел лица, только силуэт, очертания фигуры. Еще один день прошел впустую.

Впрочем, не совсем. Ни один из последних пяти дней нельзя назвать пустым...

Долго ничего не происходило, Володе казалось, он потерял след, а стало быть – надежду. Он уже готов был оставить толстячка в покое. Тот жил своей размеренной, благопристойной жизнью, ездил утром на макаронную фабрику, вечером возвращался домой, ни с кем не встречался, иногда отправлялся в командировки. Володя уже знал, что его скучный «объект» работает снабженцем, что зовут его Головкин Илья Андреевич, что у него сложные отношения с женой, детей нет, родственников и друзей, вероятно, тоже.

Для снабженца командировки – дело обычное, тем более дома не все ладно...

Но внезапно что-то изменилось. Володя даже не понял, когда именно это произошло. Толстячок пропал. Ну ладно, ничего странного, очередная командировка. Однако вернулся он другим человеком. Володя достаточно изучил его, чтобы моментально почувствовать: «объект» нервничает, буквально сходит с ума. На полном, благообразном лице был написан панический страх.

Володя напрягся. Он решил, что кто-то из банды все-таки замаячил на горизонте.

178

Кем мог быть для них тихий, добропорядочный Илья Андреевич? Уж никак не боевиком и не шофером. Казначеем! Конечно, именно на такую роль он подходил более всего. Значит, банда распалась, Головкин стал жить своей обычной жизнью. Его никто не трогал, ни власти, ни бандиты. Возможно, он даже решил воспользоваться какой-то частью денег банды. Ведь осталось же у него что-то, раз он был казначеем.

Но тут к нему явился некто из прежних приятелей и потребовал денег. У Ильи Андреевича возникли проблемы. Он дико испугался, потом стал бегать по Москве, по всяким департаментам.

Глядя, как Головкин в очередной раз скрылся за дверьми приемной Моссовета, Володя с усмешкой подумал: «Неужели он там хранит бандитские деньги?»

Впрочем, сама по себе беготня Ильи Андреевича Володю не интересовала. Ему было наплевать, как казначей станет решать свои проблемы, есть ли у него деньги, готов ли он с ними расстаться. Ему хотелось только одного: разглядеть лицо человека, который явился за деньгами. Но пока ничего не получалось.

Человек этот уже трижды встречался с Головкиным, и каждый раз Володя засекал встречу. Но ему не удавалось разглядеть лицо. Он видел только силуэт, очертания невысокой коренастой фигуры, он заметил легкую, звериную пластику, однажды даже профиль мелькнул. Но разглядеть и запомнить лицо Володя не мог.

Неизвестный встречался с Головкиным всегда в сумерках, выбирал безлюдные места, тихие дворики с неосвещенными скамейками. Именно на этих скамейках, в темноте, они сидели с Ильей Андреевичем и о чем-то очень тихо разговаривали.

Только сегодня бандит вдруг неожиданно громко рассмеялся. Смех звучал жутковато, Володя подумал, у бандита сдали нервы. Он в постоянном напряжении. Даже человек с железными нервами не может долго существовать в состоянии волка среди красных флажков. Это напрягает, изматывает.

Да, несомненно, вечерний собеседник Ильи Андреевича находился в бегах. Он умел растворяться в темноте, появляться ниоткуда, проходить сквозь стены. «Сквозняк!»— слово возникло в голове как бы само собой. Володя убеждал себя, что это домыслы, плоды воспаленного воображения. Сначала надо увидеть лицо.

Володя боялся, что каждая встреча бандита с казначеем может оказаться последней. Казначей отдаст деньги, бандит исчезнет. Оставалось только не спускать глаз с Головкина. Володя взял на работе свой законный отпуск, он позволял себе не больше четырех часов сна в сутки, он почти ничего не ел. С шести утра до часа ночи он был тенью Ильи Андреевича.

Он не решался подойти ближе потому, что знал, как обостряется чутье от постоянной необходимости быть незамеченным, неузнанным. Бандит обнаружит Володино внимание, угадает смертельного врага, начнет действовать разумно и осторожно. Он не глупее Володи, а потому неизвестно, кто победит в этом единоборстве.

Открытого единоборства допустить нельзя. Надо незаметно выследить и исполнить приговор. Нельзя рисковать. Если бандит заподозрит слежку, он убьет Володю и опять зло останется безнаказанным – самое главное, самое страшное зло.

Фотография главаря банды еще полтора года назад появилась на стендах перед районными отделениями милиции:

«Разыскивается опасный преступник. Рост ок. 175 см, телосложение нормальное... Особых примет нет».

Ищи ветра в поле!

Стекло на стенде было разбито, и Володя потихоньку отодрал листовку с фотографией, носил постоянно с собой. Бумажка совсем истлела в его кармане.

Конечно, на фотографиях люди не всегда бывают похожи на себя. Взгляд перед объективом делается застывшим, напряженным, пропорции лица меняются в зависимости от ракурса и освещения. К тому же снимок, перепечатанный типографским способом, становится совсем нечетким и теряет достоверность.

Для того чтобы лицо осталось узнаваемым на фотографии, в нем должно быть нечто очень индивидуальное, особенное. Нет, не дефект, не уродство, что-то совсем иное. Володя не мог сформулировать, что именно, но, разглядывая снимок Сквозняка, понимал: в лице бандита ничего особенного, запоминающегося, нет.

Обыкновенная физиономия, вполне приятная, высокий лоб, прямой нос, жесткая, мужественная линия рта. Таких много в толпе. Столкнешься на улице – ни за что не узнаешь. Володя читал еще давно, в интервью какого-то полковника милиции, что фотографии преступников, расклеенные на стендах, крайне редко помогают в их задержании. Это больше действует на самого преступника, создает дополнительное психологическое напряжение.

Однако Володя смотрел на фотографию так часто, так долго, что казалось, теперь мог бы узнать Сквозняка даже в темноте, на ощупь, с завязанными глазами. Но надо было подойти ближе, а это слишком рискованно.

Глава 12

Монгол научил покрывать подушечки пальцев специальным клеем. Никаких отпечатков. Потом этот клей отлично оттирался спиртом. Главное – не забывать постоянно смазывать руки кремом, иначе от клея и спирта кожа становится слишком сухой, пальцы теряют гибкость и чувствительность. Руки — главное оружие. Многие приемы в перчатках не получаются. Именно руками Сквозняк сделал своего первого жмура. Голыми руками.

Шел 1981 год. Сквозняку исполнилось восемнадцать, и Монгол решил по-своему отпраздновать его совершеннолетие.

В форточки Коля давно уже не пролезал. При ограблениях он либо стоял на «атасе», либо помогал выносить вещи. Монгол, как правило, брал на дело не больше двух человек. На этот раз они пошли вдвоем.

Квартира принадлежала банщику из Краснопресненских бань. Монгол был знаком с ним много лет. Приземистый толстый московский грузин Ираклий по прозвищу Ира, кроме банного дела, занимался еще скупкой краденого, особенно любил ювелирный антиквариат. Накануне он серьезно надул Монгола, купил у него изумрудный комплект, серьги, кольцо и кулон, в три раза дешевле, чем стоили вещи. Он долго и горячо убеждал Монгола, будто вещи поддельные, не начала прошлого века, а современной работы. К тому же золото низкопробное, с большим процентом серебра. И изумруд на одной сережке с трещинкой.

Монгол не возражал. Глядел внимательно своими щелочками, молчал, потом взял деньги, в три раза меньше, чем должен был взять. Сквозняк, сидевший рядом, сразу понял: банщик уже не жилец. Врет он Монголу, врет и не краснеет. Только слишком уж возбужденно говорит. Наверное, думает, будто самый умный.

Когда они распрощались с красноречивым банщиком и вышли на улицу, Монгол сказал:

— Послезавтра он отправляет жену с детьми к родителям в Кутаиси. У него будет жить любовница. Цацки он не перепродаст, скорее всего, оставит себе. Может, конечно, любовнице подарить сгоряча, но она все равно с ними никуда не уйдет. Не успеет.

Сквозняк немного удивился, когда узнал, что ночью к грузину они пойдут вдвоем. Только вдвоем. Монгол и он. Однако спрашивать ничего не стал. Монгол не любил лишних вопросов.

В полночь они позвонили в дверь. Просто позвонили. И банщик впустил их. На нем была грязноватая белая майка и широкие сатиновые трусы в цветочек. Из комнаты орала веселая эстрадная музыка.

— Не ждал, не ждал, проходите, гости дорогие, — широким жестом он указал на кухню.

— Ираклий, кто там пришел? — закричал женский голос из глубины комнаты.

— Пойди, Сквознячок, поздоровайся с дамой, — шепнул Монгол.

Хозяин не услышал и очень удивился, когда один из дорогих гостей, вместо того чтобы пройти в кухню, направился в комнату, где красивая Зиночка, товаровед магазина «Грузия», лежала на тахте. Она была совсем не в том виде, в котором женщина может предстать перед незнакомым мужчиной. И Ираклий возмутился, даже голос повысил:

— Эй, Сквознячок, туда нельзя! Что за дела, Монгол?

Однако ответа не услышал. Быстрым, едва заметным движением Монгол завел его правую руку за спину, так что суставы затрещали, а банщик на несколько секунд потерял сознание от дикой боли.

— Где цацки? — ласково спросил Монгол и одним ударом колена отбил банщику почку.

— Все отдам, — прохрипел Ираклий, — не убивай, все отдам. Сосунку своему крикни, чтобы женщину не трогал.

— Пошли, — Монгол поволок скорчившегося, хрипящего банщика в комнату, — отдавать будешь.

183

Коле было интересно увидеть женщину, которую ему предстоит замочить через несколько минут. Монгол заранее предупредил об этом.

— Она знает мало, и долго разговаривать с ней не надо, — сказал он Сквозняку, когда они ехали в лифте.

Женщина лежала на тахте совершенно голая. Когда в комнату вошел незнакомый парень, она ойкнула и испуганно прикрылась одеялом.

— Ты кто, пацан? Сюда нельзя. Выйди сейчас же!

— Мне можно, — улыбнулся Сквозняк.

Она была очень хорошенькая. Светлые короткие кудряшки, яркие пухлые губки, большая грудь. Коля подумал, что если посмотреть со стороны, то все это выглядит очень классно, как в американском фильме. И, невольно подражая киношным злодеям, он как бы чуть с ленцой неохотно, медленным движением саданул красотке под дых. Пока она, как рыба, хватала воздух открытым ртом, он наклонился, схватил ее за волосы и ласковым шепотом произнес на ухо:

— Где у твоего барана тайники, знаешь?

Она смотрела на него выпученными глазами и уже не казалась такой хорошенькой. Лицо побагровело, рот широко открыт. Она все еще не могла отдышаться.

— Не знаешь — сразу замочу.

Для убедительности он легонько, ребром ладони, ударил ей по болевой точке на шее. Удар был рассчитан точно, ровно настолько, чтобы она могла после этого говорить и двигаться, но чтобы сомнений никаких у нее не осталось.

Тайников она не знала. Но на серванте лежала горстка ее собственных драгоценностей — сережки с большими синими сапфирами, два кольца, одно старинное, бриллиантовое, другое современное, сапфировое, под серьги, и еще — часики золотые на дутом золотом браслете. Всего час назад она сняла все это, раздеваясь перед бурной страстью, и аккуратно положила на сервант.

— Возьми, все возьми, только не убивай. У меня сынок маленький, два года. И мама инвалид. Не убивай, — бормотала она.

Вдобавок к украшениям, которые он сгреб в карман с серванта, она протянула на дрожащей ладони золотой медальон в форме ракушки. Медальон всегда висел у нее на груди на тонкой цепочке. Она никогда его не снимала, это был талисман.

Сквозняк небрежно бросил медальон в карман брюк.

Ощущение абсолютной власти над сытой, красивой, холеной бабой было настолько острым и ярким, что Сквозняк даже замешкался на несколько секунд, невольно стараясь растянуть этот кайф.

Дорогие побрякушки приятно оттягивали карман. Он уже знал в этом толк, с первого взгляда понял: цацки все до одной настоящие. Любовница банщика-антиквара подделку на себя не нацепит. А теперь все — его. Захочет — продаст, захочет — подарит кому-нибудь. И перед Монголом необязательно отчитываться. Он и так много возьмет в этой хате.

— Ну, что там у тебя? — послышался сзади голос Монгола.

Все это время он разбирался с хозяином в соседней комнате. Сквозняк оглянулся. Женщина попыталась встать на ноги. Даже не увидев, лишь почувствовав легкое движение с ее стороны, Коля Козлов не раздумывая перебил ей горло ребром ладони и негромко произнес:

— У меня все, Монгол.

Его удивило, как, оказывается, ненадежно держится жизнь в человеческом теле. Всего-то один удар, и привет. Просто и быстро, словно рыбу оглушить или куренку голову свернуть.

185

Потом так было еще трижды. Двое молодых здоровых мужиков и пацан четырнадцати лет. Со всеми он справлялся легко, ударом руки по горлу. Они даже не сопротивлялись, будто понимали — бесполезно. И каждый умолял о пощаде, надеялся до последней секунды, каждый готов был отдать все, что имел, лишь бы жить.

А чужая жизнь, оказывается, такая хрупкая, нежная. И так сладко чувствовать, что вот она, в полной твоей власти, чужая жизнь. Один удар — и нет ее. Ты самый главный, все можешь, все тебе легко. Даже дух захватывает.

Однако пятое убийство далось ему тяжело.

Пятый о пощаде не молил, жизнь в его теле держалась крепко. Не могло быть и речи об одном ударе, о голых руках. Пятого пришлось застрелить, причем так, чтобы до последней секунды он не догадывался ни о чем. Если б догадался — хоть за секунду до выстрела, то Сквозняк тут же стал бы трупом.

Пятым был сам Монгол.

Глаза-щелочки смотрели, не мигая, прямо в душу. Хоть и внушал Монгол с детства, будто нет ее, души, однако сам глядел именно в нее и видел, что там творится. Под взглядом Монгола молодой бандит чувствовал себя маленьким, беззащитным сиротой.

«Знай свое место, — говорили глаза-щелочки, — все, что ты умеешь, я тебе дал. Все, что в тебе есть, — мое. И ты сам — мой, весь, с потрохами».

Монгол никогда вслух не произнес этих слов, да и не надо было. Они понимали друг друга молча. Каждый шаг молодого бандита был подконтролен Монголу. Ни раз�� не ходил он на дело сам, по собственной воле. Монгол велел стоять на стреме — он стоял. Велел убить — он убивал. Ему было уже двадцать, он сам мог все, а вынужден был таскаться на коротком поводке за маленьким кривоногим человечком, словно огромный сильный медведь за старым цыганом на ярмарке. Свистнет хозяин – медведь спляшет. Мигнет хозяин – медведь задерет любого.

Сквозняк кожей чувствовал, какой кайф испытывает маленький кривоногий хозяин от этой своей абсолютной власти. Ненависть росла в нем медленно, осторожно, но настал момент, когда она заполнила целиком все его существо. И стало страшно – Монгол видит насквозь, может догадаться и тогда убьет не раздумывая. Монгола не проведешь.

Сквозняк терпел, прятал свою ненависть, как мог, нежил ее, успокаивал. Чужая жизнь висит на волоске, это он хорошо усвоил после четырех убийств. Но перерубить волосок можно, только если прикажет Монгол. В этом нет настоящего кайфа. Есть риск, но не ради самого себя, а по чужой прихоти.

Монгол проживет еще очень долго и, пока он будет жив, будет держать Сквозняка на коротком поводке. Выходит, занимаясь вечерами с Колей Козловым в спортивном зале, Монгол растил не продолжение свое, не равного, игрушку, дрессировал, как зверя.

Он говорил, будет учить пацана бесплатно, только залезет сирота один раз в форточку – и все. Однако та ночь, когда одиннадцатилетний Коля Козлов карабкался по ржавой ледяной лестнице была лишь началом. Расплачиваться за науку придется всю жизнь. Это несправедливо и унизительно.

Сквозняк считал, что расплатился сполна. Четыре трупа, сделанные по приказу Монгола, – это вполне достаточно. Теперь он может сам сколотить небольшую бригаду и жить как вздумается, убивать по собственной воле, брать что хочется – не украдкой, не потихоньку от глаз-щелочек.

После четвертого «мокрого» дела они отсиживались почти год. Монгол всегда точно знал, когда пора осесть на дно и как долго нельзя всплывать.

Захар вернулся из зоны, авторитет его вырос еще больше. Здоровье его сильно подорвали чифирь, водка и несколько долгих голодовок-протестов против беспредела лагерного начальства.

Теперь не было в России мало-мальски серьезного вора, который не приходил бы за советом и помощью к старому авторитету.

Захар судил в самых серьезных разборках, за ним почти всегда оставалось последнее слово. В делах он участвовал только советами, мозгами, жил скромно, как и положено вору в законе.

Сквозняк замечал, что нет в Захаре прежней жесткости. Бессмысленное слово «совесть» все чаще слетало с его губ. Иногда он начинал спьяну каяться в старых грехах, плакал под магнитофонные записи своего любимого Высоцкого, рассуждал о душе и Боге. Правда, только при Сквозняке он позволял себе раскиснуть.

— Никому не верю, сынок. Никому. Вот помру я, и молодые волки загрызут друг друга. Начнется новый век. Век беспредела. Не будет блатного закона, эти новые все себе позволят. А так нельзя. Один позволит, другой — и сразу кровь, очень много крови... Сами в ней захлебнутся... Ты держись подальше от блатных, сынок. Никому не верь. Ты сам по себе будь, у тебя сил на это хватит. Я ведь хотел для тебя совсем другой судьбы. Чтоб ты учился, женился на хорошей женщине, чтоб были детки у тебя... А у меня вроде как внучата. Знаешь, как хочется мне внучат понянчить? Не знаешь, не понимаешь. И теперь уже не поймешь никогда. Поздно. Тебе уже с этой дорожки не сойти. Я сам виноват, сам тебя в ту форточку пихнул. Думал, как лучше... Не просчитал я Монгола, не просек его поганую суть.

Сквозняк терпеливо слушал эти долгие пьяные

монологи и думал о том, что сам он до такого не дойдет. Это ж кисель, а не человек.

— Ты бы не пил столько, Захар, — говорил он, — вредно это.

— Не буду, сынок, не буду, — еще одна стопка опрокидывалась в горло, — я ведь оглянуться не успел, как жизнь прошла. Старый я совсем, не годами, а душой и шкурой своей... Воровской век короток, а ответ все равно держать... потом.

— Перед кем это? — мрачно спрашивал Сквозняк. — Там ведь нет никого. Пустота.

— Ну откуда ты знаешь? Ты состарься сначала, жизнь проживи... И не мочи ты больше, сынок. Они ж потом тебе сниться станут, если до старости доживешь.

— Не станут.

Разговоры эти утомляли и раздражали Сквозняка. Но он терпел. Захар был единственным в мире человеком, к которому он чувствовал если не привязанность, то детскую благодарность. На самом дне его души жило странное теплое чувство, совсем слабенькое и чужое для его холодной сути. Ничего эта благодарность в нем не меняла, и как только не станет Захара, погаснет и это последнее живое тепло.

С другими Захар оставался все тем же — жестким, не терпящим возражений. На первом месте для него стоял незыблемый воровской закон, и каждый нарушивший его заслуживал наказания.

На Монгола ему жаловались уже не раз. Многих он обидел. Однако Захар старого приятеля не трогал. Сам не мог ему простить многое, но не трогал. Сквозняк знал единственную тайную причину: страх. Захар боялся Монгола, и в страхе этом было больше мистики и суеверия, чем логики. Впрочем, определенная логика тоже была.

— Я только подумаю, что пора его остановить, а он уже выскочит из-под земли, как призрак, и замочит меня одним ударом, — сказал однажды Захар Сквозняку, — однако остановить-то надо. Он ведь машина, не человек.

Не мог Монгол этого слышать. Не мог. Однако через несколько дней он возник перед Сквозняком, как всегда, неожиданно, и сказал тихо:

— Разговор есть.

Сквозняк не удивился, когда услышал очередной приказ своего кривоногого хозяина. Он ждал этого. И уже знал, как поступит.

У Монгола была одна маленькая слабость. Он любил ритуалы, театральные эффекты. Он мог бы запросто все сделать сам, однако обратился к Сквозняку. Ему хотелось красивого зрелища, хотелось кайфа от своей безграничной власти. Ну что ж, он получит свой кайф.

Сквозняк выдержал взгляд глаз-щелочек, он просто заставлял себя в этот момент думать и чувствовать так, как надо Монголу. Он выдержал, и Монгол ничего не заподозрил до самого последнего момента.

В апреле Сквозняку исполнялся двадцать один год.

— Я хочу, чтобы мы втроем тихо посидели, — сказал он Захару.

— Третий — Монгол?

— Ну а кто же? Вспомним старые времена. Если будет погода хорошая, можно и на природу куда-нибудь, ты порыбачишь, костер разожжем. Ты же любишь это дело.

— Хорошо, сынок. Как хочешь, так и будет. Двадцать один — английское совершеннолетие.

Погода была отличная. Машину вел сам Захар. Его скромная крепенькая «Нива» была хороша для подмосковных лесных дорог. Солнышко светило, птички пели. Сквозняк сидел рядом с Захаром, Монгол сзади. Всю дорогу Сквозняк чувствовал затылком проклятый взгляд и даже думать не позволял себе о том, что произойдет на самом деле всего лишь через полчаса.

Остановиться решили у маленькой заросшей реки. Вылезли из машины.

— Рыбка здесь вряд ли есть, однако место хорошее, — сказал Захар.

— Давай, — шепнул Монгол одними губами.

Захар стоял к ним спиной, сладко потягивался, похрустывая суставами.

— Воздух-то какой!

И в этот момент прозвучал сухой хлопок выстрела.

Монгол упал на траву, и глаза-щелочки уставились в яркое апрельское небо. Сквозняк шагнул к нему и взглянул в эти страшные, всевидящие глаза. Вот теперь ничего в них страшного не было. Захар наклонился и большой толстопалой рукой в татуировках закрыл мертвые глаза-щелочки.

Они дотащили тело до реки и столкнули в воду.

— Не всплывет, — сказал Захар, отдуваясь, — речка илистая, как болото. Только кажется, что маленькая, мелкая... Не всплывет.

Они сели на траву. Захар закурил и сказал еле слышно:

— Спасибо, сынок.

— Ты знал? — спросил Сквозняк.— Ты знал, зачем мы едем?

— Да, — криво усмехнулся Захар, — только вот в выборе твоем не был уверен. Твой это был выбор, только твой, сынок. Спасибо...

Глава 13

Соня сидела на кухонном диване. Поверх ночной рубашки Вера накинула ей на плечи свою теплую вязаную кофту. Было около полуночи, за окном шел холодный дождь. Надежда Павловна давно отправилась спать, а Соня все сидела с Верой на кухне, пила третью чашку чая и ложиться не собиралась.

— Вот с родителями так не посидишь, не поговоришь. Мама вроде бы слушает, но я вижу по глазам: она о своем думает. А папа вообще слушать не умеет, отвечает на все «Угу!». А с тобой уютно, ты в мои проблемы вникаешь.

— Ох ты, бедненькая девочка, — Вера покачала головой, — любишь на родителей пожаловаться! Можно подумать, плохо тебе живется.

— Нет, я не говорю, что плохо. Просто мама моих школьных проблем не понимает. У нее на все один ответ: книжки надо читать, головой думать и не тратить время на всякую гадость.

— Ну, в общем, это правильно, — улыбнулась Вера, — то, что закладывается в мозги в твоем возрасте, остается на всю жизнь. Действительно, жалко тратить время на ерунду.

— А если от гадости и ерунды никуда не денешься? — тяжело вздохнула Соня.— Знаешь, какие у нас сложные отношения в классе?

Вера догадывалась, что в школе у Сони все не просто. Девочка училась в той же английской спецшколе, которую заканчивали они с Таней. В середине семидесятых туда принимали детей после сложного экзамена. Конечно, было много «блатных». Школа считалась одной из лучших в Москве, в нее отдавали своих детей и внуков министры, народные артисты, партийные чиновники. Но был большой процент детей из самых обычных семей, не чиновных, не богатых, не знаменитых.

В школьной раздевалке рядом с клетчатыми мрачными пальтишками из «Детского мира» висели канадские дубленки, легкие яркие пуховики. На большой перемене из портфелей доставались бутерброды. У кого-то на хлебе в лучшем случае лежала «Докторская» колбаса, а кто-то каждый день лакомился черной икрой, ссврюгой, страшно дефицитной и особенно вожделенной сырокопченой колбасой. Но дело было не в дубленках и колбасе.

Находились учителя, из которых лезло умильное чинопочитание, часто совершенно бескорыстное. Свой административный восторг перед чиновными и знаменитыми родителями они переносили на детей.

Вера до сих пор помнила, как однажды в восьмом классе учительница литературы, разбирая сочинения, сказала с искренним умилением, без тени иронии:

— Вот у Ванечки дедушка народный артист СССР, а он такой же мальчик, как все. Двадцать восемь орфографических ошибок в сочинении. Но за содержание — пять. Ванечка очень верно раскрыл образ Печорина как лишнего человека, типичного представителя паразитического дворянского сословия, и подчеркнул, что его разочарование вызвано отсутствием четкой общественно-политической позиции.

Этот случай рассказывали как анекдот. Бедный Ванечка с тех пор только и слышал от одноклассников: «Надо же, внук народного артиста СССР, а такой же мальчик, как все!»

Конечно, это были лишь смешные казусы. На самом деле никто не делил детей на первый и второй сорт. Подавляющее большинство учителей считало административный восторг чем-то вроде неприличной, стыдной болезни. Оценки ставились за знания, а не за родительский чин. На праздники учителям дарили цветы и шоколадные наборы, но не более. Подарок был всего лишь знаком внимания и уважения, никак не взяткой.

Дети и внуки министров старались кушать свои бутерброды с икрой скромно, незаметно, а чаще — вместе с соседом, у которого на хлебе был плавленый сырок. Причем ребенку, которого кормили продуктами из спецраспределителей, иногда плавленый сырок из гастронома казался вкуснее осетрины.

Но все осталось в прошлом.

Теперь в эту спецшколу принимали даже не по блату, а исключительно за взятки. Формально обучение оставалось бесплатным, дети все еще должны были сдавать вступительные экзамены. Но с каждым годом вопросы и задания становились все примитивней. Сдать такой экзамен мог и трехлетний малыш. Для того чтобы ребенка приняли, нужно было заранее, за год до поступления, нанять двух-трех преподавателей из этой школы в качестве репетиторов и платить им так, чтобы к концу года каждый имел с этих занятий не меньше двух тысяч долларов. Таким образом, первоначальный взнос составлял от четырех до шести тысяч в твердой валюте.

Если у родителей находились какие-нибудь прямые ходы к завучу или к директору, то взнос уменьшался вдвое. Достаточно было при встрече незаметно вручить конверт с двумя-тремя тысячами, и ребенок успешно сдавал вступительные экзамены. Но для этого, разумеется, надо было приходить «по звонку», по чьей-то телефонной рекомендации, ибо у человека с улицы взятку брать опасались.

Потом, в процессе обучения, успеваемость ребенка впрямую зависела от всевозможных даров и подношений, которые родители несли учителям на все праздники, от 1 мая до Дня учителя, от Пасхи до Рождества. Это были не цветы и не конфеты. Дарить полагалось реально дорогие, качественные вещи. А символические знаки «внимания и уважения» никого не интересовали.

То, что Соню приняли в школу без взятки, было удивительным исключением. Среди тех, кто принимал экзамен, нашлись две учительницы, которые помнили ее маму, талантливую Танечку Соковнину, умницу, круглую отличницу. Грамоты, полученные

Таней за победы на районных и городских олимпи адах по биологии и химии, до сих пор висели в кабинете директора.

Однако Таня вскоре стала жалеть, что отдала ребенка в свою родную-любимую спецшколу. Штат учителей почти полностью сменился, уровень знаний катастрофически падал.

— Я понимаю, можно заплатить педагогу за то, что он хорошо учит твоего ребенка. Я понимаю, у них мизерные зарплаты, тяжелый труд. Они заслуживают большего. Но платить за пятерку в году, особенно когда ребенок и так знает предмет на пятерку, — это чушь и стыд! — говорила Таня.— Если бы я знала, что так будет, отдала бы Соню в обычную районную школу.

Но самое неприятное заключалось в том, что Соня отлично понимала, почему у нее по математике вышла четверка в году.

— Пришел мой папочка, принес какой-то туалетный набор, два куска мыла, дезодорант и крем. Конечно, за такой подарок пятерки в году не будет! Другие дарят фарфоровые сервизы, золотые украшения, просто конверты с долларами дают. Тогда можно весь год ничего не делать и получать четверки-пятерки, — спокойно говорил ребенок, — в принципе математичка за такой жалкий подарок могла и трояк влепить, но у меня в годовой контрольной ни ошибочки, ни помарочки, ей совестно стало. На самом деле она хорошая, просто в школе так все делают.

За одноклассниками приезжали «Форды» и «БМВ». У Сониных родителей вообще никакой машины не было. Ежедневные суммы карманных денег превышали месячную зарплату какого-нибудь врача или инженера. Соне могли давать не больше пяти тысяч в день, этого едва хватало на стакан сока и пирожок в школьном буфете.

Дети давали друг другу деньги в долг под проценты, включали счетчики, устраивали настоящие бандитские разборки. Общались между собой матом и на блатной «фене». Соня рассказывала, как один мальчик проиграл в карты на «американку», то есть на желание, и его заставили вынести коробку «Киндер-сюрпризов» из супермаркета. Охранники, конечно, поймали, но он позвонил папе, владельцу пары коммерческих магазинов. Папа приехал, всем заплатил, и мальчика отпустили.

— Но как же его могли заставить? — недоумевала Вера.— Как можно заставить нормального человека воровать?

— Ты не понимаешь, — досадливо морщила нос Соня, — у того мальчика, которому этот проиграл в карты, папа — из «крыши».

— Трубочист, что ли?

— Бандит, — терпеливо объяснила Соня, — причем он из той «крыши», которая пасет папу проигравшего мальчика. Теперь поняла?

— Почти, — вздохнула Вера.

— Ну вот. Ему, кстати, и не попало совсем от родителей, когда они узнали, кто его заставил своровать в супермаркете. Слушай, а ты что, правда не знаешь, что такое «крыша»?

— Знаю, конечно. Просто я не думала, что для детей твоего возраста такие вещи тоже имеют значение, — смутилась Вера.

— Имеют, еще какое! По моей школе вообще можно законы преступного мира изучать. Все как на ладошке.

— Но у тебя есть в классе какие-нибудь друзья, подруги?

— Есть две девочки. Они нормальные, матом не ругаются.

— Это что, главный критерий? — тихо спросила Вера.

— Конечно. Мама говорит, ругаться матом — это как воздух портить, ну, пукать при всех. Опа говорит, если человек ругается матом, у него вместо головы задница. А папа говорит, что тогда у каждого второго задница вместо головы, и в таком случае жить на свете очень грустно. Но вот я знаю много людей, которые совсем не ругаются. Мама, папа, тетя, бабушка, ты, твоя мама. И еще многие. В общем, не так уж грустно. Наоборот, интересно. Я в нашей школе опыта такого набираюсь, вам с мамой и не снилось. В ваше время было по-другому.

— Какого же опыта, Сонечка?

— Ну, я ведь говорила, я стану следователем. Вернее, оперативником. Буду бандитов ловить. Вот сейчас я их и изучаю.

— То есть ты считаешь, что большинство твоих одноклассников станет бандитами? Соня, а ты не преувеличиваешь?

— Буду очень рада, если окажется, что я ошибаюсь, — по-взрослому вздохнула девочка.

Внешне Соня была удивительно похожа на свою маму, такая же худенькая, черноглазая, с такими же прямыми темно-каштановыми волосами до плеч. Но она была значительно взрослее, чем ее мама в десятилетнем возрасте. Каждый день ей приходилось сталкиваться с такими психологическими и нравственными задачками, какие не снились ее маме ни в десять, ни в тридцать лет.

Слушая ее, Вера вдруг подумала, что в определенном смысле Соня знает жизнь лучше своих родителей. Таня и Никита крутились в замкнутом научном мире, их окружали разные люди, порядочные и не очень, но все они были из одного теста, все были интеллигентами до мозга костей.

Как ни странно, но жизнь Сониных родителей казалась куда проще и уютнее, чем жизнь десятилетней Сони.

— Ты знаешь, что уже второй час ночи? — спохватилась Вера, взглянув на часы.— Спать, сию же минуту! Только зубы почистить не забудь.

197

В комнате Надежды Павловны горел ночник. Для Сони было постелено на диване. Вера заметила, что из-под подушки торчит маленькая кукольная нога.

— Только никому не говори, что я еще в куклы играю, — пробормотала Соня, забираясь под одеяло и прижимая к себе пухлого резинового пупса в кружевном чепчике, — не забудь поцеловать меня и перекрестить.

Глава 14

Бригаду свою Сквозняк набирал не из блатных, которых презирал за страсть к пустому понтярству, водке и «дури». Он решил сбить совсем маленькую, мобильную бригаду из здорового, крепкого молодняка, чтобы были жадные, горячие, а уж выдрессировать их, сделать послушными своей железной воле он сумеет.

Первых двоих, Кашу и Гундоса, он подобрал на улице. Шел поздним вечером через темную подворотню и услышал хриплый, нахальный голос:

— Мужик, закурить не найдется?

— Не курю. И вам не советую.

— Он еще и советы дает, с-сука!

Ударить они, конечно, не успели. Тут же оба скорчились в пыли, на асфальте.

Сквозняку стало смешно. И он рассмеялся от души, глядя на глупую ночную шпану. Грабить его решили, сосунки.

— Ну что, ребятки, кушать хочется? — весело спросил он.

— Ты че, мужик, в натуре... Отпусти...

— Я и не держу. Вставай, беги.

Но встать они не могли. Оба пыхтели и скрипели зубами от боли.

— Предупреждать надо, — простонал тот, что был шире в плечах, — каратист, что ли?

— Так вот я и предупредил.

Они приехали из Подольска. Одному девятнадцать, другому двадцать один. Им действительно очень хотелось кушать. Но гамбургеры в вокзальном ларьке их не устраивали. Невкусно. Хотелось в хороший ресторан, да не только по большим праздникам, а каждый день. И тачку хотелось, чтоб новенькая, блестящая, с музыкой, с красивыми девочками на заднем сиденье, и еще много чего хотелось, причем не когда-нибудь, а сию минуту.

В тихом городе Подольске были свои крепкие группировки, однако Вадика Кашина и Рустама Габаретдинова туда почему-то не приглашали. Они подумали и решили, что самый быстрый и нехлопотный путь получить хотя бы что что-то — это сесть в электричку, доехать до Москвы, послоняться, оглядеться, найти хорошие подворотни и проходняки и тихо ждать какого-нибудь одинокого припозднившегося прохожего. Конечно, у человека, который идет ночью от метро до дома, много не возьмешь. Но хотя бы что-то. А то уж очень обидно.

Первые ночные гастроли прошли неудачно. Нервная дамочка лет сорока отдала им сумку без всяких разговоров, даже кольца с пальцев сняла, лишь бы не били. В сумке оказалось триста тысяч. А два колечка они утром продали скупщику золота на площади Белорусского вокзала за сто баксов. И тут же все потратили, даже сами не поняли на что.

Однако вторым их «клиентом» оказался Сквозняк. Они уже подумали было, что им не повезло, нарвались на каратиста, который может запросто оказаться ментом или вообще спецназовцем. Обычный человек так драться не умеет. Вот возьмет сейчас и потащит их обоих в ментовку. Такой может, если захочет.

Но смешливый каратист повел их не в милицию, а в ночной ресторан.

— Квартиры надо брать, пацаны. На улице много не возьмешь, — говорил он тихо и рассудительно, — но только свидетелей оставлять нельзя. Все домушники горят на свидетелях.

— Это чего ж, мочить всех? — шепотом спросил Вадик Кашин.

— Нет, сушить. Для гербария, — усмехнулся Сквозняк.

Он выбрал этих двух потому, что они были еще не блатные, но очень жадные. Каждому он устроил экзамен. Первым прошел его Рустам, которому дали прозвище Гундос. В качестве экзаменационного билета ему досталась женщина шестидесяти лет.

— А почему пушкой нельзя? — робко спросил он Сквозняка.— Проще пушкой-то.

— Потому и нельзя, что проще, — ответил Сквозняк, — давай, не тяни.

Женщина была одна в квартире. Взяли много. Примотанная к стулу скотчем, она рассказала, где спрятаны деньги. В полированной стенке, в зеркальном баре, стояла яркая жестянка из-под французского печенья. Там, под кучей лоскутков и клубков, нашли две тысячи баксов. Было еще кое-какое золотишко.

Но куда важнее для Сквозняка оказался острый кайф, когда девятнадцатилетний Гундос полоснул ножом по горлу женщины.

Возможно, занимаясь уличными мелкими грабежами, этот подольский парень мог бы в конце концов прирезать кого-то в азарте драки. Но совсем другое дело — убить беспомощного человека, пожилую женщину, примотанную к стулу и глядящую на тебя глазами, полными ужаса. Убить хладнокровно, чтобы не оставалось свидетелей. Что-то очень важное надо в себе переступить.

И Гундос переступил – по приказу, по воле Сквозняка. Значит, Сквозняк все может.

Сирота, отбракованный при рождении, настолько никчемный, что даже родная мать отказалась от него, может все. Младенец из Дома малютки, обреченный глядеть в казенный потолок, орать до посинения, нюхать хлорку и чужое дерьмо, олигофрен в стадии дебильности, ребенок десятого сорта, попавший в лопасти холодной равнодушной машины под названием «государство», может все.

Его с младенчества пытались выкинуть из мира нормальных людей, чтобы он сгинул где-нибудь в психушке, сгнил тихим бессмысленным «овощем». Не вышло. Он вырос, стал сильным, он может убивать сам и заставляет убивать других.

Этим нормальным людям, которые живут в своих уютных отдельных квартирах, любят своих счастливых, неказенных детей, никуда теперь от бедного сироты не спрятаться.

Лицо Гундоса стало зеленым, он озирался по сторонам шальными, пустыми глазами. Каша тоже застыл, только кадык судорожно двигался на тощей шее.

– Молодец, – сказал Сквозняк, – ты прошел экзамен. На четверочку. Ну, заснули, что ли? Линяем, быстро...

Они шли за ним как вареные. Оба молчали. Однако когда в руках Гундоса оказалась тысяча баксов и тяжеленькая горсть качественных, дорогих ювелирных изделий, глаза подольского юноши оживились, щеки порозовели.

Каше он дал пятьсот и пятьсот взял себе. Он решил, так будет справедливо и педагогично. Гундос заслужил свою награду, а у Каши должен быть хороший стимул.

Потом экзамен прошел и Каша. На троечку. Ему пришлось еще сложнее. Сквозняк приказал замочить ребенка двенадцати лет, девочку. Квартира опять попалась небедная, Каша получил большую долю и быстро утешился. Он ведь именно этого хотел, шляясь в тоске по тихому Подольску, трясясь в переполненных электричках и дежуря в ночных московских подворотнях. Он хотел денег, сразу и много. Вот и получил. Если оставлять свидетелей, даже маленьких, оглянуться не успеешь – сядешь. Тогда кайф кончится очень быстро.

Потом новые члены бригады проходили обязательный экзамен. Они по-разному переступали через самих себя. Кто-то ломался, их потом приходилось убирать, в назидание другим и для безопасности. Тоже ведь свидетели.

Сквозняк называл это естественным отбором, бригада в итоге сколотилась совсем небольшая, но крепкая, надежная, с железной дисциплиной.

Третьим вошел в бригаду Чирик, Вася Чиркин, москвич, двоюродный брат Каши. Он работал грузчиком на макаронной фабрике в Сокольниках и мечтал о лучшей жизни. Экзамен он проходил тяжелее, чем Гундос и Каша. Но прошел все-таки.

В квартире было трое, дед с бабкой и пацан десяти лет...

– А теперь мочи его. Ну!

Сквозняк не держал в руках никакого оружия, он просто смотрел в глаза белобрысому длинному Чирику.

– Я не могу... Это, слышь, он же маленький совсем. Не скажет ничего.

– А если скажет? И мы все из-за этого погорим? – Сквозняк говорил спокойно и рассудительно, словно объяснял нерадивому ученику, как правильно решить задачку.

– Не могу я...– Чирик чуть не плакал.

Сквозняк смотрел на него холодными насмешливыми глазами. Ему было интересно; сможет в

202

конце концов или нет. Именно это было ему интереснее всего, именно это доставляло кайф — наблюдать, как человек сам в себе переступает черту, за которой все можно.

Мальчишка был не такой уж и маленький. Десять лет. Такие все прекрасно понимают и запоминают. Только что он видел, как убивали его бабку и деда. Дед сразу вырубился, когда примотали к стулу и залепили рот. Перед этим успел сказать:

— Славика не трогайте... не трогайте...

И вырубился. Однако сердце еще билось, и Гундос по приказу Сквозняка перерезал ему горло.

А старуха продолжала извиваться и мычать. Это раздражало. Вообще настроение было поганое. Оказалось, что брать в доме нечего. Кроме старого черно-белого телевизора и дюжины серебряных ложек — нечего. Верилось с трудом. Слишком уж здесь чисто и красиво. Должно быть что-то еще.

— Ну, колись, бабка, где у тебя чулок с деньгами?

Гундос несильно вмазал старухе в челюсть.

Сквозняк спиной чувствовал, как трясется Чирик. Ему поручено было крепко держать пацана, чтоб не рыпнулся. Чирик держал и трясся. Сквозняк решил: не пройдет он экзамен, надо будет его убирать. Слабачок, кисель. И зачем полез в бригаду?

Десятилетнему Славе Кравченко казалось, что он смотрит ужастик по видику. В жизни так не бывает. Вот сейчас фильм кончится, можно будет выйти на свежий воздух.

Славик любил ужастики. Родители не разрешали смотреть, бабушка с дедушкой — тем более. Но у них и видика не было, только черно-белый телевизор. И он смотрел редко, в гостях у кого-нибудь из одноклассников.

Славик сам не мог понять, почему ему нравится, когда на экране оживает труп, с него капает вода, он медленно идет с выпученными глазами и растопыренными руками, а какая-нибудь симпатичная блондинка орет как резаная. А ты сидишь затаив дыхание, и тебе тоже хочется заорать: «Беги, дура! Ну беги!» Или вампир с длинными клыками спрыгивает с потолка прямо в постель. Спит себе парочка, обнявшись, и вдруг люстра начинает покачиваться, окно хлопает, ворона влетает, а потом бац — вампир. Или про маньяков: какое-нибудь мирное семейство ужинает, им хорошо, спокойно, они шутят, едят спагетти — мама, папа, ребенок, и вдруг дверная ручка медленно поворачивается... Даже мурашки по спине. Вроде жуть, гадость, а все равно нравится.

Как-то мама одноклассника Сереги Берестова вошла в комнату, увидела, что они смотрят «Полуночного мертвеца», выключила на самом интересном месте, вытащила кассету и спросила:

— Вы можете мне объяснить, почему вы это смотрите? Ведь вам потом будут кошмары сниться. Есть же хорошие фильмы.

— Мам, ну ты что? Дай досмотреть! — чуть не заплакал Серега.

— Объясни мне, зачем тебе это? — спокойно попросила мама.— Объясни, сформулируй. Ты ведь разумный человек. Может, я пойму?

Они оба, Славик и Серега, задумались: а правда, почему так интересно смотреть, как кого-то душат, режут, кровь пьют?

— Потому, что не тебя, а другого, и не в жизни, а понарошку, — сказал Серега.

— Потому, что очень страшно, но на самом деле — неправда, в жизни так не бывает,— добавил Славик.

Серегина мама вздохнула и отдала им кассету, разрешила досмотреть классный ужастик. Они досмотрели и пошли во двор играть в футбол.

И вот сейчас все случилось почти как в ужастике. Бабушка, дедушка и Славик поужинали и легли спать. Все было очень хорошо, спокойно, обычный вечер сменился обычной ночью. И вдруг почему-то закричала бабушка, потом зажегся свет, и четверо людей непонятно откуда появились в комнате, где спал Славик. Он даже не испугался сначала. Они были живые, с виду вроде нормальные. Ни на зомби, ни на вампиров не похожи. И только потом, когда бабушку с дедушкой стали бить, приматывать скотчем к стульям, а его схватили и потная большая ладонь зажала ему рот, стало страшно. Очень страшно. Но все равно не верилось, что это правда, все казалось — понарошку, как бы на экране. Вот сейчас войдет кто-нибудь взрослый, например Серегина мать, выключит видик, вытащит кассету, и все кончится.

Славик столько раз видел, как убивают на экране, но никогда не думал о смерти как о чем-то реальном, серьезном. Он был еще маленький, всего десять лет. И время для него двигалось не так, как для взрослых, а совсем по-другому.

Он знал, конечно, когда-нибудь, через много лет, бабушка и дедушка станут очень старыми и умрут. Но это будет не скоро, это далеко от сегодняшней, такой уютной и привычной жизни. Даже дальше, чем вампир на экране...

Он не мог представить мир без бабушки с дедушкой, а без себя самого — тем более. Как это — его, Славика Кравченко, не будет? Он ведь такой реальный, с рыжеватым жестким ежиком волос, со свежей ссадиной на коленке — позавчера упал с брусьев на физкультуре, ободрал коленку о какой-то винт...

Когда в ужастике события развивались уж очень страшно, Славик закрывал глаза и пропускал самые кошмарные кадры. Вот и сейчас он зажмурился, чтобы не видеть, что делают с бабушкой и дедушкой. Он почти не сомневался: как только откроет глаза — все кончится.

Он бился в чужих грубых руках, мычал зажатым ртом, пытался укусить потную ладонь, но сил у него было меньше, чем у здорового взрослого парня, который держал. Конечно, Славик еще маленький, всего десять лет. Но это кончится когда-нибудь, это неправда, так не бывает!

До последней секунды Славик не мог поверить, что это правда. И даже чудовищная боль не заставила его поверить. Она была невероятной, нереальной и быстро кончилась, как кончается любой, самый душераздирающий ужастик.

Стало светло и легко. Грубые чужие руки разжались сами собой, остались где-то далеко, в своем страшном придуманном мире, где все — неправда. Десятилетний Славик совсем не удивился, когда понял, что на самом деле смерти вовсе нет. Он и так никогда в нее не верил.

Глава 15

— Здравствуй, Захар. Прости, что долго не приходил. Сам видишь, недосуг было. А у тебя здесь хорошо, птички поют, незабудки выросли. Устал я от беготни, а остановиться не могу. Знаешь, на кого я сейчас похож? На белку в колесе. Крутится белочка, лапками перебирает, сначала медленно, потом все быстрее, быстрее, уже не видно ее, только рыжее пятно мелькает. Так вот бежит она, пока не помрет от разрыва сердца. Но у меня-то сердце крепкое. Я выдержу. Ладно, пойду воды налью, чтобы цветы не завяли.

Сквозняк встал с маленькой скамеечки и не спеша побрел по узкой аллее между кладбищенских оград. Вслед ему смотрел из фарфорового овала, впаянного в белый мрамор памятника, нестарый, совершенно лысый человек.

«Захаров Геннадий Борисович, 1928–1987» — было выбито золотыми буквами на белом мраморе.

Над Пятницким кладбищем кричали вороны, перебивая радостный воробьиный щебет. На утреннем теплом солнце ярко светилась золотая маковка кладбищенского храма. Здесь десять лет назад отпевали вора в законе, легендарного Захара, убитого снайперской пулей. Сквозняк потом того снайпера вычислил, выследил и кончил. Однако заказчик ускользнул.

Раз в году Сквозняк обязательно приходил на могилу, но не в день рождения или смерти. Он не соблюдал памятных дат. Это могли вычислить, могли устроить засаду и взять его, тепленького, расслабленного от воспоминаний.

На Пятницкое кладбище он шел тогда, когда был на пределе. Из живых он ни с кем не мог поговорить спокойно и откровенно. Захар любил повторять:

— Никогда не жалуйся, даже на усталость. Никогда не показывай, что тебе плохо. Терпи, если хочешь быть сильным, учись терпеть и молчать. Никто не должен знать, что ты чувствуешь, о чем думаешь, какие у тебя есть болезни и слабости. Начнешь болтать, сам не заметишь, как подставишься. А подставляться тебе нельзя. Ты ведь не сядешь, сразу ляжешь, оденешься в деревянный бушлат.

Человек любит поговорить о самом себе, ему хочется, чтобы слушали, понимали, хочется и пожаловаться, и похвастать. Сквозняк видел: даже самые сильные позволяли себе раскисать — по пьяни, либо перед бабами, либо перед теми, кого считали друзьями. Это всегда плохо кончалось.

Сам Сквозняк никогда не подставлялся. Конечно, случались в его жизни серьезные проколы. Но всегда была виновата чужая глупость, а не его собственная. Иногда выходило, что вчерашний прокол оборачивался удачей. Умному везет всегда или почти всегда. Так было год назад, когда он один поехал в Анталию на недельку, во-первых, отдохнуть, поплавать в море, а во-вторых, по хорошей наводке познакомиться с турецкими торговцами наркотиками. Лишние деньги и связи никогда не помешают. С турецкой стороны его принимала высоченная шведка Каролина.

Более горячей и неуемной телки он не встречал. Ко всем прочим радостям получилась неделя такого крутого секса на берегу моря в бунгало, что он долго еще не мог забыть светловолосую шведку. Конечно, главная цель поездки заключалась не в этом.

Он хотел сам для себя, помимо своей бригады, провернуть потихоньку пару-тройку операций. Первую партию товара, полкило героина, он должен был получить у курьера в аэропорту. Фотографию курьера турки передали по факсу и сообщили, что платить ему не надо, он одноразовый, то есть можно тут же убирать. Как и где – это уже его, Сквозняка, проблемы.

Однако одноразовый курьер вместе с товаром исчез, сгинул, и, стало быть, пропал аванс, который взяли за товар турки. Разумеется, тех денег он больше не увидел. Но особенно жаль было, что он ошибся в самих турках, думал, они серьезные люди, а оказались придурками, в том числе и красотка Каролина. Какой-то лох из России сумел уйти от них вместе с товаром.

А позже турков замели. Каролину первую взял Интерпол. Она спокойненько всех сдала. Сквозняк видел целый сюжет по телевизору. Он всегда старался смотреть уголовную хронику, и российскую, и международную.

Дело получилось шумное, турецкие власти устроили показательный процесс. Он понял, как повезло ему, что не удалось всерьез поработать с той командой. Был бы он с ними в деле, еще неизвестно, чем бы это обернулось. Сейчас ведь легавки всех стран объединяются, как раньше пролетарии по призыву Карла Маркса. А турки предлагали после истории с исчезнувшим курьером все-таки продолжить сотрудничество. У кого, мол, проколов не бывает? Курьер – твой земляк. Ты, может, и сам его разыщешь, тогда весь товар – твой и платить нам за него ничего не надо. Наоборот, вернем твой аванс в двойном размере. В общем, сулили золотые горы.

Но он тогда поостерегся иметь с ними дело. И курьера искать не стал, почувствовал, надо завязывать с турками, совсем завязывать, будто и не было ничего. Раз они могли так проколоться, то неизвестно, чего от них ждать. Такой вот мудрой осторожности тоже научил его Захар.

— Всегда смотри, почему партнеры прокололись. Если причина в глупости и жадности, лучше не имей с ними дел. Войдешь в дело с придурками, сам станешь таким. Кому, как не тебе, это знать...

Только один небольшой прокол получился с его стороны. У шведки была страсть к фотографиям. Она обожала сниматься голышом. Он сам щелкал ее в разных позах, но пару раз их все-таки засняли вместе по ее настоятельной просьбе, и его одного она сняла «Полароидом», на память. По-хорошему, надо было перед отъездом эти снимки найти и уничтожить. А он этого не сделал, поленился, разнежился на солнышке... Впрочем, ни Каролина, ни турки имени его не знали, прозвища тоже. Наверняка у горячей шведки большая коллекция всяких фоток с разными мужиками. Ведь не станут каждого проверять.

Сквозняк подошел к забору, у которого были навалены поломанные сухие венки, повернул медный кран, торчавший прямо из земли, на ржавой трубе. Перед тем как подставить под ледяную струю литровую банку, он попил воды из пригоршни, ополоснул лицо.

— Привет старым знакомым! — услышал он хрипловатый высокий голос за спиной.

Прежде чем обернуться, он поставил банку на землю, освободил руки. Оружия у него с собой не было, но и без оружия он мог справиться с кем угодно.

— Остынь в натуре, это я, Клятва! — Высокий худой мужик в черном сатиновом халате улыбнулся, сверкнув золотыми фиксами.

Да, можно было остыть. Клятва не представлял опасности. Много лет он работал могильщиком на этом кладбище, а могильщики — народ осторожный. Знают, сколько стоит жизнь человеческая.

— Из легавки приходили по твою душу, — сообщил он все так же с улыбочкой, — то ли стукнул кто, то ли сами доперли про Захара. В общем, ты это, в другой раз не тусуйся здесь.

Сквозняк ничего не ответил, поднял банку, налил воды, закрутил кран.

— Ко мне-то зайдешь? — спросил Клятва, шагая рядом со Сквозняком по дорожке. — Новости всякие расскажу, и вообще посидим. Я теперь гравером работаю.

— Зайду, — кивнул Сквозняк.

В мастерской, в небольшом закутке, стоял облезлый круглый стол, на нем тарелка с нарезанными помидорами, хлебом и колбасой. Клятва подмигнул и извлек из казенной тумбочки початую бутылку «Смирновки».

— С утра поддаешь, бормотолог? — усмехнулся Сквозняк, усаживаясь на расшатанную табуретку.

— Так мне иначе не работается, — развел руками Клятва, — жизнь такая пошла, жмурики-то все молодые, а я, ты знаешь, переживаю, — он шмыгнул носом, — за каждого, прям как за родного переживаю. Недавно вот женщина пришла, культурная такая, лицо доброе. Сыну памятник заказывает, а сама — ни слезинки. Ну, думаю, милая, тебе тоже недолго небо коптить. Те, которые воют с горя, живут дольше. У них все наружу выходит. А которые в себе держат, те выгорают изнутри. Вот у той женщины бледность такая, прям хоть саму ее закапывай, вместе с урной. Жалко, ты со мной выпить не можешь. — Он шумно вздохнул, налил себе полный стакан водки, опрокинул его в горло одним быстрым, жадным движением, потом закурил. — Сына у ней младшего за границей где-то замочили, так старший урну сюда привез. Хорошо, когда двое детей. Я вот, если б женился, сразу троих бы завел. На всякий случай. Время-то какое на дворе! Вот ты глянь на мои заказы, ты только глянь! Даты рождения-то все шестьдесят пятый, семидесятый.

Сквозняк знал, что Клятва придуривается. Нет у него никакой жалости к молодым покойникам. Много их прошло через его руки. И тех, кого хоронили под оркестр, со слезами, и таких, которых закапывали глубокой ночью, в приготовленные для других могилы. Присыпали землей немного, а на следующий день туда опускали гроб с законным покойником. И вроде как получалось, что оркестр, речи, слезы были уже на двоих, только об этом никто не знал, кроме могильщиков.

Слушая полупьяные причитания своего старого знакомого, Сквозняк отдыхал. Он сидел, полностью расслабившись, даже глаза прикрыл. Для него такая вот пустая болтовня неопасного, «своего» человека была как шум моря или шелест густой листвы. Ему хорошо отдыхалось под эту болтовню. И вслушиваться не надо, и вроде кто-то живой рядом.

— Вот ты глянь, парнишка-то какой приятный, Курбатов Денис Владимирович, и на блатного совсем не тянет. А тоже, заказал его кто-то. — Клятва уже совал ему под нос фотографию, принесенную матерью, чтобы пересняли на фарфор, закрепили на памятнике.

Сквозняк открыл глаза. На фотографию он смотрел долго и внимательно. У него была отличная память на лица. Видел он уже такую карточку, точно, видел. Год назад именно этот вот портрет переслали по факсу турки. Значит, тогда этот колобок с героином ушел, а теперь «лимон» прикарманил. Вот ведь как жизнь поворачивается. Не случайно ему сегодня у могилы Захара вспомнилась та история с турками.

— Ты что, знаком был с ним, что ли? – спросил Клятва.

— Вроде встречались, — равнодушно кивнул Сквозняк. – Слушай, у тебя, наверное, и адрес есть, и телефон. Когда памятник заказывают, квитанцию заполняют.

— Чего, вправду знакомый? – прищурился Клятва.

Сквозняк встал и несколько секунд молча глядел граверу в лицо.

— Да я, это, у меня нет, в натуре. Зачем мне адрес? Я – работу, мне – деньги. У директора, у Дмитриваныча, – Клятва громко икнул, – все, там документы на владение участком, адрес, как положено. А у меня вот, фотка только, имя-отчество-фамилия, даты...

— Ладно, – тихо произнес Сквозняк.

Он знал, гравер не врет, зачем ему врать? Просто заказ, вероятно, был левый, без всяких квитанций.

— Урну уже захоронили?

— Два дня назад, – кивнул Клятва, – вдвоем, мать и старший брат. Больше никого не было. А памятник одна мать зашла заказывать. Брат делся куда-то. У них здесь местечко есть, отец похоронен.

— Где именно? В каком квадрате, помнишь?

Клятва с ходу назвал координаты могилы.

— А ты видел этого брата? – небрежно спросил Сквозняк.

— Мельком, издали. Я ж говорю, он ко мне в мастерскую не заходил, только мать.

— Ну и как, похожи братья?

— Не разглядел я. А чего тебе брат-то этот?

— Похожи они или нет?

— Ну, есть, конечно, что-то общее. У того, старшего, вроде волосы подлинней. Да и вообще, я ведь этого только на фотографии видел, а того, живого, — мельком, издали.

— Ладно, проехали, — Сквозняк слегка дернул головой, — памятник когда будет готов?

— Через месяц, не раньше.

— Ну все, будь здоров, Клятва.

— Уходишь уже? И не посидели совсем. Слышь, нашим привет от тебя передавать или как?

— Не надо.

— А сам-то в Москве сейчас живешь или где?

Сквозняк еще раз взглянул в глаза Клятве, и тот прикусил язык. Последний вопрос был совершенно лишним.

Не сказав больше ни слова, Сквозняк тихо прикрыл за собой дверь. Однако с кладбища он уходить не спешил, зашел в пустой полутемный храм. Утренняя служба кончилась, старушки в платочках и сатиновых халатах подметали пол, собирали свечные огарки, соскребали красные подтеки воска, тихо переговаривались между собой.

Сквозняк купил две самые толстые дорогие свечи. Одну поставил перед иконой Всех Святых, за упокой души усопшего раба Божия Геннадия.

— Спасибо, Захар, — пробормотал он, — не зря я сегодня тебя навестил. Может, оно так просто совпало, а может, это твоя душа для меня подарок приготовила.

Вторую свечку он поставил перед ликом Николы Угодника, за собственное здравие.

Сквозняк не верил в Бога, но и атеистом не был. Свечи он ставил скорее из суеверия, чувствовал, что есть некая великая сила, которую надо уважать, с которой надо быть в ладу, не забывать о благодар-

213

ности, когда мелькнет в бурном жизненном потоке внезапная бандитская удача.

А вот покойный вор в законе Захар считал себя православным. К исповеди, правда, не ходил, никогда не причащался, но в Великий пост мяса не ел, а на Пасху посылал кого-нибудь из своей свиты за куличами и крашеными яичками.

***

Гравер Клятва, оставшись в одиночестве, мигом протрезвел, подошел к телефону, снял трубку, подумал немножко, положил ее назад, пробормотал себе под нос: «Береженого Бог бережет», сел, выкурил сигарету, полчаса позанимался своей обычной граверской работой, потом вышел, походил по кладбищу. Вернувшись, запер дверь, опять снял телефонную трубку, набрал номер, который знал наизусть, и произнес несколько слов, прикрыв трубку ладонью.

***

Антон Курбатов вернулся из Александрова и чувствовал себя совершенно разбитым. Он отвез туда маму два дня назад, после того как они захоронили урну и заказали памятник. Но ему было тревожно, казалось, денег мало оставил и вообще как-то очень поспешно уехал. Надо навестить, посмотреть, как она там.

Накануне Ольга уговаривала поехать в Александров вместе:

— Ты ведь давно хотел меня с мамой познакомить. Вот подходящий случай.

Антон никогда не заикался о своем желании познакомить маму с Ольгой. Да и случай был вовсе не подходящий.

— Мама сейчас не в том состоянии, чтобы знакомиться, — сказал он мягко, — давай попозже, в другой раз.

— Антосик, это ты зря, — улыбнулась Ольга. — Я же тебе не чужой человек. Я понимаю, какое в семье несчастье. Вот и хочу познакомиться, помочь. Самое время сейчас. У меня аура хорошая. Я твою маму мигом развеселю.

Антон хотел сказать, что «развеселить» женщину, недавно потерявшую сына, довольно сложно. Но промолчал.

Ольга рвалась отправиться с ним потому, что ей хотелось повернуть их теперешнюю совместную жизнь в надежное семейное русло. В тактическом смысле она была права. Только очень близкого человека, но никак не случайную подружку, можно привезти к матери в подобной ситуации. Конечно, Ольга давно уже не случайная подружка. Он ей страшно благодарен, и все такое. Однако никаких устойчивых семейных отношений он с ней строить пока не собирается. К матери он хотел поехать один.

— Ладно, утром видно будет, — сказал он, чтобы не продолжать разговор.

— Обязательно меня разбуди, а то обижусь!

Ольга спала очень крепко, особенно утром. Антон встал в семь, умылся, оделся, стараясь не шуметь. Но она все-таки проснулась. Он уже завязывал кроссовки в прихожей.

— Спи, я часам к четырем вернусь, — он прошел назад в комнату, погладил ее по встрепанным рыжим волосам, — не скучай, отдохни от меня немножко.

Она сделала вид, что не обиделась.

Антон выехал в половине восьмого утра на своем стареньком «Опеле-Кадете». Он действительно надеялся, что успеет вернуться часам к четырем — только поглядит на мать, тетке еще денег оставит, и назад.

215

Почти полчаса пришлось стоять в пробке. Была суббота, дачный сезон давно начался, и ранним утром целые стада машин рвались за город. Он успел выскочить из машины, подбежать к ларьку, купить себе горячий бутерброд с курицей и кофе в бумажном стаканчике. Антон мог ничего не есть целый день, но утром надо было обязательно запихнуть в себя что-то горячее и сытное.

Мама выглядела ужасно. Дело даже не в том, что она исхудала и осунулась. Впервые Антон увидел свою мать неухоженной, в каком-то засаленном фланелевом халате, в стоптанных шлепанцах на босу ногу.

Ксения Анатольевна всегда, в любых ситуациях очень тщательно следила за собой. Сколько он помнил мать, она даже в булочную не могла выйти, не подкрасив губы, не припудрив лицо. Одевалась она дорого и просто, все в ее наряде должно было сочетаться по цвету, по стилю. И волосы всегда промыты, уложены прядка к прядке, и тонкий, свежий аромат дорогой туалетной воды. А тут, в Александрове, в маленьком тихом саду сидела в шезлонге встрепанная неопрятная старуха, курила, не замечая, как пепел падает на колени, тупо глядя прямо перед собой.

Был чудесный, мягкий солнечный день, щебетали птицы, нежно пахло черемухой.

— Почти ничего не ест, — тихо говорила тетя Наташа Антону, когда они пили чай на веранде, — кормлю ее с ложки, как ребенка. Утром блюдечко геркулесовой каши с уговорами... И все. Не умывается, зубы не чистит. Я ей напомнила, она отвечает: «Да, сейчас», и все сидит вот так.

— Тетя Наташа, ты прости меня, что я все это на тебя взвалил, — сказал Антон, стараясь не глядеть в глаза тетке, — как только я решу свои проблемы, сразу заберу ее домой.

— Да ладно уж, — вздохнула Наталья Николаевна, — ничего, потерплю. Врачу ее надо показать, хорошему психиатру.

— Да, обязательно, — кивнул Антон, — я найду толкового специалиста. Но времени совсем немного прошло, может, она сама справится, постепенно придет в себя.

— Ох, не знаю, — покачала головой Наталья Николаевна, не знаю...

— Антоша! — послышался из сада слабый мамин голос. — Подойди ко мне.

Он опустился перед ней на корточки, взял ее руку в ладони. Он боялся, что она опять скажет: «Зачем ты это сделал?..» Ксения Анатольевна долго печально смотрела на сына, потом произнесла:

— Ты бы женился, Антоша, родил бы мне внука, мальчика. Дениской назовем.

— Хорошо, мама, — улыбнулся он.

— У тебя есть кто-нибудь?

— Конечно, есть.

— Ты женись, не выбирай слишком долго.

Это был первый осмысленный разговор за две недели, и Антону стало значительно легче. Он помог тетке посадить картошку в огороде, починил садовый шланг, сделал еще кое-какую работу. Перед отъездом он взял мать за руку, подвел ее к умывальнику во дворе, заставил почистить зубы и умыться, потом сам как следует массажной щеткой расчесал ее густые короткие волосы.

Прощаясь, он сунул тетке в руку сто долларов. Она смутилась.

— Много даешь, Антоша, ты же оставлял два дня назад. Я еще и не потратила из тех ни копейки, не ест ведь ничего.

— Тетя Наташа, я теперь только через неделю приеду. Может, сразу и заберу маму. Если успею разобраться со своими делами. Но приеду в любом случае в следующую субботу. Раньше не получится.

— Ладно, не рвись. Справлюсь я.

Вернувшись, он застал Ольгу у плиты. Она стояла в коротком халате, со странным тюрбаном на голове и помешивала что-то в кастрюльке.

— Лобио решила приготовить, — она подставила щеку для поцелуя, — это целая наука, правильно приготовить лобио. Знаешь, от невымоченной фасоли бывает метеоризм.

— Что? — не понял Антон.

— Ну, газы распирают кишечник. Слушай, ты знаешь, который час? Половина одиннадцатого, между прочим. А ты когда обещал вернуться?

— Прости, я не рассчитал время. — Он еще раз поцеловал ее как можно нежней.

Нельзя, чтобы женщина, у которой живешь, так раздражала. Ну что в Ольге плохого? Ну почему больше трех дней подряд он не может выносить ее присутствие? Свинство это. Она терпит его, все прощает, лобио готовит, фасоль вымачивает, чтобы не было метеоризма. На голове что-то немыслимое накрутила.

— А что у тебя на голове? — спросил он.

— Специальная маска для волос. Я же не знала точно, когда твоя светлость вернется, вот и решила собой заняться, перышки почистить. Красивой хочу быть для тебя, счастье мое, только для тебя.

Она даже не спросила, как мама. Впрочем, почему это должно ее интересовать? С какой стати?

— Ты и так красивая. — Антон взялся за телефон.

Мужской голос еще ни разу не ответил по этому номеру. Казалось, в квартире живут только женщины. Пожилая — самая суровая. С ней говорить бесполезно. Молодая — помягче, но тоже, конечно, устала от звонков. Иногда трубку брал ребенок, то ли мальчик, то ли девочка.

Сейчас было занято. Антон подождал немного, опять набрал номер. Детский голосок произнес: «Алло, я слушаю». Если бы знать, как зовут молодую женщину, и позвать ее к телефону... Остава-

218

лось молча положить трубку. Не объяснять же все ребенку!

Антон решил, что будет звонить каждое утро и каждый вечер. Не слишком часто, конечно. До тех пор пока трубку не возьмет молодая женщина с грустным голосом. Ему казалось, поговорить лучше именно с ней. Он добьется, чтобы она выслушала его, и расскажет все как есть. Ну что ей стоит поискать бумажку с факсом из Праги? Если, конечно, у них в квартире стоит факс, если Денискино послание попало именно на их факс, если бумажку не потеряли...

— Антон, что за детский сад? Ты набираешь номер и молчишь уже в третий раз. — Ольга усмехнулась и взъерошила ему волосы. — Может, у тебя новая любовь? Ты скажи, я не обижусь.

— Ну что ты, Оль, какая любовь? Там просто то занято, то разъединяется.

— Давай я наберу.

— Не стоит. Наверное, с линией что-то. — Антон отошел от телефона и отправился в ванную.

— Только недолго, — напутствовала его Ольга, — у меня уже все готово, и до ужина я бы хотела помыть голову, ты же не хочешь, чтобы я села за стол в этом тюрбане.

Он ничего не ответил. Ему было все равно, в каком виде она сядет за стол.

***

В половине седьмого вечера гравер Пятницкого кладбища Волобуев Вячеслав Иванович по прозвищу Клятва, трезвый, бодрый, одетый в добротный джинсовый костюм, сел в свою голубую «девятку», выехал из ворот кладбища, вырулил с эстакады в сторону ВДНХ. Покрутившись среди однотипных новостроек за выставочным комплексом, он оставил машину в одном из дворов, прошел пешком несколько кварталов, нырнул в подъезд.

219

В подъезде был слышен детский плач. Кафельная акустика лестничной площадки делала его особенно громким. Волобуев увидел, как молодая мамаша тщетно пытается втиснуть в лифт большую коляску. Одной рукой она держала младенца в одеяле, другой толкала и дергала ручку коляски. Младенец заливался, коляска застряла между автоматическими дверьми.

— Помогите мне, пожалуйста, — обратилась она к Клятве.

— Да уж придется, — хмыкнул он и взялся за ручку коляски.

Приподняв передние колеса, Волобуев придавил плечом одну из дверей и втолкнул коляску в лифт.

— Ой, спасибо вам огромное, — запричитала молодая мамаша, — это не коляска, это настоящий танк!

— Да на здоровье, — Клятва улыбнулся, сверкнув золотой фиксой, — езжайте, мы не поместимся.

— Поместимся, заходите! Вы мне потом ее вывезти поможете. А то я обязательно опять застряну, — улыбнулась в ответ мамаша.

Она жила на пятом этаже. Клятва быстро вывез коляску, потом поднялся на двенадцатый и открыл дверь одной из квартир своим ключом.

Однокомнатная малометражка имела унылый, нежилой вид. Почти никакой мебели, только канцелярский письменный стол, несколько стульев. На кухне не было плиты, белоснежный электрический чайник «Тефаль» красовался на полированной казенной тумбочке.

Здесь никто не жил. Квартира была явочной и принадлежала одному из отделов ГУВД.

Волобуев налил в чайник воды, достал из тумбочки банку с растворимым кофе, сахар, две чашки, включил чайник и посмотрел на часы. Человек, которого он ждал, никогда не опаздывал. У Клятвы ни разу не получилось приехать на встречу вовремя, минута в минуту. То он являлся раньше, то позже. Сейчас он приехал на целых двадцать минут раньше, опять не рассчитал, хотя сам назначил время.

Ну что ж, оно и к лучшему, можно выпить кофейку в одиночестве и еще раз подумать. Кофе здесь хороший, качественный, и сигареты всегда есть – на всякий случай. Свои у Клятвы как раз кончились. А купить забыл. Он сегодня вообще был сам не свой, очень сильно перенервничал. А кто на его месте мог остаться спокойным? Разве только один человек, из всех, кого он знал. Сквозняк. Вот у кого стальные нервы. Ничего его не берет. Знает, сучонок, что в розыске, и является на кладбище могилку навестить.

Сегодня утром, увидев у забора знакомый силуэт, Клятва сначала прямо-таки остолбенел. В голове шарахнуло: «Что делать?» Первая мысль была – рвануть в контору и быстро позвонить, куда следует. Но потом он представил себе, как нагрянут на родное кладбище архаровцы, оцепят со всех сторон. Еще не факт, что успеют взять. А он, Клятва, засветится неугасимо. Уйдет Сквозняк, и станет ему сразу известно, кто стукнул. Тогда, считай, Клятва сразу покойник. А если чудо случится, возьмут Сквозняка – свои замочат за такие дела. Ссученных не щадят. Нет, нельзя бежать-звонить. Это все равно что самого себя кончить.

Несколько секунд он стоял и думал, что ему, милицейскому информатору с пятилетним стажем, делать в такой вот очевидной ситуации. И решил он поступить хитро, как в шпионском кино. Окликнул Сквозняка, к себе пригласил, поговорил по-хорошему, вроде как и предупредил, что легавка про кладбище знает, и показал тем самым, мол, свой я, верить мне можно. Даже порасспросить попытался, мол, где обитаешься, и все такое. Но осторожненько, не в лоб. У такого, как Сквозняк, спросишь что-нибудь, не подумав, и сам не заметишь, как в дере-

вянном бушлате окажешься. Мизинцем кончит, сучонок.

Но получилось все даже лучше, чем Клятва
ожидал. Сквозняк вдруг ни с того ни с сего заинте-
ресовался этими Курбатовыми, и мертвым, и живым. Клятва просто так про женщину с сухими глазами стал рассказывать, только для разговора, чтоб
не молчать. Нехорошо со Сквозняком молчать, не по
себе делается. А он вдруг оба-на, и запал на Курбатовых. Все расспросил, даже адрес и телефон.
Жаль, не было. Дал бы, не задумываясь. Отличная
получилась бы наводка, очень даже конкретная. Но
и так ничего, тоже сойдет. Сразу ясно, не пустой у
него интерес. Вот ведь бывают в жизни сюрпризы.
Теперь на того Курбатова, который живой, можно
ловить Сквозняка. А что? Вполне... Выходит, что
он, Клятва, ни с какой стороны не подставился.
Сквозняк от него ушел целехонек, но заглотнул наживку. И вот за такую сладкую наживку его не
только извинят, что растерялся, не побежал звонить, но и премию выдадут. Заслужил он премию
за свой хитрый ход, за ценную информацию. И самого себя, между прочим, как агента сохранил —
для дальнейшего плодотворного сотрудничества.

Клятва с удовольствием отхлебнул кофейку и
закурил сигаретку. Он так глубоко задумался, что
не услышал тихого скрежета в замочной скважине.
А через минуту лицо его исказилось моментальным
нечеловеческим ужасом. Он не успел не то что
крикнуть — даже вдохнуть. Горло его было перебито
ребром железной ладони, одним ударом.

Глава 16

— Он убежал! Я не знаю, что делать, — плакала
Соня, теребя в руках Мотин кожаный поводок, —
там дворняжка какая-то, они с Мотей играли, я по-

качалась на качелях, совсем немножко. А потом смотрю, Моти нет. Я ходила, искала...

— Сонечка, успокойся, не плачь. — Вера достала носовой платок и вытерла ей слезы. — Такое уже бывало. Мотя находил себе подружку, убегал, но всегда возвращался. Он знает дорогу домой. К тому же у него на ошейнике есть бирка с нашим телефонным номером... Господи! У нас ведь теперь другой номер, — вспомнила Вера, — я, конечно, забыла заказать новую бирку.

— Ну вот, — всхлипнула Соня. — Он заблудится, подберет его кто-нибудь и даже сообщить не сможет. А если он попадет под машину? Сейчас такое ужасное движение! Ой, Верочка, это я виновата... Нельзя было его спускать с поводка. Пойдем еще поищем вместе.

— Конечно, пойдем. Ты ни в чем не виновата. Мотя — охотник, ему надо обязательно бегать, если его не спустить с поводка, он может даже заболеть.

Вера заправила футболку в джинсы, надела мягкие замшевые туфли на босу ногу, взяла Соню за руку, и они отправились во двор.

Стояли теплые сумерки, на спортивной площадке подростки играли в футбол.

— Ребята, Мотю не видели? — спросила Вера, заглянув на площадку.

— Он туда побежал! — крикнул один из мальчиков и махнул рукой в сторону арки, выходившей на шумную улицу.

— Нет, он во-он туда побежал, — другой мальчик показал в противоположную сторону.

Вера и Соня обошли все соседние переулки, спрашивали прохожих, кричали по очереди и хором: «Мотя! Мотя!» Но собаки нигде не было. Кто-то говорил, будто пробегал только что рыжий ирландский сеттер и, кажется, свернул во-от в тот двор.

Уже совсем стемнело. Надо было возвращаться

домой. Вера очень волновалась, во-первых, из-за того, что забыла поменять телефонный номер на собачьем ошейнике, и это действительно осложняло ситуацию. Во-вторых, в подъезде недавно поставили железную дверь с домофоном. Раньше Мотя прибегал, легко открывал дверь лапой, поднимался на свой этаж и гавкал у квартиры. А сейчас он не сумеет войти в подъезд.

— Ну давай еще немножко поищем! — Соня никак не хотела возвращаться домой без собаки.

— Хорошо, Сонюшка, — вздохнула Вера, — еще один раз обойдем двор, и все.

— А завтра я встану пораньше и опять пойду искать!

Они сделали круг, потом еще один, обошли несколько ближайших переулков.

— Ох, там ведь мама с ума сходит! — спохватилась Вера. — Все, домой, сию же минуту.

Они побежали в темноте сквозь опустевший двор, продолжали звать собаку, но уже совсем тихо.

Надежда Павловна распахнула дверь, едва они вышли из лифта.

— Я уже собиралась в милицию звонить! Час ночи! Так. Все понятно. Я думала, вы с Матвеем загуляли, а он, оказывается, убежал. Я ведь тебя предупреждала. Нельзя было заводить собаку, да еще охотничью. Это же кобель, он за течной сучкой на край света убежит, обо всем забудет.

— Да, — всхлипнула Соня, — а потом опомнится, увидит, что потерялся. Ему сразу станет страшно. Это я во всем виновата.

— Не надо, деточка, — смягчилась Надежда Павловна, — такое могло случиться и у меня, и у Веры. Ты, конечно, не прикрепила к ошейнику бирку с новым номером? — Оно грозно взглянула на дочь.

— Я забыла... — Вера сама была готова расплакаться. — Надо завтра утром позвонить по нашему старому номеру, предупредить... И еще, есть специальная служба поиска пропавших животных, надо узнать в справочной.

— Ладно, — вздохнула Надежда Павловна, — ложитесь спать, девочки. Это безобразие, что Соня у нас так поздно ложится. То на кухне всю ночь болтаете, теперь вот Мотю искали. Я там воду согрела, две большие кастрюли, чтобы вы помылись.

Вера поливала Соню из ковшика и все пыталась успокоить ее и себя.

— Он найдется, я чувствую. Мы объявления развесим, я распечатаю на принтере сразу штук тридцать, кто-нибудь найдет и позвонит.

— А Мотя пойдет с чужим человеком? Он ведь породистый, такие собаки дорого стоят. Вдруг его увел какой-нибудь бомж, чтобы продать на Птичьем рынке? — Соня сидела, съежившись в ванной, маленькая, худенькая, очень несчастная.

— Не думаю, — Вера закутала Соню в махровую простыню, — Матвей хоть и добродушный, но с чужим не пойдет.

— А как же тогда, если его хороший человек подберет, чтобы нам вернуть?

— Он отличает хороших от плохих, — грустно улыбнулась Вера. — С бомжом, который захочет его продать, Матвей не пойдет. От бомжа пахнет перегаром, а он этот запах терпеть не может.

Они на цыпочках вошли в комнату Надежды Павловны, Соня шмыгнула под одеяло и, прижимая к себе своего пупса, прошептала:

— Это я виновата. Все из-за меня. Никогда себе не прощу.

— Спи, маленькая, ты ни в чем не виновата, — Вера поцеловала ее в темную шелковистую макушку, — спи спокойно. Утро вечера мудренее.

Ни Вера, ни ее мама не были заядлыми собачницами. Когда Вере исполнилось восемь лет, она подобрала на улице крошечного щенка. Он был полумертвый от голода, с перебитой лапой. Мама разрешила оставить собаку в доме только на время выздоровления, а потом, сказала она, мы пристроим его куда-нибудь. Нам еще собаки не хватало при моих полутора ставках! Кто будет с ним гулять? Это же как маленький ребенок!

Щенок быстро шел на поправку. Через месяц он стал круглым, пушистым, лапа зажила, он только чуть прихрамывал. Вера назвала пса Кузей, в ветеринарной лечебнице ему сделали все положенные прививки, сказали, что собака здоровая, хорошая, дворняга с примесью эрдельтерьера. Когда он станет взрослым, все равно будет маленьким, чуть больше болонки.

Ни на какой Птичий рынок Кузю, разумеется, не отвезли. Надежда Павловна сама не заметила, как привязалась к собаке. Он рос умным, ласковым, все понимал, легко и быстро научился делать свои дела на дворе, а не дома, после двух-трех серьезных разговоров уразумел, что тапочки грызть нельзя, и в конце концов стал полноправным членом семьи. Он был приветлив со всеми, но никогда не ластился к чужим, не брал еду из чужих рук, не любил фамильярности.

В квартире напротив жила скандальная, сильно пьющая пара, муж и жена. Периодически они выносили свои разборки на лестничную площадку, вопили друг на друга, дрались, потом мирились, выпивали в честь примирения, и опять начиналось все сначала.

Кузя, как большинство собак, терпеть не мог пьяных. Встречая шумных соседей, он косился на них с неприязнью, а если они вели себя особенно бурно, начинал рычать и скалиться.

Однажды Вера возвращалась с псом с обычной вечерней прогулки. Кузя был без поводка. На лестничной площадке творилось что-то несусветное, пьяный сосед пытался выдрать своей благоверной остатки волос, а она колошматила драгоценного супруга шваброй. Соседи из другой квартиры вызвали милицию, которая еще не приехала. На трех ближайших этажах высовывались головы из дверей, раздавались голоса: «Прекратите! Ну сколько можно?!»

Вера взяла Кузю на руки от греха подальше. Прижимаясь к стене, она попыталась проскользнуть к своей двери, но швабра пьяной бабы задела ее плечо. Кузя моментально соскочил с рук. Он не мог простить, что его хозяйку кто-то посмел ударить палкой. Шерсть у него на загривке встала дыбом. Отчаянно затявкав, он вцепился в ногу разъяренной соседке. Она завопила и отшвырнула Кузю ногой с такой силой, что маленький, пушистый черно-белый комок перелетел через перила и упал в лестничный пролет с пятого этажа.

Что было потом, Вера не помнила. Никогда в жизни она так страшно не плакала. Она неслась вниз по лестнице, заливаясь слезами, несколько раз упала, расшибла коленки. За ней вслед бежала ее мама, но догнать не могла. В это время как раз приехал милицейский наряд.

Жалобы на буйную чету поступали постоянно, однако милиция смотрела на это сквозь пальцы. Сами, мол, разбирайтесь. Но тут на них набросился весь подъезд.

— Вот, поглядите, дождались! — кричала старушка с шестого этажа. — Сегодня они собаку убили, а завтра начнут нас убивать!

— Они должны ответить по закону! — жестко говорил молодой отец семейства с четвертого этажа. — Они не только убили собаку, они нанесли ребенку серьезнейшую психологическую травму.

— Развели тут собак! — спохватившись, завизжала пьяная баба, главная виновница происшедшего. — Это их надо привлечь с их шавкой! Вон, ногу

227

мне прогрыз, говнюк поганый! Сдох ублюдок, и правильно! Туда ему и дорога!

Милиционеры посмотрели на пьяную бабу и ее присмиревшего мужа, потом — на задыхающуюся от слез двенадцатилетнюю девочку с мертвой собакой на руках и все-таки забрали алкашей в отделение, а позже буйную чету привлекли к уголовной ответственности по статье «злостное хулиганство» и выселили за сто первый километр.

Надежда Павловна долго не могла вывести дочь из шока и зареклась заводить какую-либо живность в доме.

— Животные совершенно беззащитны перед жестокими людьми, перед машинами, даже перед болезнями, и вообще собачий век короток, а привязываешься к ним почти как к детям, — говорила она, — я не хочу, чтобы мы с тобой еще раз пережили нечто подобное.

Прошло много лет. В доме не было ни собак, ни кошек.

Однажды поздним вечером Вера возвращалась с работы. Стоял февраль, было очень холодно. В переулке в фонарном луче метался под снегом какой-то рыжий комок. Он скулил, нюхал сугробы, бегая, поджимал лапы — между подушечками набился снег, растаял, заледенел, псу было очень больно. Увидев Веру, он бросился прямо к ней, радостно завилял хвостом, запрыгал.

— Ты обознался, малыш, — вздохнула Вера и жестко сказала себе: «Нет!»

Впрочем, она уже поняла: никуда ей от этого рыжего продрогшего счастья не деться. Она уговаривала себя, а потом и маму, что они возьмут пса на время, пока не объявятся настоящие хозяева. Пес породистый, кто-то должен его искать, волноваться. А если оставить его вот так, на морозе, на улице, он погибнет, он ведь домашний, это сразу видно. На нем ошейник, правда, какой-то изодранный, без бирки с номером, но все-таки...

На следующее утро они расклеили объявления: «Найден ирландский сеттер...» Какие-то знакомые посоветовали обратиться в специальную службу. Ждали почти месяц. За это время никто не откликнулся. Сердобольная девушка из специальной службы сказала:

— Не ищут его. Оставляйте себе.

— Но ведь он не дворняга, породистый... — неуверенно возразила Вера. — Такие собаки дорого стоят. Прежние хозяева за щенка деньги заплатили, в наше время это важно...

— Побаловались и бросили, — вздохнула девушка, — такое случается со всеми, и с породистыми тоже.

Ветеринар сказал, что псу не больше полугода, он чистокровный ирландский сеттер, с ним надо много гулять и ходить на охоту.

— Вот только охоты нам не хватало! — воскликнула Надежда Павловна.

Породистый Матвей оказался вовсе не таким умным и понятливым, как дворняга Кузя. Он требовал значительно больше внимания, его надо было не только дважды в день выгуливать и кормить, с ним приходилось без конца играть, разговаривать, как с маленьким капризным ребенком. Иногда он бывал буйно-дурашлив, хватал какой-нибудь башмак или носок, носился по квартире, сшибая все на своем пути, изгрыз гору хорошей обуви, уговоров не понимал, а бить ни Вера, ни Надежда Павловна его не могли.

Иногда в его собачьей душе просыпались древние инстинкты, он находил у помойки во дворе какую-нибудь тухлятину и вываливался в ней, чтобы изменить собственный запах — обмануть и сбить со следа воображаемого врага. Едва справляясь с тошнотой от невероятной вони, Верочка запихивала пса в ванную и с помощью шампуня смывала с его длинной рыжей шерсти чешую тухлой селедки.

Проблем и хлопот с Мотей было много. С самого начала, когда стало ясно, что собака остается в доме, Верочка сказала себе: я не буду к нему слишком привязываться. Он такой доверчивый дурачок, он хочет дружить со всеми собаками на свете, в нем кипят молодые кобелиные страсти, с ним может случиться что угодно...

И вот случилось. Пес пропал, и Вера чувствовала, что на этот раз он пропал всерьез. Она с удивлением обнаружила, что уснуть не может. Ей мерещились всякие ужасы про Мотю, она представляла, как его сбивает машина, как его загрызают собаки, как он мечется в панике по ночному городу, путается в следах, в запахах, не может найти дорогу домой.

Вера тихонько вышла на кухню, достала из тайничка сигарету и закурила у открытого окна. Она курила крайне редко и всегда потихоньку от мамы.

Стояла теплая тихая ночь, листья высоких старых тополей мягко шуршали под окном. Иногда слышались пьяные матерные крики и смех. Почему-то от этого гогота в пустом тихом дворе в два часа ночи, когда все спят с открытыми окнами, Верочке вдруг стало противно, тоскливо, она почувствовала себя совсем маленькой, одинокой и беззащитной. Ей захотелось поговорить с кем-нибудь, поделиться своей тревогой за Мотю.

Рука уже потянулась к телефону, Стас Зелинский не спит в это время. Но скорее всего после разговора с ним станет еще гаже. К Стасу нельзя обращаться, когда хочется плакать. Он не выносит жалоб и слез. Вообще очень мало на свете людей, которым можно без стыда похныкать в жилетку. А Верочке нужно было сейчас именно это. Хотелось, чтобы кто-то погладил по голове, утешил, сказал: не волнуйся, собака твоя найдется, все у тебя будет хорошо... Верочка сама часто оказывалась в роли такой вот «жилетки». Она легко и ласково умела утешать других, могла глубоко вникнуть в чужие проблемы, ей не стеснялись жаловаться. Стас Зелинский выкладывал ей все про свои отношения с другими женщинами, даже не задумываясь, что ей это может быть неприятно.

Верочка всегда считала, что ее собственная любовь важнее его нелюбви, его равнодушного хамства. Пусть он не любит, зато в ней живет это красивое, таинственное чувство, которое не объяснишь словами, с которым все вокруг кажется значительнее, ярче.

Верочка понимала, что скорее всего любит уже не Зелинского, а собственные детские романтические фантазии, свои шестнадцать-семнадцать лет, когда рядом взрослый «настоящий мужчина» и у тебя с ним сложный «взрослый» роман...

Но после их последней встречи она с удивлением обнаружила, что количество его хамства перешло в качество. Верочка вдруг увидела своего обожаемого Стаса совершенно другими глазами. Трусоватый, жадноватый, самовлюбленный бабник, потаскун — и не более. Ей стало скучно и противно.

Все, кто знал Верочку Салтыкову, поражались ее терпению и мягкости. Она была совершенно не обидчива, легко прощала. Ей было неловко подумать о человеке плохо, заподозрить в обмане и наглой корысти. Она не умела требовать, торговаться, отстаивать свои законные права. Верочку ничего не стоило надуть, и находилось немало людей, которые с удовольствием это делали.

Много раз ей недоплачивали за тяжелый переводческий труд, бывало, что вообще не платили, кормили обещаниями, ссылались на трудности. Она была отличным синхронистом, одинаково хорошо владела английским и французским, легко и быстро осваивала любую профессиональную лексику, будь то медицина, юриспруденция, экономика, социология — что угодно. К тому же она была человеком точным, обязательным и аккуратным. Случалось, ее нанимали без всякого контракта, или контракт оказывался липовым, она вкалывала на каких-нибудь переговорах, обрабатывала горы сложной скучной документации, а потом, когда приходило время расплачиваться, наниматели либо исчезали, либо жаловались на непредвиденные трудности, плохие времена, призывали к сочувствию и пониманию. В лучшем случае она оставалась с жалким авансом, равным одной десятой той суммы, которую реально заработала.

Находились и такие, которые, единожды обманув ее, входили во вкус, обращались к ней еще раз. А почему нет? Если этой дурочке так просто запудрить мозги и заплатить в десять раз меньше, почему бы не воспользоваться? Верочка соглашалась, но не потому, что была дурочкой. Глупость и интеллигентность – разные вещи, хотя многие с удовольствием ставят между ними знак равенства.

У халявщиков возникала иллюзия, что пользоваться Верочкиной добротой и доверчивостью можно бесконечно, можно расслабиться и сесть ей на шею. Вот ведь повезло, ужо сэкономим! Классный переводчик, работает практически бесплатно, пользуйся в свое удовольствие. Однако предел ее терпению все-таки наступал, причем это могло произойти в самый не подходящий для хитрых халявщиков момент. Они-то расслабились, решили, так будет всегда. Но Верочка, тихая, безответная, исполнительная «бесплатная» Верочка говорила однажды: все, ребята. Вы ведете себя непорядочно, и мне противно с вами иметь дело.

Конечно, безработных переводчиков навалом, но на деле оказывается, что половина знает языки на уровне средней школы, а вторая половина требует оплаты по принятым в мире расценкам, двести долларов за шесть часов синхронки и восемь долларов за страницу переведенного текста. А таких, чтобы работали качественно и бесплатно, в природе не существует.

Верочке предлагали денег в два раза больше, в три, в пять, оправдывались, извинялись, рассыпались в комплиментах, угрожали, требовали. Но все было напрасно. Если она говорила «нет», то уже ни за какие деньги, никакими обещаниями и угрозами ее нельзя было уломать.

Дело было даже не в деньгах, хотя Вера, как любой нормальный человек, в них нуждалась. Дело было в брезгливости. Как только она убеждалась, что ей врут, что ее силы и время воруют, причем не голодные, не нищие, а вполне упитанные состоятельные люди, она просто уходила – даже если никакой другой работы не предвиделось.

Сама того не желая, она создавала у человека иллюзию, будто с ней все можно. Казалось, человек сам должен понимать, что можно, а что нельзя. Ведь это так просто. Она не обижалась, не выясняла отношений, не устраивала сцен. Когда неприятных поступков накапливалось слишком много, количество перерастало в качество, какая-то тонкая струна лопалась со звоном и Верочка уходила, ничего не объясняя. Она при этом чувствовала себя виноватой – не остановила вовремя, не предупредила. Но ничего поделать с собой не могла. Она верила и оправдывала до последнего, часто вопреки всякой логике. Но если переставала верить человеку и уважать его, то больше с ним никогда не общалась.

Однако Верочка считала, что это ее коварное свойство касается только работы, деловых отношений, иногда приятельских, но к драгоценному Зелинскому никак не относится. Стаса она будет терпеть всегда, примет любого, все простит и никогда не разлюбит.

Она могла ждать от себя чего угодно, только не этого. Было бы логичней после стольких лет «сложных отношений» возненавидеть его, страдать от всяких противоречивых чувств, устроить в своей душе настоящую «мыльную оперу» со страстями, борьбой любви и ненависти, рыдать, кусать подушку. Но ничего подобного не происходило. Ей просто стало скучно. Ей не хотелось звонить ему, не только сейчас, но вообще – никогда больше.

Да неужто и правда разлюбила? Какое счастье, не прошло и пятнадцати лет... Теперь она свободна от этой тяжелой, унизительной, никому не нужной любви. И что? Что делать с долгожданной свободой в тридцать лет? Обращаться в брачное агентство? Объявление в газете поместить? «Блондинка, москвичка, 30/157/59, в/о, без жилищных и финансовых проблем познакомится с порядочным мужчиной для серьезных отношений...»

Тьфу, пакость какая! Интересно, что за люди играют в эти газетно-брачные игры? Наверное, всякие авантюристы, сексуальные маньяки, тайные извращенцы и прочая сомнительная публика. Но какой-то процент нормальных, даже счастливых браков по объявлениям все-таки есть. Хоть маленький, но есть. Кому-то везет.

Верочка загасила сигарету. Надо было ложиться спать. И вдруг зазвонил телефон.

– Как же мне это надоело! Третий час ночи! – проворчала Вера и взяла трубку.

– Здравствуйте. Простите за поздний звонок, – произнес приятный мужской голос, – пожалуйста, не бросайте трубку и не говорите, что я не туда попал.

«Это что-то новенькое», – усмехнулась про себя Верочка.

– А куда вы звоните? – спросила она.

– Я звоню вам, – ответил незнакомец, – только вы можете мне помочь.

– Знаете, молодой человек, который сейчас час?

– Знаю. И еще раз прошу прощения. Пожалуйста, выслушайте меня. Дело в том, что ваш новый

234

телефонный номер недавно принадлежал одной фирме.

— Да, «Стар-Сервис», я об этом слышу по двадцать раз в сутки.

— Я понимаю, вас замучили звонками, — вздохнул молодой человек, — наверное, и факсы к вам тоже приходят?

— Кто вы и что вам нужно? — раздраженно спросила Вера.

— Я — бывший владелец фирмы «Стар-Сервис», — еле слышно проговорил ночной собеседник после долгой паузы.

— Вы что, издеваетесь? До свидания. — Вера бросила трубку.

Через минуту телефон зазвонил опять. Вера уменьшила громкость звонка, насколько это было возможно. Телефон в ее руках верещал тихо и жалобно.

«Есть такая идиотская шутка, — вспомнила Вера, — звонят по одному номеру в течение суток, чем ближе к ночи, тем чаще. Каждый раз просят к телефону какого-нибудь Ивана Петровича, разными голосами. А под утро, после двух дюжин звонков, когда жертва совсем озвереет от бессонницы, вежливо говорят: «Здравствуйте, я Иван Петрович. Извините, пожалуйста, мне никто не звонил?»

Накрыв аппарат подушкой, Вера отправилась спать. Завтра придется встать очень рано и всерьез заняться поисками Матвея. Нет, не завтра. Уже сегодня.

***

Антон ругал себя последними словами. Надо быть хамом и идиотом, чтобы звонить в начале третьего ночи. Конечно, она его послала, когда он представился. Но кто же не пошлет в такой ситуации? Глубокая ночь, а днем наверняка терзали звонками, адресованными фирме. К тому же мало ли какие у человека могут быть собственные проблемы, настроение. *Может, она вообще ждала какого-то важного звонка, не спала, нервничала, а тут — здравствуйте, опять эта несчастная «Стар-Сервис». Кто угодно озвереет.*

Глава 17

Майор Юрий Уваров слушал короткие фразы двух экспертов, осматривающих труп информатора Волобуева Вячеслава Ивановича, и думал о том, что мог бы запросто столкнуться с убийцей на лестнице или у подъезда. Но не повезло, не столкнулся. Скорее всего, убийца уходил через чердак. Да, такого в практике майора еще не было. Это верх наглости — прикончить информатора на явочной квартире, да еще за несколько минут до того, как он, старший опер Уваров, должен был с ним здесь встретиться.

Днем информатор позвонил на пейджер и передал сообщение — надо встретиться, прямо сегодня. Уваров понял: случилось что-то особенное. Волобуев крайне редко сам проявлял инициативу.

Интересно, убийца мог знать об этом звонке? Мог он слышать разговор Волобуева с оператором? Если да, то каким образом? Волобуев звонил при нем? Исключено. Клятва не стал бы этого делать при свидетеле. Ему ничего не стоило уединиться.

Однако разговор можно было подслушать с улицы. Да, вполне. День сегодня теплый, окно мастерской открыто. Но, с другой стороны, мало ли кому передает сообщение гравер? Может, свидание назначает любимой девушке. Текст, который Клятва наговорил оператору, был совершенно нейтрален и никакой информации для постороннего не содержал. Только время. Встреча была назначена на девятнадцать тридцать. От кладбища до этого дома Волобуев добирался не больше получаса. Может, меньше. Он вечно путался со временем, не мог рассчитать, либо опаздывал, либо приезжал раньше.

Даже если предположить, что убийца очень хорошо знал Волобуева и учел эту его черту, все равно не сходится: он ведь не мог знать, куда именно направляется Клятва, а стало быть, не мог заранее рассчитать, что гравер приедет на встречу раньше и в квартире никого не будет. Да он и про квартиру-то не знал. Тем более что она – явочная. Мало ли куда Волобуев намылился после работы? В гости, например. То есть при любом раскладе убийца не мог точно знать, будет кто-либо в квартире или нет.

Стоп, а почему, собственно, он вообще должен был слышать, как Клятва говорил по телефону? При чем здесь это? Однако он все же вычислил, что Клятва какое-то время будет в квартире один.

– Что же я на разговоре завис? – пробормотал Уваров.

– Юр, ты мне? – спросил капитан Мальцев.

– И тебе тоже... Слушай, Гоша, почему я завис на разговоре, а?

– Здрасти-приехали. Я тебе экстрасенс, что ли? – хохотнул Мальцев. – На каком разговоре-то?

– Гоша, убийца слышал, как Клятва передавал сообщение на пейджер? Мог он или нет? Надо ему это было?

– А на фига? – пожал плечами Мальцев. – Он мог просто следить...

– Но откуда он знал, что в квартире никого не будет? Почему не напал в подъезде? Он ведь сделал свое дело голыми руками, быстро и тихо. Логичней было бы в подъезде.

– Значит, не мог, – пожал плечами Мальцев.

– Такой все может, – подал голос пожилой эксперт Гончаренко, – каратиста надо искать. И непростого, а супермастера.

Эксперт стянул резиновые перчатки и отправился в ванную мыть руки.

— Кто-то случайно зашел вместе с Клятвой и спугнул убийцу, — предположил Мальцев. — Хотя нормальный киллер не стал бы после этого в квартиру подниматься, ни за что не стал бы. Даже если бы его и не заметили.

— Нормальный киллер... — Майор Уваров закурил и уставился в пыльное, немытое с прошлого года окно. — Это не труп, это плевок в душу! Какой-то псих, мастер каратэ, мочит моего информатора прямо у меня под носом. Он что, лично мне мстит? Крутизну свою демонстрирует? Или вершит бандитскую справедливость? Раскрыл ссученного и пошел мочить, да еще так красиво, на явочной квартире, голыми руками.

— Юр, а он вообще не мстил и ничего не демонстрировал. У него этих горячих эмоций вовсе не было, — тихо произнес Мальцев, — он спешил. Ему надо было срочно Клятву убрать. Заткнуть. Он рисковал не потому, что мстил, и не потому, что псих. Спешил он, Юра, очень спешил.

— Ну хорошо, а если бы я оказался в квартире? Он что, нас обоих бы замочил? Мог он на такое рассчитывать? Ну представь, ты идешь мочить...

— Спасибо, дорогой, уже представил, — усмехнулся Мальцев. — Я иду мочить, и мне по фигу, сколько человек. Сколько будет — всех кончу. Так?

— Ну, выходит, так, — развел руками Уваров.

— Может, твой Клятва об этом каратисте и хотел тебе рассказать? Может, каратист к нему на кладбище приходил. Заявился кто-то из серьезных старых знакомых, из тех, кто в розыске. Сам твой Клятва боится его до смерти. Ведь он мог, во-первых, сразу позвонить. Задержать под любым предлогом и позвонить.

— Нет, — покачал головой Уваров, — он бы засветился перед своими, кладбищенскими. Но, с другой

238

стороны, если он так боялся, почему вообще тогда позвонил? Мог бы и промолчать. Знаешь что, Гоша, давай-ка на кладбище дуй, только быстро! Машину возьми. — Уваров нервно облизнул губы. — Где могила Захара, знаешь? Погляди, нет ли там свежих цветочков.

Когда-то майор Уваров и капитан Мальцев работали в оперативной спецгруппе, которая занималась бандой Сквозняка с первых ограблений. И с самого начала в этих ограблениях прочитывался некий необычный, нетипичный почерк. Грубо говоря, количество награбленного не соответствовало жестокости, профессионализму и прочим качествам грабителей.

Квартиры, которые они выбирали, не отличались особым богатством, в них заведомо не было ни тайников с пачками долларов, ни антиквариата, ни фамильных бриллиантов. Людей убивали ради горсточки ювелирного ширпотреба, небольших сумм денег и всего того, что может найтись в семье со средним достатком.

Между тем было ясно: банда серьезная, с железной дисциплиной, с умным главарем. Ребята такого уровня могут замахнуться на нечто большее. Почему не пытались они брать более обеспеченные квартиры? Хотели поменьше да побыстрей? Так действуют либо наркоманы, готовые ради нескольких порций «дури» на все, либо шалые жадные юноши, которым хочется друг перед другом проявить крутизну и пожить пусть недолго, но ярко, либо психи, получающие удовольствие от самого процесса. Но такие давно бы попались.

Позже выяснилось, что ни одного наркомана среди членов банды не было. То есть сначала был один, но, как только это обнаружилось, главарь его тут же и кончил. Голыми руками, на глазах остальных – для науки, чтобы неповадно было. Еще одного он кончил за воровство у своих. С тех пор остальные о наркотиках не помышляли и были кристально честны друг с другом. Выяснилось также, что квартиры среднего достатка выбирались для быстроты и безопасности. Главарь был крайне осторожен, заранее просчитывал все возможные случайности. А при металлических дверях и сигнализации таких случайностей может быть значительно больше.

После серии квартирных грабежей банда переквалифицировалась, занялась жестким рэкетом, стала оказывать услуги по выбиванию долгов. Но и здесь основным принципом работы была «смертельная осторожность», как выразился позже, на процессе, красноречивый государственный обвинитель. Бандиты могли бы тронуть серьезные структуры, однако не трогали, главарь заботился о том, чтобы его интересы не пересекались с интересами других авторитетов.

– Лучше мало, но с гарантией, чем много, но с риском, – цитировали своего главаря арестованные подельники.

Банда как бы придерживалась в своей деятельности золотой середины, старалась работать тихо, обособленно, ни с кем не сотрудничала и не конфликтовала, умно избегала межведомственных разборок, которые в сложном бандитском мире случаются часто и кончаются кровью. Чужой крови они, разумеется, не боялись, но свою берегли, а потому вели себя разумней других. В этом чувствовалось влияние старой уголовной школы, воровского закона прошлых лет. Разница была только в одном: бандиты убивали свидетелей с жестокостью маньяков.

Первый из арестованных, Кашин Вадим Геннадьевич по прозвищу Каша, раскололся почти сразу, хотя был взят случайно, совсем по другому делу. Но, видно, что-то надломилось у него внутри, или покойники, замотанные серой изолентой, снились ночами...

Показания можно было читать как многотомный триллер. Он рассказывал об ограблениях и убийствах очень подробно, красочно, с горькими слезами раскаяния. Но при этом клялся, что про своего главаря ничего, ну вообще ничего не знает. И опять же — горько плакал. Другие кололись менее активно, не плакали, грубо валили все друг на друга. Сейчас все они благополучно отбывали свои многолетние сроки в колониях усиленного режима. Однако «вышака» не получил ни один. Их всех как бы берегли ради главаря, ибо человека по кличке Сквозняк, кроме них, вряд ли кто-либо мог бы опознать.

Арестованные бандиты сами ничего не знали о своем страшном главаре, ни фамилии, ни имени, ни возраста. Он всегда сам находил их, появлялся и исчезал, словно призрак.

Как положено призраку, никаких особых примет не имел, в ограбленных квартирах пальчиков своих не оставлял, а если и оставлял, то идентифицировать их пока было не с чем. Судя по всему, к уголовной ответственности ни разу в жизни не привлекался. То есть практически ни одной реальной зацепки.

Имелась лишь нечеткая фотография, увеличенная с группового снимка, на котором, кроме Сквозняка, было трое бандитов-подельников. И то казалось чудом, что главарь позволил себя запечатлеть в небольшом кооперативном кафе и пленка сохранилась.

Еще было известно, что когда-то он крепко дружил с покойным авторитетом Захаром, память его чтил и бывал изредка на могилке, на Пятницком кладбище. Ну и про каратэ тоже было известно. Вот и все, пожалуй.

В последнее время появилась даже присказка такая: выйти на Сквозняка. Это обозначало примерно то же, что искать ветра в поле или иголку в стоге сена.

Ничто не может длиться годами, даже активные поиски особо опасного преступника. На тщетную поимку Сквозняка ушло много времени и сил, кропотливая оперативная работа вела в безнадежные тупики. Следы супербандита, едва забрезжив, тут же обрывались. Но всегда оставалась надежда, что рано или поздно Сквозняк как-то проявится сам – совершит оплошность, нервы сдадут.

В конце концов, человек, даже самый осторожный, опытный и неуловимый, не может существовать в пустом пространстве, ему нужно где-то спать, чем-то питаться, ему неминуемо придется вступать в контакт с разными людьми. Однажды он проколется. Проболтается кто-то из видевших, слышавших, кто-то струсит и донесет. Крупных преступников, которые никогда не были пойманы, крайне мало в истории мировой криминалистики. Не хотелось думать, что Сквозняк встанет в один ряд с легендарным лондонским Джеком-Потрошителем, что его настоящее имя останется вечной тайной, а образ вырастет в кровавую легенду.

Майор Уваров не привык доверять своей интуиции. Ему требовалось все разложить по полочкам, выстроить четкую логическую цепочку, и только потом он делал осторожные выводы. Однако было одно интуитивное чувство, которое появлялось у Юрия достаточно редко и которому он доверял. Сам для себя он определял это особое сыщицкое беспокойство так: «Мозги чешутся». И вот сейчас, ожидая возвращения своего друга и коллеги Гоши Мальцева с Пятницкого кладбища, он чувствовал, как чешутся мозги.

Два часа назад молодая мамаша, которая жила в том же подъезде, на пятом этаже, взглянув на фотографию Волобуева, сказала:

– Конечно, видела! У меня коляска застряла в

лифте, между дверьми. Ни туда ни сюда. Он, на мое счастье, вошел в подъезд и помог.

— В котором часу это было? — спросил Уваров.

— Около семи, — пожала плечами женщина, — точно не помню. Я, знаете, часы дома оставила, а потом так разволновалась, ребенок плакал... Если бы не этот мужчина...

— А больше никого вы не заметили?

— Нет. В подъезде, кроме нас, никого не было.

Сейчас, сидя в кабинете на Петровке и прихлебывая крепкий остывший чай, Уваров думал о том, что пока все выходит вполне логично. Каратисту было не важно, где именно убить. Мальцев прав, он не мстил и не хотел ничего никому доказать. Он мог бы кончить Клятву и в подъезде, но помешала женщина с ребенком. И он рискнул подняться в квартиру.

Каратист слышал разговор, знал время, понял, что Клятва явился раньше назначенного срока, и рассчитал: тот, с кем Волобуев должен встретиться, вряд ли мог прийти еще раньше. Зачем?

Капитан Мальцев влетел в кабинет, мокрый насквозь, запыхавшийся и веселый.

— Там дождь как из ведра, — сообщил он, усаживаясь за свой стол, — слушай, ты будешь смеяться, но на могиле Захара стоят свежие цветы. Четыре белые розы в баночке.

— Ну, это пока не очень смешно, — стараясь сохранить спокойствие, произнес Уваров еле слышно. — Захар был человеком известным. Его многие помнят и чтят.

— Многие, — кивнул Мальцев и жестом фокусника открыл свой старый, потертый кейс, — но свечница кладбищенского храма, женщина нестарая, с хорошим зрением, видела сегодня в храме, после утренней службы, вот этого. — Он протянул майору распечатку фотографии Сквозняка.

— Девочка, я же сказала, не надо мне звонить, у меня записан ваш номер, если поступят какие-либо сведения, я сам позвоню, — говорил высокий, раздраженный мужской голос.

— Простите, пожалуйста, может, вы посмотрите, вдруг что-то стало известно за это время? — умоляла Соня.

— За какое время? Вы звонили полчаса назад. Я же сказал, ваша собака в погибших не числится. Это все. Больше пока ничего не известно.

— Простите, — прошептала Соня в трубку, из которой уже раздавались частые гудки.

Сегодня утром Надежда Павловна узнала по справочной телефон службы поиска пропавших животных. Это оказался кооператив с многообещающим названием «Отрада».

Сначала расклеили объявления по соседним дворам, потом Надежда Павловна отправилась на дежурство в поликлинику, а Вера и Соня поехали в Бибирево, где прямо в метро, у закрытого киоска, им назначил встречу агент кооператива. Это оказался большой толстый дядька лет пятидесяти в пятнистом костюме. Вера думала, что агент поведет их в какой-нибудь офис, но он вытащил пухлую папку и разложил гору бумаг прямо на узеньком прилавке киоска.

— Давайте определим масштабы поиска: микрорайон, район, город, область.

— А как лучше? — спросила Соня.

— Лучше, конечно, область, — кивнула Вера.

Агент заполнил какую-то графу, опять стал рыться в бумажках.

— Теперь определим сферы поиска. Я буду перечислять, а вы говорите, надо или нет. Итак, помойки.

— Я не знаю, — растерялась Вера, — смотря какие помойки...

— Ладно, — кивнул агент, — лучше оставим. — Он поставил галочку. — Дальше. Корейские рестораны.

— Это еще зачем? — удивилась Соня.

— Отлавливают собак для национальной кухни, — хладнокровно объяснил агент, — оставляем?

— Да, — ответили хором Вера и Соня. — На всякий случай, — добавила Вера чуть слышно.

Потом следовали меховые ателье, где из собак шьют шапки, виварии, Птичий рынок. Напротив каждого пункта агент ставил галочки.

— Теперь давайте посчитаем, сколько у нас получилось. — Он извлек крошечный калькулятор и через минуту сообщил: — Один миллион семьсот восемьдесят две тысячи сто тридцать два рубля. Можно в долларах, по курсу.

— Но у меня с собой не больше трехсот тысяч, — растерялась Вера.

— Хорошо, — кивнул агент, — давайте триста. Сейчас вам скажу, что можно сделать на такую сумму.

Вера и Соня попрощались с агентом и отправились домой. У Веры в бумажнике не осталось ни копейки денег, только квитанция кооператива «Отрада» и пара жетонов на метро.

Хотя агент и предупредил, что ему звонить не надо, Соня то и дело набирала номер, записанный на квитанции. Каждый раз она слышала одно и то же:

— Никакой информации не поступало. В погибших не числится.

— И на том спасибо, — вздыхала девочка и клала трубку.

Остаток дня Вера просидела за компьютером. Соня погуляла немного, и было слышно через открытое окно, как тоскливый детский голосок кричит во дворе: «Мотя! Мотенька!»

Вечером вернулась с работы Надежда Павловна

245

и, выслушав рассказ о встрече с агентом, развела руками:

— Хорошо, что у тебя с собой оказалось только триста тысяч. Это жулик какой-то, а не агент.

— Мама, но он ведь выдал квитанцию, — возразила Вера, — и телефон его дали в справочной.

— Ладно, — вздохнула Надежда Павловна, — мы все равно больше ничего сделать не можем.

Без Матвея в доме было непривычно тихо. Вера просидела за переводами до трех часов ночи. После полуночи она уже не подходила к телефону, хотя он звонил несколько раз. Она знала, это опять проклятая фирма. Сколько раз сегодня они по очереди с Соней хватали телефонную трубку в надежде, что кто-то нашел Мотю, прочитал объявление...

Засыпая, Вера думала о том, что с каждым днем шансы найти собаку будут убывать. Никогда больше они с мамой никого не заведут. Никогда, ни за что.

Утром она проснулась от радостного Сониного крика:

— Верочка! Вставай! Нашелся!

Соня в ночной рубашке стояла над ней с телефоном в руках. Вера взяла трубку.

— Здравствуйте, — сказал низкий мужской голос, — у вас потерялся рыжий ирландский сеттер, кобель?..

— Да, у нас, — еще не веря такому счастью, тихо ответила Вера, — скажите, у него есть на ошейнике бирка с телефонным номером?.. — Она назвала старый номер.

— Есть, мы это уже обсудили с девочкой, которая подошла к телефону. Вы хотите прямо сейчас забрать собаку? Как, кстати, его зовут?

— Мотя, Матвей. Да, мы подойдем, куда вы скажете, в любое удобное для вас время.

— Я буду ждать вас через полчаса, на углу, у гас-

246

тронома-стекляшки. Знаете, где это? Там еще фото-ателье напротив.

— Да, конечно! Спасибо вам огромное. Простите, как вас зовут?

— Федор. А вас?

— Вера.

Матвей рвался с поводка, возбужденно поскули-вал, с дикой скоростью размахивал своим длинным лохматым хвостом. Вера от радости не разглядела сначала невысокого худощавого человека лет трид-цати пяти по имени Федор. К тому же она была без очков.

— Вы знаете, он почти ничего не ел все это вре-мя. Очень переживал, — сообщил Федор.

— Мы тоже переживали, — вздохнула Соня, — мы так вам благодарны.

Вера достала из сумочки две сотенные бумажки.

— Возьмите, пожалуйста. Спасибо вам.

— Вера, ну что вы! — В голосе молодого человека слышалась искренняя обида. — Как же можно за та-кое брать деньги?

— Но я ведь написала в объявлении: «Нашедше-му гарантируется вознаграждение».

— Мы бы дали больше, просто вчера мы обраща-лись в кооператив, который занимается поиском пропавших животных, — стала объяснять Соня, — и там с нас взяли триста тысяч...

— Будьте добры, уберите деньги назад в сумку, — мягко попросил молодой человек, — я ведь не коопе-ратив. Кстати, а вас как зовут, барышня? обратил-ся он к Соне.

Девочка представилась, и он пожал ей руку, как взрослой.

— Очень приятно.

— Как же вы его нашли? — спросила Вера, пыта-ясь увернуться от радостной Мотиной морды.

Пес поставил лапы ей на плечи, вылизывал лицо, тихо повизгивая от счастья.

— Позавчера вечером я проходил мимо стройки, за бульваром. Там, знаете, бывают собачьи свадьбы. Очень много дворняг, лай, вой. И вдруг выбегает сеттер, а за ним гонятся сразу два огромных разъяренных кобеля, наверное, отношения хотели выяснить. Я заметил ошейник с биркой и сразу понял, что пес домашний. Позвал его, просто посвистел и сказал: пошли со мной, бедолага. А тех кобелей отогнал.

— Вот, Верочка, ты была права. Мотя отличает плохих людей от хороших, — перебила его Соня, — вы, Федор, очень хороший человек!

— Спасибо, — улыбнулся он, — приятно слышать. Я стал звонить по тому номеру, который на бирке, но там никто не отвечал.

Мотя между тем рвался домой, тянул изо всех сил. Вера еле удерживала поводок.

— А у вас есть собака? — спросила она, только сейчас обратив внимание, что к Мотиному ошейнику пристегнут хороший кожаный поводок.

— Нет. Поводок я у соседей одолжил. Они мне про объявление и сказали. Там, в объявлении, был другой номер, я понял, что на бирке неправильный. Вечером я звонить не решился, было поздно. А утром сразу позвонил. Вот, собственно, вся история.

— Просто у нас недавно номер поменяли, а я новую бирку заказать не успела.

У Федора были широкие плечи, держался он очень прямо. Несмотря на худощавость и отсутствие накачанных мускулов, в нем чувствовалась упругая, звериная мощь. Черные джинсы, кроссовки, спортивная трикотажная рубашка с короткими рукавами — все новое и явно дорогое. Темно-русые очень короткие волосы казались только что постриженными. Он вообще весь был какой-то новенький, сверкающий, вымытый до блеска. Гладко выбритое лицо было обычным, правильным, открытым, обаятельно-простоватым. Таких много. Мягкие серые глаза смотрели на Веру ласково и весело.

— Ваш Мотя, наверное, голодный как волк, — заметил Федор, — давайте я вас провожу домой.

До дома было не больше пяти минут ходьбы.

— А вы совсем не похожи на маму, Соня. Это вы, наверное, в папу такая темноволосая?

— Темноволосая я как раз в маму, а Верочка — мамина подруга. Я у нее сейчас живу, моя мама на научной конференции за границей, папа тоже в командировке. А у вас есть дети?

— Пока нет..

— Это хорошо, — кивнула Соня.

— Почему?

— Потому что, если бы у вас был ребенок и вы привели домой собаку, ему бы не хотелось с Мотей расставаться, — серьезно объяснила Соя.

— Честно говоря, мелькнула скверная мыслишка оставить вашего Мотю у себя. Очень он мне приглянулся. А тут еще номер не отвечает. Я и подумал, не нужен никому этот пес, а у меня — ни детей, ни жены, ни собаки. Попросил у соседей поводок, а они мне говорят, мол, видели объявление. Я как представил, что кто-то ищет, волнуется, сразу стало стыдно.

— А вы знаете, мы ведь его тоже нашли, полтора года назад. — И Вера рассказала, каким образом в их доме появился Матвей.

— Повезло вам. Отличный пес. — Федор глядел Вере прямо в глаза, и она мельком отметила про себя, что ей это приятно.

Они уже давно пришли и стояли у подъезда. Однако разговор продолжался как бы сам собой, лился просто, естественно и все не мог кончиться. А Мотя тянул поводок, рвался домой.

— Я тоже, между прочим, хочу кушать, — сказала

Соня, присев на корточки и взяв собачью морду в ладони, — но веду себя прилично.

Вера вспомнила, что позавтракать они не успели, только умылись, почистили зубы, оделись и сразу побежали за Мотей. Но говорить Федору: «Спасибо, до свиданья, нам пора» почему-то было неловко.

— Я вас задерживаю? — виновато улыбнулся Федор. — Как я понял, вы даже не успели позавтракать. Честно говоря, я тоже... Только проснулся, сразу вам позвонил.

— Так давайте поднимемся к нам, позавтракаем вместе! — неожиданно для себя выпалила Вера.

— Спасибо, не откажусь.

Это прозвучало просто и естественно, всякая неловкость исчезла. Вера чувствовала, что очень хорошо выглядит сейчас, и от этого выглядела еще лучше. При утреннем ярком свете было видно, какая у нее нежная, чистая, прозрачная кожа, какие ясные голубые глаза. И волосы отливали светлым золотом, и свежие ненакрашенные губы улыбались сами собой.

Они поднялись в квартиру. Мама ушла на работу рано утром, она еще не знала, что Матвей нашелся. Верочка первым делом позвонила в поликлинику и попросила передать маме радостную новость.

Пока жарился фирменный омлет с помидорами и черными гренками, Соня приготовила сытный завтрак для Матвея, залила горячим мясным бульоном геркулес, добавила мелко нарезанное мясо. Пес сидел, не спуская глаз с Сони, перебирал передними лапами и энергично облизывался.

Федор отправился мыть руки и через минуту, выйдя из ванной, спросил:

— У вас есть какие-нибудь инструменты? Отвертка, плоскогубцы?

— А что? — удивилась Вера.

— Там кран подтекает, надо починить.

— Вот бы к нам хоть раз такой гость пришел, — вздохнула Соня, — у нас в доме все подтекает.

— Давайте лучше завтракать, — Вера поставила на стол три тарелки и выключила огонь под сковородкой, — омлет надо есть сразу, а то он осядет, будет не так вкусно.

— Хорошо. Но потом я все-таки починю кран. Терпеть не могу, когда вода капает.

— Федор, а вы случайно не сантехник? — спросила Соня, усаживаясь за стол.

— Нет. — Он отправил в рот кусок черного хлеба.

— А кто?

— Я работаю охранником в небольшой фирме.

— Серьезно?! А почему у вас нет квадратного бритого затылка и пудовых бицепсов? — Соня глядела на него с любопытством.

— Потому, что этот вовсе не обязательно. — Он аккуратно отрезал вилкой кусок омлета, не спеша прожевал. — Вера, вы замечательно готовите.

— На самом деле я почти ничего готовить не умею, — улыбнулась она, — просто есть несколько блюд, которые у меня неплохо получаются.

— У охранника обязательно должно быть много мускулов и мало мозгов, — авторитетно заявила Соня.

— Ничего подобного, — покачал головой Федор, — совсем наоборот. Верочка, а чем вы занимаетесь?

— Я переводчик...

Мягко и ненавязчиво он стал задавать Вере вопросы о ее работе и личной жизни. Казалось, ему действительно интересно узнать про нее как можно больше. Но ни один из вопросов не был бестактным и странным для первого разговора малознакомых людей.

После кофе он вспомнил о кране и, несмотря на Верины возражения, заставил показать, где стоит ящик с инструментами.

— У вас еще стиральная машина током бьет и вы-

251

ключатель неисправен. Вы занимайтесь своими делами, а я все починю, – сказал он.

– Федор, это неудобно. Мало того, что вы нашли нашу собаку...

– Неудобно, когда случается короткое замыкание. Честное слово, Верочка, мне это только в удовольствие. Я люблю спокойную домашнюю работу. У меня дома все исправно, даже жалко бывает, что нечего чинить. А у вас там, кажется, факс жужжит. Вы не обращайте на меня внимания. – Он осторожно, кончиками пальцев, притронулся к ее руке и произнес еле слышно: – Как хорошо, что вы не замужем.

Вера почувствовала, что краснеет.

– Я пойду погуляю! – послышался голос Сони. – Там девочка вышла, с которой я позавчера познакомилась. Я ее в окно вижу.

– Ладно. Только ненадолго, – ответила Вера.

Из факса выползала новая порция экологических воззваний. Прежде чем сесть за письменный стол, Вера подошла к зеркалу. Нет, лицо ее не пылало, на щеках был только легкий румянец. Она провела щеткой по волосам. Из ванной раздавалось тихое позвякивание. Стасу Зелинскому никогда бы не пришло в голову что-то починить в ее доме...

– Садись-ка ты работать, – сказала Верочка своему отражению, вздохнула, села за стол и включила компьютер.

Текстов накопилось много, и через несколько минут она уже ни о чем, кроме перевода, не думала.

– Это что-то экологическое? – услышала она голос у себя за спиной и вздрогнула.

Федор вошел в комнату бесшумно, стоял, держась за спинку ее стула и глядя в экран компьютера, на котором светились строчки русского текста. Вера оглянулась и посмотрела на него снизу вверх.

— Да, это материалы для экологической конференции.

Он стоял совсем близко. Сквозь тонкую футболку она чувствовала, что от него исходит напряженное тепло, будто он сам наэлектризовался, пока чинил стиральную машину.

«Мы одни в доме, — подумала она, — я его совершенно не знаю...»

— Там уже ничего не течет и не стреляет, — сказал он совсем тихо, — и я не могу придумать никакого предлога, чтобы побыть с вами еще хоть немного.

Вера не знала, что ответить. Всего лишь два дня назад она размышляла, не обратиться ли в брачное агентство. Конечно, не всерьез, но ведь мелькнула такая дурацкая идея. А это нехороший признак, особенно когда тебе тридцать и рядом действительно никого нет. И вот пожалуйста — замечательный молодой человек, как на заказ: спокойный, хозяйственный, одинокий, Мотю нашел, все в ванной починил, смотрит ласково и уходить не хочет. Но какой-то он... совсем чужой, из другого теста. Даже не в том дело, что охранник. Просто чужой, и все.

На самом деле, не хочется сейчас никаких новых переживаний, отношений, сначала надо разобраться в своей старой ненужной любви. Вроде бы нет ее больше, а все равно надо разобраться. Пустота какая-то внутри. Легкость и пустота. И вообще некогда сейчас, вон работы сколько.

Однако не выгонять же его. Некрасиво это.

— Есть предлог! — улыбнулась Вера. — Кофе мы уже пили, теперь я вас чаем угощу.

За чаем болтали о всякой ерунде, Федор стал расспрашивать про экологию, Вера сама довольно смутно разбиралась в этом, рассказывала то, что успела уразуметь из переведенных текстов.

— У вас бывает свободное время? — спросил он, когда Вера проводила его в прихожую.

— В принципе есть. Но сейчас очень много работы.

— А если я приглашу вас куда-нибудь? — спросил он осторожно и нерешительно.

— Смотря куда.

— В кино сейчас не ходят. Из дискотечного возраста мы с вами выросли. Театры все на гастролях. Остается ресторан или кафе. Я зайду за вами завтра вечером, часов в семь.

— Что, прямо завтра?

— Ну, можно и сегодня.

— Нет, лучше сегодня я поработаю побольше и освобожу завтрашний вечер.

Вера удивилась, что не видно и не слышно Матвея. Час назад, до блеска вылизав свою миску, пес ушел в мамину комнату и забился под стол. Обычно он всегда выбегал в прихожую, когда слышал там голоса.

— Матвей, — позвала Вера, — выйди, попрощайся.

Услышав свое имя, пес как-то вяло приковылял в прихожую.

— Счастливо, Мотя, будь здоров и больше не теряйся, — Федор потрепал его по загривку.

Вместо того чтобы приветливо помахать хвостом, как он обычно делал, провожая гостей, пес почему-то вдруг дернул головой, оскалился и вжался в Верину ногу, словно искал защиты. Вера с удивлением заметила, что он крупно дрожит, а хвост совсем исчез между задними лапами.

— Эх, Матвей, — покачала головой Вера, — как не стыдно? Тебя подобрали, жизнь спасли. А ты?

Пес нехорошо косился на Федора и продолжал дрожать.

— Он действительно очень перенервничал. Я ему все прощу, — улыбнулся Федор, — если бы он не убежал, мы бы с вами никогда не познакомились. До завтра, Верочка. Я зайду за вами ровно в семь.

Мотя перестал дрожать только тогда, когда дверь за гостем закрылась.

Глава 18

Стало совсем светло, и вместо серого плаща на Володе была клетчатая ковбойка с закатанными до локтя рукавами. На голову он надел джинсовую кепку с длинным козырьком. Он вообще выглядел совсем по-новому. В магазине ВТО он купил круглые очки в тонкой темной оправе с простыми стеклами, гримерный набор, накладные усы и бороду под цвет своих серо-русых волос. Старомодные очки, усы и бородка делали его похожим на какого-нибудь младшего научного сотрудника из провинции. Ковбойка и кепка дополняли придуманный образ. Теперь ни толстячок, ни его хитрый собеседник ни за что не узнают его, даже если замечали раньше и запомнили.

Сегодня они опять встретились на лавочке в тихом дворе, на этот раз неподалеку от Новослободской. Володя подошел очень близко. Но разглядеть молодого человека как следует все-таки не мог. Сумерки густели. Тянуть больше нельзя. Эта встреча может оказаться последней.

Володя не спеша прошел мимо заветной скамейки.

— Извините, пожалуйста, — обратился он к двум старушкам, которые направлялись к подъезду, — вы не подскажете, где здесь Белопольский переулок?

Он отлично знал этот район. Никакого Белопольского переулка не было.

Старушки стали напряженно вспоминать и бурно обсуждать между собой, что это за переулок такой.

— А вам что конкретно там нужно? Какая организация?

— Мне нужен дом семнадцать. К знакомым зайти, — смущенно объяснял Володя, — там просто дом, квартиры. Мне сказали, это недалеко от метро

Новослободская, не доходя до Театра Советской Армии.

— Теперь Российской, — поправила одна из старушек, — метро вот, театр туда, дальше. А Белопольского переулка я не знаю, никогда про такой не слышала.

— Может, вы записали адрес неправильно? Или вам другое метро нужно? — сочувственно спрашивала вторая старушка.

Они не спешили и искренне хотели помочь потерявшемуся провинциалу. Володя протянул им листок бумаги с адресом, который сам придумал и написал накануне. Пока они вглядывались в мелкие буквы, он осторожно повернул голову, чтобы разглядеть лицо собеседника Ильи Андреевича. Лицо оставалось в тени, однако он успел заметить, как внушительная пачка, перетянутая бумажной банковской лентой крест-накрест, перекочевала из рук толстячка в карман молодого человека. Володя не разглядел, доллары это или рубли, но то, что это — деньги, понял сразу.

— Вы к постовому обратитесь, там, на углу, в «стакане», гаишник стоит, он все знает, — посоветовали бабушки и зашли в подъезд, все еще обсуждая, где ж это такой есть, Белопольский переулок.

Володя остался стоять, делая вид, что внимательно перечитывает адрес на листочке. Потом растерянно огляделся. Во дворе никого, кроме двоих на скамейке, не было. Подождав еще минуту, он решительно шагнул к ним.

— Извините, пожалуйста, может, вы мне поможете?

Прямо в него уперлись стальные серые глаза. Сердце замерло. Он разглядел наконец лицо. Теперь никаких сомнений не оставалось. На скамейке рядом с Головкиным сидел Сквозняк.

Володя не ожидал, что так разнервничается, и испугался: голос выдаст его, задрожит. Впрочем, это можно списать на растерянность и усталость заблудившегося провинциала.

— Вы случайно не знаете, есть здесь поблизости Белопольский переулок?

— Мы не здешние, — буркнул Головкин и отвернулся.

— Извините, — растерянно пробормотал Володя.

Двор со всех сторон был окружен невысокими домами довоенной постройки. Володя, не оглядываясь, зашагал прочь, через детскую площадку. Со скамейки не было видно, как растяпа-провинциал, вместо того чтобы выйти из двора, нырнул в один из подъездов.

Он ужасно спешил, у него дрожали руки. Они могли разойтись в любой момент. Остановившись на площадке между этажами у открытого окна, он снял кепку, быстро отклеил усы и бороду, не расстегивая пуговиц, стянул ковбойку через голову и остался в синей футболке.

На лестнице не горел свет. Окно выходило во двор. Два силуэта на скамейке были смутно видны. Володя заметил, как они встали, и пулей рванул вниз, на улицу.

***

Чем меньше времени оставалось до конференции, тем больше приходило текстов. Верочка с головой ушла в работу. Про Федора она почти не думала. Ну, появился милый молодой человек, Мотю вернул, все в ванной починил. Ну, понравилась ему Верочка. И что? Вряд ли будет какое-то продолжение. Ей этого не надо сейчас, да и ему, вероятно, тоже. Так, случайное мужское кокетство. Мужчины ведь кокетничают не меньше женщин и часто для того, чтобы нравиться самим себе в первую очередь, а потом уже — кому-то еще. Скорее всего, он вовсе забыл, что приглашал Веру в ресторан, и больше никогда в ее жизни не появится.

Ровно в семь раздался звонок в дверь. Не в переговорное устройство домофона, а именно в дверь.

— Федор? Какой Федор? — услышала Вера мамин голос из прихожей.

— Это тот, который Мотю нашел! — объяснила Надежде Павловне Соня.

Федор был в светлом легком костюме, от него пахло хорошим одеколоном. В руках он держал большой букет белых роз. Он опять казался новеньким, чистеньким, сверкающим.

— Вера, вы еще не готовы? — Он галантно поцеловал руки всем трем дамам, начиная с Надежды Павловны, кончая Соней, чем немало смутил ребенка.

— Елки-палки, — пробормотала девочка, — прямо жених какой-то!

Он действительно был похож на жениха. Букет он протянул Надежде Павловне.

— Спасибо, — улыбнулась она, — и за Мотю, и за стиральную машину, и за букет.

— У вас теперь еще и кран не капает, — напомнила Соня, — и выключатель не искрит.

Вера ушла в свою комнату переодеваться. У нее вдруг возникло веселое, мстительное чувство: она идет в ресторан с чужим мужиком назло Зелинскому.

«Вот тебе, Стас! Ты будешь жениться-разводиться, а я должна тебе верность хранить? Ты думаешь, я никому понравиться не могу? Могу, еще как! Между прочим, этот Федор по-своему очень обаятельный, даже красивый, — думала она, надевая длинное крепдешиновое платье и расчесывая волосы, — и ничего, что чужой. Я с ним поближе познакомлюсь, а там видно будет».

И все-таки в глубине души она чувствовала, что обманывает себя. Больше всего ей хотелось, чтобы на месте Федора был сейчас Стас Зелинский, чтобы он пришел вот так, в строгом костюме, с цветами, чтобы про него можно было сказать: жених.

«Господи, ну когда же это кончится? Я ведь разлюбила его, мне все про него ясно, а вот опять...» — Вера даже поморщилась от досады.

Длинное, чуть приталенное платье и босоножки на высоких каблуках делали ее выше и тоньше. Она снова себе нравилась, как вчера, когда полузнакомый молодой человек буквально поедал ее глазами.

Он ждал ее, сидя за столом на кухне и чинно беседуя с мамой и Соней. Верочка почувствовала на себе открытый, мягкий, восхищенный взгляд. Ей стало тепло и спокойно.

— Только не слишком поздно, пожалуйста, — сказала мама, поцеловав Верочку на прощание и прошептала на ухо: — Очень приятный молодой человек!

Федор повел ее в небольшой ресторан, который находился совсем близко, в трех кварталах от дома. Много лет в этом помещении была химчистка, потом без конца открывалось и закрывалось что-то новое: обувной магазин, офис мелкого банка, пункт проката видеокассет, продавали итальянскую сантехнику, потом детскую одежду. И вот теперь, отремонтировав в очередной раз, сделали уютный ресторанчик под названием «Сириус».

Столики отделялись друг от друга перегородками, увитыми живым плющом. Официант, у которого усы точно повторяли форму и цвет черного галстука-бабочки, принес меню.

Вера вспомнила, что в последний раз была в ресторане на переговорах с какими-то бельгийцами. Ее наняли на две недели начинающий бизнесмен. Он все пытался задорого продать бельгийцам некие чудодейственные программы омоложения, разработанные сибирскими шаманами в позапрошлом веке, якобы найденные и расшифрованные самим этим бизнесменом, фельдшером по образованию. Он преподносил это как открытие века, переворот в медицине.

— Ну ты добавь что-то от себя, у тебя ведь язык хорошо подвешен, все-таки высшее гуманитарное образование, и вообще женщины умеют о таких вещах говорить убедительней, — шептал он Вере на ухо, когда запасы его рекламного красноречия исчерпались, — если они купят, я тебе вдвое больше заплачу.

Вера понимала, что бизнесмен старается подсунуть бельгийцам совершенную ерунду. Ей не хотелось вносить свою лепту в это одурачивание. Конечно, бельгийцы сами не дети, профессора-медики, но в какой-то момент они сломались и несколько образцов эликсира молодости приобрели. Бизнесмен на радостях заплатил, правда, не вдвое, а только в полтора раза больше. Вера была несказанно удивлена. Она ведь делала свою работу механически, ни слова не добавляла, и он, хоть французского не знал, прекрасно это понял. Она с самого начала предупредила: я только переводчик, никак не рекламный агент.

Вообще рестораны для Веры ассоциировались прежде всего с работой. Она не могла вспомнить, когда была в ресторане или кафе просто так, не в качестве переводчика.

— Что будем пить? — спросил официант.

— Верочка, это вопрос к вам. Я не пью, — улыбнулся Федор.

«Он еще и не пьет! — поздравила себя Вера. — Счастье-то какое!»

— Мне, пожалуйста, белого, сухого, совсем немного.

Официант перечислил сортов пять сухих белых вин.

— На ваше усмотрение, — пожала плечами Вера.

На горячее заказали по шашлыку из осетрины. Вера достала из сумочки сигарету и закурила.

— Странно, что Мотя ведет себя так по-свински, — сказала она, — сегодня, когда вы пришли, он даже не вылез поздороваться.

— Знаете, наверное, я ему напоминаю о самых неприятных моментах в жизни, — задумчиво произнес Федор, — он ведь очень переживал, когда потерялся.

— Но именно вы его нашли и от тех кобелей спасли.

— Все равно я для него чужой. Ему хотелось домой, к своим хозяевам. Он нервничал, метался, не ел ничего. Это состояние тревоги он в определенной степени перенес на меня, а потому не хочет видеть, не хочет вспоминать о своих переживаниях.

— Федор, а вы не усложняете собачью психику? Вы анализируете Мотьку прямо по Фрейду, — засмеялась Вера. — На самом деле просто балованный, невоспитанный пес.

— Я уже говорил вам, Верочка, этому псу я все прощу и буду благодарен всю жизнь. Если бы не он, мы бы с вами никогда не встретились. А теперь я живу с ощущением постоянного праздника в душе. Знаете, у меня никогда такого не было. Вот проснулся сегодня утром, открыл глаза и сразу почувствовал себя счастливым оттого, что вы есть, что я вас увижу.

— Вы серьезно это говорите? — Вера чуть склонила голову набок и посмотрела на него внимательно. Она была без очков и от этого сильно щурилась.

— А разве можно такое говорить не всерьез? Ну сами подумайте, зачем? Какая у меня может быть корысть? Единственная моя корысть — вы сами, Верочка...

— Это замечательно, честное слово! — Вера опять засмеялась. — Скорее всего, вы преувеличиваете, но слушать — одно удовольствие.

— Я не преувеличиваю, — он протянул руку через гол и коснулся Вериных пальцев, — просто я при-

261

вык называть вещи своими именами. Когда я вас увидел, у меня даже голова закружилась. Я испугался одного: вдруг вы замужем? Впрочем, если бы вы были замужем, я бы вас отбил, увел, похитил, что-нибудь придумал.

Вера осторожно убрала руку из-под его горячей ладони. Она была совершенно спокойна. Не то чтобы этот Федор ей ни капельки не нравился. Нет, нравился, но и немного пугал, как-то настораживал, она не могла понять, чем именно. К тому же почти весь запас сильных чувств она израсходовала на другого человека. Она устала от переживаний, слишком часто ее сердце останавливалось, потом начинало дико стучать, лицо заливалось краской.

— Вы как будто заморожены. Кто-то сильно обидел вас? — спросил он, требовательно заглядывая ей в глаза.

— Почему вы так решили? Никто не обижал. Я не замороженная, я в принципе не очень эмоциональный человек, — соврала Вера.

— И все-таки мне кажется, кто-то сделал вам больно. Больше такого не будет. Я вам это обещаю. Пока я рядом, никто вам больно не сделает. Я вижу, вас обижали, вас не любили так, как вы того заслуживаете.

— А как я заслуживаю? — Вера отхлебнула кисловатого терпкого вина.

«Что-то не то, — думала она, — он говорит как герой сериала. Однако слушать почему-то приятно. Если честно, никто ничего подобного мне не говорил. Пусть это отдает дурной патетикой, но ведь на самом деле такие вот внезапные чувства сложно сформулировать, а сериалы сейчас все смотрят, и в каждом доме сладкие сопли с телеэкранов льются. Человек, даже если сам специально не смотрит, все равно поневоле получает свою ежедневную порцию, впитывает эту лексику, думает, что так и надо разговаривать в жизни. Впрочем, может, я ничего не понимаю? Может, я и вправду замороженная? Чтобы оттаять и прийти в себя, мне нужен такой вот красивый роман, сладкая сказка. У меня не было ни одного мужчины, кроме Стаса. А мне уже тридцать. Сколько еще осталось женского века? Каждый раз, когда с кем-то другим доходило до серьезных отношений. Стас налетал, как коршун, говорил, что погибнет без меня, что все у нас будет по-другому, и я верила. Потом некоторое время все действительно было по-другому. Стас делался нежным, внимательным, у нас начинался медовый месяц. Недолгий, но медовый... Интересно, налетит ли он, как коршун, на этот раз? И что будет? Охранник Федор не похож на прежних моих ухажеров...»

Официант между тем уставил стол закусками — семга, черная икра, огромные тигровые креветки. Верочка, глядя на все это великолепие, тихонько присвистнула:

— А вы, Федор, оказывается, еще и богатенький Буратино? Неужели охранники так много получают?

— Как вам сказать? Зависит от того, кого охраняешь. Я получаю средне. Но сегодня у меня праздник.

— День рождения?

Он вдруг засмеялся, весело и заразительно.

— Нет, день рождения у меня в январе. Мой праздник — вы, Верочка. Я всегда мечтал встретить именно такую женщину, с такими волосами, глазами, с такой улыбкой. Но дело даже не в этом, то есть не во внешности, а в чем-то совсем другом. Я просто чувствую, вы — моя женщина.

— Ого! Даже так? Мой фасончик, мой размерчик. Заверните! — Вера достала еще сигарету, он щелкнул зажигалкой.

Он уже не смеялся. Глаза его уперлись в Веру, и появилось в них что-то жесткое, неприятное.

— Я вас обидела, Федор? Простите.

— Нет, Верочка, вы не можете меня обидеть. Я понимаю, вам трудно поверить, что я вот так, сразу, влюбился в вас, но я ничего с этим поделать не могу. Наверное, вы здорово обожглись в жизни, но я не виноват в этом. Я тоже обжигался, и мотало меня так, что вы даже представить не можете. Я понимаю, мы с вами очень разные люди. У меня нет высшего образования, я вырос без отца, мама моя работала судомойкой в грязной столовке, всю жизнь я видел вокруг только грязь, гадость, предательство, пьяные рожи. А вы похожи на ангела, поэтому не смейтесь надо мной.

«Когда-то давно Стас тоже сказал мне, что я похожа на ангела, вернее, на рембрандтского херувима. А Федор наверняка даже не знает, что в Голландии в первой половине семнадцатого века жил художник Рембрандт... Впрочем, нет, он совсем не такой темный и уж точно не дурак».

— Я тоже выросла без отца, — серьезно сказала Вера, — а высшее образование здесь ни при чем. Просто чем старше становишься, тем тяжелей веришь в серьезные чувства, особенно когда они вспыхивают так внезапно. Я вовсе не смеюсь над вами, ничего подобного. А вы, оказывается, обидчивый человек?

— Ну, есть немного, — он мягко улыбнулся и налил в свой пустой бокал каплю белого вина, — может, выпьем на брудершафт?

— Выпьем, — кивнула Вера.

Он встал, подошел к ней совсем близко, наклонился. Пить брудершафт в такой позе ему было не очень удобно. Быстро отхлебнув из своего бокала, он прикоснулся губами к Вериным губам. Опять на Веру повеяло чем-то жарким, напряженным, жутковатым, но одновременно головокружительным.

«Я как будто одичала, храня верность своему Зелинскому, — подумала она, — а драгоценный Стас между тем любит меня, только когда я ускользаю. Так почему бы не ускользнуть всерьез? Такой подходящий случай... Приятно ведь, когда перед тобой рассыпаются в признаниях, кормят икрой и шашлыком из осетрины. Зачем загадывать, как все сложится? Вот узнаю получше этого Федора, привыкну к нему, сумею оценить его горячие чувства, отвечу взаимностью. Почему нет?»

— Может, погуляем немного? — спросил он, когда они вышли из ресторана. — До дома два шага, но так не хочется расставаться.

— Поздно уже, Федор.

— Ну хотя бы до бульвара, и сразу обратно. Надо ведь перед сном подышать воздухом.

— Хорошо, до бульвара и обратно можно.

Они прошли несколько кварталов. В загазованном центральном микрорайоне большой старинный бульвар был единственным тихим и зеленым местом. Он находился в пятнадцати минутах ходьбы от Вериного дома.

В детстве Верочка проводила здесь много времени, зимой приходила кататься с горки, весной и летом — качаться на качелях и играть в «резиночку». С бульваром были связаны самые радостные детские воспоминания.

Днем здесь прогуливались мамы с колясками, подростки носились на роликах по длинным аллеям, на лавочках сидели вечные старички-доминошники.

Вечерами собиралась лихая молодежь, слышались пьяные вопли, хохот. Но сейчас почему-то было тихо. Может, мамаши и старички нажаловались, что по утрам валяются в песочницах осколки бутылок, горы окурков, презервативы, и теперь милиция гоняет отсюда лихую молодежь?

Верочка давно к бульвару даже близко не подходила, гулять было не с кем, да и некогда.

Оказывается, на центральной аллее шли какие-то ремонтные работы, часть ее огородили. Днем долбили асфальт отбойными молотками, и под ногами попадались крупные асфальтовые обломки. Верочка была без очков и в темноте почти ничего не видела. А фонари светили тускло. Она споткнулась, не упала, но подвернула ногу, а главное, высокий каблук босоножки хрустнул и отлетел.

— Очень больно? — Федор присел перед ней на корточки, она, опершись на его плечо, стояла на одной ноге.

— В рекламном ролике у девушки ломается каблук, она бросает в рот мятную конфету, отрывает второй каблук, делает из туфель тапочки и гордо шагает дальше, — морщась от боли, проговорила Вера, — ничего, здесь недалеко, я как-нибудь доковыляю с твоей помощью. Босоножки жалко. Они у меня самые нарядные.

— Вообще-то до моего дома еще ближе, — сообщил Федор, — и ковылять не надо. — Он легко поднял ее на руки.

Это было так неожиданно, что Вера не знала, как реагировать. Она удивилась, он держал ее на руках без всяких усилий, а весила она совсем немало.

— Спасибо, конечно, но мне все-таки надо домой, — опомнившись, тихо произнесла Вера, — и будет лучше, если ты меня поставишь. Я тяжелая, ты можешь надорваться.

— Ничего, — он легко провел губами по ее щеке, — своя ноша не тянет. Надо починить каблук, придется молотком стучать, а у тебя уже все спят, и вряд ли найдется подходящий клей, гвозди. Тебе ведь жалко босоножки.

— Но для этого каблук надо сначала найти, и все равно придется меня поставить. Это смешно в самом деле. Я же не ребенок и далеко не дюймовочка.

Он осторожно опустил ее на землю, наклонился

и отыскал каблук. Вера ковыляла еле-еле, опираясь на его плечо.

Федор действительно жил совсем близко. Переулок, параллельный бульвару, состоял из одинаковых девятиэтажных панельных домов.

Новый Арбат кто-то назвал «вставными челюстями Москвы». Этот панельный переулок в старом микрорайоне, среди старых, в основном дореволюционных строений, тоже был чем-то вроде маленьких вставных челюстей.

Они долго и мучительно поднимались на пятый этаж. Лифтов в хрущобах не было. Когда он вытащил ключи и открыл дверь, Вере стало не по себе. Ей вдруг захотелось убежать, казалось, переступив порог его квартиры, она переступит что-то важное и серьезное в себе самой. Она не понимала, хорошо это или плохо, а может, вообще – прекрасно, и не надо бояться.

Но убежать почему-то не хотелось. Все ведь ясно. Не маленькая. Если она войдет в квартиру, значит... А почему, собственно, это должно что-то значить?

– Ну что ты застыла? – спросил он, почувствовав ее нерешительность. – Заходи, не стесняйся.

Федор буквально втащил ее в квартиру, не то чтобы насильно, но достаточно властно и усадил в кресло.

Вера огляделась. Крошечная однокомнатная «распашонка». Дверь на кухню прямо из комнаты. Совсем мало мебели, только журнальный столик, маленький переносной телевизор, два кресла, широкая низкая тахта, покрытая клетчатым пледом, маленький полированный шкаф образца шестидесятых. Квартира показалась Вере какой-то странной, нежилой.

«Не похож хозяин такой клетушки на богатенького Буратино, – подумала она, – так спокойно выложил в ресторане две сотни долларов, а живет поч-

267

ти в нищете. Может, он эту квартиру снимает? Может, у него вообще есть жена, дети, а сюда он заманивает таких вот дурочек, как я?»

— Мне не хочется ничего сюда покупать, пока я один, — как бы прочитав ее мысли, сказал Федор, — я не люблю этот дом. Стараюсь бывать здесь как можно реже. Только ночую.

Он скинул пиджак, опустился перед ней на колени и расстегнул ремешки босоножек. Потом стал осторожно прощупывать ее щиколотку и ступню.

— Вот так больно? Попробуй шевельнуть пальцами.

— У тебя что, есть медицинское образование? — удивилась Вера.

— Нет. Но в травмах я кое-что понимаю. Ты связку немножко потянула. Потом сделаем спиртовой компресс. В общем, ничего страшного. Какая у тебя маленькая ножка, совсем детская. — Он держал ее ногу в ладонях и вдруг припал губами, стал медленно целовать каждый палец, подъем, щиколотку.

Верочка замерла. Ничего подобного в ее жизни еще не было. Она читала, что такое бывает, в кино видела. Стас Зелинский так никогда не делал. Его ласки были грубоваты, всегда немного ленивы и снисходительны. А других мужчин Верочка не знала.

— Федор, не надо, давай не будем спешить, я сейчас пойду домой, так будет лучше... — тихо сказала она.

— А мы и не спешим.

Он все еще стоял перед ней на коленях. Губы щекотно и нежно скользили по ее голым ногам. Легкое крепдешиновое платье застегивалось спереди на множество мелких пуговок. Он стал медленно расстегивать одну за другой.

От него исходила какая-то странная, завораживающая энергия. «Животный магнетизм, — мельк-

268

нуло в голове у Веры, я же ничего к нему не чувствую, он совершенно чужой человек...»

Но уже не хотелось ни сопротивляться, ни размышлять. Вера закрыла глаза и поплыла в горячей, нежной невесомости, чувствуя себя то ли ангелом в небесах, то ли кроликом, разомлевшим под взглядом мускулистого удава.

Глава 19

Юрий Уваров раскрыл очередную папку многотомного уголовного дела. В материалах предварительного расследования ему была знакома почти каждая строчка. За строчками стояли бессонные ночи, калейдоскоп лиц, допросы, слезы, мертвые глаза родственников убитых зверской бандой Сквозняка.

Сколько километров исколесили по Москве и области оперативники и наружка, сколько пешком пройдено, и все – тупики. Как тогда, так и сейчас. Ничего не изменилось.

Сквозняк кончил информатора, который о нем, вероятно, и хотел сообщить. Между прочим, этим своим поступком он как бы сам о себе сообщил. Другое дело, Клятва мог кое-какие подробности добавить. А теперь все. Ищи ветра в поле, ищи Сквозняка. Такое ощущение, что этот человек возник из воздуха, воздухом питается, нигде не живет, ни с кем не спит. Нет у него никаких связей. Целый штат агентов-информаторов занимался его связями. Ничего выявить не удалось. Но ведь было что-то, какие-то были зацепки. Пусть они вели в тупики.

Уваров не сразу понял, что именно ищет, просматривая оперативные документы. Все давно разработали, не осталось белых пятен. Совсем не осталось.

Юрий закурил и стал расхаживать по кабинету

из угла в угол. Ну хорошо, ни знакомых, ни родственников, ни женщин, такое возможно. Однако воздухом питаться нельзя. Даже если ты – Сквозняк. Деньги все равно нужны, чтобы столько времени находиться в бегах. Кто-то должен давать ему деньги. Казначея банды так и не вычислили тогда. Было на эту почетную должность несколько кандидатов-фигурантов, но все отпали. Сами бандиты уверяли, что его вообще не было, казначея. Однако они могли иметь свою корысть... А может, и правда не было казначея?

И все-таки кое-что осталось недоработанным.

Один из потерпевших, парень, который вернулся из армии и застал всю свою семью убитой, узнал взятую из квартиры вещь. Старинные золотые часы-луковицу.

Бдительный парнишка сразу позвонил следователю прокуратуры Игорю Николаевичу Клименко. В рядах оперативников звонок этот вызвал короткий переполох. С тем, кто сдал часы в комиссионку, пусть это трижды подставное лицо, говорящий попугай, можно работать. Но Клименко с самого начала отнесся к тем часикам несерьезно. Ну не может такая вещь в комиссионке на Арбате просто так лежать. Слишком это просто.

Следователь оказался прав. Часы сдала бабулька-сирота, Заславская Серафима Всеволодовна. Вещь была ее собственная, по наследству досталась. Два свидетеля это подтвердили. А парнишка обознался. Мало ли похожих вещей, пусть даже старинных и редких?

Заславскую на всякий случай проверили. Но можно было и не проверять. Серафима Всеволодовна оказалась действительно круглой сиротой. Никто в гости к ней не ходил. В коммунальной квартире такие вещи точно знают. Разве что изредка навещал двоюродный племянник, седьмая вода на киселе. С племянником познакомились – тоже на всякий случай. Тихий, скромный снабженец макаронной фабрики, жил от зарплаты до зарплаты, ботинки до дыр донашивал, костюмчик от старости лоснился. В общем, опять тупик.

А вдруг тот парнишка все-таки не обознался? Он ведь потом купил часы, не пожалел денег на безделушку. Видно, верил – из его квартиры вещь.

Был еще один любопытный факт. То есть и фактом не назовешь, так, слушок, сплетня. У одной из соседок арбатской сироты имелся брат, искусствовед-пенсионер восьмидесяти двух лет. К тому времени, когда шло расследование, старичка уже полгода как не было в живых. Соседка рассказывала, будто Серафима носила к нему какую-то картинку, чтоб поглядел, подлинник или подделка. И картина эта якобы произвела на старика неизгладимое впечатление. При встрече он поведал сестре, что совсем недавно держал в руках бесценный подлинник Шагала витебского периода.

Полотно Шагала витебского периода было взято в одной из ограбленных квартир. Его подробно описали родственники убитых, даже репродукцию предоставили, специально пересняли из подарочного альбома.

Однако сама Серафима Всеволодовна уверяла, будто никакой картины с порхающей парочкой и улыбающейся кошкой в глаза не видела, к искусствоведу носила обрывок старинного гобелена. А проверить нельзя было – ни тогда, ни тем более сейчас.

Заславская умерла год назад, ничего больше в комиссионки не сдавала, единственный племянник на похороны не пришел, в командировке был...

Юрий понял, что ему не дает покоя: желание поговорить с племянником усопшей арбатской сироты, со скромным снабженцем макаронной фабрики, господином Головкиным Ильей Андреевичем. К двум зыбким звеньям, к старинным часам и подлиннику Шагала, вдруг как-то само собой прицепилось тре-

271

тье звено. Один из членов банды, правда не из тех, кого взяли, а убитый Сквозняком за наркотики, работал когда-то, очень давно и недолго, экспедитором на макаронной фабрике в Сокольниках. Тогда, три года назад, это сочли совпадением. А вернее, просто не обратили внимания...

Майор пока не знал, о чем именно станет беседовать с племянником, какие ему задаст вопросы, а главное – какие надеется услышать ответы. Однако поговорить хотелось.

И еще Юрию пришло в голову еще раз прощупать «детство героя» со стороны покойного вора в законе Захара. Их многое должно связывать. К чужому человеку не ходят на могилу. Возможно, именно из детства Сквозняка тянется эта трогательная привязанность к покойному вору в законе.

Могила Захара – единственная известная слабость Сквозняка. Навещает он могилу, вопреки всякой логике. Знает, что рискует, и все равно – ходит. Вот и сейчас именно там появился. Но свидетеля сразу замочил.

В прошлый раз тоже пытались подойти с этого конца. Удалось выяснить только, что Захар таскал с собой в середине семидесятых шустрого пацана лет десяти–двенадцати. Однако что это был за пацан, откуда взялся и куда потом делся, осталось тайной. Слишком много лет прошло.

***

Супруга Ильи Андреевича Головкина уехала на дачу к своей приятельнице, не сказав ни слова. Она уже неделю как могла уехать, однако все тянула, будто ждала чего-то или нарочно торчала в квартире с утра до вечера, чтобы ему, Илье Андреевичу, досадить. Занятия в школе кончились, делать ей было нечего. Головкин все ждал, когда наконец его благоверная начнет собираться.

Каждое лето она проводила на станции Поварово, по Ленинградской дороге, в шестидесяти километрах от Москвы. Ближайшая подруга Раисы имела там в кооперативе участок в шесть соток с двухкомнатным домом.

Подругу звали Галиной, она тоже преподавала труд, только в другой школе. Они вообще с Раисой были похожи: обе бездетные, экономные, хозяйственные, у обеих мужья – «стервецы». Каждая считала, что детей нет потому, что здоровье расстроилось «на нервных почвах», и виной тому, конечно же, злодеи-мужья, неблагодарные бездельники, эгоисты, тунеядцы и так далее.

На этих эпитетах, на взаимных жалобах и перемывании косточек своим «стервецам» две пожилые женщины держались если не целое лето, то месяца полтора. Раиса помогала Галине в огороде и с курами, которых хозяйка умудрялась разводить за лето на своих шести сотках. Кроме кур и огорода, женщины занимались консервированием, солили огурцы и помидоры, варили варенье.

Раиса могла в любой момент нагрянуть в Москву, к мужу, без всякого предупреждения. Ну какое может быть предупреждение, если телефона в поселке нет? Особенно она любила появляться поздним вечером и всякий раз, входя в квартиру, придирчиво оглядывала каждый уголок, принюхивалась, пыталась определить, бывают здесь в ее отсутствие женщины или нет. Илье Андреевичу казалось, она даже огорчается, что никаких следов коварных измен не находит.

За двадцать семь лет совместной жизни он действительно жене не изменял. Ну, почти не изменял. Бывало, конечно, кое-что по молодости в командировках, но как-то все случайно и неинтересно. Мимолетной любовью скучного, скуповатого командированного соблазнялись либо грубые гостиничные шалавы, либо женщины, потерявшие всякую наде-

273

жду, одинокие, некрасивые, с унылыми умоляющими глазами и неизящным нижним бельем. С первыми всегда был риск подцепить какую-нибудь венерическую пакость, со вторыми Илья Андреевич чувствовал себя скованно и неуютно, словно виноват в чем-то.

Иногда встречались женские лица, от которых у Головкина дух захватывало. Илью Андреевича тянуло к худеньким, хрупким, светловолосым, чтобы глазки голубые, кожа белая, ручки-ножки тоненькие. Нравились ему этакие неземные, воздушные создания с прозрачными пальчиками. Но это было так далеко и нереально, что и мечтать не стоило.

Когда-то, в незапамятные времена, именно так выглядела его жена Раиса. Кто ж знал, что через годы вылупится из нее толстое, грубое чудище? Глазки жиром заплыли, из голубых стали какими-то тускло-серыми. Кожа сделалась грубой, красной, над верхней губой даже жесткие светлые усики вылезли. Хоть бы выщипывала она их, что ли... И ладно бы после родов ее разнесло, это бывает со многими. Так ведь нет, не рожала она. Что-то с самого начала со здоровьем не заладилось, и остались они без детей. Из-за этого Головкин тоже, конечно, переживал, но не слишком. А вот возвышенной любви на старости лет хотелось...

Конечно, в Москве Илья Андреевич себе и в мыслях никакого баловства не позволял. Сначала из страха перед бдительной супругой, а позже – из-за собственной скупости и осторожности. Утешался в командировках, но с каждым годом все реже.

И вот сейчас, оставшись в пустой квартире в начале лета, почувствовал какое-то горячее юное беспокойство. Ночами ему не спалось, он думал, что годы проходят и деньги кончаются. Скоро Сквозняк вытянет из него все, до копеечки. А он так и не пожил в свое удовольствие. Вот, приоделся вроде, пару костюмов купил, и обедает теперь не в дешевых забегаловках, а в ресторанах, не в самых дорогих, конечно, но все-таки.

А нарядная июньская Москва прямо светилась красотками всех сортов. И тоненьких-беленьких много, именно таких, от которых у Ильи Андреевича с юности подступал комок к горлу.

Конечно, как человек трезвый и разумный, на чистую любовь в свои пятьдесят шесть лет Головкин не рассчитывал. Но хотя бы приключение, иллюзия любви – разве он не заслужил этого?

Неподалеку от дома было уютное, довольно дорогое кафе. Илья Андреевич в последнее время часто заходил туда обедать. Днем было почти пусто, а вот вечером слышалась мягкая музыка из открытых дверей, и сквозь легкие шторы виднелись заманчивые, хрупкие силуэты. Он не решался зайти вечером – срабатывала старая, годами выработанная осторожность. Но теперь терять нечего.

Гладко побрившись, облачившись в дорогой легкий костюм песочного цвета, побрызгав лысину туалетной водой, Илья Андреевич вышел из дома в девять вечера и молодой пружинистой походкой направился к кафе.

Он почти сразу увидел то, что искал. За одним из столиков сидели две худенькие блондинки, не старше двадцати. Они пили кофе, курили и хихикали. Одна была стрижена коротко, под мальчика, у другой платиновые прямые волосы доходили до пояса, она то и дело небрежно встряхивала ими, сдувала легкую светящуюся прядь со лба.

Присев за свободный соседний столик, он поглядывал на девушек и уговаривал самого себя, что это вовсе не банальные путаны, а порядочные, интеллигентные студентки, которые зашли посидеть в кафе, выпить кофейку. Если и есть у них какая-то иная цель – то только познакомиться вот с таким, пожилым, благообразным господином. С ним одним, но больше ни с кем.

Та, у которой длинные волосы, бросила на Илью Андреевича теплый, неравнодушный взгляд. Он подозвал официантку, заказал себе коктейль из креветок, легкое белое вино.

— И, пожалуйста, бутылку шампанского на соседний столик.

Официантка понимающе кивнула. Все складывалось отлично. Уже обе девушки смотрели на Головкина с интересом. Когда шампанское оказалось у них на столе, они заулыбались:

— Присаживайтесь к нам!

Каждой он взял по креветочному коктейлю, заказал еще два мороженых со взбитыми сливками (только для них, сам он не любил сладкого).

Длинноволосая представилась Алисой, стриженая — Мариной. Илья Андреевич галантно поцеловал обеим ручки.

Девушки действительно оказались студентками, обе учились в Гуманитарном университете и в кафе зашли «оттянуться после экзамена».

— Ну да, сейчас ведь июнь, сессия, — вспомнил Головкин.

Он заказал вдобавок к шампанскому сто граммов самого дорогого ликера. Они сказали, что обе москвички, живут с родителями, сессию сдают на «отлично», мечтают стать искусствоведами. Его не смущал грубоватый украинский акцент юных москвичек, он не замечал мелькавшие в их речи жаргонные словечки типа «чумовой», «в натуре». От их голубых глазок, белых зубок, радостного смеха у него кружилась голова и мурашки бежали по спине.

«Надо выбрать какую-нибудь одну, — думал он, пьянея от капли белого вина, — жалко, у меня нет приятеля, с которым я мог бы разделить этот праздник...»

После кафе девушки легко согласились зайти в гости к Илье Андреевичу. Сразу обе.

«Однако какую же мне выбрать? И что делать со

второй? Впрочем, время покажет. Ведь не закончится все только одним вечером. Будет продолжение, уж я постараюсь...»

По дороге домой он купил фруктов, большую коробку шоколадных конфет, самых дорогих сигарет и плоскую бутылку ликера «Белеус».

— Илья, а можно еще шампанского? — облизнув пухлые губки, спросила Алиса.

— Конечно, солнышко!

Он купил бутылку полусухого шампанского. Девушки внимательно следили, как он доставал бумажник из внутреннего кармана пиджака, как открывал его, потом клал назад. Но Илья Андреевич совершенно не замечал этого. У них были такие чудесные, чистые голубые глазки...

Когда входили в подъезд, он приобнял за талию сначала Алису, потом Марину и во рту у него пересохло.

«А почему, собственно, одну? Почему не обе сразу? Я так давно ничего себе не позволял...»

В его пустой квартире подружки огляделись похозяйски, уселись в кресла, курили и весело щебетали, пока он накрывал журнальный столик. Наконец шампанское было открыто, разлито по бокалам.

— За знакомство! — произнес Илья Андреевич и чокнулся со своими гостьями.

— Кофе хочется, — мечтательно произнесла Марина, — а то прям засыпаю...

— Да, — улыбнулась Алиса, — сделайте нам кофейку, поухаживайте за девушками.

Илья Андреевич скрылся на кухне. Когда он вернулся с подносом, на котором дымились три чашки кофе, Алиса и Марина все так же хихикали и курили. Шампанское было уже разлито по бокалам.

— Будь здоров, Илюша, — Марина чмокнула его в лысину.

Они чокнулись.

— Ну что же ты, Илюша, как цыпленок, по капельке цедишь? — Алиса погладила его по коленке. — Так не годится. Давай до дна, за свое здоровье надо пить до дна, примета такая — не выпьешь все, что в бокале, заболеешь.

Илья Андреевич осушил свой бокал. Голова кружилась все сильней, к тому же накатила странная слабость. Он оглянуться не успел, а Марина уже уселась к нему на колени. Глаза его затуманились, он чувствовал, что трудно шевельнуться. Трудно, да и не хочется.

— Ах ты, мой котик, старикашечка, — шептала на ухо Марина и тихонько щекотала его за ухом острыми, покрытыми ярко-розовым лаком коготками.

Алиса между тем выскользнула в соседнюю комнату, ловко обшаривала ящики и полки полированной стенки, высыпала в свою сумочку недорогие побрякушки Раисы, перетряхнула содержимое новенького кейса Ильи Андреевича, однако ничего, кроме запечатанной бутылочки туалетной воды «Эдем» и коробки швейцарского шоколада, там не нашла, тихо выругалась, но прихватила и это.

Илья Андреевич не мог понять, хорошо ему или плохо. Худенькая Марина, сидевшая у него на коленях, почему-то вдруг показалась невероятно тяжелой, будто весила она целую тонну. Впрочем, она давно уже спрыгнула с его колен и осторожно стягивала с Головкина пиджак.

— Вот так, котик, вот так, сладкий мой, — приговаривала она, проворно обшаривая карманы, — сейчас надо баиньки, глазки у нас закрываются, сейчас в коечку...

В белой лаковой сумочке исчез бумажник Ильи Андреевича, туда же последовали несколько пятидесятитысячных купюр, изъятых из наружных карманов. Головкин ничего этого не замечал. Ему страшно хотелось спать, тело стало совсем ватным, он проваливался в черный дрожащий туман, и сквозь туман откуда-то совсем издалека доносился невнятный шепот, в котором почудились слова:

— Все, линяем быстро...

Илья Андреевич попытался встать или хотя бы закричать, однако вместо крика вырвался из его горла только слабый стон. Входная дверь хлопнула, но этого Головкин уже не слышал.

Глава 20

Очередной звонок вытащил Веру из постели. Как только за мамой и Соней закрылась дверь, Федор набросился на нее с жадностью, которая одновременно пугала и завораживала.

После того первого вечера в его маленькой квартире прошло совсем немного дней, и Вере казалось, что почти все это время они с Федором только и делали, что занимались любовью. Он заводился моментально, как только они оставались вдвоем.

«Такое впечатление, что он несколько лет не прикасался к женщине. В нем живет какой-то лютый, неутолимый голод...» – думала она.

— Я так люблю тебя и постоянно хочу, до безумия, — говорил он, в очередной раз ловко и быстро скидывая с нее и с себя одежду.

Нельзя сказать, чтобы Вере это не нравилось. Однако было в их внезапной любви нечто мрачно-звериное. Она уже несколько раз задавала себе один вопрос: со временем страсть утихнет, и вдруг обнаружится, что нам не о чем говорить? Ведь люди общаются не только в койке...

Когда в прихожей затренькал телефон, она даже обрадовалась. Они оторвались друг от друга только что, минуту назад. Она чувствовала себя усталой и опустошенной. А он готов был начать все сначала, его пальцы уже поглаживали ее бедра, медленно, мягко прикасались к груди, губы щекотали живот. Она поспешно выскользнула из-под простыни, накинула халат

— Нет. Вы не туда попали. Это не «Стар-Сервис». Пожалуйста, вычеркните этот номер и больше сюда не звоните, — Вера быстро проговорила в трубку текст, набивший оскомину.

В комнату она не вернулась, пошла на кухню, села и закурила. Почему-то в последнее время она стала много курить, особенно после знакомства с некурящим Федором. Раньше она покупала пачку сигарет, держала ее в своем тайничке, в глубине кухонного шкафа, и пачки этой хватало на неделю, а то и больше. А теперь она выкуривала не меньше десяти сигарет в день, уже не таясь от мамы, которая ворчала, качала головой и говорила, что пороть ее некому.

Федор возник бесшумно, как привидение. У него вообще была неприятная манера появляться бесшумно, несколько минут стоять молча и смотреть на человека, который еще не успел его заметить. Вера вскинула на него глаза и улыбнулась.

— Они скоро вернутся, — сказала она о маме и Соне, — нам надо одеться.

— Верочка, — он подошел и провел ладонью по ее щеке, — ты выйдешь за меня замуж?

Она растерялась. Она совершенно не была готова ответить на этот глобальный вопрос.

— Я понимаю, мы слишком мало знаем друг друга, но ведь все и так ясно, — тихим, мягким голосом говорил он. — Я жить без тебя не могу. Возможно, ты пока не успела разобраться в своих чувствах, но я тебе не безразличен, правда?

— Нет, Феденька, ты мне не безразличен. — Она опять улыбнулась.

После такого количества бурных объятий фраза о «безразличии» звучала довольно нелепо.

— Жить мы можем первое время у меня. Я понимаю, что тесно, но нельзя начинать семью в одной квартире с родителями. Мы можем хоть каждый день приходить к твоей маме или она к нам. А потом мы обменяем мою квартиру на двухкомнатную, с доплатой. На это деньги у меня есть. А когда родится ребенок...

— Ты хочешь, чтобы я родила ребенка? — медленно, почти по слогам спросила Вера.

— Очень хочу. И не одного, а двоих. Еще лучше — троих. Но это как получится.

Он говорил так, словно она уже согласилась. Он все решил за них сам. Он не обольщался на ее счет, не требовал жаркой взаимности сразу. Но самым удивительным было то, что, произнося свой монолог, он стоял у раковины и мыл посуду. Голый, в одних трусах.

«Ну где еще такого найдешь? — как-то устало и отстраненно подумала Вера. — Ты хочешь одинокой старости, в которой будут лишь воспоминания о неразделенной любви к драгоценному Стасу? Ты хочешь потом всю жизнь кусать локти, что отказала такому замечательному, доброму, заботливому Федору? Он, конечно, простоват, необразован. Однако он не виноват в этом. Как сказала мама, мы с ним «из разных детских». Но зато в нем нет ни капли инфантильности, он не избалован, из него получится хороший отец. Он только что появился в моей жизни, а в доме уже чувствуется присутствие мужчины. Ничего не течет, все крючки и ручки кухонных ящиков на месте. Купил и сам установил тефалевский нагреватель в ванной. Теперь нет проблем с горячей водой. И посуду сам моет, и всякие деликатесы покупает. О чем еще мечтать? А главное, он, кажется, и вправду любит меня».

— Я поговорю с Надеждой Павловной, и в ближайшее время мы подадим заявление, — продолжал он, вытирая ложки и вилки.

Его как бы даже и не волновал ее ответ. Он не

281

стал спрашивать, согласна ли она. Словно ее согласие само собой разумелось.

— Хорошо, — кивнула Вера, — я подумаю.

Она встала и направилась в ванную.

После бурной страсти хотелось принять душ.

— Вместе, — он аккуратно разложил вилки и ложки в ящике, — ты же знаешь, я люблю мыть тебя, как маленькую.

«Интересно, — подумала Вера, — сколько продлится у нас такая идиллия?»

Они стояли под душем вдвоем, и сквозь шум воды было слышно, что в прихожей опять надрывается телефон.

— Даже мне успела надоесть эта проклятая фирма, в которую все время звонят по вашему номеру, — говорил Федор, нежно поглаживая ее плечи и спину ладонями в мыльной пене, — как, кстати, она называется?

— «Стар-Сервис».

Руки его на несколько секунд замерли. Вера откинула мокрую прядь с лица. Серые глаза были совсем близко. Она заметила в них какое-то странное, совсем новое выражение — то ли затравленности, то ли горечи. По его лицу текла вода, и ей на миг показалось, что он чуть ли не плачет. Он даже нижнюю губу закусил. Получилось немного театрально, но разве можно это заметить, стоя вдвоем голышом под душем?

— Что с тобой?

— Нет... Ничего. Не будем об этом. — Он выключил воду и стал вытирать Веру, осторожно промокая полотенцем.

— Ты меня избалуешь так, что сам потом рад не будешь, — улыбнулась она.

— «Стар-Сервис», — тихо проговорил он, как бы пробормотал про себя, вновь закусил губу и сделал «глаза раненого зверя».

— Федя, что случилось? У нас в доме без конца

звучит название этой несчастной фирмы. Ты ведь слышал уже раз сто. Почему вдруг такая странная реакция?

— Конечно, я знаю, ваш номер принадлежал какой-то фирме. Но я не обращал внимания на ее название, не вслушивался. А сейчас вот спросил тебя. Но не надо было этого делать. Не надо. Лучше бы я не знал, что за фирма...

— Почему? — удивилась Вера.

— Давай не будем об этом. Я не могу... слишком больно.

— Господи, Федя, в чем дело? О чем не будем? Почему больно?

— Нет, Верочка. Не обращай внимания... Все, проехали.

— Ну, проехали так проехали, — пожала плечами Вера, — давай чайку попьем.

Она включила чайник и отправилась одеваться.

«Какой же он странный, — думала она, расчесывая мокрые волосы массажной щеткой, — мы не то что «из разных детских», с разных планет... А Соня вообще заметила в нем какие-то блатные замашки. Ребенок играет в детектива. А я в кого играю? Когда мы вместе, мне кажется, что все замечательно. А стоит расстаться на несколько часов, возникает неприятный осадок, будто наелась очень вкусной, но вредной еды. Изжога, и во рту противно... Однако я согласна выйти за него замуж или нет? Я что, серьезно хочу быть с ним всегда, постоянно? Просыпаться рядом с ним каждое утро? Родить от него ребенка или даже двух детей? Я всегда хотела именно этого — но с другим человеком. Со Стасом. Со слабым, трусоватым, инфантильным Стасом, который обожает самого себя до дрожи в коленках, готов променять меня на любую смазливую мордашку — лишь бы было «как на картинке», который имеет двух сыновей и даже не помнит, когда у них дни рождения. Я помню, а он — нет».

Вера достала из шкафа невесомую длинную юбку, шелковую кремовую блузку без рукавов. Это очень красивое, мягкое сочетание цветов — бежевого и кремового. Ей все это очень идет. Застегивая пояс, она с радостным удивлением обнаружила, что он болтается на ней свободно, а еще недавно туго стягивал талию. Она очень похудела и похорошела в эти дни. В ней появилось что-то совсем новое. Может, это просто потому, что впервые она чувствует себя по-настоящему желанной и любимой? Так ради чего отказываться от такого счастья? Ради зыбкой надежды, что драгоценный Стас снизойдет наконец?.. Уж и надежды нет, только тоска, унижение и усталость.

Открыв флакон своих любимых духов «Лу-лу», оглядев себя в большом зеркале, Вера почувствовала, как ей хочется, чтобы Стас Зелинский видел ее сейчас. Она потрясающе выглядит. Никогда еще она самой себе так не нравилась.

— Верочка! Чай давно готов! — позвал Федор из кухни.

Он умел красиво накрывать на стол, даже ради обычного чаепития. На тарелке были разложены веером тончайшие ломтики сладковатого французского сыра, английские сухие галеты в соломенной корзинке, варенье в вазочке. Это для нее он так старался. А она, неблагодарная... Опять что-то не то было с его лицом. Он отводил глаза, вздыхал.

— Федя, может, ты все-таки объяснишь, что тебя вдруг так огорчило в простом словосочетании, в названии этой идиотской фирмы? — спросила Вера, отхлебнув крепкого сладкого чаю.

— Это долгая история, — мрачно проговорил он, — долгая и очень страшная. Я не знаю, надо ли рассказывать...

— Ну, раз уж начал... — улыбнулась Вера, — сам ведь хочешь рассказать.

— Не хочу, — он резко вскинул на нее глаза, — и во-

284

обще, забудь об этом. Я постараюсь взять себя в руки. Никто не виноват, что так совпало.

— Что совпало?

— То, что твой номер еще недавно принадлежал этой проклятой фирме.

— Да что же за фирма такая? Чем она занималась? Заказными убийствами? Или торговлей человеческими органами?

— Живым товаром, — еле слышно проговорил он, — фирма «Стар-Сервис» торговала девочками. Они вывозили за границу, в Турцию, в Германию, в Швецию, а потом и в Чехию, наших девочек.

— Федя, я, конечно, понимаю, ты считаешь меня романтической барышней прошлого века, которая упадет в обморок от слова «проституция», — усмехнулась Вера.

Он судорожно сглотнул.

— Я очень прошу тебя не иронизировать. Два года назад они продали куда-то на Восток мою родную сестру.

— Вот оно что... Прости ради Бога. Ты никогда не говорил, что у тебя есть сестра.

— А я не знаю, есть ли она. Жива ли еще. Она устала от нищеты, позарилась на объявление: «Работа за границей...» Верочка, я не считаю тебя барышней прошлого века. Но тебе не приходилось сталкиваться с настоящей грязью жизни. Ты многого не знаешь, и слава Богу. Я не хочу, чтобы эта грязь касалась тебя. Но так совпало. Эта фирма уже несколько раз исчезала и появлялась. Я искал, как мог. Я искал сестру. Только они знают, где она. Они ее продали... Нет, я не собираюсь мстить. Просто хочу поговорить. А они, разумеется, не хотят.

— Подожди, а почему ты думаешь, что это — именно та фирма? Если она исчезала и появлялась, то могла бы десять раз поменять название, — перебила его Вера.

— Возможно... Возможно, это совсем другая фир-

285

ма, просто название совпало, а той уже в природе не существует. Но я должен проверить. Я должен встретиться и поговорить с тем человеком, который звонил и назвался владельцем. Помнишь, ты рассказывала, в ту ночь, когда потерялся Матвей? Ты еще говорила, это было похоже на шутку, на известный розыгрыш с телефонными звонками.

— Но это и правда мог быть розыгрыш.

— Нет, я чувствую. Это был он. Хозяин. Я даже знаю, как его зовут. Антон Курбатов. Но, кроме имени и названия фирмы, не знаю ничего... Верочка, — он взял ее руку и поцеловал в ладонь, — этот человек обязательно попытается получить информацию, которая шла на твой факс. Он может наплести что угодно. Ему нужны эти документы. Более того, ты можешь стать для него опасным свидетелем.

— Подожди, а ты не преувеличиваешь? Я ничего не читала, так, мельком проглядывала. Насколько я поняла, там речь идет о торговле недвижимостью. И вообще я их выбрасываю.

— Как — выбрасываешь?! — Он опять схватил ее за руку.

— Ты странный какой, — пожала плечами Вера, — ну а что же, солить мне их? Посмотри на мой стол, и так все в бумагах. Мне еще чужих факсов не хватало. И этот твой Курбатов должен прекрасно понимать, что мне, человеку постороннему, до его документов нет дела. Так что насчет «опасного свидетеля» — это уж слишком...

— А простое любопытство? Ты, возможно, скидываешь это со счетов, а Курбатов не скинет. Ведь есть шанс, что на какие-то документы ты обратила внимание. Что-то запомнила. Не может быть, чтобы ты ничего не запомнила.

— Федя, я вижу, тебя эти дурацкие факсы интересуют даже больше, чем бывших владельцев фирмы. Или ты надеешься, вдруг в каком-то случайном документе мелькнет информация о твоей сестре? Как, кстати, ее зовут?

— Наташа. Ей всего восемнадцать лет. Наивный, светлый человечек, всем верила... В чем-то она была очень похожа на тебя.

— А ты где был, когда твоя сестра попала в лапы этим злодеям?

— Я был в Чечне, — еде слышно проговорил Федор.

— В Чечне?! — Вера машинально вытянула сигарету из пачки. — Слушай, а я ведь вообще ничего о тебе не знаю. Ты меня замуж зовешь, а о себе ничего не рассказываешь.

— Я расскажу. Позже, не сейчас. Сейчас я хочу, чтобы ты поняла: люди, которые тебе звонят, опасны. Но я рядом, ты только должна меня слушать и не возражать. Поверь, есть вещи, в которых я разбираюсь лучше. Просто поверь мне на слово. Хорошо?

— Постараюсь, — пожала плечами Вера, — однако, если они действительно торгуют «живым товаром», это прежде всего дело милиции и прокуратуры. Надеюсь, ты не собираешься заниматься частным расследованием?

— Какая же ты у меня наивная, Верочка, — он покачал головой, — неужели ты думаешь, что милиции и прокуратуре ничего не известно? Да они кормятся за счет таких вот фирм. Милиция куплена с потрохами, и прокуратура тоже. У этих мерзавцев везде свои люди.

— А ты не преувеличиваешь? — опять спросила Вера. — Если это такая серьезная мафия, зачем им постоянно исчезать? И почему они допускают, что важные для них документы могут попасть к посторонним людям? Нелогично...

— А в преступлении вообще нет логики. Любая криминальная деятельность не логична по своей сути.

— Ты на досуге увлекаешься криминологией? — быстро спросила Вера. — Откуда такая осведомленность?

— Я работаю охранником, — невозмутимо объяснил он. — Значит, должен хоть немного разбираться в криминологии и криминалистике.

— Может, ты, конечно, и разбираешься, если знаешь, что это две разные науки, но насчет отсутствия логики я не согласна, — покачала головой Вера, — преступник должен быть умным, иначе он попадается очень быстро.

— Они не попадаются потому, что уничтожают случайных свидетелей, — тихо проговорил Федор, — в прошлый раз, когда фирма «Стар-Сервис» выехала из очередного офиса и ее место в этом помещении заняла другая, совершенно невинная организация, секретарша директора была убита через месяц. Она тоже получала их факсы. Ты, конечно, можешь мне не верить. Но я хочу, чтобы ты поняла: это серьезно. Они страшные люди, Верочка. Я потерял из-за них сестру и не хочу потерять невесту. Невероятное, чудовищное совпадение — что именно у тебя оказался их номер. Это судьба...

— Хорошо, — кивнула Вера, — будем считать, ты меня убедил. Что дальше? Вообще не подходить к телефону? Не включать факс и не работать?

— Во-первых, ты должна разобраться в бумагах, найти то, что не успела выкинуть, и отложить отдельно. Когда еще раз позвонит человек, который представится хозяином фирмы, ты должна спокойно поговорить с ним. Если он спросит, сохранились ли у тебя какие-либо документы фирмы, ты скажешь — да, сохранились. Но ты их не читала.

— А если он больше не позвонит?

— Он позвонит, — убежденно произнес Федор, — я чувствую.

— А не лучше ли, если это так опасно, сказать,

что я вообще ничего не знаю? Нет у меня никаких их бумаг. Выкинула. Ведь это чистая правда.

— Верочка, — он тяжело вздохнул, — это для нас с тобой существуют такие понятия, как правда и ложь. Люди, которым принадлежит фирма «Стар-Сервис», живут по иным законам. Я понимаю, тебе совсем не хочется влезать во все это. Но ты уже в этом. Тебе достался их номер. Ты владеешь их информацией. Думаешь, эти бесконечные звонки просто так? Нет, девочка, просто так ничего не бывает. Нам надо действовать, быстро и по-умному. Когда хозяин фирмы позвонит, то пообещаешь, что найдешь бумаги, и назначишь встречу.

— О Господи, Федор, что за шпионские страсти?

— Сколько раз тебе повторять — это не игра. На встречу мы пойдем вместе.

Глава 21

Стасу Зелинскому не понравилось, как Верочка поговорила с ним по телефону. Нечто совсем новое появилось в ее голосе, в интонациях.

— Нет, сегодня не могу. Много работы.

Она часто в последнее время так говорила, но всегда слышались нотки привычного волнения, выдававшего ее с головой. На самом деле она была рада и счастлива, что он звонит, а на занятость ссылалась, чтобы набить себе цену — обычные женские уловки, в которых Стас Зелинский отлично разбирался. Все эти хитрости шиты белыми нитками.

— Веруша, солнышко, нельзя столько работать, надо хоть иногда расслабляться.

— Надо, — согласилась Вера, — однако сейчас я очень занята.

Он даже не понял сначала, что именно его так насторожило, но потом признался себе: она была совершенно спокойна. Его звонок, его желание увидеться не вызвали у Веры Салтыковой ровным счетом никаких эмоций. Но главное, она впервые категорически отказалась встретиться с ним, и ласковые уговоры не помогли.

А ему так хотелось отвести душу, почувствовать себя опять единственным, безоглядно любимым. У него началась черная полоса в жизни. Все было плохо, требовалась очередная порция восхищения, обожания, полной подчиненности...

Последняя жена устроила гнусную разборку с квартирой, скандалы длились уже третий день, и Стасу хотелось лезть на стенку.

«А может, и правда жениться на Вере и успокоиться на этом?» — думал он, лежа на тахте, тупо глядя в потолок и слыша, как жена по телефону обсуждает с подругой, каким образом станет оттяпывать у него кусок жилплощади, на которую вовсе не имеет права. Она говорила нарочно громко, она прекрасно знала, что он все слышит.

«На что она рассчитывает? — думал Стас. — Хочет припугнуть меня? Измотать нервы? Ведь не получит ни метра... Хотя с ее лимитской хваткой может и бандитов нанять каких-нибудь. Господи, ну почему меня всегда так тянет к стервам?»

Стас считал себя человеком сложным и противоречивым.

Он был единственным сыном, единственным внуком и племянником. Он рос в окружении многочисленных бабушек, дедушек, тетушек, дядюшек, один ребенок на множество восторженных взрослых, самый главный ребенок на свете, самый красивый, гениальный, радость и гордость семьи.

В трехлетнем возрасте за завтраком он набирал полный рот молока и выплевывал фонтан молочных брызг маме в лицо. Мама смеялась, никогда не ругала, вытирала лицо кухонным полотенцем и целовала в лобик:

— Ах ты, мое солнышко! Какой ты у меня озорной!

В шесть лет он незаметно привязывал один конец бельевой веревки к поясу бабушкиного фартука, другой — к дверной ручке. Бабушка пугалась, охала, вздрагивала, не могла понять, почему хлопает дверь у нее за спиной и что там сзади так тянет. Стас тихонько умирал со смеху в укромном уголке за шкафом.

— Какое у мальчика оригинальное чувство юмора! — умилялась бабушка.

Когда в десять лет он, не желая надевать теплые ботинки, запустил ими в тетушку, она стала утешать его:

— Не нервничай так, Стасик, успокойся, деточка!

С раннего детства всех беспокоила его нервная система. Когда он родился, какой-то случайный доктор имел неосторожность сказать, что этому младенцу нельзя сильно плакать. «Не допускайте, чтобы он закатывался!» С тех пор в семье выросла целая мифология об особенной «нервности» Стасика. Его не спускали с рук, ему позволяли все, с ним нянчилось большое шумное семейство, и убежденность в том, что все люди вокруг ему обязаны, осталась на всю жизнь.

С возрастом, набив достаточно шишек, он все равно не расстался с этой счастливой, но опасной иллюзией. Однако он научился чувствовать людей. Он сразу угадывал, с кем можно быть капризным, избалованным принцем, а с кем нельзя.

Лет до тридцати все у него складывалось замечательно. Он был хорош собой, остроумен, на нем как будто лежала печать успеха. Он писал талантливые стихи, и ему казалось, что нет в жизни занятия важнее. Ради одного четверостишия он мог не спать ночь напролет, выкурить пачку сигарет и, найдя наконец самые точные слова, самые глубокие яркие образы, засыпал под утро с легкой душой победителя и тяжелой от никотина головой.

Но особенно кружили голову публикации в крупных журналах и толстых сборниках. Когда первая подборка появилась в молодежном альманахе-ежегоднике, он клал под подушку пухлый том в мягкой обложке, на которой был изображен толстоногий Пегас с воробьиными крылышками. Пусть из трехсот страниц альманаха ему принадлежала только одна. Он все равно просыпался утром с ощущением детского праздника в душе.

Страничка альманаха или журнала с несколькими его стихотворениями становилась для Стаса на какое-то время центром Вселенной, и люди вокруг были интересны ему постольку, поскольку они уже читали или прочитают позже, уже пришли в восторг или им это еще предстоит.

Он умел преподнести самого себя как бесценный подарок, как великое счастье. Он шел по жизни легким шагом триумфатора, и в этом отчасти заключалась тайна его веселого мужского обаяния. Чувствуя восхищение, он расцветал, блистал остроумием. Но если к нему оставались равнодушны, он не особенно переживал. Главным мерилом ценности другого человека для Стаса Зелинского было всего лишь умение восхищаться Стасом Зелинским. Тот, кто этого не умел и не хотел делать, просто туп и скучен.

С детства Стас привык, что ему достается все лучшее, самое красивое, самое качественное. Когда он стал взрослым мужчиной, эта привычка прежде всего отразилась на его отношениях с женщинами.

В жены Стас выбирал себе исключительно красоток, причем таких, чтобы все вокруг ахали. Вкус его не отличался оригинальностью. Ему нравились длинные ноги, большая грудь, кукольное личико. Эталоном служили журнальные обложки с портретами секс-символов.

Молодость Стаса пришлась на конец семидесятых — начало восьмидесятых, когда богемно-поэтический флер был не менее заманчив, чем сегодня — грубый и конкретный запах больших денег. Недостатка в красотках Стас не испытывал. Однако девушки с лицами и ногами секс-символов сами требовали восхищения и поклонения, они были не менее капризны и избалованны, чем Стас. Каждый раз ему казалось, что за красоту можно все простить и стерпеть. Но прощать и терпеть он умел только себя самого. Молодой талантливый поэт любил себя так глубоко и трепетно, что ни на кого другого душевных сил не оставалось. В этом его избранницы были на него похожи. Браки распадались очень быстро, романы — еще быстрей.

Время шло, жизнь менялась, красоток, падких на богемно-поэтический флер, становилось все меньше. Красотки середины девяностых холодны к высокой поэзии. Их надо одевать в меха и бриллианты, вывозить на Канары.

Стаса удивила легкость, с которой он перестал писать стихи. Куда делись вдохновенные бессонницы? Даже грусти не осталось. Теперь нельзя было позволить себе ни вдохновения, ни грусти. Чтобы остаться триумфатором, надо зарабатывать деньги.

Это оказалось делом сложным, муторным и весьма прозаическим. Стасу приходилось постоянно наступать на горло своему эгоизму, общаться с людьми холодными, циничными, далекими от восхищения, причем не просто общаться, а зависеть от них. Мощный инстинкт самосохранения, спасающий многих безоглядных эгоистов, спасал и Стаса. Он гибко приспосабливался к людям, он учился быть другим — но только внешне. Внутри он оставался все тем же избалованным, талантливым, нервным Стасиком, которым все должны умиляться.

И вот, когда бабушек, тетушек уже не было на свете, а родители стали старыми, больными людьми и сил на прежнее обожание у них не осталось, Стас вдруг обнаружил, что, кроме Веры Салтыковой, тихой и неинтересной Верочки, которая всегда под рукой, как бы про запас, нет ни единого человека, испытывающего к Стасу те горячие чувства, к которым он так привык с раннего детства.

Жена вопила в коридоре. У этой последней красотки, кроме ног, бюста, бульдожьей хватки и папы-мясника в Кривом Роге, ничего не было. Они были женаты всего два года.

Двадцатипятилетняя Инна работала секретаршей в какой-то мелкой туристической фирме, снимала крошечную квартирку на окраине Москвы вдвоем с подругой.

Она вышла замуж за Стаса исключительно ради московской прописки и отличной трехкомнатной квартиры на Самотеке. Четыре года назад, когда дела у Зелинского шли хорошо, ему удалось наконец путем сложных обменов и доплат отселить соседей из коммуналки. Теперь квартира принадлежала Стасу полностью. После капитального ремонта она засверкала так заманчиво, что криворожская красавица, единожды переступив порог, решила здесь навеки поселиться. Ни о какой любви речи вообще не шло. Он, как всегда, убедил себя: вполне достаточно ног и бюста, достаточно того, что на нее оборачиваются на улице. Правда, Инна не умеет ни одеваться, ни краситься, как его прежние жены. Не хватает вкуса и чувства меры, напяливает на себя все блестящее, как сорока. Провинциалка, лимита... Толстый слой макияжа выглядит вульгарно на простоватом, скуластом личике. И сколько ненависти, какие хищные, холодные глаза, какая жесткая, бессовестная хватка! Самое скверное, что в последнее время Инна стала часто прикладываться к бутылке. А что может быть гаже пьяной женщины?

Стас резко встал, не обращая внимания на Инну, которая закончила говорить по телефону и теперь принялась орать что-то ему в лицо, прошел в ванную, заперся, встал под душ...

Верочке Салтыковой далеко до секс-символа, на нее не пялятся мужики на улицах. Пятнадцать лет назад она была похожа на желтого плюшевого медвежонка, такая уютная, трогательная, с детскими ямочками на щеках, с сияющей восторженной улыбкой. Он сам не понял, почему затащил ее в постель. Он даже не подумал тогда, на даче, на пьяной вечеринке, что ей нет и шестнадцати, она школьница, совсем ребенок.

Только потом, обнаружив, что лишил ее невинности, увидев слезы, получив по физиономии, Стас опомнился и жутко испугался. Он ведь ничего не знал о ней, о ее родителях. Вдруг расскажет маме с папой? Это не шуточки, неприятностей не оберешься. Он много набормотал тогда – от страха, растерянности, жалости к себе и к ней. А она вдруг взяла и поверила.

Он сам не ожидал, что эта история затянется так надолго. Он ловко повернул двусмысленную неприятную ситуацию в иное, менее опасное русло, закрутил легкий, ни к чему не обязывающий роман с «плюшевым медвежонком». Но не жениться же на ней, в конце концов! А она и не заикалась об этом. Она довольствовалась тем, что он, драгоценный Стас, уходил и возвращался, когда ему вздумается.

Он не заметил, как постепенно привязался к ней, и, если в ее жизни вдруг появлялись другие мужчины, он по-настоящему пугался. Верочка была его собственностью, его тылом. Но ведь не может это тянуться бесконечно. Ей тридцать. Она хочет нормальную семью, ребенка, она не игрушка, не плюшевый медвежонок.

Между прочим, она очень похорошела к своим тридцати. Мягкая, приятная полнота – в фотомодели и манекенщицы таких, конечно, не берут, но многим мужикам нравится. Голубоглазая блондинка с нежной прозрачной кожей, с большой упругой грудью, к тому же у нее отличный вкус, она умеет одеваться и краситься, у нее есть чувство стиля и меры.

Стас намылил голову шампунем и подумал, что, наверное, совсем сбрендил на красотках. Даже Веру Салтыкову, привычную и знакомую до кончиков ногтей, он пытается оценить как товар, как скаковую кобылу. Впрочем, ничего странного, нормальное мужское тщеславие, древнее, как мир. Странно другое – неужели он и вправду решил жениться на Верочке?

Так и не ответив себе на этот насущный вопрос, Стас вылез из ванной, включил фен, тщательно уложил волосы, расчесал короткую жесткую бороду. В конце концов, ему уже под сорок, где-то растут два его сына, которых он почти не знает. Они его, разумеется, тоже. Он так некрасиво и склочно расставался с их мамашами, что теперь отношения сводятся только к алиментам. Обоих мальчиков воспитывают другие отцы. Можно считать, нет у него детей. И жены тем более нет. Глупо, в самом деле, считать женой эту вульгарную лимитчицу, дочку криворожского мясника, которая хочет оттяпать кусок жилплощади.

Он открыл шкаф в спальне, достал последнюю чистую рубашку. Надо жениться не на экстерьере, а на женщине, которая будет стирать и гладить тебе рубашки.

– Куда это ты намылился, скотина? – Красотка лимитчица возникла на пороге. – По бабам, небось, пошел, ка-азел вонючий.

Он нее явственно пахло перегаром.

Надо жениться на женщине, которая никогда, ни при каких обстоятельствах не будет напиваться и вот так разговаривать.

Были мягкие июньские сумерки. Стены домов впитали за день солнечный свет, и теперь, когда солнце садилось, улицы как бы светились изнутри.

Стас направился к метро. Он не сомневался, Вера Салтыкова сейчас дома. А где же ей еще быть? Нет, он не принял пока никакого определенного решения. Ему просто надо было убедиться, что все в порядке. Нет у нее никого, кроме Стаса. Он для нее — единственный. А если и начинают иногда за ней волочиться другие, так ему стоит лишь свистнуть, пальчиком поманить...

По дороге он купил одну большую нежно-розовую розу. С деньгами у него в последнее время было плохо, на букет раскошелиться не мог. Но один цветок — это так элегантно. Он вообще редко баловал Веру цветами. Она должна быть счастлива несказанно.

В подъезд он вошел вместе с какой-то бабулькой. Не пришлось набирать номер квартиры на домофоне, он позвонил сразу в дверь.

— Стас? — услышал он Верочкин голос.

Казалось, она размышляет, открывать или нет. Это что-то новенькое.

— Веруша, ты, может, впустишь меня?

Замок щелкнул. Дверь открылась, он обнял ее, нежно поцеловал в висок. От нее пахло духами «Лулу», он хорошо знал этот запах. Зачем она надушилась дома? Одета совсем не по-домашнему, длинная юбка из светло-бежевого шифона, тонкая шелковая блузка без рукавов мягкого кремового цвета. Все очень красиво, все в нежных пастельных тонах, которые так идут к светлым волосам и глазам.

Ирландский сеттер Мотя запрыгал, завилял хвостом. Он всегда радовался Стасу.

— Я очень соскучился. Ты одна? Мама дома?

Она отстранилась, сняла его руку со своей талии.

— Стас, я...

— Только не говори, что ты страшно занята, и не держи меня в прихожей. — Он попытался улыбнуться, но улыбка вышла какая-то резиновая.

— Я не одна, Стас.

— Значит, мама дома?

— Нет.

— А где? — глупо спросил он, словно его волновало, где может быть строгая Надежда Павловна, когда ее дочь не одна...

— Мама поехала с Соней к зубному. У Сони как-то сложно режется коренной зуб, молочный еще не выпал, там все воспалилось... Стас, я выхожу замуж.

Она произнесла это так внезапно, что он не понял сначала, как бы упустил последнюю фразу.

— А, Татьяна опять подбросила тебе Соню? Так что у нее с зубом?

И тут он почувствовал затылком чей-то неприятный взгляд. Кто-то смотрел на него из комнаты, молча и тяжело. Понятно, кто... До Стаса дошло наконец, но верить не хотелось.

— Ну, так познакомь меня... Я все-таки не чужой человек, — промямлил он, и опять лицо растянулось в дурацкой резиновой улыбке.

— Хорошо, — кивнула Вера, — проходи. Сейчас я сварю кофе.

Он шагнул к кухне. Внезапно перед ним возник невысокий прямой мужчина с короткими русыми волосами.

— Познакомьтесь, это Федор, это Стас...

Стас машинально протянул руку. Последовало холодное рукопожатие. Но что-то странно знакомое

298

было в этом обычном, вполне приятном лице. Нормальный мужик, немного за тридцать, короткая стрижка, крепкие, но не накачанные плечи. Где-то Стас уже видел его. Глаза нехорошие. Очень холодные и внимательные. Впрочем, он, конечно, пристрастен. С какой стати этот парень ему должен быть симпатичен? Неужели Верочка и вправду выходит замуж? Но почему так быстро? Ведь еще неделю назад никакого Федора не было. И не пахло никаким Федором.

Всего неделю назад он пришел к Верочке, и она была, как всегда, его Верочкой... сначала перевела для него рекламные тексты, потом они занимались любовью. Откуда он взялся, этот Федор? Почему именно сейчас, когда у него, у Стаса, все так плохо и ему позарез нужна Верочка?

Они сидели на кухне, пили кофе и молчали. Стас достал сигареты, предложил Вере, она кивнула, вытянула сигарету из пачки, и Стас заметил, что ее рука немного дрожит.

«Волнуется не меньше, чем я, — подумал он, — для нее это совершенно непривычная ситуация. А этот спокоен, глаза холодные... Где же я его видел? Может, спросить?»

Он протянул пачку Федору. Тот отказался. Молча покачал головой.

— Вы не курите?

— Нет.

— Простите, Федор, мы с вами раньше нигде не встречались? У меня плохая память на лица, мне кажется...

— Нет.

Стас чувствовал себя идиотом. Надо было встать и уйти.

А этого Федора никак не назовешь интеллигентным человеком. Вот сейчас цыкнет зубом и скажет: «Слышь, мужик, па-айдем, выйдем!» Еще и морду набьет. Такой может... А что, если Верочка решила выскочить замуж за первого встречного, ему, Стасу, назло? Если так, то не все потеряно. Она ведь любила его пятнадцать лет. А этого знает не больше недели.

— И когда свадьба? — спросил он, глядя на Веру.

— Федор сделал мне предложение только сегодня, — Вера покраснела, — полчаса назад.

Она не могла отшутиться или соврать что-нибудь. Она, как всегда, говорила правду. И Стас вдруг ясно понял: не любит она этого Федора, он появился в ее жизни совсем недавно и случайно. Может, он вообще какой-нибудь авантюрист? Может, ему, как красотке лимитчице, нужна жилплощадь и прописка? Ведь у Верочки неплохая двухкомнатная квартира в центре.

«Надо напрячь память и вспомнить, где я мог видеть его? Случайно встречались? Но знакомы не были... А почему тогда я запомнил? У меня ведь плохая память на лица».

— Значит, я опоздал на полчаса, — задумчиво произнес он.

— На **пятнадцать** лет, — еле слышно ответила Вера.

Федор сидел молча, словно изваяние, и смотрел на Стаса своими неприятными серыми глазами. Под этим взглядом было зябко.

— А вы, ребята, вовсе не похожи на счастливых влюбленных. — Стас поднялся из-за стола. — Веруша, можно тебя на минутку? Федор, вы извините, мне надо поговорить с Верой наедине.

Тот опять ничего не ответил, только едва заметно кивнул. Стас увел Веру в комнату Надежды Павловны и плотно прикрыл дверь.

— Ты с ума сошла? — прошептал он и прижал Верину голову к своей груди. — Девочка моя, ну нельзя же так! Кто он? Откуда взялся? Ты ведь не любишь его, ты наверняка ничего о нем не знаешь.

— Стас, не надо, — ее голос задрожал, она заплакала, горько, совсем по-детски, — я не могу так больше. Ты измучил меня, я хочу нормальную семью, ребенка, и не просто, а чтобы был отец. Я знаю, как плохо без отца. Я скоро стареть начну, у меня вон уже морщинки вокруг глаз, а он меня любит, на руках носит. Он такой сильный, хозяйственный, все чинит в доме, с ним спокойно...

— А мама его видела?

— Да, он ей понравился, он очень хороший. Конечно, он немного другой... У него мама была судомойкой в столовой, пила, мужиков пьяных в дом водила, жили они в каком-то подвале. Он охранником работает, кроме десяти классов, армии и Чечни — никакого образования. Разговаривает как в сериалах.

— Подожди, он что, воевал в Чечне? — опешил Стас. — Этого еще не хватало. А все-таки где-то я его видел. Я сейчас нервничаю и не могу вспомнить. Но я вспомню. Я чувствую, это важно. Мы с ним точно встречались раньше. Но он выступал совсем в другой роли. Слушай, а тебе не кажется, что он играет? Ты ведь сама сказала — разговаривает как в сериалах.

— Стас, ну разве в этом дело? Да, он человек совершенно другого круга. Ну и что? Я обязательно к нему привыкну и буду любить. Мне никто никогда не делал предложения, никто и никогда. А мне уже тридцать.

— Веруша, ты меня уговариваешь или себя? — тихо спросил Стас и взял в ладони ее лицо.

— Не знаю...

— А фамилию его знаешь?

— Не знаю...

— Веруша, а может, ну его, этого Федора? Не нравится он мне.

— Было бы странно, если б нравился, — Вера усмехнулась сквозь слезы, — это ведь я за него замуж выхожу, а не ты.

— Нет, я о другом... Мы с тобой глупостями занимаемся, ищем кого-то, я на стервах женюсь, ты вот замуж собралась за первого встречного, за этого Федора. Он наверняка какой-нибудь проходимец. Ну хочешь, я сделаю тебе предложение? Хочешь? Мы поженимся, будет у нас с тобой нормальная семья, ребенок. Ты же его не любишь. Ты любишь меня и сама это знаешь. Я виноват, я всегда вел себя с тобой по-свински.

— Хватит, — она вытерла слезы, — все это мы уже проходили. Каждый раз, когда я кому-то нравлюсь всерьез, ты все портишь. Помнишь, на втором курсе был Андрюша Захаров? А потом этот, как его? Физик Володя, с которым я у Тани познакомилась... И про каждого ты что-то придумывал, сразу становился таким замечательным, нежным. А через две недели появлялась очередная фотомодель, и ты... Нет, Стас. Хватит. У тебя двое сыновей, всяких жен и любовниц было штук двадцать, ты любишь только себя, ты не можешь быть мужем и отцом, ты сам балованный, трудный ребенок. И вообще я тебе больше не верю. Устала.

— Верочка, я тебя очень люблю, — прошептал он, прижимая ее к себе и гладя по голове, — я был идиотом. Мне никто, кроме тебя, не нужен. Поверь мне в последний раз, давай с тобой поженимся. Это будет уже навсегда. Зачем тебе этот охранник? Откуда он взялся? Как ты с ним познакомилась?

Дверь бесшумно распахнулась. На пороге стоял Федор.

— Вера, ты скоро? — спросил он спокойно, словно и не замечая, что они стоят посреди комнаты, обнявшись.

«Бред какой-то, — подумал Стас, — не драться же мне с этим охранником! Он меня мигом на обе лопатки уложит. А ведь он просто так не отвяжется, это не филолог Андрюша и не физик Володя. У этого мертвая хватка, он вроде моей лимитчицы: если уж вцепится своими крепкими зубами, только с мясом можно оторвать. Вернее, с хорошим куском жилплощади. Господи, что же делать?»

— Стас, я позвоню тебе, — тихо сказала Вера, глядя на него сухими, безнадежными глазами, — ты иди сейчас... Я позвоню, мы встретимся и поговорим, обсудим все спокойно. А сейчас иди. И ты, Федор... Вы простите меня. Оба. Не обижайтесь... Мне надо побыть одной.

— Хорошо, — кивнул Федор, — я понимаю. Тебе надо побыть одной. Мы уйдем. Оба. А завтра я приду.

«Он не так прост, как кажется, — подумал Стас, — он ведет себя совершенно правильно. Он хочет казаться благородным и великодушным. А почему, интересно, он решает за меня? Если я не собираюсь уходить? Пусть он уходит, я останусь... Нет. Получится бестактно и глупо. Значит, мы действительно сейчас выйдем отсюда вместе. Как интеллигентные люди, без разборок и мордобоя. Елки-палки, судомойкин сын, охранник-интеллигент. В Чечне воевал. Очень романтично...»

Из квартиры они вышли вместе.

— Слушай, может, пойдем куда нибудь, поговорим по-хорошему? — внезапно предложил Федор.

— О чем? — мрачно спросил Стас. — О чем нам с тобой говорить? Веру делить?

— А хотя бы и об этом, — кивнул новоиспеченный жених. — Знаешь, она ведь мне про тебя рассказывала. Ты ее пятнадцать лет мытарил. Вот поженимся мы с ней, и где гарантия, что она опять не побежит по первому твоему зову?

— Ну знаешь, — покачал головой Стас, — таких гарантий тебе вообще никто дать не сумеет.

— Правильно. Никто, кроме тебя. Поэтому поговорить надо.

— Хорошо, чего ты от меня хочешь? — устало спросил Стас. — Чтобы я исчез? Прости, не могу. А все-таки, где же я тебя мог раньше видеть? Не помнишь?

— Помню, — кивнул Федор, — точно помню. Нигде не мог. Никогда. Просто у меня лицо стереотипное.

Они уже давно вышли из подъезда и направлялись к метро.

«Он что, так и будет за мной идти до самого дома? — с раздражением подумал Стас. — Ну не драться же с ним, в самом деле!»

— Я ведь от тебя не отстану, — простодушно признался Федор, как бы отвечая на мысли Стаса, — морду бить, конечно, я не стану. Это глупо. Если Вера узнает, что я тебя хотя бы пальцем тронул, считай, победа за тобой. Но ты сам пойми, я не отступлюсь. Ты ведь женат, я знаю.

— Тебе куда ехать-то? — спросил со вздохом Стас, сходя с эскалатора в метро.

— Куда и тебе. Я ведь сказал, не отстану.

Подъехал поезд.

«Вот уж поистине простота хуже воровства, — подумал Зелинский, входя в вагон, — ну что мне с ним теперь делать? Домой к себе везти?»

— Послушай, ты понимаешь, что выбирать Вере, а не нам с тобой? — терпеливо стал объяснять Стас.

Они стояли рядом в полупустом вагоне и держались на верхний поручень. Стас был выше Федора на полголовы и смотрел на него сверху вниз, чуть снисходительно.

— Это тебе только так кажется, — усмехнулся Федор, — а если ты подумаешь немного, то поймешь: нам с тобой решать, а не ей. Не появишься ты у нее больше — мы с Верой поженимся. Ей ведь, как любой нормальной женщине, хочется иметь семью, ребенка...

— А если появлюсь? — мрачно спросил Стас.

— Ты и так ей жизнь разбил. Она ведь тебе ясно сказала: ты опоздал на пятнадцать лет. Сколько раз за это время ты мог на ней жениться? Так чего

304

же сейчас тебе неймется? Может, ты думаешь, я ей не пара? Прост слишком?

— Да ничего я не думаю! — разозлился Стас. — Мне здесь выходить. Будь здоров, Федя.

Из поезда они вышли вместе. И вместе перешли на другую линию. Стаса ужасно раздражала нелепость ситуации, он даже забыл на некоторое время о странном, навязчивом чувстве, что где-то когда-то им уже приходилось встречаться. Ну мало ли? Если он охранник, так, может, стоял у дверей какой-нибудь фирмы, охранял, а Стас зашел по делам издательства. Лицо у этого охранника и правда очень стереотипное.

— Слушай, Федор, а я ведь в гости тебя не приглашал, — сказал он, когда они подошли к подъезду.

— Да уж понятно, — кивнул тот, — жена у тебя, и вообще... Так что решили?

— Господи, ну неужели ты не понимаешь, Вера — не вещь, которую можно делить. Шел бы ты домой, Федор.

— Но ты ведь с женой не разведешься, — как ни в чем ни бывало вздохнул Федор, — ты опять хвостом покрутишь — и в кусты. И не жалко тебе Веру?

— Разведусь, — буркнул Стас, — и вообще, с какой стати я должен с тобой это обсуждать? — Он шагнул в освещенный подъезд.

— Дома сейчас твоя жена? — внезапно спросил Федор, шагнув следом.

— Ну, дома. А что?

— А тебе слабо сказать ей прямо сейчас, что ты с ней разводишься? Докажи хоть раз, что ты настоящий мужчина. Докажи. И я исчезну.

— Да что за бред, в самом деле! Откуда ты такой взялся?

— Вот, не можешь, — усмехнулся Федор, — так я и знал. Не способен ты на мужской поступок.

— Да если хочешь знать, я ей давно это сказал. Мы уже разводимся, только она просто так не уй-

305

дет. Сначала кусок квартиры оттяпает. Хватка у нее вроде твоей. Железная.

Казалось, Федор пропустил эти слова мимо ушей. Сверху, с площадки между этажами, слышался смех. Там, как всегда, заседала веселая компания дворовых подростков.

Подъезд был без домофона, единственный на весь двор, и подростков тянуло сюда как магнитом. Почему они облюбовали именно этот подоконник? Ладно, зимой сидят, гогочут, пьют и флиртуют. Но летом можно и на улице.

— Слушай, может, ты псих? — с тоской спросил Стас. — Ты извини, конечно, но так себя не ведут.

— Нет, — простодушно улыбнулся Федор, — я не псих. Я просто Веру люблю и хочу, чтобы все было по-людски. Ясности хочу, понимаешь? Это вам, сложным-интеллигентным, надо все запутать. А я человек простой, предпочитаю ясность.

Девочка в коротенькой лаковой юбке какого-то ядовито-зеленого цвета и в босоножках на метровой «платформе» сбежала вниз, чуть не налетела на стоявших у лифта Стаса и Федора.

— Здрас-ти, — бросила она Стасу и понеслась на улицу.

Она жила в квартире напротив, и Стас знал ее чуть ли не с пеленок. Только никогда не помнил, как ее зовут, то ли Ира, то ли Света...

— Ладно, мне домой пора. Не век же здесь стоять, у лифта. Мы с тобой не подростки, чтобы в подъезде отношения выяснять.

— А где же еще? — Федор невозмутимо пожал плечами. — Ты меня в гости не приглашаешь и ко мне не пойдешь.

Стоя напротив этого странного парня в собственном подъезде под тусклой лампочкой и глядя в серые, чуть прищуренные глаза, Стас вдруг поймал себя на том, что опять пытается вспомнить, где они встречались. Но на этот раз он осознал с пугающей

306

ясностью: не может вспомнить потому, что не хочет. Что-то такое застряло в подсознании...

Сверху опять послышался взрыв хохота, и Стас вздрогнул.

— Нервный ты, — покачал головой Федор, — и за что тебя Вера любит столько лет?

Подъехал лифт. Раскрылись автоматические двери. Стас и не заметил, когда его навязчивый собеседник успел нажать кнопку. В лифт они вошли вместе.

— Кончится это когда-нибудь или нет? — спросил Стас. — Ты разве не понял: я тебя в гости не приглашаю.

— Понял, — кивнул Федор, — не приглашаешь.

Руки он держал в карманах. Глаза его были совсем близко и глядели на Стаса холодно, насмешливо.

«Он издевается надо мной, что ли? — вдруг подумал Стас. — Ведь не в милицию же мне звонить, если он войдет в квартиру?! Никогда не чувствовал себя таким идиотом. Никогда...»

Лифт остановился на пятом этаже. Стас молча вытащил ключ из кармана, открыл дверь, шагнул в квартиру и, не глядя на Федора, который стоял в двух шагах, попытался тут же захлопнуть дверь и так разнервничался, что даже ключ забыл вытащить снаружи, из замочной скважины.

Федор придержал дверь ногой. Только тут Стас почувствовал, насколько силен этот назойливый простачок. Дверь заклинило, словно нога была из железа. Стас побледнел.

— Тебе что, так в гости хочется? — спросил он с вымученной улыбкой.

Они беседовали через порог.

— Если мне чего хочется, так я приглашений не жду, — тихо, почти шепотом ответил Федор.

Серые немигающие глаза уставились на Стаса, и он невольно отвел взгляд.

307

— Ну ладно, — пожал он плечами, — заходи...

— Спасибо, — усмехнулся Федор, — в другой раз обязательно зайду.

Он убрал ногу и сам захлопнул дверь, прямо у Стаса перед носом. Несколько секунд Стас стоял перед дверью, будто его только что на пороге собственной квартиры облили ведром ледяной воды. Он сам не мог понять, почему дрожит. Даже зубы стучат.

Зелинский не заметил, что ключ, только что торчавший в замочной скважине снаружи, теперь исчез. От неприятных переживаний он напрочь забыл о ключе.

Он вообще был человеком рассеянным и про ключ забывал часто, особенно когда голова была занята какими-нибудь серьезными проблемами. Английский замок защелкивался, а ключ торчал снаружи, пока кто-нибудь из соседей не звонил в дверь и не говорил: «У вас ключ торчит», или жена не спохватывалась: «Ты что, совсем сдурел? Нас же обворуют!»

— Бред какой-то, — нарочно громко сказал он самому себе и зажег свет в прихожей.

Жена была дома, в спальне орал телевизор. Она еще не спала, но успела выглушить почти всю поллитровую бутылку «Смирновки» в одиночестве. Стас с удовольствием включился в очередную перепалку. Он огрызался в ответ на пьяные откровения супруги и чувствовал, что напряжение, которое не давало дышать, потихоньку отпускает.

— Идиотка! С твоими куриными мозгами лучше молчать в тряпочку! — сказал он жене и подумал: «Ну что же меня так трясло от этого Федора? Вампир он, что ли?..»

О забытом и исчезнувшем ключе он так и не вспомнил. Какой ключ, когда столько всего сразу на него, бедного, навалилось?

Глубокой ночью Стас Зелинский проснулся в холодном поту. Он вспомнил, где, когда и при каких обстоятельствах видел лицо новоиспеченного жениха Верочки.

Глава 22

Домашний телефон племянника арбатской сироты Головкина Ильи Андреевича упорно не отвечал. На макаронной фабрике сказали, что начальник отдела снабжения уже третий день не появляется на работе, однако ни отпуска, ни командировки у него сейчас нет. Директор фабрики был весьма обеспокоен этим обстоятельством.

— Илья Андреевич — наш старый работник, человек аккуратный и обязательный. Если бы он забюллетенил, позвонил бы обязательно, предупредил.

— А раньше случалось, чтобы он исчезал на несколько дней? — спросил капитан Мальцев.

— Нет, — покачал головой директор, — никогда такого не было.

— Может, кто-то из близких заболел? Сейчас ведь лето, мало ли, на даче что-то... — предположила присутствовавшая при беседе пожилая секретарша.

— Насколько мне известно, дачи у Головкиных нет. Из близких у Ильи Андреевича только жена. Он как-то говорил, что она обычно проводит один-два летних месяца у приятельницы на даче. Я не знаю, где это... — вздохнул директор.

Выяснить адрес дачи на станции Поварово не составило труда. Раису Федоровну Головкину привезли в Москву.

— Здрас-сти-пожалуйста! — буркнул капитан Мальцев, когда в квартире был обнаружен труп Ильи Андреевича.

— Похоже на отравление клофелином, — констатировал судмедэксперт.

Пока осматривали квартиру, снимали отпечатки пальцев с трех бокалов, бутылок и кофейных чашек, испачканных яркой губной помадой, Раиса Федоровна с каким-то даже торжеством повторяла:

— Вот! Допрыгался! Я знала, что этим кончится!

Следы поспешного ограбления были налицо.

— В последнее время Илья как с цепи сорвался, — рассказывала вдова, — два дорогих костюма купил, ботинки за пятьсот тысяч, галстуки. Раньше один костюм по десять лет носил, а уж если покупал, то старался подешевле. Каждая копеечка была на счету, известно, какая теперь жизнь!

— То есть вы хотите сказать, что в последнее время у вашего мужа появились деньги? — уточнил Мальцев.

— Ну а на что же он все это покупал? — резонно спросила Головкина. — Ведь не на зарплату свою! И по ресторанам стал ходить. На зарплату, что ли?

— По каким именно ресторанам, не знаете?

— Да уж куда мне? — Раиса Федоровна саркастически поджала губы. — Он меня ни разу не приглашал с собой.

— А откуда, простите, вам известно про рестораны?

— Соседка видела...

Позже нашлась еще одна соседка, которая видела, как почтенный Илья Андреевич вечером четыре дня назад вошел в подъезд в сопровождении двух девиц определенного рода. Соседка с удовольствием описала подружек-блондинок. Одна стриженная коротко, у другой волосы длинные, у обеих юбчонки до пупа и морды размалеванные. В общем, понятно, что за девицы. А Головкин не просто входит с ними в родной подъезд — обеих за талию обнимал, а сам-то был в светлом дорогом костюме.

Удалось выяснить, в каком кафе провел скромник снабженец тот роковой вечер, а потом были задержаны по подозрению в убийстве две юные гастролерши, жительницы Брянской области. Обе, всхлипывая, объяснили, будто хотели старичка только успокоить, чтобы не приставал. Откуда им знать, сколько надо на такое дело клофелина? Они же не в аптеке работают.

Казалось, все ясно. Седина в бороду, бес в ребро. Такие поучительные истории случаются часто, только никого они не учат.

Сюжет оказался лакомым куском для съемочной группы передачи «Дорожный патруль». Они налетели, как коршуны, засняли рыдающих девиц. Сюжет показали в ту же ночь.

— Если кто-то узнал этих девушек и пострадал по их вине, просьба позвонить по телефону... — говорил ведущий за кадром.

Имя убитого, Ильи Андреевича Головкина, прозвучало на всю Россию.

Дотошный Уваров добился у прокурора санкции на обыск в доме покойного. Очень его заинтересовала внезапная перемена в образе жизни скромного снабженца.

В квартире обнаружили тайник. Под вытертой обивкой тахты в поролоне было вырезано углубление. Там, в объемной дамской косметичке, хранилось двадцать семь тысяч долларов и три миллиона рублей. Было заметно, что обивку много раз вспарывали и зашивали вновь, то аккуратными стежками, нитками, подобранными по цвету, то кое-как.

Раиса Федоровна, увидев тайник и его содержимое, жалобно застонала и схватилась за сердце.

— Стервец, паршивец... копейку каждую считали...

— Рая, нехорошо о покойнике так, — шепотом заметила соседка, приглашенная в качестве понятой.

— Каждую копейку... В сапогах драных ходил всю жизнь... Макаронами питались... Стервец, оглоед несчастный, на хлебе экономили, на мыле, — повторяла безутешная вдова, все более бледнея и тихо оседая в кресло.

От следующей находки застонал майор Уваров. В нижнем ящике письменного стола было сделано что-то вроде двойного дна, просто положен на дно кусок фанеры. А под ним, в старой ситцевой наволочке покоился холст, в котором любой человек, хотя бы немного знакомый с изобразительным искусством, моментально мог узнать руку великого Марка Шагала.

Румяные влюбленные парили в облаках над игрушечными крышами старого Витебска. Пухлая полосатая кошка с человеческим лицом улыбалась ласково и хитро.

— Ну почему ты думаешь, что Сквозняк непременно смотрит «Дорожный патруль»? — спросил Мальцев, вглядываясь в окаменевшее лицо Уварова.

— Гнать их надо было в шею, — процедил майор сквозь зубы, — а теперь все. Чувствую себя полным идиотом. Взяли и предупредили сами по телевидению: все, мол, Сквознячок, нет твоего казначея, сиди тихо и на связь с ним не выходи.

— Да кто ж знал, что так получится? — вздохнул Мальцев. — А гнать «Патруль» в шею нельзя. Мы с ними дружим и сотрудничаем.

* * *

— Пожалуйста, не вешайте трубку! Поверьте, это очень важно. Просто выслушайте меня. — Голос звучал глухо и как-то обреченно.

— Я не буду вешать трубку. Я вас слушаю, — сказала Вера.

— Спасибо, — в трубке был слышен вздох облегчения, — только сначала ответьте мне на один вопрос. У вас есть дома факс?

— Да.

312

— Его номер совпадает с номером телефона?

— Да.

Последовала минутная пауза. Потом невидимый собеседник заговорил быстро и очень возбужденно:

— Моего брата убили в Праге десять дней назад. Я узнал, что за несколько минут до смерти он отправил для меня факс. По вашему номеру. Получилась путаница. Мне пришлось срочно закрыть фирму, тут же ликвидировали телефонный номер. А брат в это время был в Праге и еще не знал, я не успел ему сообщить. В общем, только от вас я могу узнать, что хотел сказать мне мой брат перед смертью. Вы понимаете, насколько это для меня важно?

— Конечно, понимаю. Но дело в том, что факсы, которые адресованы вашей фирме, я выбрасываю. У меня очень много собственных бумаг.

Опять долгая пауза.

— Вы выбрасываете все мои факсы? Все до одного?

— Простите, но, кажется, да.

— Сообщение моего брата отличались от остальных. Он писал от руки, по-чешски. Может, вы обратили внимание? Запомнили что-то? Ведь обычно никто не пишет от руки...

— Мне сложно сказать сейчас. Я должна посмотреть в своих бумагах, вспомнить. Еще раз простите меня, но мне приходит огромное количество текстов, на разных языках.

— И все-таки вы не могли не заметить текст, написанный от руки.

— Я обещаю поискать. Как с вами можно связаться?

— К сожалению, никак. Если позволите, я сам вам буду звонить. Меня зовут Антон, фамилия Курбатов. Простите, в как вас зовут?

— Вера.

— Очень приятно. Поверьте, я не стал бы вас беспокоить по пустяку. Так можно еще раз позвонить вам?

— Да, конечно.

***

Эту отвратительную историю Стас Зелинский очень хотел забыть. За три года почти удалось. Однако иногда в памяти всплывала душная августовская ночь, полутемный чужой подъезд, вонь кошачьей мочи и собственный липкий ужас.

А начиналось все так невинно. Он всего лишь закрутил мимолетный роман с женой приятеля. Если совсем уж честно, то инициатива принадлежала ей, Марине. Сам он не решился бы. С Женей Веденеевым у него были не только приятельские, но и деловые отношения. Их многое связывало – юность, институт, общий успешный бизнес.

Веденеев долго не женился, все выбирал. И выбрал такую оторву, что даже видавший всякое Стас удивился.

В конце восьмидесятых, когда в России начали проводиться первые, помпезно обставленные конкурсы красоты, девятнадцатилетняя Марина Николаева стала «Мисс Очарование» на московском уровне. А через полгода ее переименовали в «Мисс Нежность» – на российском уровне. Потом ее сняли в качестве модели для рекламы гигиенических тампонов. Однако на этом карьера «мисс» кончилась.

Конкурсы и рекламные съемки требовали колоссальных усилий, физических и моральных. А Марина была ленива и не слишком тщеславна. Она могла целыми днями валяться на тахте, задрав длинные, как говорил ее муж Женя, «гениальные» ноги, с лицом, намазанном клубничной мякотью или целебной грязью Мертвого моря, с сигаретой в зубах и телефонной трубкой у уха. Молодой муж недоумевал, о чем можно говорить по телефону часами, если вообще ничем в этой жизни не занимаешься.

Единственным делом, ради которого «Мисс Нежность» могла оторваться от телефона и смыть с лица очередную косметическую маску, был секс.

Маринина ненасытность бросалась в глаза сразу, с первых минут знакомства. Она умела так двигаться, поводить плечами, тянуть слова, что у многих начинала кружиться голова. В том числе у Стаса Зелинского.

Молодому мужу «Мисс Нежность» стала изменять уже в медовый месяц. Она умудрялась делать это настолько элегантно и легко, что осуждать ее было невозможно. К тому же, как это часто случается, о шалостях красотки знали все вокруг, кроме мужа. Сам Веденеев пребывал в счастливом неведении, и желающих открыть ему глаза на горькую правду не находилось.

Очень быстро очередь дошла до Стаса. Стоило Женьке отправиться на неделю в командировку, в руках Зелинского как-то сам собой оказался ключ от квартиры, где на тахте возлежала прекрасная Марина, задрав «гениальные» ноги.

Стасу было, конечно, неловко. Однако не он первый, не он последний. К тому же проигнорировать столь откровенный призыв красотки казалось как-то не по-мужски. Неизвестно еще, чем обернется такой вот оскорбительный отказ. Можно нажить себе злейшего врага в лице «Мисс Нежность».

Около часа ночи Стас вошел в подъезд старого дома неподалеку от Самотеки. В кулаке он сжимал ключ от Женькиной квартиры. Лифт оказался сломанным, Стас пошел пешком на шестой этаж. Вскоре он услышал сверху осторожные шаги. Спускались несколько человек. Они шли быстро, но очень тихо. Старались не шуметь. Ну, понятное дело, поздно уже, люди спят.

В пролете между третьим и четвертым этажами Стас столкнулся с четырьмя молодыми людьми. Двое несли большие спортивные сумки, третий держал на вытянутых руках картонную коробку из-под какой-то аппаратуры. Четвертый шел налегке.

Стас вежливо посторонился, пропуская процессию. Он не смотрел в их лица. Какое ему дело до их лиц? Когда идешь ночью в чужую квартиру к чужой жене, лучше не пялиться на встречных. Однако четвертый, замыкающий, на секунду остановился и сам уставился на Стаса. Нехорошо уставился, Стас даже подумал: а не сосед ли это Женькин? Вдруг он случайно видел Зелинского здесь в гостях и теперь недоумевает, куда, мол, ты, мужик, намылился среди ночи, когда хозяин квартиры в командировке?

Свет на лестнице был достаточно ярким. Зелинский невольно разглядел лицо бдительного незнакомца. Ничего примечательного в этом лице не было. Стас тут же вспомнил, что как-то при нем заходил Женькин сосед, такого же примерно возраста и роста. Вот откуда взялся этот мимолетный вороватый испуг! Однако нет, человек на лестнице на веденеевского соседа совершенно не похож. Только возраст и рост...

И тем не менее, сам не понимая почему, Стас не подошел сразу к Женькиной квартире, поднялся этажом выше, постоял в пролете. Далеко внизу давно уже хлопнула дверь подъезда. Было слышно, как отъехала машина.

Осторожно, на цыпочках Стас спустился вниз, подождал еще несколько секунд, воровато прислушиваясь, и наконец сунул ключ в замочную скважину.

Дверь оказалась незапертой. В прихожей было темно.

— Мариша! — позвал он шепотом.

Никто не откликнулся. В квартире стояла странная, глубокая тишина. Из за приоткрытой двери в спальню пробивалась тонкая полоска света.

«Может, уснула?» – подумал Стас и осторожно заглянул в спальню.

Все было перевернуто. Платяной шкаф распахнут, ящики комода вывернуты, по полу разбросаны пестрые тряпки. Марина сидела посреди комнаты, привязанная к стулу какой-то широкой серой лентой. Голова ее была беспомощно откинута назад. На бледно-голубом шелке японского халата-кимоно темнели бурые, безобразные пятна, и Стас сразу понял, что это кровь. По какой-то особой, застывшей расслабленности позы, по неестественному повороту запрокинутой головы было ясно: Марина Веденеева мертва.

Горло сдавил спазм. Он с детства не переносил вида крови. Он зажал рот ладонью, чувствуя, что сейчас его вырвет. Прямо здесь, на ковер спальни, перед мертвой женщиной... Это было настолько отвратительно, что он бросился вон из квартиры, не оглядываясь, давясь спазмами, зажимая рот.

Он жил совсем близко, в трех кварталах. По дороге, на бегу, как-то машинально закинул ключ, все еще зажатый в потной ладони, в мусорный контейнер.

«Ну что стоило пригласить ее к себе? – думал он под бешеный стук собственного сердца. – Я ведь один сейчас, один в пустой огромной квартире. Но л не решился. А она так элегантно и многозначительно вручила мне ключ... Если бы можно было все повернуть назад, переиграть...»

Никто не слышал, как ночного гульбуна выворачивает наизнанку в сортире. Потом он долго чистил зубы, полоскал рот мятным ополаскивателем, влез под горячий душ и стал уговаривать себя, что все это ему приснилось. Не было ничего...

Сидя в халате на своей чистой красивой кухне, ожидая, пока закипит чайник, он чувствовал слабость и головокружение. Закурив и глубоко затянувшись, он вдруг ясно понял, что те четверо, встреченные на лестнице, были грабители. Они убили Марину Веденееву, в спортивных сумках и в коробке лежали вещи, вынесенные из квартиры. А тот, что шел налегке, был главным в банде. Он внимательно посмотрел на Стаса, вероятно, оценивая его как потенциального свидетеля и размышляя, а не пришить ли тут же, на месте.

Стас быстро загасил сигарету и опять побежал в сортир. А потом опять пришлось чистить зубы и полоскать рот. Вероятно, в старой семейной легенде о его особенной нервности все-таки была доля правды.

Мысль вызвать «скорую» и милицию не мелькнула в его воспаленном мозгу ни тогда, в квартире Веденеева, ни позже. Ведь сразу возникает вопрос: а что вы делали здесь в столь поздний час? Самое скверное, что этот же вопрос и у Женьки возникнет обязательно...

Марину обнаружили через день. Переполох подняла одна из ее многочисленных «телефонных» подружек. Они договорились в среду отправиться вместе в сауну. Подруга должна была заехать за Мариной в десять утра, без всяких дополнительных созвонов.

Дверь так и оставалась незапертой. Войдя в квартиру, девушка в отличие от слабонервного Стаса Зелинского не стала давиться рвотными спазмами, не бросилась бежать. Первым делом она попыталась прощупать у подруги пульс, потом вызвала «скорую» и милицию.

Позже Женька Веденеев, запивая слезы водкой, рассказал Стасу, что Марина будто бы была еще какое-то время жива. Грабители нанесли ей несколько ножевых ранений, но сердца не задели. Врачи сообщили, что она просто истекла кровью. Если бы произошло чудо и ее обнаружили на несколько часов раньше, могли бы спасти. Но чудес, как известно, не бывает.

На похороны жены друга Стас не пошел, сославшись на болезнь. Он действительно чувствовал себя больным и несчастным. Он пытался утешиться тем, что чудес действительно не бывает и в квартире он оказался той ночью совершенно случайно. Мог бы запросто и не оказаться. А если бы Женька узнал о похождениях своей драгоценной супруги, то это стало бы для него дополнительной травмой. И вообще покойная была той еще штучкой, настоящей поблядушкой и стервозой, хотя о покойных так говорить нехорошо.

Общение с Веденеевым он постарался свести к минимуму, ему тяжело было смотреть Женьке в глаза. Он даже придумал предлог и вышел из совместного вполне успешного бизнеса.

А по Москве между тем ходили слухи о страшной банде грабителей. Из криминальных новостей Стас узнал, что зверски убиты сразу три человека, оказавшиеся в квартире, которая приглянулась бандитам. Бабушка, дедушка и их десятилетний внук. Однако мало ли в Москве случается квартирных ограблений? Бабушка и дедушка привязаны широким скотчем к стульям, как была привязана Марина Веденеева. Ну и что? Совсем необязательно, что это — те же, которых Стас видел ночью на лестнице. В самом деле, не идти же сейчас в прокуратуру, не рассказывать о тех четверых! Это совсем уж безумие. Лучше забыть. Не было ничего...

Женя Веденеев уехал навсегда в Канаду. Слухи о банде затихли. Все реже Стасу снилась женщина, привязанная к стулу, огромные бурые пятна крови на нежном голубом шелке. Однако молодое сероглазое лицо человека, который шел налегке по ночной лестнице, никак не забывалось.

«А если он тоже запомнил меня? – с ужасом думал Стас, но тут же отгонял от себя эту идиотскую мысль. — Я его запомнил потому, что пережил настоящий шок. А он ничего не пережил. Для бандита убийство — привычное дело».

И вот сейчас, через три года, Стас Зелинский проснулся в холодном поту, вскочил с кровати, заметался по комнате. Ему опять приснилось ничем не примечательное сероглазое лицо.

Странный парень, нахальный, простоватый жених Верочки Салтыковой, был тем самым бандитом. Три года назад именно он замыкал процессию грабителей, выносивших вещи из квартиры Веденеевых. Он шел налегке по ночной лестнице, остановился на секунду и посмотрел в лицо Стасу...

Стас понял это с такой оглушительной ясностью, что уговаривать себя, утешать, будто это ошибка и он обознался, было бесполезно.

— Что делать? Господи, что делать? — тупо повторял он, расхаживая по комнате в одних трусах. — А если этот убийца тоже узнал меня? Узнал и куражился, издевался, решил сразу, что никуда я от него не денусь? Тогда струсил, не вызвал милицию, и сейчас... Нет, меня он узнать не мог. Исключено. Он вообще не знал, что я иду именно в ту квартиру. Три года прошло.

Однако что ему надо от Веры? Он бандит и убийца. Если он убьет Веру? Неужели она не догадывается? Конечно, она не догадывается... Как же быть? Сказать ей? Слишком много придется объяснять. Она не поверит, подумает, я совсем свихнулся.

Пойти в прокуратуру? В милицию? И выложить ту старую историю? Ведь это какая-то статья. Наверняка мой поступок подходит под статью: оставление в беспомощном состоянии, недоносительство или еще что-то. Вся жизнь полетит к черту. Вся жизнь.

Жена крепко спала в соседней комнате. В квартире стояла тишина. Не зажигая света, Стас продолжал как загнанный зверь метаться по компате из угла в угол. В этом ночном хождении не было ничего осмысленного, только паника и истерика.

Заметив, что за окном свет, Стас выпил две таблетки снотворного. Все надо обдумать на свежую голову. Нельзя принимать решения сгоряча. А чтобы голова была свежей, необходимо поспать хоть немного. Раньше он спокойно переносил бессонные ночи, а сейчас тупел, ходил как сомнамбула и ничего не соображал. Все-таки возраст, и здоровье уже не то.

Он закутался в плед, свернулся калачиком и тут же провалился в тяжелое забытье. А через двадцать минут входная дверь бесшумно открылась.

Глава 23

Толстый мальчик держал в руках пластиковую бутылку из-под шампуня, наполненную водой.

— Только попробуй брызни! — сурово сказала Соня.

— И что будет? — поинтересовался мальчик.

Он был ниже на полголовы и, вероятно, младше на год. Соня окинула его надменным взглядом и тихо произнесла:

— Брызнешь — врежу.

— Да я тебе первый та-ак врежу! В другой двор улетишь! Тощая!

— Что ты сказал?! — Соня грозно насупилась и шагнула к мальчику.

Он тут же окатил ее струей воды из брызгалки.

— Тощая! Худоба горемычная! Вобла сушеная! Ну, поймай меня! Поймай!

Мальчишка не убегал, просто уворачивался от Сониных рук и опять умудрился облить ее с головы до ног. Но вода в брызгалке на этом кончилась.

— Ну, я тебя отлуплю! Ну, ты у меня дождешься!

Житрест, пром-сарделька! — Соня поймала его за резинку шортов и замахнулась.

Но ударить не могла. Она вообще не умела бить того, кто слабее. А мальчишка, хоть и толстый, был явно слабее.

— Если ты мне штаны порвешь, мать меня целую неделю будет пилить, — мирно сообщил мальчик, — лучше врежь, но штаны не рви.

Соня отпустила резинку шортов.

— Ладно, гуляй. Я сегодня добрая.

— Так не с кем гулять, — мальчишка пожал плечами, — у нас весь двор разъехался. Скукота... Кто в лагерь, кто с родителями на море. Меня скоро к тетке в Пущино отправят. А ты у Салтыковых из сорок седьмой квартиры живешь?

— Да.

— Они тебе кто?

— Вера — подруга моей мамы. Еще с детства, — объяснила Соня.

— А зовут тебя как?

— Соня.

— Меня Вадик. Слушай, хочешь, я тебе мое гнездо покажу?

— Покажи, — кивнула Соня.

— Слабо на тополь залезть?

— Да запросто, — Соня посмотрела на огромный тополь, который рос в глубине двора. — Это у тебя там, что ли, гнездо?

— Ага. У тебя деньги есть?

— Ну, тысячи две. А что?

— Давай сбегаем к ларьку, мороженого купим, на тополь залезем, будем сидеть, есть мороженое и за улицей наблюдать. Знаешь, как классно!

Идея Соне понравилась. У Вадика оказалось полторы тысячи, их хватило только на одну порцию. Быстро взобравшись по толстым сучьям раскидистого тополя, они уселись поудобнее и стали откусывать от сливочного рожка по очереди. Есть мороженое, сидя на дереве, было действительно классно.

— Хочешь, тайну расскажу? — равнодушным голосом спросил Вадик.

— Расскажи, — кивнула Соня и слизнула с вафельного рожка длинную каплю.

— А с дерева не свалишься? — прищурился Вадик.

— Ты сам смотри не свались!

— Я видел, как вашего Мотьку уводили, — прошептал Вадик, припав к Сониному уху липкими от мороженого губами.

— Что ты там бормочешь? — грозно спросила Соня. — Кто уводил? Когда?

— Когда вы думали, будто он потерялся. — Вадик многозначительно поджал губы. — Я вот здесь, на дереве сидел. За тобой наблюдал. И за улицей. Смотри, отсюда все видно, что за домом делается.

Действительно, с тополя хорошо просматривалась часть улицы, отгороженная от двора старым пятиэтажным домом с аркой.

— Ну вот, — продолжал Вадик. — Ты стала на качелях качаться. А Мотька заигрался с дворнягой. Убежал в арку. Тебе с качелей видно ничего не было. Ту откуда ни возьмись дядька с поводком. Эй, ну ты мороженое ешь или как? Таст ведь.

— Сам доедай, я не хочу, — Соня отдала Вадику рожок. — Ну, давай дальше, что за дядька?

— Молодой такой, в джинсах. Не бомж, не алкаш. Приличный вполне. А Мотька упирался, идти не хотел. Ох он его тащил, ужас!

— Ну-ка расскажи, как этот дядька выглядел? — шепотом попросила Соня.

— Да обыкновенно, — пожал плечами Вадик, — я же сказал, молодой, в джинсах черных.

— Так чего же ты не зашел сразу, не рассказал? Мы ведь искали его, на весь двор кричали, у всех спрашивали. А потом объявления везде расклеили... Что же ты не зашел? Знал ведь, чья собака! — возбужденно зашептала Соня.

У нее даже дыхание перехватило от возмущения, и говорить она могла только шепотом.

— Ну, я это... — замямлил Вадик, — я думал, может, так и надо? Может, знакомый какой?

— Жалко ему стало! Знакомый! — передразнила Соня. — Собаку украли на твоих глазах! А ты... Раньше сказать не мог?

— Так ведь он вернул потом. Я как раз собирался рассказать. А смотрю, вернул он Мотю. И вообще, мама говорит: не лезь в чужие дела.

— Эх ты, — тяжело вздохнула Соня, — сиди на своем дереве!

Она спустилась чуть ниже, схватилась за толстый сук и, отпустив руки, легко спрыгнула на землю.

— Только не забудь, это тайна! — закричал вслед Вадик. — Я вообще мог тебе ничего не говорить!

Соня, не оборачиваясь, побежала к дому.

«Может, ему Вера понравилась и он решил таким способом с ней познакомиться? — размышляла она. — Но зачем было собаку уводить? Это ведь подло. Наврал, будто нашел случайно, от каких-то кобелей отбил. А я все удивлялась, почему Мотька так его боится?»

Соня впервые за свою десятилетнюю жизнь столкнулась с таким жестоким и наглым взрослым враньем, и ей почему-то было от этого стыдно, словно она подглядела в замочную скважину нечто мерзкое, неприличное.

Вера собирается замуж за него, а он, оказывается, врет! Ведь не выдумал же этот толстый Вадик... Зачем ему такое выдумывать? Надо рассказать Вере. Мама поступила бы именно так. Она бы даже не Вере все рассказала, а спросила бы самого Федора напрямую: «Зачем вы это сделали?» И что получилось бы? Ничего хорошего. Если он действительно разыграл всю эту историю с Мотей, он очень хитрый и жестокий человек. С такими опасно говорить напрямую, с ними надо быть очень осторожным.

А как бы поступил папа? Он не стал бы ничего рассказывать и выяснять. Он просто перестал бы общаться с таким человеком. Папа говорит, подлецу не объяснишь, что он подлец. Если человек сам не понимает, что поступает плохо, твои слова его не убедят.

Какой-то папин аспирант воровал чужие идеи, когда папа узнал об этом, был страшно подавлен и возмущен. Мама говорила: скажи ему прямо, что он вор. А папа отвечал – зачем? Мама настаивала: ему должно быть стыдно! А папа сказал: если ему не было стыдно так поступать, значит, ему это чувство вообще не знакомо. Бывает, человек рождается с каким-нибудь физическим уродством, так вот, бессовестность – это тоже вроде врожденного уродства. Это не лечится.

Соня не любила слушать взрослые разговоры, она часто и настырно влезала в них с вопросами, если не понимала чего-то. Родители терпеливо разъясняли. Они не жалели на это сил и времени, особенно если речь шла о важных вещах.

В том давнем споре между мамой и папой про вора-аспиранта она не поняла главного: кто из родителей прав. Когда мама излагала свою позицию, Соне казалось, она права. Когда папа возражал, девочка начинала думать, что прав он. Оба говорили очень убедительно.

Соня внешне была похожа на маму, однако характер у нее получился папин. В ней с самого раннего детства угадывалась папина мягкая сдержанность, замкнутость. Она никогда не была болтушкой, трудно сходилась со сверстниками. В быту она была почти такой же рассеянной и забывчивой, как ее отец, и так же, как он, тонко чувствовала малейший оттенок фальши в людях. Это чутье поражало, а иногда даже пугало родителей.

Когда ей было четыре года, знакомый привел к ним в гости известного кинорежиссера. Режиссер всячески кокетничал с красивым черноглазым ребенком. «Совершенно врубелевский образ, хрупкость модерна начала века...» — говорил он. А уходя, заявил, что хочет снять Соню в кино. Любая другая четырехлетняя девочка отнеслась бы к такому предложению с восторгом. Однако Соня помрачнела и замкнулась.

Режиссер свое обещание выполнил, позвонили с киностудии, за Соней приехал мосфильмовский «рафик».

— Не хочу, — заявила Соня милой девушке, помощнику режиссера, когда та поднялась за ней в квартиру, — никуда не поеду!

— Почему? — удивились родители и девушка. — Это ведь так интересно, сниматься в кино!

— Интересно, — кивнула Соня, — но мне не нравится тот, главный...

Все поняли, что речь идет о режиссере, и опять спросили:

— Почему?

— У него голова пластмассовая! И весь он пластмассовый, ненастоящий, — заявила девочка.

Кинорежиссер был действительно человеком фальшивым и манерным. Он любил работать на публику, взрослые относились к этому спокойно и снисходительно, многие вообще не замечали.

Годам к восьми Соня стала догадываться, что фальшь бывает безобидной, когда человек просто хочет нравиться, старается казаться лучше.

— Есть люди, которым очень важно, какое они производят впечатление, — объяснял папа, — они постоянно думают об этом и со стороны иногда выглядят смешно. Но смеяться нельзя, даже про себя, таких людей надо жалеть, им очень трудно...

Соня прекрасно понимала, что папа имеет в виду, и училась быть снисходительной к чужим слабостям.

Федор с самого начала показался ей насквозь фальшивым. Но она знала — смеяться над этим нельзя. Ведь все понятно. Он по уши втрескался в Верочку, поэтому из кожи вон лезет. Он пытается скрыть свою простоватость, внутреннюю жесткость и даже приблатненность. Уж это Соня чувствовала за версту благодаря опыту своей элитарной школы. Родители ее одноклассников, разумеется, не были «братками» в общепринятом смысле. Они не сплевывали сквозь золотые «фиксы», не «ботали по фене», иногда на их руках мелькали перстни и наколки, однако перстни были очень красивые, дорогие, с холодным алмазным блеском, а наколки совсем бледные — их старательно выводили в косметических салонах.

Это были люди в хороших дорогих костюмах, с нормальными, даже приятными манерами. Но в их глазах светилось что-то жуткое, хищное, в их речи мелькали особые словечки, из их машин звучала особая музыка. Соня не могла пока точно сформулировать про себя, чем эти люди существенно отличаются от всех прочих. Просто жестокие звериные законы их мира накладывали какие-то особые отпечатки на их лица. И Соня безошибочно угадывала их среди других, нормальных, людей.

Именно этот отпечаток она с первого же дня заметила на лице Федора. Что-то неприятно знакомое мелькало в его глазах, иногда в речи его появлялся блатной надрыв, словно он играл героя песни какого-нибудь Рубашкина или Новикова. Соня удивлялась, почему тонкая, умная Верочка не замечает очевидных признаков фальши и пошлости в своем ухажере.

Из взрослых разговоров, которые Соня никогда не пропускала мимо ушей, она знала, что Верочка много лет любит Стаса Зелинского и что он «разбивает ей жизнь». Сонина мама называла Стаса мерзавцем, Сонин папа говорил, что Зелинский относится к породе умных дураков. Он наиграется в кукол Барби, говорил папа, а Верочку упустит, и это будет самой большой глупостью в его жизни.

Соня много раз видела знаменитого Стаса. Может, он и мерзавец, и «умный дурак», но с Федором его не сравнить. Зелинский нормальный, «свой». В нем нет никакой приблатненности, он из того же мира, что мама с папой, Вера, друзья и знакомые родителей. А вот Федор — из другого мира, чужого и враждебного. И почему Верочка не хочет этого замечать, совершенно непонятно.

Конечно, Верочке будет неприятно услышать такую гадость о своем распрекрасном Федоре, но рассказать необходимо. Должна же она знать, за кого собралась замуж! Пока не поздно, пока его нет, а Верочка сидит одна за своим компьютером и работает, надо ей все рассказать. Он ведь опять заявится вечером, поведет ее куда-нибудь. Этого нельзя допустить. Она должна узнать правду как можно скорее!

Приняв это разумное решение, Соня немного успокоилась, подошла к подъезду, набрала цифры шифра-кода на домофоне.

На улице ярко светило солнце, и в первый момент ей показалось в подъезде совсем темно. Она не обратила внимания на высокого сутулого мужчину, который возился у почтовых ящиков. Но мужчина обернулся и пошел прямо на Соню. Сначала она не испугалась, только очень удивилась. Ей показалось, он собирается пописать, прямо здесь, в подъезде, у нее на глазах. «Какой-то бомж пьяный-сумасшедший», — вполне спокойно подумала она. Шагнула в сторону, к лифту, но он тоже шагнул и подошел совсем близко. И тут раздалось какое-то невнятное, быстрое бормотание:

328

— Девочка, девочка, не бойся, ну не бойся, подой-ди, потрогай...

Соня страшно закричала, рванула вверх по лестнице, сердце ее колотилось, к горлу подступила тошнота. Она поняла, что значила распахнутая ширинка длинного дядьки и почему его руки копошились в этой ширинке.

Конечно, она много раз слышала о том, что есть такие люди. Она даже знала сложное медицинское слово «эксгибиционист». Но от этого ей было не легче. Она неслась вверх по лестнице, страшно кричала, ей казалось, дядька со своей ширинкой гонится за ней, перепрыгивая через две ступеньки и бормоча:

— Девочка, не бойся...

Сверху, на пятом этаже, щелкнул замок, открылась дверь. Сначала Соне навстречу примчался Мотя, стал прыгать, облизывать лицо, грозно гавкать куда-то вниз. Через минуту подбежала Вера.

— Сонечка, солнышко, что с тобой? Ну, успокойся, маленькая, что случилось?

— Там... там... — только могла выговорить Соня, показывая вниз.

Но там уже никого не было.

— Пошли в милицию, в районное отделение. Прямо сейчас, — жестко сказала Надежда Павловна, которая оказалась дома, — это не первый случай в нашем микрорайоне. Вчера я была на вызове в соседнем доме, там девочка семи лет с хронической астмой. У нее тоже был такой случай. После этого начался сильный приступ, потом обострение.

Соня выпила залпом чашку холодного чая с лимоном, успокоилась и вместе с Надеждой Павловной они отправились в районное отделение милиции, которое находилось совсем близко через улицу.

— Здравствуйте, — обратилась Надежда Павловна к дежурному за стеклянной перегородкой, —

только что в нашем подъезде к ребенку подошел мужчина с... — Надежда Павловна запнулась, — с обнаженными половыми органами. Это не первый случай, я бы хотела поговорить с кем-нибудь, написать заявление. Его необходимо найти.

— К тебе подошел? — дежурный посмотрел на Соню.

— Ко мне, — кивнула она.

— Он тебя трогал?

— Нет. Только говорил... бормотал.

— А потом?

— Я закричала и побежала наверх.

— Он бежал за тобой?

— Не знаю. Я боялась оглянуться. У него была расстегнута ширинка, он вывалил все свое хозяйство... Он высокий такой, худой, сутулый.

— Ладно, пройдите по коридору направо, восьмой кабинет.

Прежде чем отойти, Соня привстала на цыпочки и заглянула на стол дежурного. Внимание ее привлекла большая фотография, лежавшая под стеклом на столе. Она видела вверх ногами и очень старалась разглядеть как следует.

— Извините, пожалуйста, — решилась она наконец спросить у дежурного и показала на фотографию, — а вот это кто?

— Преступник.

— Опасный.

— Очень опасный. Идите, а то зам. по розыску на обед уйдет, не застанете.

— А можно я получше рассмотрю? — не унималась Соня.

— Зачем?

— Ну, он ведь в розыске?

— Детективы любишь? — улыбнулся дежурный.

— Люблю, — кивнула Соня, — дайте, пожалуйста, на этого посмотреть. Что-то есть знакомое в лице.

— Соня, прекрати! — нахмурилась Надежда Павловна. – Не приставай к человеку со всякой ерундой. Пойдем.

– Нет, я обязательно должна посмотреть, обязательно! – Соня даже раскраснелась от возбуждения. – Ну что вам стоит?

– Так он на улице на стенде висит, – пожал плечами дежурный, – смотри, сколько влезет!

Соня тут же рванула на улицу, добежала до пыльного разбитого стенда и вернулась через минуту.

– Нет, – сообщила она, – там он не висит.

– Серега, ну дай ты ребенку посмотреть, – подал голос молодой человек в штатском, куривший возле стойки.

– Ладно, смотри, – дежурный аккуратно вытащил из-под стекла распечатку фотографии.

Соня уставилась на снимок как завороженная, несколько раз прочитала короткий текст, сосредоточенно шевеля губами, словно заучивая наизусть.

– Все, большое спасибо, – она вернула снимок дежурному, – теперь пойдем в восьмой кабинет.

– Ну что, узнала? – спросил, улыбнувшись, человек в штатском. – Видела ты его где-нибудь?

– Пока точно сказать не могу, – серьезно произнесла Соня, – мне надо подумать и посмотреть на него еще раз как следует. На живого, не на снимок.

Зам. по розыску оказалась полной флегматичной женщиной лет сорока. Внимательно выслушав рассказ Надежды Павловны, она задала несколько вопросов Соне, а потом спокойно заявила:

– Это вообще-то не ко мне. Пройдите в пятый кабинет, напротив.

Пятый кабинет оказался запертым.

– Ждите в коридоре, – сказала зам. по розыску, заперла свой кабинет и отправилась обедать.

Ждать пришлось минут двадцать. В узком коридоре было грязно, накурено, ни стула, ни банкетки, чтобы сесть. У Надежды Павловны от жары опухали ноги, она тяжело прислонилась к стене.

— Они нас нарочно будут мариновать, — проворчала она, — им неохота этим заниматься. Родители той девочки, с астмой, тоже ведь ходили в милицию. Один сказал — не ко мне, другой — не ко мне, потом пришлось ждать целый час. Они плюнули и ушли, не дождавшись. Но мы с тобой, Сонечка, люди упорные и терпеливые. Мы дождемся. Нельзя это так оставлять. Ты согласна?

— Согласна, — рассеянно кивнула Соня, думая о чем-то своем.

— А кого это, интересно, ты на фотографии узнала? — вспомнила Надежда Павловна.

— Так, похож на отца одного мальчишки из нашего класса, — соврала Соня.

— Знаешь, деточка, — тихо сказала Надежда Павловна, — есть такой тип лиц, посмотришь, и кажется, где-то уже встречал. Что-то очень смазанное, но одновременно характерное. Тот человек, на фотографии, он похож сразу на многих и ни на кого конкретно. Если он опасный преступник, его трудно будет найти. По фотографии, во всяком случае.

— Да, наверное, — кивнула Соня, — а та девочка, с астмой, ей уже лучше?

— Ну, как тебе сказать? Астма практически неизлечима. А у той девочки тяжелая форма, ее пичкают гормонами, от этого она очень полная. Дети ее дразнят, в классе никто не дружит, она стесняется, нервничает, получается замкнутый круг. Астматикам нельзя нервничать. Летом ей стало значительно лучше, в школу не ходит, во дворе все дети разъехались. Со взрослыми ей комфортней, спокойней. А тут этот мерзавец. И у ребенка обострение.

К пятому кабинету подошел высокий молодой человек в светлых брюках, стал открывать дверь. На мизинце Соня заметила длиннющий ноготь и массивный золотой перстень с черным камнем.

— Вы ко мпо? — обернулся он.

— Наверное, к вам.

— Проходите.

В крошечном кабинете не было ничего, кроме облезлого канцелярского стола, металлического сейфа и трех стульев. Но казалось, что ужасно тесно. Хозяин кабинета уселся за стол, включил допотопный вентилятор на подоконнике.

— Старший оперуполномоченный Скворцов. Я вас слушаю.

Под равномерное жужжание вентилятора Надежда Павловна принялась рассказывать все сначала.

— Вы можете описать его подробно? — обратился он к Соне.

Ей понравилось, что старший оперуполномоченный обратился на «вы», как ко взрослой.

— Высокий, худой, — начала она.

— Примерно какого роста?

— Ну, около ста восьмидесяти.

— Молодец, — одобрительно кивнул оперативник, — а лет сколько примерно? Молодой или не очень?

— Не старше тридцати. Волосы темные, жидкие, встрепанные. Знаете, как у бомжей бывают волосы, если долго не мыть и не причесывать. Но одет он был нормально. Вообще я не очень хорошо его разглядела. Я вошла в подъезд с яркого света.

Соня спокойно, без всякого смущения, изложила все подробности случившегося. Надежда Павловна обратила внимание, что девочка очень быстро оправилась от пережитого шока. Слишком быстро. Казалось, ее мысли заняты теперь чем-то совсем другим, более серьезным и важным для нее, чем дядька с расстегнутой ширинкой.

— Мы, конечно, будем искать. Попытаемся сделать все возможное. Однако статьи на таких вот ублюдков пока нет. Только хулиганство, и то не совсем подпадает.

— Как это — нет?! — Надежда Павловна даже привстала со стула. — А развратные действия по отношению к малолетним?

— Но он ведь не прикасался к ребенку, — хладнокровно стал объяснять опер, — и вообще эксгибиционисты не опасны, не агрессивны. Они стараются скорее убежать.

— То есть как не опасны?! — Надежда Павловна все-таки встала со стула и теперь грозно возвышалась над сидящим опером. — Я детский врач, участковый терапевт. Вчера я была на вызове у ребенка, у которого после встречи с таким вот «неопасным» началось сильное обострение астмы. И вообще, с какой стати дети должны это лицезреть?

— Ну, конечно, я вас прекрасно понимаю, — вздохнул опер, — я с вами полностью согласен. Но статьи нет. В мае мы поймали такого одного возле школы. Дети его опознали. И что? Морду набили как следует, а потом отпустили. Так он иск нашему отделению прислал. Требует возмещения морального и физического ущерба. Вы не волнуйтесь, этого мы тоже поймаем. Но опять как максимум можем морду набить.

— Бред какой-то, — нервно усмехнулась Надежда Павловна, — но вы уж постарайтесь все-таки, найдите. Пусть даже только для того, чтобы морду набить, раз ничего другого сделать с этой мерзостью нельзя.

Когда они выходили из отделения, Соня столкнулась с тем молодым человеком в штатском, который попросил дежурного показать ей фотографию.

— А, сыщица, — приветливо улыбнулся он, — счастливо тебе!

— До свидания, — улыбнулась в ответ Соня.

Когда пожилая женщина с девочкой ушли, молодой человек заглянул к дежурному за стойку и тихо спросил:

— Слушай, Серега, а на кого эта стрекоза глаз положила, я не понял?

— На Сквозняка, — равнодушно ответил дежурный.

Такое усиленное внимание к фотографии преступников, объявленных в розыск, не было новостью для сотрудников районных отделений. Постоянно находились люди, которые «видели только что вот этого». Однако почти всегда они ошибались. В основном напрасную бдительность проявляли полусумасшедшие старики и старухи, реже — дети девяти-двенадцати лет, такие, как Соня. Сотрудники районных отделений привыкли относиться к добровольным помощникам с усталой иронией и редко воспринимали их всерьез.

Знаменитого Сквозняка «узнавали» почти каждый день. Листовку с фотографией даже пришлось снять со стенда, чтобы не дергаться попусту от активности добровольных помощников. Очень уж стереотипная физиономия у особо опасного преступника. На многих похож.

Глава 24

Маленькая полноватая блондинка с круглым детским лицом портила Володе всю игру. Она совершенно не походила на наглую развратницу, на бандитскую «маруху».

Володя видел, как Сквозняк подманил и насильно увел рыжего сеттера, принадлежавшего блондинке, слышал, как блондинка вместе с ребенком, девочкой лет десяти, искала собаку. Они ходили до ночи, звали, кричали. Потом на глаза ему попалось объявление о пропавшем рыжем ирландском сеттере. А вскоре он наблюдал, как Сквозняк, одетый в дорогой костюм, вел блондинку в ресторан.

Володя стал догадываться: она жертва. Потенциальная жертва Сквозняка. Что-то ему надо от этой женщины.

Почти сразу он узнал, что блондинку зовут Вера. Так звали его бабушку. Круглое мягкое лицо чем-то напоминало старые фотографии, на которых была заснята бабушка в молодости. От этого Володе стало совсем скверно.

Ему никак не удавалось застать Сквозняка одного. Володя не мог следить постоянно, ему надо было хоть немного спать. К тому же начались неприятности на работе. Он давно использовал отпуск и все законные отгулы. Его вызвали в отдел кадров и сказали: либо работай как следует, либо увольняйся. А увольняться он не хотел. Надо жить на что-то. Поиск новой работы занял бы много времени и сил.

Володя совершенно не ожидал, что, подойдя к заветной цели так близко, вдруг окажется в неожиданном тупике. Он никак не мог найти подходящий момент. Он ведь не профессиональный убийца и, кроме взрывчатки, ничем не владеет. Конечно, в армии он научился стрелять. Однако особенной меткостью не отличался, а главное — взрывчатку он делал сам, а пистолет надо покупать. Может, для кого-то это совсем просто, но Володя, хоть и знал места, где можно купить оружие, знал также, что людей, покупающих его, кто-то обязательно фиксирует, ставит на заметку.

Это всего лишь один из обывательских мифов, будто в Москве можно запросто приобрести любое оружие, от пистолета до танка, от ручной гранаты до атомной бомбы. Только заплати. На самом деле все совсем не так просто, особенно если ты — одиночка, без связей и знакомств.

На черных рынках все под строжайшем контролем — и бандитским, и милицейским. Можно запросто вляпаться в какую-нибудь скверную историю, например, продадут тебе ствол, засвеченный в некоем серьезном деле, а потом на тебя же это дело свалят. Володя, хоть и имел в жизни святую цель, важнее коей ничего не было, но за решетку его вовсе не тянуло.

Конечно, можно было подстеречь Сквозняка и пырнуть ножом. Но от одной только мысли о ноже, который входит в живую плоть, пусть ненавистную, злодейскую, но живую, Володе становилось не по себе. Он не мясник на бойне. К тому же у Сквозняка отличная реакция, он сильней и ловче Володи. Неизвестно, в кого первого вонзится нож. А умирать Володе тоже не хотелось. Он стремился выполнить свою святую миссию не для того, чтобы красиво умереть, а для того, чтобы спокойно жить дальше.

Взрывное устройство, оружие чистое, техническое и безопасное для исполнителя приговора, в ситуации со Сквозняком никак не подходило. Сквозняк, в отличие от прочих жертв Володиной справедливости, не ездил на машине, ходил пешком и пользовался общественным транспортом. Взорвать Сквозняка так, чтобы при этом никто больше не пострадал, пока не представлялось возможным. А Володя не хотел, чтобы погибали невинные. Зло и только зло должно быть наказано. А невинного необходимо защитить.

Наблюдая за развитием событий, Володя все больше приходил к мысли, что блондинка по имени Вера нуждается в его защите, как никто другой. Сквозняк, словно чувствуя близкую опасность, использовал эту женщину в качестве живого щита. Получалось, что она – заложница бандита.

Поздним вечером они шли по пустому бульвару. Володя бесшумно двигался за ними. В кармане его легкой куртки лежала маленькая ручная граната, он сконструировал несколько видов таких гранат специально для Сквозняка. Но никак не для маленькой круглолицей женщины, похожей на бабушку в молодости. Она была рядом с бандитом, у нее сломался каблук, она ковыляла, опираясь на его плечо, трогательно подпрыгивая на одной ножке, как ребенок. И сама того не зная, спасала убийцу от верной гибели.

Подобные ситуации возникали постоянно. Однажды вечером Володя увидел, как Сквозняк идет через пустой двор. Но он опять был не один. Рядом шел приятный, интеллигентный мужчина с бородкой. Он вовсе не заслуживал смерти. Убивать его только потому, что рядом идет Сквозняк, жестоко и несправедливо...

Володя все больше склонялся к мысли, что нет иного выхода, кроме как поговорить с Верой, предостеречь ее. Она, конечно, не поверит сразу, но он постарается убедить. Оттого, что эта чужая женщина напоминала ему фотографии его молодой бабушки, Володе она уже казалась не совсем чужой. Он понимал, что рискует, но признался себе: если с Верой, или с ее мамой, или с девочкой Соней что-то случится, то он, Володя, будет чувствовать себя виноватым. Кроме него, никто не знает, никто не подозревает о страшной опасности, которая угрожает сразу трем ни в чем не повинным людям...

***

— Это безобразие кончится когда-нибудь или нет? Совесть есть у вас?

Надежда Павловна стояла на пороге кухни в ночной рубашке и грозно смотрела на Веру с Соней.

— Второй час ночи, а ребенок не спит! Быстро в постель! Обе! Сию же минуту!

— Мамуль, мы сейчас ляжем, не волнуйся, — мягко сказала Вера.

Только тут Надежда Павловна заметила, что дочь курит, стоя у открытого окна.

— Ну мне что, выпороть тебя, что ли? Или коленками на горох поставить? Я тебя как врач предупреждаю, это плохо кончится. У ребенка был сегодня такой стресс, посмотри, она прозрачная совсем, одни глаза остались. А с собой ты что творишь? Я тебя как врач предупреждаю, Вера.

Если мама предупреждала как врач, значит, действительно сердилась всерьез. Но Вера и Соня не договорили. А разговор был очень важный.

— Надежда Павловна, мы правда сейчас ляжем, — Соня даже слезла с кухонного диванчика, — вот, я уже иду чистить зубы. Честное слово.

— Да, мамуль. Я не буду больше курить. Мы сейчас ляжем. Ты иди спать.

— Если через пять минут вы не будете в постели, я вас... Я не знаю, что с вами сделаю! — Надежда Павловна еще раз грозно взглянула на обеих и ушла к себе.

Она привыкла рано ложиться и рано вставать. Она очень сердилась на дочь, но в начале второго ночи у нее не было сил на серьезные воспитательные меры.

— Я думаю, ты должна встретиться с бывшим хозяином фирмы, — горячо зашептала Соня, покосилась на дверь и вновь взобралась с ногами на кухонный диван.

— А если он бандит? — грустно усмехнулась Вера.

— Ну мы же с тобой решили: история про обманутую и проданную в рабство сестру — наглое, пошлое вранье. Даже я знаю, что в проститутки идут по собственному желанию, еще конкурс проходят. И все это сказки — про бедных несчастных девочек, которых хитростью заманивают в проститутки, а потом они прямо погибают от горя и непосильного рабского труда. Это пахнет сериалами, ты сама только что сказала. Ах, ах! Я умираю, я невинна! Меня погубили злодеи! Милый братик, спаси меня! — Соня всплеснула руками и закатила глаза.

Получилось так выразительно, что Вера засмеялась.

— Ты зря смеешься, — нахмурилась Соня, — он бандит, этот твой Федр. Он блатной, понимаешь? Я их за версту чую. Ты просто раньше с ними не сталкивалась, а я каждый день наблюдаю.

— Сонечка, в жизни все значительно сложней. Представь себе молоденькую девушку, почти ребенка, которая запуталась, соблазнилась быстрым заработком и красивой заграничной жизнью. Даже если это был ее сознательный выбор, все равно родному брату не хочется так думать. Его можно понять. Он ищет виноватых, оправдывая сестру. И в общем, люди, которые занимаются таким вот грязным бизнесом, действительно виноваты...

— Грязным бизнесом занимаются многие. Но голову на плечах надо иметь. Нормальная девушка не купится на такое объявление: работа за границей. Это ведь шито белыми нитками. Даже я знаю, — хмуро, совсем по-взрослому сказала Соня.

— Ну хорошо, — вздохнула Вера, — давай мы оставим сестру в покое. А если этот мальчик, Вадик, ошибся? Перепутал? В нашем дворе, в соседних домах, есть еще два ирландских сеттера. Кто-то из них мог подобрать гадость на помойке. Ты ведь знаешь, у Моти тоже бывает. В нем просыпается охотник, он ни за что не хочет отдавать добычу, и домой его не затащишь. Твой Вадик наблюдал с дерева, как хозяин пытался увести заупрямившегося пса домой. Пес был Мотиной породы, а хозяин издали напоминал Федора.

— А почему тогда Мотя так его боится? Хвост поджимает, дрожит. Очень много всего совпадает, — покачала головой Соня, — слишком много. И ты изо всех сил пытаешься своего драгоценного Федора оправдать. Ты зря это делаешь. Он блатной, точно тебе говорю, блатной.

— Однако ничего конкретного, кроме Мотиного

поджатого хвоста, пока нет, — улыбнулась Вера. — Ведь ты не уверена, что на той фотографии в милиции был именно Федор? Ты не можешь точно сказать: да, это он.

— Нет, — Соня даже кулачком по коленке стукнула от досады, — в том-то и дело, что нет. Очень похож. Понимаешь, если бы до этого я не узнала, что он увел Мотю насильно, я, наверное, вообще на фотографию никакого внимания не обратила.

— Вот видишь, мы с тобой наговариваем на человека без всяких доказательств. Кроме поджатого собачьего хвоста и блатных замашек, нет ничего. Собачьи сложные эмоции вообще не стоит обсуждать, мы с тобой в этом ничего не понимаем. А приблатненность бывает и в людях, вовсе не связанных с уголовным миром. Это в воздухе сейчас витает, это модно, поневоле человек перенимает. Тем более если он побывал в Чечне...

— Нет, — покачала головой Соня, — он не играет в блатного. Наоборот, старается это скрыть. Он играет в нормального. Но глаза... Я не знаю, как объяснить. Вот, помнишь, мы были в зоопарке? Мы обе тогда заметили, какие страшные, пустые глаза у медведя, особенно если он прямо на тебя смотрит. Ты мне еще рассказала тогда, что медведь — самый коварный и жестокий зверь, хотя в сказках он всегда простоватый и добрый. Ты говорила, медведь может задрать даже того, кто кормил его с раннего детства. Он притворяется покорным, дрессированным, человек не ждет от него беды, и вдруг он нападает неожиданно и задирает насмерть, ни с того ни с сего. Потом мне еще папа рассказывал, как медвежонка вырастили на буровой, в тайге. Он был ласковый, смешной, его все любили. А он вырос и задрал до смерти двоих геологов, именно тех, которые его молоком из соски откармливали.

— Ты хочешь сказать, у Федора такой же страшный взгляд, как у медведя в зоопарке? — улыбнулась Вера.

— Иногда бывает.

— Ладно, пора спать, — вздохнула Вера, — я постараюсь завтра найти тот злосчастный факс, если, конечно, не выкинула. В любом случае, когда перезвонит Курбатов, я договорюсь о встрече. Может, это внесет хоть какую-то ясность? Хотя, конечно, лучше было бы вообще не влезать... Но знаешь, пока нет серьезных оснований думать о человеке плохо. Давай мы с тобой оставим все наши детективные игры за скобками, будем жить, как жили, и Федор ни в коем случае не должен почувствовать, что мы в чем-то его подозреваем. Если он злодей и бандит, это может насторожить его. А если нормальный человек, то ему будет очень обидно. Ты согласна?

— Да, это логично, — кивнула Соня, — тем более другого выхода у нас нет. Он ведь просто так не исчезнет...

Вера долго не могла уснуть. Давно рассвело, а она все лежала с открытыми глазами, смотрела в потолок и думала.

До сегодняшней ночи она не испытывала к Федору ничего, кроме глубокой благодарности. А теперь прибавилась еще и жалость.

У человека было жуткое детство, он рос в грязи и ненависти, он прошел армию, служил в какой-то кошмарной части с дедовщиной и садистами-старшинами. У Веры волосы дыбом вставали, когда он рассказывал про армию. А потом Чечня, тоже грязь и ненависть. Об этом он даже рассказывать не хотел...

Все в его душе переломано, и напыщенность, опереточный надрыв вполне понятны. Ему хочется красивых чувств, высокой любви.

Конечно, история с сестрой звучит неправдоподобно, но если Федор и лжет, то прежде всего самому себе. Кому не больно признавать, что родная, любимая младшая сестра стала проституткой? Он потому и молчал о ней раньше.

А в Соне сработал детский жестокий максимализм. В этом она так похожа на свою маму... Чужой, другой, значит, способен на все. Верить нельзя. Десятилетнему ребенку сложно понять, что за приблатненностью стоит беззащитность, какая-то душевная неуклюжесть. Человек, выросший в грязи, всю жизнь будет бояться грязи и предательств. Он не виноват, что у него было такое детство, он не умеет формулировать свои чувства, однако это не значит, что он ничего не чувствует. Взгляд как у медведя в зоопарке... О Господи, он ведь человек, а не медведь. Он так пропитался грубостью и жестокостью, что даже добродушный пес от него шарахается, а десятилетний ребенок подозревает Бог знает в чем.

Он не врет, просто фантазирует, сдабривает грубую жизненную прозу красивыми и возвышенными страстями. Ему хочется, чтобы все выглядело ярко, как в кино. Уж злодеи, так непременно кровавые и беспощадные.

Если бы фирма «Стар-Сервис» была действительно мафиозно-бандитской, то никакие ее факсы к чужим людям не попали бы. Скорее всего маленькая полуавантюрная фирмочка-однодневка. Таких много сейчас. Люди запутались в долгах, быстренько закрылись. Разве серьезный бандит стал бы так говорить по телефону, как этот Курбатов? Разве он стал бы объяснять, извиняться, умолять?

Конечно, с Антоном Курбатовым стоит встретиться. И Федору лучше об этом не знать. К его сестре все это вряд ли имеет отношение. А он наломает дров сгоряча. Надо самой потихоньку разобраться, поискать факс. Ведь правда, был такой странный факс, просто адрес и что-то про Брунгильду...

343

Вера обратила на него внимание именно потому, что текст написан от руки, даже изучала почерк, вспомнила свое старое университетское увлечение графологией. Надо поискать. Может, и не выкинула вместе с другими ненужными бумагами? Жалко, если все-таки выкинула. В последнее время столько приходится переводить, голова кругом идет.

Да, скорее всего, с фирмой «Стар-Сервис» получилась нелепая путаница, и Федина сестра здесь вовсе ни при чем. Возможно, девочка Наташа и вляпалась в какую-нибудь неприятную историю, и Федя теперь яростно ищет виноватых. А их, может, и вовсе нет. Девочка сделала глупость, дала себя обмануть...

Вера никогда эту сестру не видела, но поверить в радужную наивность современной юной девицы, у которой мама была судомойкой, а брат воевал в Чечне, все-таки сложно.

Вере было до слез жалко неуклюжего, сильного и при этом совершенно беззащитного Феденьку. Ей захотелось обнять его, погладить по голове, как маленького. Вряд ли его пьяница-мать делала это часто...

Было раннее ясное утро. Отчаянно щебетали птицы. Солнце уже пробивалось сквозь задернутые шторы. У Верочки наконец стали слипаться глаза.

В голове вдруг всплыла знаменитая шекспировская фраза: «Она его за муки полюбила, а он ее – за состраданье к ним». Вера усмехнулась про себя, уже почти во сне. У Шекспира все это плохо кончалось. Бедный, настрадавшийся мавр взял и придушил красавицу Дездемону. А она ведь его пожалела, даже полюбила.

***

Инне Зелинской было трудно открыть глаза. Веки отяжелели, в голове гудело.

«И что же я так надралась?» – спросила себя Инна.

Давно настал день. Инна разлепила веки и несколько минут тупо глядела перед собой, на задернутые бледно-голубые шторы. За окном ярко светило солнце. Мягкие голубоватые блики ложились на светлый лаковый паркет.

Нет, из этой красивой квартиры она никуда не переедет. Пусть Стас сам катится, а она не переедет. Хрен ему! Наверняка можно найти какие-то ходы, чтобы его отсюда выставить. Конечно, братков она не наймет. Не такая дура, получится себе дороже. А вот хороший адвокат может многое. Дорого, конечно, но на такое дело отец даст.

Все равно на адвоката уйдет меньше, чем на новую квартиру. А в Кривой Рог она не вернется ни за какие коврижки. Это ж надо быть совсем кретинкой, чтобы в Москве не удержаться.

Предварительный разговор с отцом уже был. Инна про развод пока не говорила, просто удочку закинула, предупредила, что скоро ей могут понадобиться деньги, довольно большая сумма. Для дела. Отец у нее – золото. Всю жизнь на рынке мясом торговал, а три года назад открыл свою небольшую фабричку и фирменный магазин.

Ни в каком супермаркете таких окороков, колбас, паштетов, таких молочных поросят не купишь. Теперь все серьезные люди Кривого Рога и области приезжают за мясом в папин магазин. «Крыша», разумеется, дорого берет, зато надежно охраняет. В общем, деньги у папы есть, и для единственной дочки он ничего не пожалеет. Вот сходит Инна к адвокату, узнает все точно и скажет про развод. Папа поворчит, конечно, мол, сама виновата, я тебя предупреждал, чудной какой-то этот твой москвич, хлипкий, ненадежный, и старше на столько лет, и двое детей на хвосте. Сама виновата, раньше надо была думать, а уж поженились, так живите нормально. Но в итоге выложит нужную сумму.

Так что волноваться нечего. Все не так уж плохо.

Подруга уже нашла хорошего адвоката по недвижимости. Сегодня он ждет Инну у себя в офисе к половине четвертого. Надо встать, умыться, чайку крепкого выпить и вообще привести себя в порядок. А правда, чего же она так надралась вчера? Стас довел. Кстати, интересно, он дома или нет? Вроде тихо. Может, ушел уже?

Инна нащупала свои наручные часики, которые всегда клала рядом, на тумбочку.

— Кошмар! Половина второго! — сказала она вслух, встала и тут же наткнулась босой ногой на пустую бутылку.

— Я что, совсем сбрендила? — спросила себя Инна.

Бутылка была из-под водки «Распутин», маленькая, пол-литровая. Водкой пахло на всю комнату, как будто много пролилось из бутылки на пол и водка пропитала паркет.

— «Распутина» я не покупала и не пила, — вспомнила Инна, — и вообще я не могла упиться до такой степени, чтобы бросить бутылку прямо на пол. Или я правда сбрендила?

Почему-то болела шея. Инна подошла к большому трюмо и стала внимательно рассматривать свое лицо. У нее была такая привычка лет с десяти — встав утром, первым делом посмотреть на себя в зеркало. Если она хорошо выглядит, значит, день сложится удачно. Но сегодня она выглядела отвратительно. Нос распух, глаза-щелочки. И как в таком виде идти к адвокату?

Она чуть повернула голову и даже ойкнула, так заболела шея. Во сне, что ли, вывихнула? Жилку какую-нибудь потянула? И тут Инна увидела сбоку, под ухом, длинный узкий синяк. Он был совсем бледный, почти незаметный. Но точно — синяк.

— О Господи, это еще откуда? — испуганно выдохнула она. — Дралась я ночью, что ли? Душил меня кто-то? Бред...

Она смутно вспомнила, что ночью действительно почувствовала какую-то внезапную боль, но ведь не проснулась. Сон кошмарный приснился? Но откуда тогда синяк? И почему она такая похмельная, как запойный алкаш? Не пила она столько. Не пила. Ладно, надо умыться холодной водой, зубы почистить. И чаю крепкого, большую чашку. Пить ужасно хочется, во рту помойка после вчерашнего, язык наждачный.

Инна отправилась в ванную, по дороге заглянула в комнату, где спал муж. Они уже две недели спали в разных комнатах.

— Ну ничего себе! Дрыхнет еще.

Она хотела было выйти и закрыться в ванной, однако что-то ее остановило.

— Стас! — позвала она. — Спишь, что ли? Половина второго.

Шторы плотно задернуты, окно выходило на западную сторону, и солнце сюда заглядывало только вечером. В полумраке было трудно как следует разглядеть крепко спящего Стаса.

Он лежал на боку, отвернувшись к стене, и не шевелился. Инна подошла к тахте и сначала ничего не поняла, секунду стояла как вкопанная, открыв рот и не дыша. Опомнилась она от собственного жуткого крика.

Из спины мужа торчала черная пластмассовая рукоять кухонного ножа.

Глава 25

Выяснить, как звали шустрого пацана, которого двадцать с лишним лет назад таскал с собой вор в законе Захар, оказалось делом почти безнадежным. Капитан Мальцев опрашивал старых информаторов, пенсионеров уголовного фронта. Их старческая память была коротка.

— Да, нянчился Захар с каким-то пацаном. Столько лет прошло...

Мальцев слышал это уже в десятый раз, но имени мальчика, точного возраста не знал никто.

— Хороший был пацан, тихий. Вроде детдомовский, — вспомнил семидесятишестилетний отставной метрдотель ресторана «Прага». — Захар воровской закон свято соблюдал, усыновить его не мог, но хотел. Помню, были они как-то с... — метрдотель назвал имя эстрадного певца, известного не только своим громким талантом, но и нежной дружбой с воровскими авторитетами, — сидели обедали, один раз пацан с ними был. А потом, через недельку, пришли вдвоем, без него. И как раз о нем, о сироте, говорили. Я запомнил потому, что подумал: вот сидят два человека, известных всей России, и думают, как помочь безродному сироте. Я потом вспоминал это часто, теперешние так не могут. В голову не придет. Теперешние благотворительностью занимаются иногда, но так, чтобы все видели, чтобы по телевизору десять раз показали и во всех газетах напечатали.

— А пацана-то как звали, не помните? — спросил Мальцев.

— Колей звали. Николаем. А вот фамилию не помню.

Это было уже что-то. Детдомовец Коля, родившийся в период от 1960 до 1964-го...

Юрий Уваров был знаком с известным тележурналистом, который прославился своими скандально-рекламными интервью. Знакомство это произошло при грустных обстоятельствах. Близкие родственники журналиста были убиты четыре года назад все той же злосчастной бандой.

Человек жесткий и деловой, журналист никогда ничего не делал просто так, особенно если это касалось его работы. Однако здесь он имел несомненный личный интерес. То, что главный виновник гибели его близких гуляет на свободе, не давало журналисту покоя. И он согласился помочь.

Ему никто никогда не отказывал в интервью, наоборот, платили огромные деньги за те сорок минут экранного времени, в течение которых он терзал любую знаменитость сложными и нелицеприятными вопросами. С эстрадным певцом они были давними приятелями. И как раз намечалась запись очередной непринужденной беседы.

Певец обожал давать интервью. Он постарел и редко выходил на сцену. А народной любви хотелось, за многие годы он привык к ней.

Он все еще считался одним из богатейших людей России, занимался большим бизнесом, но без широкой аудитории скучал. В прошлые годы главными почитателями его таланта были люди пожилые, ветераны войны и труда, домохозяйки и мелкие партийные чиновники сталинской закалки. Однако после ряда скандальных публикаций о тесных связях певца-патриота с высшим российским криминалитетом народная любовь поостыла. Принципиальные, обиженные новыми временами поклонники не могли простить своему любимцу деловой хватки и дружбы с ворами в законе.

Певец не отрекался от криминальных друзей, но старался в публичных выступлениях и интервью приподнять и романтизировать образ старого доброго вора семидесятых. Он рассказывал красивые сказки о том, какие это были яркие, щедрые, бескорыстные люди. Именно этим и воспользовался журналист.

— У Гены Захарова была большая душа, я не могу назвать более чистого и доброго человека. Нет таких, особенно среди теперешних, — рассказывал певец, задумчиво отхлебывая кофе и покуривая «Мальборо» у себя дома, перед телекамерой.

— Ну, не надо так уж романтизировать, — поморщился журналист, — не надо. Все-таки у доброго человека Геннадия Захарова было весьма богатое уголовное прошлое.

— Эта сторона его жизни меня не касалась, — певец вальяжно откинулся в кресле, — Гена был моим другом.

— Вот вы все говорите: добрый, чистый. А что-нибудь конкретное можете вспомнить? В чем эта чистота и доброта выражались? Теперешние крупные бизнесмены от криминала хотя бы благотворительностью занимаются, помогают приютам, детским домам. А прежние?

— А прежние помогали конкретным людям, детям-сиротам.

— Только не говорите мне, что Захаров устроил у себя на квартире детский дом или усыновил сироту, — махнул рукой журналист.

— Почти так и было, — произнес певец своим задушевным мягким голосом. — В семьдесят третьем Гена случайно познакомился с мальчишкой-детдомовцем и стал брать его на выходные, на каникулы, водил с собой повсюду. Усыновить не мог, в силу многих обстоятельств, однако стал для мальчика почти отцом, любил его, как родного.

— Да что вы?! — покачал головой журналист. — Неужели? Вы сами видели этого ребенка? Или это все-таки красивая легенда? Как там, у Горького: а был ли мальчик?

— Был, — улыбнулся певец, — я сам видел его, помнится, подарил ему перочинный ножик, который привез из Швейцарии... Коля Козлов его звали. В семьдесят третьем ему было десять лет. Он воспитывался в детском доме, круглый сирота, родная мать отказалась от него, новорожденного. А Гена согрел своим теплом. Не просто игрушки-шоколадки, а душу вкладывал.

— И что потом стало с Колей Козловым, не знаете?

— Честно говоря, не знаю, но уверен, с ним все в порядке. Если уж Гена Захаров принял участие в его судьбе, можно не беспокоиться. Жизнь этого человека сложилась достойно.

Певец и журналист беседовали, как старые добрые приятели, интервью напоминало теннисную партию. Один делал сложную подачу, другой ее лихо отбивал. Оба забавлялись, но каждому хотелось выиграть. Рассказ о сироте был для певца не более чем лихо отбитой подачей. Он улыбался, снисходительно и удовлетворенно. На его лице было написано: «Эка я тебя, братец!»

Однако после интервью, когда они прощались в прихожей, певец, понизив голос, произнес:

— Знаешь, пожалуй, не стоит давать кусок про пацана. Я там имя назвал, в пылу полемики. Дело, конечно, давнее, но мало ли... Всякое в жизни бывает. В общем, не стоит.

— Как скажешь, — улыбнулся журналист.

При монтаже кусок, в котором говорилось о детдомовце Коле Козлове, был аккуратно вырезан. Впрочем, и так бы вырезали, даже если бы певец и не попросил об этом.

Круг стал потихоньку сужаться. Сотрудники опергруппы майора Уварова методично поднимали архивы детских домов и интернатов для сирот, беседовали со старыми педагогами и учителями. Сирот Колей Козловых 1963 года рождения оказалось больше трехсот. Проверка каждого могла затянуться на многие месяцы. И Уваров решил попробовать подойти с другого конца.

Было известно, что до июля 1973 года Геннадий Захаров жил в коммуналке на Красной Пресне. Если он брал ребенка к себе домой до того, как переехал в другую, отдельную квартиру, бывшие соседи по коммуналке могут что-то вспомнить.

Дом на Пресне давно снесли, но адреса бывших соседей разыскали без труда. Выяснилось, что в коммуналке проживала гражданка Кадочникова Галина Георгиевна, проработавшая двадцать лет в интернате, в котором учились сироты. Но не обычные, а умственно отсталые, с диагнозом «олигофрения в стадии дебильности».

К гражданке Кадочниковой Уваров отправился сам. Галина Георгиевна была на пенсии, жила одна, в крошечной квартирке в Солнцеве.

— Конечно, я помню Колю Козлова, — сразу сказала она, — с Захаровым они познакомились при мне. Я взяла ребенка домой на воскресенье. Они с Колей подружились, я этому была только рада, отпускала мальчика с Геннадием Борисовичем на выходные, на каникулы. Я неплохо знала Захарова и считала его человеком, которому спокойно можно доверить ребенка. А детям-сиротам необходимо теплое внимание, и если есть возможность... мы всегда только рады были...

Галина Георгиевна не стала рассказывать, почему взяла домой на воскресенье Колю Козлова. Даже через двадцать с лишним лет ей было неприятно вспоминать о ребенке, который готов броситься с крыши, чтобы ей, старому педагогу, отомстить.

Уваров совсем упал духом. Опять мимо. Невозможно представить, что неуловимый Сквозняк и умственно отсталый Коля Козлов — один и тот же человек.

— Скажите, этот ребенок как-то отличался от остальных? — спросил Юрий без всякой надежды.

— Да, — кивнула Кадочникова, — он резко выделялся из общей массы. Он быстро стал лидером.

— Но он был болен? То есть к вам ведь не попадали нормальные, здоровые дети?

— Коля Козлов был совершенно здоров и психически нормален, — тихо произнесла Галина Георгиевна после долгой паузы.

Но диагноз?..

— Неужели вы, майор милиции, столь наивны? — вздохнула Кадочникова. — Сейчас о таких вещах говорят открыто. В мое время, конечно, молчали, а сейчас трубят во все трубы. И, наверное, это правильно. Каждого третьего ребенка-отказника после Дома малютки штампуют таким диагнозом. И каждый второй из проштампованных на самом деле здоров. Со здоровыми детьми нам, педагогам, приходилось трудно. Они проявляли строптивость, упрямство, требовали особого внимания. А при нашем специфическом контингенте на особое внимание нет ни времени, ни сил. Дети часто бунтовали, приходилось отправлять в больницу. А там — уколы, психотропные препараты. Они и там бунтовали, поэтому лечили их особенно рьяно. В итоге они становились как все. Конечно, бывали редкие исключения. Только очень сильные личности могли устоять, сохранить свой интеллект. Здесь нужна была огромная воля, хитрость. А откуда это в сиротах? Возможно, я скажу жестокую вещь. В моей многолетней практике редко, крайне редко встречались дети-сироты, которых я могла бы, не кривя душой, назвать совершенно нормальными, без всяких отклонений. Коля Козлов был именно таким. Но некому было бороться за снятие диагноза. Мать отказалась от Коли в роддоме.

— Он попадал в больницу? — быстро спросил Уваров.

— Да, — вздохнула Кадочникова, — один раз пришлось. Я уже не помню, что он натворил, но просто так мы, разумеется, детей не отправляли. Только в крайнем случае, когда не могли сами справиться. С Колей это случилось только один раз и больше не повторялось... Скажите, он что, стал преступником?

— Почему вы так решили?

— Ну вы ведь разыскиваете, как правило, преступников.

— Нет, — улыбнулся Уваров, — мы пытаемся разыскать его совсем по другим причинам.

— А в чем дело, если не секрет?

— К сожалению, пока секрет.

— Ладно, я понимаю, — кивнула Галина Георгиевна, — не хотите, не говорите.

— Спасибо, — улыбнулся Уваров.

Он мог бы, конечно, придумать какую-нибудь правдоподобную ложь о том, зачем милиция разыскивает бывшего воспитанника специнтерната, но лучше обойтись без сказок. Он был искренне благодарен этой умной, жесткой женщине. Мало находится свидетелей, которые спокойно смиряются с «секретами», многие требуют сказок.

— Колю уже один раз разыскивала милиция, — сказала Кадочникова, — возможно, что-то об этом осталось в ваших архивах. Году в семьдесят пятом, или раньше, точно не помню, на него стали оформлять опекунство. Его забрали из интерната, и мы были очень рады за мальчика. Конечно, ему не место среди наших детей. Но потом он сбежал от опекунов. Даже документы не успели окончательно оформить. Знаете, для официальных инстанций его побег только подтвердил диагноз, который можно было бы снять. Олигофрены страдают манией бродяжничества... Конечно, ребенка искали, но без толку. Что с ним стало, с Колей Козловым, я не знаю.

— Галина Георгиевна, у Коли были какие-нибудь друзья среди одноклассников?

— Он был лидером и имел свою команду приближенных. Свиту. Это обычное явление в детском коллективе. Несколько мальчиков ходили за ним хвостом. Не могу назвать это дружбой.

— Имен не помните?

— Я попробую... Столько лет прошло. Подождите, у меня ведь есть фотография класса. Их снимали после того, как в пионеры приняли.

Дети были засняты во дворе интерната, на фоне памятника Ленину. На плакате, прикрепленном к фасаду стандартного школьного здания, можно было прочитать: «МЫ – ВНУЧАТА ИЛЬИЧА!» Маленький медный Ильич простер над третьим классом вспомогательной школы свою непропорционально длинную руку.

Детские лица на групповой фотографии были мелкими, нечеткими. Если не знать, что у каждого из этих двадцати восьми мальчиков и девочек страшный диагноз в личном деле, то не заметишь ничего особенного в лицах. Дети как дети. Пионерская форма, новенькие галстуки. Обычные школьники начала семидесятых. У Уварова дома есть такая же фотография, где он сам вместе со своим третьим классом на фоне Ленина, после приема в пионеры. Только не в школьном дворе, а в актовом зале.

— Вот он, Коля Козлов, — показала Кадочникова.

Худенький мальчик с краю. Круглая лобастая голова, взгляд чуть исподлобья, правильное лицо. Разумеется, идентифицировать с единственным имеющимся снимком взрослого Сквозняка практически невозможно. Очень нечетко, расплывчато вышел на групповой фотографии Коля Козлов.

— А это свита. — Кадочникова перечислила пять мальчиков, показала каждого.

Они стояли рядом со своим лидером, как бы окружали его кольцом. Уваров записал пять фамилий.

— Думаю, вас могут заинтересовать только двое, — сказала Кадочникова.

— Почему?

— Потому, что вот этого, — она указала на полноватого высокого мальчика, — уже нет в живых. Он умер в возрасте восемнадцати лет, отравился этиловым спиртом. Пить стал еще в интернате, в старших классах. Мы, конечно, пытались бороться, но сами понимаете, у многих наших детей наследственный алкоголизм. А эти двое – глубокие инвалиды. Один в Белых столбах, пожизненно, другой под Александровом в психоневрологическом интернате. Тоже пожизненно. Знаете, когда Колю забрали от нас, все пять мальчиков из его свиты оказались в сложной ситуации. Они привыкли к своему особому положению, но удержаться в лидерах уже не могли. Ребенка, равного Коле по интеллекту и силе характера, среди этих пятерых не было.Дети с удовольствием вымещали на них старые обиды. Это кончалось тяжелыми нервными срывами, мальчиков приходилось часто отправлять в больницу. А там... сами понимаете. В общем, став взрослыми, социально адаптировались только двое. Вот эти. Саша Сергеев и Толик Чувилев.

– Вы можете что-нибудь рассказать мне про этих двух мальчиков? – спросил Уваров.

– Мне трудно вспомнить. Столько лет прошло... Саша Сергеев ничем не выделялся из общей массы. Разве что девочкам нравился в старших классах. Красивый был мальчик. Что с ним стало, не знаю. Он попивал уже в интернате, но не слишком, в пределах нормы, – Кадочникова усмехнулась, – если, конечно, уместно говорить о норме, когда четырнадцатилетний ребенок пьет. Но, в общем, в свои четырнадцать Саша Сергеев алкоголиком еще не стал. Это могу сказать точно.

– А он был болен? Или тоже, как Коля Козлов?..

– Саша действительно был болен. Но знаете, с этим диагнозом можно жить, и неплохо. В нормальных условиях дети Сашиного уровня вырастают вполне полноценными членами общества. Они практичны, дисциплинированны, отлично справляются с любой работой, не требующей интеллектуальных усилий. У них возникают проблемы там, где надо принимать самостоятельные решения, логически и абстрактно мыслить, оценивать собственные поступки. А так — все нормально. Впрочем, зачем вам лекция по психиатрии? Посмотрите на теперешних бизнесменов. Абсолютно олигофренический тип мышления. Железная хватка, высоко развитые инстинкты, грубое недоразвитие интеллекта, неумение просчитать больше одного хода вперед, животный практицизм и моральная идиотия в тяжелой форме.

— Это замечательно, — засмеялся Уваров.

— Ничего замечательного. — Кадочникова покачала головой. — Когда человек нормальный, психически и нравственно, попадает в любую сферу нынешней коммерции, будь то банк, фирма, книжное издательство, он может заранее узнать внутренний мир своих партнеров, прочитав учебник психиатрии, раздел «Слабоумие». Ему придется иметь дело с имбецилами и моральными идиотами. В этом нет ничего смешного, поверьте. Впрочем, мы отвлеклись от наших мальчиков... Про Сашу Сергеева — все. А вот Толик Чувилев из массы выделялся. Думаю, он был здоров. Ласковый, тихий мальчик, из всей свиты самый спокойный и послушный. Когда Козлова забрали из интерната, Толику было проще, чем другим. Он не срывался, не буянил. Его любили учителя и воспитатели. Потом, после восьмого класса, он поступил в ПТУ, кажется, на слесаря стал учиться...

— Как вам кажется, с кем из них двоих мог Козлов сохранить дружеские отношения?

— Трудно сказать. Мне кажется, скорее с Толиком Чувилевым. Но жизнь по-разному складывается, и столько лет прошло...

***

Судьбы двух воспитанников специнтерната, состоявших когда-то в свите Коли Козлова, сложились вполне благополучно. Диагноз «олигофрения в стадии дебильности» у обоих был снят, о чем имелись официальные заключения медицинских комиссий.

Сергеев Александр Александрович работал в автосервисе, проживал в городе Мытищи Московской области у своей сожительницы Рындиной Анжелы Ивановны. Пил, но не слишком. К уголовной ответственности не привлекался.

Чувилев Анатолий Анатольевич после окончания средней вспомогательной школы учился в ПТУ на слесаря, потом работал сантехником при жэках, в трех разных микрорайонах Москвы. К уголовной ответственности тоже не привлекался и совсем не пил.

Год назад он уволился с последнего места работы и занялся частным предпринимательством. Теперь ему принадлежал небольшой ресторан «Трактир», в двадцати километрах от Кольцевой дороги по Дмитровскому шоссе.

— Сантехник — это интересно, — задумчиво произнес Юрий Уваров, — особенно непьющий сантехник.

Очень скоро выяснилось, что большинство квартир, подвергшихся разбойным нападениям банды Сквозняка, обслуживались именно теми жэками, в которых работал сантехником Анатолий Чувилев. И по времени все совпадало. Между тем в показаниях арестованных членов банды сам факт наводки категорически отрицался.

— Куда легче было войти, туда и входили, — в один голос уверяли следствие соратники Сквозняка.

Вряд ли они так дружно покрывали наводчика. Скорее всего, они просто не знали о его существовании. Связь с ним поддерживал только Сквозняк, и этого было вполне достаточно.

Бывший олигофрен Чувилев разбогател не только на починке унитазов. Однако доказать ничего нельзя. Нет свидетелей. Разве что сам Сквозняк...

Вероятно, этого человека из своего интернатского детства Сквозняк использовал потихоньку, подкармливал помаленьку, держал в тайном резерве, как бы про черный день. Если это действительно так, то именно к Чувилеву он должен обратиться в ближайшее время, ибо после безвременной кончины казначея Головкина черный день для супербандита уже настал.

Что касается Сергеева, то пока никаких возможных связей со Сквозняком или с кем-то из его банды не всплывало на поверхность.

— Значит, работаем Чувилева по полной программе, — говорил Уваров тем же утром на оперативке, — наружка, телефоны на прослушивание. Только очень осторожно. Спугнуть можем запросто.

Глава 26

Тридцать четыре года назад двадцатилетняя укладчица хлебозавода № 5 отказалась в роддоме от своего сына. У нее не было московской прописки. В отделе кадров хлебозавода лежал тетрадный листок, расписка: в случае рождения ребенка укладчица обязуется покинуть занимаемое ею место в общежитии хлебозавода и никаких претензий к администрации не предъявлять.

Листочек не являлся официальным документом. Остроумная начальница отдела кадров называла такие расписки «противозачаточными». Законной силы они не имели, но на психику девочек-лимитчиц давили.

В общежитии жить с детьми запрещалось — по закону. Общежитие не было семейным. Устроиться на другую работу без прописки невозможно. С лимита на лимит не брали. Если юная провинциалка после случайной любви не успевала вовремя сделать аборт, у нее был один путь: возвращаться домой, куда-нибудь в Пензенскую или Саратовскую область, прощаться со сказочной Москвой, падать в ножки маме с папой и быть готовой к долгому женскому одиночеству, к громкому злому шушуканью провинциальной молвы. Матерей-одиночек с московским «приплодом» в провинции не уважают и замуж не берут.

У кого-то хватало мужества вернуться с младенцем домой. Но у укладчицы Мани Астаховой мужества не хватило. Дома, в городе Адбасаре Целиноградской области, мать пила и буянила, отец давно погиб, уснул пьяный за рулем своего грузовика. С продуктами в Адбасаре было плохо, масло и мясо по талонам, с промтоварами еще хуже. Все мужское население пило беспробудно. Маня поплакала, хорошо подумала и предпочла доверить своего новорожденного мальчика заботливому советскому государству. Может, повезет ему, усыновят порядочные люди, станет москвичом, будет жить в нормальной квартире.

Врачи ее долго отговаривали, мальчик был здоровенький, крепенький, без всяких отклонений.

Толя рано осознал себя сиротой, раньше, чем многие его сверстники. Еще в детском доме он понял: нет ни мамы, ни папы, никто не заступится, никто не спрячет от беды. А бед у него было много. Дети дразнились и дрались, няньки и воспитатели орали, наказывали, ночью снились страшные сны, и некому было пожаловаться.

Вторым главным его чувством после голода стал страх одиночества. Его как магнитом тянуло в стаю, к вожаку под крылышко. Пусть вожак жесток и насмешлив, пусть за его покровительство надо дорого платить. Толя Чувилев готов был на все, лишь бы не отбиться от стаи. Собственное «я» не имело для него ни цены, ни смысла. Оставаясь один хотя бы на полчаса, он чувствовал себя как бы голым, выброшенным на мороз. Ему хотелось к кому-то прилепиться, чтобы было рядом живое, надежное тепло.

Более преданного Коле Козлову мальчика в интернате не было. Толя Чувилев смотрел ему в рот, подражал во всем, даже в жестах. Все, что делал Сквозняк, — хорошо и правильно только потому, что это он, Сквозняк. Запас безоглядной детской преданности, который был щедро отпущен Толе Чувилеву с рождения и при иных счастливых обстоятельствах мог бы достаться его матери, достался маленькому лидеру, жестокому и сильному Коле Сквозняку.

О матери он часто думал, то ненавидел, то пытался оправдать. А с возрастом вообще стал жалеть. Значит, так сложилась ее горькая жизнь, пришлось отказаться от сына. Коля Сквозняк говорил, что все это сопли и нечего жалеть, привел его как-то ночью в архив, разыскал личное дело.

— Суки они, и моя, и твоя, — сказал он. — Вот, читай.

Это было в четвертом классе. Толик заучил наизусть: «Астахова Мария Федоровна, 1943 года рождения, общежитие хлебозавода № 5...»

Когда Колю забрали из интерната, Толик Чувилев плакал ночами, грыз подушку. Он тосковал по нему, как по родному брату. Ни с кем другим не мог дружить. Лучше Коли Сквозняка никого не было.

Толику было худо и одиноко в интернате, но он вдруг с удивлением обнаружил, что без Колиных жестоких шуток, хитрых издевательств над детьми и педагогами стало как-то легче. Он и раньше боялся признаться себе самому, что не нравится ему, когда кого-то заставляют слизывать плевок. Но он никогда не посмел бы не то что осудить Колю Сквозняка, но даже в глубине души усомниться в правоте своего лидера.

Поговорить об этих странных, противоречивых чувствах было не с кем. А разобраться самостоятельно он не мог. Да и некогда было думать. Чтобы выжить одному, без стаи, без вожака, требовалось так много сил — куда уж тут думать...

Толик выживал, как мог. Вел себя хорошо, был тихим и послушным, старательно учил уроки. Ему, как многим его одноклассникам, хотелось после восьмого класса попасть не в спецПТУ, а в обычное, где учатся нормальные подростки, получить профессию, комнату в общежитии, а если повезет — добиться снятия диагноза.

После восьмого класса его направили в обычное ПТУ с хорошей характеристикой и четверочным аттестатом.

ПТУ находилось на Пресне, а прямо через забор было круглое кирпичное здание хлебозавода № 5.

В первый же день, едва дождавшись конца занятий, Толик через дырку в заборе проник на территорию хлебозавода. Побродив по двору среди вагонеток, подышав запахом горячего хлеба, он вошел в цех укладки, где работали женщины в белых штанах и рубахах. Батоны падали на железные вертящиеся круги, женщины перекладывали батоны с кругов на деревянные ящики вагонеток.

Толик подошел к той, которая показалась ему симпатичней других, и просто встал рядом.

— Тебе чего, сынок, хлебушка? — продолжая работать спросила женщина.

Он так волновался, что даже горячего хлеба ему не хотелось.

— А вы давно здесь работаете? — выпалил он наконец. — В смысле, это... сколько лет?

— Много, сынок, очень много. Двадцать. И все здесь, на укладке, — вздохнула женщина.

Руки ее двигались автоматически. Толик заметил, что серые брезентовые рукавицы прогорели до дыр, и подумал: а хлеб-то какой горячий, жжется.

— Вы не знаете... — прежде чем произнести имя, он набрал полную грудь жаркого хлебного воздуха, — вы не слышали... здесь работала Астахова Мария Федоровна?

Руки женщины на минуту замерли, но раскаленные батоны стали тут же заполнять круг.

— Астахова... Астахова... — Руки в прожженных рукавицах опять быстро задвигались.

Женщина морщила лоб под низко надвинутой белой косынкой и продолжала перекладывать хлеб с круга на вагонетку.

— Слышь, Ивановна, — крикнула она своей товарке, красноносой худой старухе, — ты Астахову помнишь?

— Маню-то? — крикнула старуха в ответ. — Маню Астахову помню.

Толик замер. Перестал дышать.

— А ты кто ей будешь? — Старуха непрерывно двигала руками в таких же прожженных серых рукавицах.

Она не могла остановиться ни на минуту, белые батоны валились на круг, их надо было перекладывать на ящики вагонетки, иначе будет завал, батоны помнутся, и стоимость брака вычтут из зарплаты укладчиц.

Толик обошел круг и встал рядом со старухой, чтобы не перекрикивать гул цеха.

— Я это... вроде родственник.

— Не было у Мани родственников. А лет тебе сколько?

— Пятнадцать.

— Ты, значит, шестьдесят третьего года?

Старуха уставилась на него бледными маленькими глазами, она смотрела долго, молча и очень внимательно. А потом отвернулась.

Перед Толиком мелькали желтые батоны, серые рукавицы. Даже голова стала кружиться от жары и этого мелькания. Ему показалось, старуха вовсе забыла о нем. Он заглянул ей в лицо. Лицо было грубое, красное, совсем старое и некрасивое.

— Иди, сынок, хлебушка возьми себе, сколько хочешь, и иди, — сказала она наконец, — нечего тебе здесь...

— Где она? — спросил Толик совсем тихо.

— Зачем тебе? — так же тихо спросила старуха.

— Я хочу знать.

Старуха поджала губы и опять отвернулась. Толик решил, что не отстанет, не уйдет. Так и будет стоять здесь, пока она не скажет. Ведь знает. Точно знает... Но почему-то не хочет говорить.

— Клава! — вдруг крикнула старуха, и Толик вздрогнул от неожиданности. — Что расселась? Давай, подмени меня, замудохалась, перекурю.

У окна на лавке сидели две женщины, пили молоко из пакетов и жевали горячий хлеб, откусывая прямо от батонов. Одна из них поднялась и не спеша направилась к кругу.

Ивановна скинула серые рукавицы, не оглядываясь на Толика, пошла к выходу, сквозь строй гремящих вагонеток. Они вышли на улицу. Мягко светило вечернее сентябрьское солнце. Подъехал грузовик с синими буквами «Мука». Грузчик в грязном белом халате, пошатываясь и что-то напевая, прошел мимо, задел Толика плечом, матюкнулся и исчез в белом мучном облаке. Через толстый шланг из машины качали муку куда-то наверх, в мучной цех. Шланг пыхтел, как живой.

— А ты похож на Маню-то, — сказала Ивановна, достала мятую пачку «Беломора», продула бумажный фильтр, закурила, — очень даже похож. Звать как?

— Толик. Анатолий.

— Красивое имя. А она хотела Георгием назвать, Маня-то. Мы с ней соседками по комнате были. У ней, как вернулась из роддома, долго молоко не уходило. Плакала она сильно, потом пить стала. Одна-

364

жды в роддом пошла, пьяная, наскандалила там, был привод в милицию. Она еще больше стала пить, хуже мужика, запоями... Нам здесь квартиры обещают, как семь лет отработаешь – должны дать. Но не дают. Все знают, однако ждут. Маня тоже ждала, говорила, вот будет свой угол, сразу пить брошу, найду сына, заберу из детдома... Как-то пришла с вечерней смены, выглушила бутылку водки, потом еще портвейну добавила и сиганула в окно с пятого этажа. Вроде не так высоко, да внизу асфальт. Сразу померла. Чего только не бывает по пьяному делу...

Толстый ребристый шланг, тянувшийся вверх из машины, был похож на раскормленного живого змея. Шланг пыхтел, грузчики уныло перебрасывались матюками, с грохотом толкали вагонетки. Ивановна затоптала «беломорину», молча ушла назад, в цех укладки, надела прожженные рукавицы, и руки ее стали механически перекладывать белые батоны на деревянные ящики вагонетки. Как час назад, как двадцать лет назад, когда она была молодой и глупой, приехала в Москву искать лучшей жизни. Но все-таки она была умней Мани Астаховой, умудрилась не родить ребенка, не оставить его в роддоме, не спилась, не выбросилась из окна, на заплеванный асфальт общежитского двора. И дождалась-таки комнаты в коммуналке, своего одинокого московского угла на старости лет.

Толик Чувилев вернулся в ПТУ через дырку в заборе. С тех пор он старался не смотреть в сторону красного кирпичного здания хлебозавода № 5 и почему-то долго потом не мог есть белый хлеб. Только черный – его не выпекали на том хлебозаводе.

«Значит, она от меня дважды отказалась, – думал он, – второй раз уже окончательно...»

В ПТУ было лучше, чем в интернате. Там учили ремеслу и не висел постоянный интернатский страх, что отправят в больницу. Мастер производственного обучения, бывший партизан, в меру пьющий, серьезный и основательный, лично пошел с Толиком в районный психдиспансер узнавать, как снимают диагноз. Потом была комиссия, диагноз сняли.

После ПТУ Толик устроился сантехником при жэке, комнату ему дали, с пропиской. Про Маню Астахову он больше никогда не вспоминал. Осталось в душе какое-то мутное пятно, вроде как бельмо в глазу или шрам от ожога. А вот Кольку Сквозняка вспоминал постоянно.

И Коля появился однажды.

Ранним апрельским вечером Толик сидел на лавочке во дворе, у двухэтажного здания жилконторы, покуривал, подставив лицо холодному весеннему солнышку, ждал, когда закончит работу девушка Катя из бухгалтерии. Он так глубоко задумался о Кате и о самом себе, что не заметил крепкого невысокого парнишку, который вот уже минут пять сидел рядом с ним на лавочке.

— Сантехник, значит, — тихо произнес парнишка, — унитазы починяешь.

Толик повернулся и тут же узнал Сквозняка.

— Колька! Колян! Да неужели ты? Нашел меня? Или случайно?

— Я старых друзей не забываю, — улыбнулся Сквозняк. — Ну, рассказывай, как живешь.

В тот вечер они поговорили совсем недолго. Вышла Катя, и Сквозняк попрощался, исчез. Толик даже не успел ничего спросить, спохватился, что не узнал ни телефона, ни адреса своего интернатского дорогого друга, испугался, что они опять потеряются. Однако Сквозняк появился через неделю, совершенно неожиданно. Просто пришел как-то вечером к Толику домой.

Толик жил в коммуналке, в старом доме. Три другие комнаты занимали три семьи, в одной семье — парализованная старуха, в другой — муж-алкоголик, в третьей — младенец и еще двое детей, постарше. Они с Катей хотели пожениться, но ждали квартиру. Оба давно поняли, что хоть и полагается им однокомнатная отдельная квартира как работникам жилконторы, однако без взятки не дадут, очередь на много лет вперед. А взятка должна быть большая, пока столько денег скопишь, состаришься.

Коля Сквозняк глубоко вник в проблемы своего друга и в один прекрасный день принес тысячу рублей. Именно столько, сколько надо было дать «на лапу» начальнице конторы.

— Да ты что! — испугался Толик. — Я тебе еще когда вернуть-то смогу! Мне, конечно, дают жильцы, но это совсем другие деньги, это на поллитру. Я не пью, откладываю. На еду только трачу, на одежду. Но все равно, это ж совсем другие деньги...

— Не переживай, — Коля потрепал его по плечу, — потом как-нибудь сочтемся.

— А у тебя у самого откуда столько? — спросил Толик.

Сквозняк ничего не ответил, заговорил о другом. А деньги Толик взял. С квартирой нельзя было тянуть. Катя теряла терпение. Она красивая, многие на нее заглядывались. Толик боялся — уведут, если не поженятся они в ближайшее время.

Ни на новоселье, ни на свадьбу Сквозняк не пришел. Пропал надолго, почти на год. Толик очень переживал, связь у них была односторонняя. Ни телефона, ни адреса своего дорогого друга он так и не узнал. Спрашивал несколько раз, но Сквозняк говорил: «Военная тайна. Я, мол, шпионом работаю. Толик не обижался. Не хочет говорить — не надо. Слепая детская привязанность, которая осталась в его душе с интернатских времен, оказалась сильнее логики, сильнее любопытства и здравого смысла.

Семейного счастья не получилось. Отправился он как-то в выходной подхалтурить, думал, на целый день, а вернулся через пару часов. И застал свою красивую Катю с чужим мужиком. Все вышло как в анекдоте, смешно даже. Но Толику было вовсе не до смеха. Впервые в жизни он пожалел, что не пьет и драться не умеет.

Новую квартиру, полученную за взятку, пришлось разменивать. А как разменяешь однокомнатную? Только с доплатой. И вот тут опять появился Коля. Опять дал тысячу рублей. С тех пор заходить стал чаще. Расспрашивал про работу, про жильцов, у кого какая мебель и сантехника. Толику было не по себе от таких разговоров. Он уже понял, чем его дорогой друг занимается и почему так запросто может дать столько денег.

Но ничего за разговорами не следовало. Никто не трогал квартиры, которые обслуживал сантехник Чувилев. Толик понимал: рано или поздно это произойдет. А с другом единственным ссориться не хотелось. И долг надо бы вернуть.

Он стал откладывать деньги, отказывал себе во всем, брал любую халтуру. За полтора года скопил тысячу рублей. И тут узнал, что одну из подопечных квартир ограбили. И не просто, а с убийством. Хозяйки дома не было, в больнице лежала. А хозяина-старика нашли мертвым.

Толику стало страшно. Он ждал, когда придут к нему из милиции. Но никто не приходил. И Сквозняк пропал надолго. Толик продолжал копить деньги, чтобы отдать сразу две тысячи и больше на опасные вопросы дорогого друга о чужих квартирах никогда не отвечать.

Через два месяца — еще одно ограбление. Уже без убийства. К счастью, хозяев той ночью дома не оказалось. А еще через месяц появился Сквозняк.

— У меня на книжке тысяча двести тридцать рублей, — сказал ему Толик, — я тебе половину долга могу прямо сейчас отдать, только в сберкассу схожу.

— Так ты отдал уже половину, — ответил Коля, спокойно глядя ему в глаза, — вернее, отработал. Так что можешь себе оставить.

— Я не хочу, — тихо сказал Толик, — возьми деньги.

— А в зону хочешь? — улыбнулся Сквозняк. — Могу устроить по старой дружбе. Нет, ты не бойся. Я шучу, конечно. — Он потрепал Толика по плечу. — Какая зона? Вот если б ты настоящую наводку дал, тогда да. А это пока только так, репетиция.

— Коль, не надо больше, а? Боюсь я. Не хочу в зону.

— Не дрейфь, Толян. Все путем. Кроме меня, никто не знает. И не узнает. Даю тебе по жизни два варианта. Можно вот так до старости унитазы чинить, гнить на десяти метрах с черно-белым телевизором. А можно по-другому, по-человечески. Все у тебя будет — машина, дом; захочешь — за границу поедешь, откроешь свой ресторан. Помнишь, ты недавно говорил, что есть у тебя мечта? Так вот, я ж ее тебе на блюдечке преподношу, дураку такому, а ты нос воротишь. Ты ведь заслужил, Толян, тебе по жизни полагается компенсация за детдом и интернат.

— А если найдут, посадят? — шепотом спросил Толик.

— Слушай, ты ж меня с детства знаешь, — поморщился Сквозняк, — если все с умом делать, не найдут.

— А старика обязательно надо было мочить?

— Если с умом, то обязательно.

Слишком долго уговаривать Толика не пришлось. Не было у него никого на свете ближе Коли Сквозняка. Прав Коля, все он верно говорит, особенно про компенсацию.

Милиция так ни разу и не приходила к образцовому, непьющему сантехнику Чувилеву. Никто не видел связи между ограблением и вызовом сантехника. Ну, засорилась раковина месяц назад, а вчера ночью квартиру ограбили. Какая тут может быть связь?

Словно в сказке, без всяких усилий скопил Толик сначала на хороший «жигуль», а потом купил небольшой участок земли и стал потихоньку строить дом недалеко от Москвы, в двадцати километрах от Кольцевой дороги, по Дмитровскому шоссе. Шел 1991 год. Мечта о собственном ресторане разрасталась вместе с добротным каменным фундаментом, обретала вполне реальные очертания. И даже за границу уезжать не надо. Собственный ресторан можно теперь иметь и в России.

Будущий владелец ресторана все еще работал сантехником. Жильцы удивлялись, когда по вызову из жэка приходил чистить засор или менять прокладки в водопроводных кранах не красноносый бестолковый алкаш, а человек солидный, трезвый, очень вежливый. Такому как-то даже неудобно совать на поллитру. Ему часто предлагали чаю выпить, он не отказывался, любил побеседовать с хозяевами о том о сем.

И только лишь год назад Анатолий Анатольевич уволился с последнего места работы. Ему очень хотелось пригласить Сквозняка на торжественное открытие своего «Трактира». Но Коля опять исчез куда-то.

«Трактир» был не просто придорожной закусочной, а хорошим рестораном в лубочно-русском стиле, с вышитыми полотенцами на бревенчатых стенах, с официантами в косоворотках, с кулебяками, расстегаями, суточными щами и осетриной по-монастырски.

Анатолий Анатольевич сам лично каждое утро дегустировал щи, нюхал и пробовал на вкус дрожжевое тесто для выпечки — не перекисло ли, не слишком ли солонос. Он с раннего детства любил не только запахи, но и звуки кухни. Грохот кастрюль, шипение масла на сковородке, тихое бульканье супа – все это было для него чудесной музыкой, полной глубокого смысла.

Сколько помнил себя Толя Чувилев, ему всегда хотелось есть. Из кухонь в детском доме и в интернате пахло пригорелой кашей и пресным гороховым супом. Но даже в этом было свое волшебство. Сейчас, когда он мог себе позволить есть что хочется и сколько хочется, все равно почему-то вспоминались сладкие булочки, которые давали в детском доме на полдник по воскресеньям.

Расхаживая по сверкающей, волшебно пахнущей кухне собственного ресторана, Толя с приятной грустью думал, что липкая карамелька, съеденная ночью под одеялом в интернатской спальне была все-таки вкуснее, чем лучший швейцарский шоколад. Он часто представлял, что стало бы с ним, вечно голодным детдомовцем, если бы он попал на такую вот кухню, да еще сказали бы ему: ты, Толик, будешь здесь хозяином. Все здесь будет твоим. Наверное, сирота, да еще с клеймом психиатрического диагноза, ни за что не поверил бы, решил, что издеваются над ним. Однако вот ведь получил свою компенсацию за несчастное казенное детство. Возможно, только они с Колькой из всего интерната и получили компенсацию. Вернее сказать, сами взяли, что положено им было по жизни.

Глава 27

– Значит, как пили, не помните. И как мужа убивали – тоже не помните. – Следователь по фамилии Гусько смотрел на Инну Зелинскую насмешливыми холодными глазами.

Инне хотелось орать и топать ногами. Два часа

назад она сама вызвала «скорую» и милицию. Ей даже в голову не пришло, что ее могут заподозрить в убийстве. Она ведь не убивала! Кто-то вошел ночью в квартиру. Вот, синяк на шее. Ее тоже пытались задушить. И бутылку эту она не покупала, не пила. Не было в доме водки «Распутин».

— Никакого синяка у вас на шее я не вижу, — заявил врач, — вы много пили накануне. Это я вижу.

— Вы же сами сказали, с мужем собирались разводиться. Спали в разных комнатах, отношения между вами в последнее время были напряженные. — Следователь райпрокуратуры произносил слова громко, медленно, врастяжку, будто Инна глухая или придурочная и обычной речи не понимает.

— Разводиться! — выкрикнула Инна. — Сейчас все разводятся! Ну не убивала я!

Инна не могла себе простить, что сболтнула сдуру про предстоящий развод. Никто за язык не тянул... Хотя, нет. Тянули. Следователь, хмырь болотный, спросил так небрежно, будто между прочим, а что, мол, Инна Валерьевна, вы всегда с мужем в разных комнатах спите? А она возьми да и ляпни: а мы вообще разводиться собирались! Теперь они начнут знакомых опрашивать, Галька про адвоката скажет, про квартиру. И не только Галька... Кому еще она трепалась про свои отношения со Стасом? Да всем! Свистела направо и налево, дура. И кто ж знал, что так обернется?

Инна закурила и, немного успокоившись, произнесла:

— Вы проверьте, нет моих отпечатков на ноже. И на бутылке нет. Кто-то вошел, вырубил меня и «Распутина» в глотку влил. А потом зарезал Стаса.

— Инна Валерьевна, — вздохнул следователь, — ну вы подумайте сами. Входная дверь была заперта изнутри...

— У нас же английский замок! — перебила его Инна. — Можно выйти и захлопнуть.

— Выйти можно, — кивнул следователь. — А войти? Ключ лежал на полочке, вы сами сказали. И дверь была заперта. Никаких следов взлома, никаких царапин не обнаружено. Нет в квартире следов пребывания третьего человека. Понимаете? И не было у этого третьего практической возможности проникнуть ночью в вашу квартиру. Что ж он, сквозь стену просочился?

— Это не я. — Инна загасила сигарету и заплакала.

Ей дали попить воды. Зубы отбивали дробь о стакан.

«А ведь на ноже могут быть мои отпечатки, — подумала она, — нож кухонный, самый острый в доме. Я им все резала, и хлеб, и колбасу... Господи, ну что мне делать? Ведь засудят, точно засудят. Зачем им еще кого-то искать, если вот она я, готовенькая?»

Когда выносили труп, во дворе собралась небольшая толпа.

— Да что вы говорите! Зарезала? Сама?! Это ж надо, такая с виду приличная женщина!

— Вот что водка-то делает!

— Ох, батюшки, жизнь пошла...

— А ее теперь как, сразу арестуют? Или сначала подписку о невыезде?

— Так, может, не она? Еще ведь следствие должно быть...

— Она, она! Все они такие, нынешние-то! Вот пусть расстреляют, и правильно! Чтоб другим была наука.

— Сначала доказать должны...

— Да что тут доказывать? Напилась и пырнула ножом с пьяных глаз...

— Так она и не особенно и пила... Воспитанная женщина, как идет, всегда поздоровается вежливо.

Толпа старушек, старичков, мамаш с колясками гудела и перешептывалась. Непонятно каким образом, но во дворе все уже все знали.

Вдруг к младшему лейтенанту милиции, курившему у машины, нерешительно шагнула девочка лет шестнадцати.

— Извините, вот к кому мне можно обратиться? — тихо спросила она.

— По какому вопросу? — Младший лейтенант лениво оглядел тощенькую фигурку на метровых «платформах».

— По поводу убитого.

— Это к следователю, — кивнул лейтенант на дверь подъезда, — сейчас выйдет следователь, к нему и обращайтесь.

— А как я его узнаю? — спросила девочка еще тише.

— Стойте здесь. Выйдет он, я покажу.

Было видно, что девочка очень волнуется. Тихий робкий голос никак не вязался с ядовито-зеленой юбчонкой до пупа, ярко-розовой майкой, больше похожей на узенький лифчик, с тонной косметики на детском лице.

Два милиционера вывели Инну. Она быстро прошла к машине, опустив голову и стараясь ни на кого не смотреть.

Небольшая толпа загудела чуть громче.

— Расходитесь, расходитесь, граждане! — прикрикнул младший лейтенант и кивнул девочке. — Вон он, следователь.

Девочка подошла к невысокому пожилому человеку в штатском.

— Здравствуйте, я хочу сказать...

— Да, я вас слушаю.

— Я вчера вечером видела, как Станислав Михайлович... ну, убитый Зелинский, стоял в подъезде у лифта и разговаривал с каким-то человеком.

— Фамилия? — быстро спросил следователь.

— Чья? — растерялась девочка. — Я не знаю... Я его впервые видела.

— Да ваша, ваша, — следователь поморщился.

— Я в этом доме живу, в квартире напротив. Лукьянова моя фамилия. Ирина Анатольевна Лукьянова. — Девочка заговорила быстро, будто боялась, что следователь не дослушает и уедет. — Я видела, как Станислав Михайлович вчера вечером разговаривал у лифта с парнем... Они очень напряженно говорили. Я даже разобрала несколько фраз, случайно. Что-то насчет выяснения отношений. И еще, я точно слышала, как Станислав Михайлович сказал: «Слушай, может, ты псих? Так себя не ведут». Дословно не помню, но что-то в этом роде. Знаете, они стояли так, будто сейчас подерутся.

— Подождите, не тараторьте так, — перебил ее следователь, — вы в какой квартире живете?

— Ну я же сказала, напротив! В тридцать первой!

Оперативники уже успели побеседовать с соседями. Никто ничего не слышал и не видел. Ночью было тихо. Откуда взялась эта пигалица в ядовито-зеленой юбке?

В тридцать первую квартиру заходили, однако никакой девчонки там не было. Следователю прокуратуры совсем не хотелось, чтобы рядовая «бытовуха» распухла в нечто более сложное и серьезное. Но выслушать и запротоколировать показания непрошеной свидетельницы он обязан.

***

В машине полетело сцепление, но Володя не стал чинить, не было сейчас на это времени. Нельзя больше тянуть. Хватит.

Целый день он провел в ожидании у дома маленькой блондинки. Но она не появилась. Сквозняка он тоже не видел. Впрочем, несколько раз ему пришлось отлучиться со своего поста. Бдительные дворовые старушки стали на него подозрительно коситься, или ему показалось? Потом какой-то мальчишка несколько раз, посвистывая, прошел мимо, туда-обратно, и откровенно глазел на Володю. Или опять показалось?

Он никак не мог найти в этом старом дворе удобный наблюдательный пункт. Прятался между «ракушками», но оттуда плохо просматривался подъезд, а потом пришел автовладелец и прямым текстом спросил:

— Ты здесь чего крутишься, мужик?

Пришлось отойти.

Все было нехорошо — стоять просто так или даже сидеть целый день на лавочке у качелей. Люди стали подозрительны и осторожны. Боятся угонщиков машин, квартирных воров, маньяков. Лучше не привлекать к себе внимания.

Да, возможно, он и упустил сегодня Сквозняка. Вечером было особенно обидно оставить пост, двор опустел, и следить можно было спокойно, не вызывая ничьих подозрений. Володя сам не заметил, что давно ночь и метро закрыто. Он привык не зависеть от метро, машина была всегда под рукой. А теперь вот сломалась...

Однако вряд ли Сквозняк появится во дворе глубокой ночью. Он ведь тоже спит иногда... Володя стал размышлять, стоит ли взять такси и отправиться домой, поспать, или провести ночь где-нибудь поблизости, не тратить деньги и время, перетерпеть бессонницу, чтобы завтра начать все сначала.

От голода побаливал желудок. Володя направился к площади Белорусского вокзала. Там работают круглосуточные палатки, есть грячие бутерброды и кофе. Надо поесть. А дальше видно будет.

Когда он стоял у ларька, ел горячий бутерброд и прихлебывал кофе с молоком, к нему вдруг подошел поддатый пацан лет восемнадцати. Даже не подошел, а как будто вырос из-под земли, встал перед ним, почти вплотную, дыша в лицо крепким перегаром, и тихо спросил:

376

— Слышь, мужик, тебе пушка нужна?

Володя вздрогнул от неожиданности, оглядел парнишку, ничего подозрительного в его облике не обнаружил и осторожно кивнул:

— Покажи.

Новенький, в заводской смазке «ПМ» был завернут в драную мужскую майку, а сверху — в полиэтиленовый пакет. К пистолету прилагалась маленькая жестянка с пульками, всего двенадцать штук. Вполне достаточно.

— Сколько? — спросил Володя.

— Двести, — ответил продавец.

Это было очень дешево. А главное, две стодолларовые купюры, как нарочно, лежали в нагрудном кармане ковбойки. Володя расплатился, спрятал сверток в небольшую спортивную сумку, которая висела у него на плече, и бутерброд доедал уже на ходу. Лучше было уйти поскорей от ларька. На Володю и юного продавца уже косилась совершенно трезвым глазом очень грязная и пьяная с виду бомжиха. Продавец, получив деньги, моментально испарился.

— Мужчина! — прокричала бомжиха Володе вслед. — Мужчина, дай покурить! Слышь, курить хочу, умираю!

Володя, не оглядываясь, ускорил шаг.

Теперь все просто. Надо только обстрелять оружие. Лучше всего это сделать в Серебряном бору. Сейчас три. Троллейбусы начинают ходить в шесть. Отсюда до Серебряного бора идет двенадцатый номер. Можно дойти до сквера у Дома пионеров, подремать там на какой-нибудь укромной скамеечке до шести. Хотя вряд ли он сейчас сумеет уснуть. Слишком уж близка развязка.

Володя удивился, почему так долго тянул с пистолетом, будто нарочно сам все усложнял и путал, оттягивал решительный момент, зачем-то хотел предупредить блондинку, которая так похожа на его бабушку в молодости. Зачем? Разве она поверит? А если поверит, что сможет сделать?

Преследовать Сквозняка с ручной гранатой-самоделкой можно бесконечно. А пистолет будто сам попросился в руки.

Краешком сознания он вдруг понял, что вовсе не из-за разумной осторожности оттягивал развязку, уговаривал самого себя, будто пистолет покупать опасно. Он знал: как только окажется в его руках удобное, легкое оружие, он сразу убьет Сквозняка. Кто бы ни был рядом, он выстрелит и не промахнется.

На этом кончится погоня, которая длится уже третий год и стала для Володи единственным смыслом жизни.

Погоня кончится, главное зло будет наказано. А что дальше? Конечно, зла в мире останется очень много, хватит на Володин век, до глубокой старости. Однако он поклялся на могилах мамы, папы и бабушки: как только Сквозняк будет убит, Володя уничтожит все смертоносное, что накопилось в его доме за это время. Покуда есть под рукой отличные взрывные устройства, маленькие хитрые ручные гранаты, удержаться невозможно. И вот теперь последнее слово, логичное и единственно верное, должен сказать пистолет.

Но что дальше?

Володя сидел на лавочке перед желтой, со стеклянным куполом громадиной миусского Дома пионеров. На фоне ясного июньского рассвета мрачно чернели фигуры скульптурной группы, изображающей героев писателя Фадеева. С одной стороны – толстоногие решительные молодогвардейцы, с другой – тяжелые кони и всадники из повести «Разгром». А неподалеку, за старыми деревьями, виднелась красивая чугунная ограда роддома имени бездетной Надежды Крупской. В этом роддоме Володя родился. Здесь, на Миусах, он вырос. Именно отсюда переехал на окраину после того, как погибла его семья.

С четвертого по седьмой класс он ходил в Дом пионеров, в кружок «Юный химик». Бабушка рассказывала, что на месте желтого помпезного сооружения был храм Александра Невского, один из красивейших в Москве. Его долго не могли взорвать. Храм трижды поднимался в воздух и опускался на землю – целехонек. Вокруг плакали верующие старушки. Почти неделю стоял тихий вой. И грохотали ночами взрывы.

Конечно, инженерная мысль победила. Храм взорвали частями, сровняли с землей и выстроили Дом пионеров. А позже какой-то шальной скульптор придумал водрузить на широкой площадке перед входом пугающую композицию, черных призраков. Володя вдруг поймал себя на том, что и эти отвратительные скульптуры хочет взорвать. Они тоже проявление зла и бездарности. Каждый день на них смотрят дети, и что-то нехорошее оседает в их душах.

– Так нельзя, – прошептал он самому себе, – тебя поймают, ты попадешь в тюрьму и там погибнешь. От этого не станет в мире меньше зла. Так нельзя.

Он заметил, что беседует с тишиной, с ранним ясным утром. Почему-то вдруг навалилась страшная, тошная тоска. Он один на свете, и никто не заплачет, если завтра его схватят и посадят в тюрьму. Никто не скажет спасибо за долгие бессонные ночи, за бесконечную слежку, за исполненные справедливые приговоры, за выстраданный, точный выстрел, который непременно прозвучит – днем ли, вечером, не важно. Сквозняку от этой пули не уйти. Но спасибо никто не скажет, даже милая круглолицая блондинка, так похожая на Володину бабушку в молодости.

Солнце вставало, стеклянный купол Дома пионеров жарко вспыхнул и погас в рассветном луче. Маленький, русоволосый человек в ковбойке сидел на лавочке в пустом сквере, сгорбившись, низко опустив голову. Ему было зябко после бессонной ночи. На коленях лежала спортивная сумка, а в ней – пистолет. Черные пустые глаза скульптур глядели на него тупо и решительно.

***

— А вы случайно не Курбатов? – спросил Антона детский голос.

— Да, я Курбатов.

— Скажите, чем торговала ваша фирма?

Ребенок говорил очень тихо, Антону показалось, трубка прикрыта ладошкой. Он удивился вопросу.

— А почему тебя это интересует?

— Вы сначала скажите, только правду. А потом я объясню.

— Ну ты представься хотя бы, – Антон улыбнулся в трубку, – я ведь даже не знаю, мальчик ты или девочка, сколько тебе лет.

— Я девочка. Соня. Мне десять лет. Так чем торговала ваша фирма?

— Очень приятно, Соня. Меня зовут Антон. Наша фирма занималась посреднической деятельностью. Ты знаешь, что это такое?

— Конечно, знаю. И в чем именно вы посредничали?

— В покупке недвижимости за границей.

— Это правда? Или вы врете?

— Зачем мне врать?

— Ну, мало ли? Вдруг вы на самом деле торговали оружием или живым товаром?

— Нет, ничем таким мы не торговали. Только домами в Чехии.

«Странная девочка... Ну и детки пошли, – поду-

380

мал Антон, — смотрят боевики по телевизору и по видео, а потом в них играют».

— Прости, пожалуйста, ты не могла бы позвать Веру к телефону? — осторожно спросил он странную девочку.

— Она спит. Но я ее сейчас разбужу.

— Спасибо.

Ждать пришлось довольно долго. Видно, Вера спала крепко, хотя было уже почти двенадцать.

— Да, я слушаю, — раздался наконец сонный голос в трубке.

— Доброе утро, Вера. Вы простите меня за назойливость, — начал Антон, — я просто хочу вам напомнить... Вы не искали факс?

— Это вы меня простите. Пока не искала, руки не дошли. Но я могу посмотреть прямо сейчас. А вы перезвоните минут через двадцать.

— Может, я у телефона подожду?

— Как хотите. Честно говоря, не знаю, сколько на это уйдет времени.

Однако времени ушло совсем немного. Пару дней назад Вера разбиралась в ящиках своего стола. Все нужное она разложила по папкам, и в этих папках того факса быть не могло. И смотреть нечего. Она уже подумала, что выкинула важную для Курбатова бумажку, ей стало неудобно, но тут заметила белый уголок, торчавший из-под маленького струйного принтера.

Столешница была покрыта стеклом. Под стекло Вера клала фотографии — школьные, университетские, мамины в детстве и в юности, в общем, те, на которые хочется часто смотреть. Туда же, под стекло, иногда засовывала листочки с важными телефонами, чтоб не потерять. Почему-то именно под стекло попал многострадальный факс с текстом, написанным от руки. Наверное, это вышло машинально. А сверху стоял принтер, и Вера раньше этот листочек не замечала, забыла о нем.

— Вы слушаете?

— Да.

— Я нашла. Кажется, это именно тот факс. Написано по-чешски, от руки. Хотите, я вам прочитаю по телефону? Здесь всего несколько слов. Просто адрес и что-то непонятное. Брунгильда какая-то...

— Ну, Брунгильда — это вполне понятно, — произнес Антон после долгой паузы. — А адрес московский?

— Нет. Карлштейн. Насколько я знаю, есть такой старинный городок под Прагой. Давайте мы с вами встретимся, и я отдам вам бумагу. К сожалению, никаких других ваших факсов не сохранилось.

— Других и не надо. Только этот, он единственный... самый важный... спасибо вам огромное, Вера. — Было слышно, как волнуется Курбатов, голос его чуть охрип, стал глухим. — Где и когда вам удобно со мной встретиться?

«Нет, он не бандит, — еще раз подумала Вера, — он не врет и никакой опасности не представляет...»

— Давайте на Маяковке. Прямо на площади, у памятника, — предложила она, — там трудно потеряться.

— Во сколько?

— Сейчас без пяти двенадцать... К часу успеете?

— Конечно. Спасибо вам.

— До встречи.

Вера положила трубку и тут же услышала возбужденный голос Сони:

— Вы же не договорились, как узнаете друг друга! Ты его никогда не видела! Он тебя — тоже. Мало ли молодых людей будет стоять у памятника?

— Ой, да, действительно! — спохватилась Вера. — Может, он перезвонит сейчас?

И тут раздался звонок в дверь. На пороге стоял Федор.

Гроза обрушилась внезапно. Утро было душным, тополиный пух замер в густом знойном воздухе. И вот к полудню небо потемнело, ударил гром, через миг ливень упал сплошной стеной.

Володя успел нырнуть в первый попавшийся подъезд. В последнее время он легко простужался, а вымокнуть до нитки и заболеть сейчас, в такой ответственный момент, нельзя. Надо переждать ливень.

Он поднялся на один лестничный пролет, встал в темном углублении за лифтом.

Воняло кошками и мочой. Дом был старый, подъезд без кода, без домофона. Лампочки вывинтили, все до одной. Мутный грозовой свет едва пробивался сквозь немытое окно лестничной площадки. Ливень шумел, иногда вспыхивала молния, совсем близко, и лестница на миг озарялась тревожным, фантастическим заревом.

Хлопнула дверь. Володя сделал шаг, перегнулся через перила и разглядел маленький детский силуэт.

Совершенно мокрая девочка-толстушка лет семи вошла в подъезд босиком, держа в руке сандалики. Остановилась, тряхнула мокрыми волосами. Наверное, не могла решить, как лучше — обуваться здесь, в подъезде, или дойти до квартиры босиком. И вдруг страшно закричала.

Володя не сразу понял, что произошло. Крик девочки перешел в хриплый, надрывный кашель. Он, ни секунды не раздумывая, инстинктивно кинулся на помощь ребенку, побежал вниз по лестнице, перепрыгивая через несколько ступенек. И только тут заметил высокого сутулого мужчину. Молния ярко осветила подъезд. У мужчины была расстегнута ширинка.

— Мама! — кричала девочка сквозь кашель.

Сверху щелкнул замок, открылась дверь. Высокий сутулый мужчина, застегиваясь на бегу, бросился вон из подъезда.

— Лидочка! Лидуша! Доченька, не бойся, я здесь! — сверху послышался быстрый топот, испуганный женский голос.

Из квартиры на первом этаже тоже кто-то вышел.

Ребенку помогут, с ребенком будет всё нормально. А зло должно быть наказано. Дверь подъезда захлопнулась за Володей.

Ливень ударил в лицо. Сквозь струи воды было трудно разглядеть высокую фигуру, которая быстро пересекала пустой двор. Вокруг ни души. Володя почти летел сквозь ливень. На бегу он выхватил пистолет.

Оружие уже было обстреляно в Серебряном бору ранним утром. Четкие сухие выстрелы далеко отдавались в пустом огромном парке, над медленной, подернутой тонким туманом Москвой-рекой. Володя с приятным волнением обнаружил, что стреляет лучше, чем думал. Наметив темную выпуклость на березовом стволе, он попал в нее сразу, почти не целясь. Просто представил, что перед ним — Сквозняк собственной персоной. И не промахнулся.

Но сейчас он должен был выстрелить на бегу, сквозь ливень, в бегущего зигзагами незнакомого длинного человека. Он понимал, что может дорого заплатить за этот случайный выстрел, его вычислят, поймают. Современная криминалистика легко справляется с баллистическими задачками. Пуля выдаст его с головой, а оружие свое он ни за что не бросит... Однако гнев и брезгливость пересилили здравый смысл. Сколько еще детей закричит от ужаса и отвращения, увидев расстегнутую ширинку в темном подъезде?

384

Нет, никто больше не закричит. Никого больше эта мразь не напугает.

Бегущий невольно приостановился под темной аркой, всего на миг, чтобы опомниться, оглянуться. Совсем близко ударил гром, и Володя выстрелил. Человек дернулся, замер с раскинутыми руками, будто хотел взлететь, и медленно, тяжело рухнул.

***

— Ты только что проснулась? А кто звонил? — Федор поцеловал Веру в щеку.

— Это по работе, — ответила она, — мне придется уйти на час. Ты завтракал?

— Нет. Я сейчас сам все приготовлю. Ты пока собирайся. Соня, тебе сколько сделать гренок?

— Две.

Следующий телефонный звонок застал Веру у раковины, с зубной щеткой во рту. Соня схватила трубку, опередив Федора. Она решила, это перезванивает Курбатов, чтобы спросить, как они с Верой узнают друг друга. Но в трубке был совершенно другой голос, незнакомый, глухой, очень официальный.

— Здравствуйте. Позовите, пожалуйста, Веру Евгеньевну Салтыкову.

— Минуточку...

Вера быстро прополоскала рот и взяла трубку из Сониных рук.

— Моя фамилия Завьялов. Я владелец издательства... Позапрошлой ночью Станислав Михайлович погиб. Похороны, вероятно, в понедельник.

— Простите, что вы сказали? Как погиб?.. Он был у меня позавчера вечером...

— У вас? — последовала короткая пауза. — Жена зарезала его ночью. Спьяну, кухонным ножом.

— Нет, — тихо и твердо сказала Вера, — этого не может быть. Вы что-то путаете.

— Я понимаю, для вас это шок. Трудно сразу поверить. Вы со Станиславом Михайловичем старые друзья. И все-таки это правда. Очень сожалею... Я позвоню вам завтра, скажу точно, когда и где кремация. И вот еще... — опять короткая пауза, — я встречался со следователем, он спрашивал, где Стас провел вечер накануне. Никто не знал. Вам могут позвонить из прокуратуры, хотя следствие — чистая формальность. Там все ясно. Кроме Инны, этого никто не мог сделать.

— Но почему? — выдохнула Вера. — За что?

— Они хотели разводиться, ругались постоянно, она претендовала на квартиру. Много выпила и сама не помнит, как убила. Спящего.

Горло у Веры сдавил спазм, она пробормотала «простите» и положила трубку.

Соня испуганно смотрела на нее.

— Что случилось? Ты вся белая.

— Стас... — прошептала Вера.

— Ну где вы? Завтрак готов. — Федор появился на пороге кухни, в фартуке Надежды Павловны, с большим ножом в руке. — Кто звонил? В чем дело?

Вера смотрела на него, как будто видела впервые, не понимала, зачем здесь этот чужой, совершенно посторонний человек, почему на нем мамин старый фартук с синими петухами, а в руках — большой кухонный нож. Она как-то машинально обняла Соню, словно хотела на миг почувствовать живое знакомое тепло, потом, ни слова не говоря, ушла в свою комнату и закрыла дверь.

— Соня, что с ней, не знаешь? Кто звонил? — спросил Федор, когда они остались вдвоем в прихожей.

— Не знаю, — пожала плечами Соня, — может, что-то с работой?

Она прекрасно поняла, работа здесь ни при чем. Что-то случилось со Стасом Зелинским. Что-то очень нехорошее. Может, заболел тяжело? Однако обсуждать это с Федором совсем не обязательно.

А он уже стучал в запертую дверь Вериной комнаты.

— Вера, открой, что случилось?

Вера натягивала на себя первое, что попалось под руку, джинсы и какую-то майку. Ей хотелось скорее уйти, убежать куда-нибудь, побыть одной. Ни с кем не разговаривать. Просто невозможно было произносить вслух страшные, дикие слова, объяснять, обсуждать...

Случайно бросив взгляд на письменный стол, она вспомнила про факс. Надо встретиться и отдать. Человек ждет, для него это важно. Она обещала. Сложив бумажку с чешским текстом, она сунула ее в карман джинсов.

— Федор, вы не трогайте ее сейчас, если она нервничает, ее не надо трогать. Пойдемте завтракать. Она сама потом все объяснит, — спокойно, по-взрослому говорила Соня.

— Нет, я так не могу. Я должен знать. — Он не отходил от двери. — Вера, открой. Что за дела? Кто звонил? Ты обиделась на меня, что ли?

— Да вы здесь при чем?! Оставьте человека в покое. Неужели не понимаете? — рассердилась Соня. — И вообще, я есть хочу.

На кухне громко, с жалобным звоном хлопнуло открытое окно. Мотя завыл и, поджав хвост, кинулся в ванную. Стало совсем темно, вспыхнула молния, ударил гром.

— Куда ты сейчас пойдешь? Гроза! — не унимался Федор.

На Соню он не обращал внимания.

Дверь открылась.

— Федя, ты прости меня, мне надо уйти, — тихо сказала Вера, — ты можешь остаться здесь, позавтракать с Соней, а потом — как хочешь. Она спокойно побудет дома одна.

— Я пойду с тобой, — заявил он, — я не могу отпустить тебя одну в таком состоянии.

387

— Нет! — выкрикнули хором Вера и Соня.

Он переводил взгляд с одной на другую. Возникла неприятная, напряженная пауза. Первой нашлась Соня.

— Пожалуйста, останьтесь со мной, я не люблю быть одна... И Верочка обещала, что мы сегодня пойдем в зоопарк, а ей позвонили из той фирмы...

— Из какой фирмы? — быстро спросил Федор.

— Из той, для которой она переводит. Ну, это организация такая... экологическая, «Гринпис». Вы же знаете. А мы собирались в зоопарк... Там открыли новую часть, обезьян привезли, а я так давно не была... Вот, давайте с вами вместе сходим.

Соня тараторила не замолкая, сочиняла на ходу. Вера тем временем надела туфли, взяла сумку, открыла дверь.

«Может, надо было взять с собой Соню? Ей не нравится Федор, ей будет с ним неуютно вдвоем, а мама вернется с работы не скоро... Но там гроза, Соня может простудиться. Если они уйдут вдвоем с Соней, он непременно кинется провожать... ему нельзя встречаться с этим Курбатовым, нельзя... Господи, Стас...» — все это вихрем неслось в голове, пока Вера сбегала вниз по лестнице, забыв, что можно спуститься на лифте.

Тяжелый ливень обрушился на нее, молния прямо над головой распорола черное небо, и через минуту мрачно, торжественно ударил гром. Вера даже не заметила, что ступила в огромную лужу у подъезда, джинсы промокли до колен, в мягких замшевых туфлях хлюпала холодная вода. Но ей было все равно. На пустой улице, задернутой пеленой ливня, она наконец сумела заплакать.

Господи, ну почему? Пьяная жена пырнула ножом из-за квартиры. Какая грубая, пошлая смерть... Вера не видела эту последнюю Стасову красотку, только знала, что девушка Инна — дочь мясника из Кривого Рога. Наверное, смерть всегда бывает грубой и пошлой...

До Маяковки было двадцать минут ходьбы. Вера забыла надеть часы, не знала, который час. Она шла и плакала под ливнем, ей казалось, она совершенно одна в пустом городе, на мокрых черных улицах, и мир стал другим без Стаса, без слабого, трусоватого, инфантильного, любимого Стаса Зелинского...

Пересекая пустую площадь, Вера увидела у подножия памятника одинокую мужскую фигуру под большим черным зонтом.

***

Володя отдышался только в вагоне метро. Никто не гнался за ним, но он бежал как сумашедший. Со стороны это выглядело совершенно нормально: кто же не бежит под таким ливнем, да еще без зонта?

Несмотря на бессонную ночь, спать совсем не хотелось. Володя был страшно возбужден, его трясло как в лихорадке. Почему-то только сейчас он почувствовал себя убийцей. Ведь и раньше убивал, исполнял приговоры, которые сам же и выносил.

Взрывное устройство и выстрел в упор – разные вещи. Итог один, и все же, когда ты занят тонкими техническими манипуляциями со сложными взрывными устройствами, не думаешь об итоге. Умный механизм берет на себя все – и исполнение приговора, и ответственность. Механизм безличен, взрыв – это как бы стихия, судьба.

Выстрел – совсем другое дело.

Многие на месте Володи могли бы озвереть, увидев эту мразь с расстегнутой ширинкой и услышав детский крик. Наверняка мама той девочки сказала или подумала: «Убила бы гада...» И отец, и соседи, все так или иначе выразили свою ненависть к ублюдку. Но это только слова. А Володя взял и застрелил, сделал то, чего хотели многие. И это справедливо. Зло должно быть наказано.

Почему же его так трясет? Зубы стучат, голова кружится. Ему ведь не впервой убивать ублюдков, другие только говорят, а он действует...

— Молодой человек, вы на следующей выходите?

Володя был погружен в свои сложные переживания, даже забыл на минуту, где находится, и с удивлением обнаружил, что стоит у дверей вагона.

— А какая слудующая остановка? — спросил он хрипло.

— «Киевская», — ответили ему сзади, — так выходите или нет?

— Выхожу.

«Зачем я уехал? Ведь я не спал всю ночь, чтобы днем продолжить наблюдение, не терять времени, не тянуть больше. Но я убил человека в том дворе, убил из пистолета, который лежит сейчас в моей сумке. Из него я собираюсь стрелять в Сквозняка. Киллеры всегда бросают оружие, не берут с собой. По пуле можно найти ствол. Пуля как бы рикошетирует. Убийцу находят, судят, сажают в тюрьму или расстреливают. Я не хочу в тюрьму, мне нельзя...»

Поезд выехал из туннеля, свет ударил в глаза, показался слишком резким. На «Киевской» было много народу, Володя попал во встречный поток, его толкали, кто-то громко выругался в его адрес. Он никак не мог выбраться из толпы, всклокоченная тетка с двумя огромными полосатыми сумками налетела на него и чуть не сшибла.

— Пьяный, что ли? Смотреть надо, куда идешь! — выкрикнула она Володе в лицо и помчалась дальше.

С трудом продравшись к эскалатору, он подумал, что в толпе люди похожи на зверей. Хуже зверей. Если бы он упал, его бы, наверное, затоптали не глядя. А если он попадется со своим пистолетом, его тоже затопчут, только уже не в спешке, а медленно, с удовольствием. Суд назовет его убийцей. И никакие «смягчающие обстоятельства» не помогут. Не важно, кого он убивал и за что. Он нарушил закон и заслуживает наказания. Найдется кто-нибудь, кто расскажет суду о трудном детстве убитого, представит его невинной жертвой среды и обстоятельств, человеком больным, несчастным, который заслуживает лишь сострадания, но никак не пули.

Володю осудят. И никто не скажет спасибо.

Он перешел на Филевскую линию. Там было значительно меньше народу. В вагоне даже нашлись свободные места. Он тяжело опустился на сиденье.

Он ехал домой. Надо дать себе небольшой таймаут. Надо отдохнуть, принять горячий душ, выпить крепкого чаю с медом, поспать. Наверное, он все-таки простудился, бегая под ливнем, и у него сейчас высокая температура. В таком состоянии нельзя ничего делать. Это может плохо кончиться.

Володя закрыл глаза и сам не заметил, как уснул.

Глава 28

Телефоны Головкина, домашний и рабочий, находились под круглосуточным контролем. Каждый звонок прослушивался, номер звонившего фиксировался и проверялся.

У макаронной фабрики и у дома покойного снабженца постоянно дежурили наружники. У каждого имелась фотография Сквозняка и подробная ориентировка на него. Но проходил день за днем, а Сквозняком и не пахло. Надежда, что он все-таки проявится, таяла с каждым часом. Выходит, смотрел особо опасный преступник криминальные новости.

И все-таки вдову и сослуживцев попросили не сообщать людям, которые будут интересоваться Ильей Андреевичем, о его безвременной кончине. Директор чуть было не вывесил на проходной торжественный некролог с фотографией в траурной рамке, и пришлось долго убеждать его, что делать этого не следует. Директор был искренне возмущен, он не привык, когда ему возражают, считал, что почтить память старейшего сотрудника – святое дело.

– И вообще, зачем это нужно, если информацию уже показали по «Дорожному патрулю»? Как-то нелогично вы работаете, товарищи.

Майор Уваров просматривал сводки по убийствам за последние несколько дней. Если предположить, что Головкин был единственным источником денег для Сквозняка, то, узнав о смерти Ильи Андреевича, он должен как-то засуетиться. Чувилев под контролем, но там все пока глухо, вопреки ожиданиям.

Однако нужны же Сквозняку деньги: тот образ жизни, который он ведет, требует постоянного поступления серьезных сумм. Самый быстрый и привычный для него путь достать их – пойти на ограбление. В этом Сквозняку никогда не было равных. А если он будет грабить, обязательно убьет. Он может разыграть все умно и хитро, с тонкой инсценировкой. Искать надо там, где есть квартира среднего достатка и труп в квартире. Вовсе не обязательно, что следы ограбления будут налицо.

Уваров проглядывал подробные сводки по ходу предварительных расследований каждого квартирного убийства. В основном это была «бытовуха». Муж зарубил топориком для разделки мяса приятеля, к которому с пьяных глаз приревновал жену. Два алкаша-ветерана спорили о политике, один другого шарахнул молотком в висок. Тут же сам и сознался со слезами. Наркоман скинул свою сожительницу с балкона, с двенадцатого этажа, потом спрыгнул сам. Жена зарезала мужа кухонным ножом, но не сознается. Уверяет, будто кто-то ночью вошел в квартиру, придушил ее слегка, либо вырубил каким-то хитрым ударом по шее. Однако врач утверждает, что никаких следов у нее на шее нет...

Уваров закурил и откинулся на спинку стула. Никаких следов ограбления. Никаких следов на шее... Жена напилась до одури и пырнула спящего мужа ножом в спину. Но не признается. Ничего не помнит. Уверяет, будто кто-то вырубил ее... Если она хотела избавиться от мужа, чтобы заполучить квартиру, могла бы найти более хитрый способ. Какая квартира после убийства? Нары на многие годы, и только.

Уваров снял телефонную трубку и позвонил в НТО.

— Сережа? Посмотри, что у нас там по Самотеке с дактилоскопией. Да, ты приготовь, а я через пятнадцать минут к тебе подойду.

Через пятнадцать минут Юрий Уваров узнал, что отпечатки пальцев на ноже, которым убит был Зелинский Станислав Михайлович, принадлежат его жене, Зелинской Инне Валерьевне. Никаких других пальчиков на ноже нет. А на бутылке водки «Распутина» нет вообще никаких отпечатков. Подозреваемая уверяет, будто бутылку «Распутин» ни она, ни муж в дом не приносили и водку эту она не пила. Отпечатки тщательно стерты. На стекле обнаружены микроскопические волокна ткани.

— То есть получается, она выпила водку, обтерла бутылку, потом пошла резать мужа, всадила нож по рукоять, после этого легла спать, а утром, проспавшись, сама вызвала «скорую» и милицию?

— Получается так, — кивнул эксперт Сергей Русаков.

— И ничего не помнит? А психиатр смотрел ее?

— Нет пока. Там есть еще одна любопытная подробность. Я вот сейчас пригляделся внимательно, расположение отпечатков на рукояти не соответствует траектории удара.

— Вот в этом я почти не сомневался, — пробормотал Уваров себе под нос.

***

— Здравствуйте. Вы Вера?

Маленькая совершенно мокрая блондинка дрожала от холода. На вид ей было не больше двадцати пяти.

— Да, здравствуйте. А вы — Антон Курбатов?

— Я Курбатов. Пойдемте, у меня там машина. Возьмите мой зонт.

— Спасибо. Это уже бесполезно.

Они побежали через площадь. Антон старался держать зонтик у Веры над головой.

— Я не надеялся, что вы придете в такую грозу.

— Я обещала...

— У меня есть кофе в термосе. Хотите? — сказал он, когда они оказались в сухом теплом салоне.

— Спасибо... — Вера достала из кармана джинсов размокшую бумажку и протянула Антону. — Вот ваш факс.

Когда он увидел Денискин почерк, у него больно сжалось сердце. Он даже не понял сначала, что там написано, но потом прочитал адрес, который прекрасно знал.

Старый, совершенно развалившийся дом на окраине маленького Карлштейна принадлежал Иржи, их чешскому приятелю и партнеру. Иржи получил его в наследство от какой-то одинокой дальней родственницы и сам не знал, как этим наследством распорядиться.

Прежде всего дом надо было отремонтировать.

Но ремонт этот стоил таких денег, за какие можно было купить еще один дом. Клочок земли хоть и находился в престижном туристическом Карлштейне, был расположен неудобно, за холмом, как бы на отшибе. Строился он в начале прошлого века. И, вероятно, ни разу не ремонтировался с тех пор. Все надо было делать заново, в том числе водопровод и канализацию. Либо продавать за гроши. Ни того, ни другого Иржи делать не хотел. Их с Дениской он подключил к решению этой проблемы, и они тоже стали ломать голову, где взять деньги на ремонт. Но сейчас это уже не важно. Важно другое.

Когда они втроем поехали смотреть развалюху, забрались на чердак, Денис сказал:

— Может, здесь какой-нибудь клад спрятан? Очень подходящее место. Давай посмотрим как следует, вдруг твоя добрая тетушка сюрприз приготовила?

Глядя на крупные чешские буквы, Антон ясно вспомнил слова брата и их веселую поездку в Карлштейн. Это было совсем недавно, в конце декабря, перед Новым годом.

На чердаке валялся всякий хлам, поломанная мебель, покрытые плесенью стопки старых журналов и газет. Дениска поднял фанерный ящик, на котором было написано слово «Мокко» и стоял штамп бразильской кофейной фирмы: изящная негритянка несет на голове корзину, а внизу — чашка с дымящимся кофе.

— Оба-на! Сейчас золото посыплется!

— Кончай здесь прыгать, потолок рухнет! — фыркнул на него Иржи.

Потом они пили пиво в маленьком кабачке на железнодорожной станции. Рядом, за сдвинутыми столами, надувался черной «двенадцаткой» фольклорный ансамбль в национальных костюмах. Инструменты стояли тут же, музыканты иногда брали их в руки, играли, пели какую-нибудь разухабистую песенку с притопами и тирольскими переливами.

— Иржи, если ты этим летом не возьмешься за дом, он не переживет зиму, — сказал Антон.

— Не возьмусь, — помотал головой Иржи, который уже здорово закосел от семи кружек пива, — зимой меньше, зимой больше, какая разница?

Антон точно знал, этим летом Иржи за дом не возьмется. И Денис знал. Стало быть, целый год, до следующего лета, там никто не появится.

В доме всего два этажа. Третий — чердак. На чердаке стоял ящик из-под кофе «Мокко». А Туретчина и Брунгильда — это и так ясно... Знал Дениска, кто его убьет через пять минут. Писал вот это и уже знал...

— Ваш брат очень нервничал, когда писал это, — тихо сказала Вера.

Она сидела рядом, обхватив плечи руками, сжавшись в комок. Антон достал термос, налил кофе в крышку-стаканчик, протянул ей. А сам вытащил сигареты, закурил.

Вера сделала несколько глотков кофе и попросила сигарету. Прежде чем дать ей прикурить, он взял из ее рук стакан и допил все, что там осталось.

Антон был с детства брезглив до неприличия, мог пригубить из одного стакана только с братом. Но сейчас даже не заметил, что допивает кофе после совершенно незнакомой женщины.

Закрыв и убрав термос, он снял пиджак и накинул Вере на плечи.

— Когда Дениска писал это, он знал, что его убьют. И через несколько минут убили...

— Простите меня, — тихо сказала Вера, — простите, что я посылала вас по телефону столько раз...

— Ну что вы, — он улыбнулся, — на вашем месте я бы тоже посылал. Могу представить, как вас доканывали звонками. Скажите, а эта девочка, Соня, ваша дочь?

— Нет. Она дочь моей близкой подруги. Просто живет у меня сейчас. Родители разъехались по командировкам. А когда вы успели с ней познакомиться?

— Это она со мной решила познакомиться сегодня утром, — улыбнулся Антон, — она интересовалась, чем торговала наша фирма.

— А правда, чем торговала ваша фирма?

— Да ничем. Мы с братом затеяли очередную авантюру, посредничали в покупке недвижимости на территории Чехии. Знаете, сейчас это модно, покупать дома и квартиры в Праге. А мы оба там выросли, учились, знаем язык как второй родной, вот и находили юристов, помогали оформлять документы, создавать липовые фирмы. И погорели... В общем, это все неинтересно. Верочка, как у вас со временем? Вы спешите?

— А что?

— Может, поедем куда-нибудь, пообедаем. Для меня это большое событие — получить письмо от брата. Я очень ждал... Праздновать, конечно, нечего, Дениски моего нет на свете. Но все-таки пообедаем вместе, если вы не против.

Вера задумалась. Она не знала, соглашаться или нет. Ей хотелось побыть одной, просто ходить по улицам и ни с кем не разговаривать. Дома Федор, с ним меньше всего хочется говорить о Стасе... Но Соня с ним одна, и ей неуютно. А мама придет не скоро. На самом деле, сейчас было бы хорошо посидеть где-нибудь с совершенно посторонним человеком, это даже лучше, чем слоняться одной по улицам. Дождь почти кончился, идти по улице и давиться слезами, это ужасно. Она сама не понимала, что для нее сейчас лучше, не знала, куда себя деть, чем заглушить тяжелую, тупую боль...

— У вас есть жетон? — спросила она наконец. — Я позвоню домой.

Жетон у Антона нашелся. Вера подошла к телефону-автомату под навесом у зала Чайковского.

Трубку взяла Соня.

— Он ушел, почти сразу после тебя. Но за тобой он не следит, это точно. Я сказала, что ты встречаешься с гринписовцем в Сокольниках и поедешь туда на такси. А ты где? Вы с Курбатовым встретились?

— Да.

— Ну и как?

— Вернусь, расскажу. Ты побудешь одна пару часов?

— Конечно, я Харпер Ли читаю, «Убить пересмешника». А что случилось? Что тебе по телефону такое сказали про Стаса?

— Стас погиб. Позавчера ночью.

— Ой, Верочка... А ты как себя чувствуешь? Ты ведь ушла без зонтика... Нет, я тебе не буду задавать вопросов, ты не бойся, я все понимаю. Ты сейчас с Курбатовым?

— Да.

— Он не похож на бандита?

— Совсем нет. Он пригласил меня в кафе или в ресторан. У него тоже горе, брата убили... Нет, на бандита он совсем не похож.

— Ты не волнуйся, езжай с ним, тебе надо отвлечься. А я полежу, почитаю. Потом будет «Сто дней после детства» по ТВ-6, я давно хотела посмотреть. В общем, со мной все нормально.

«Господи, ну почему ребенок понимает меня лучше, чем любой взрослый? — подумала Вера. — Сколько вопросов сейчас задала бы мне мама? О Федоре и говорить нечего... А Стас?..»

Она поймала себя на том, что думает о Стасе как о живом. И еще долго не сумеет осознать, что его нет больше.

— Ну как? — спросил Антон, когда она вернулась в машину.

— Все нормально. Можно ехать. А вы опасте куда?

— Есть одно хорошее место, совсем недалеко, на Садовом кольце, у Бронной. Там тихо и всегда мало народу.

— У меня не совсем ресторанный вид. Я вряд ли успею высохнуть по дороге, — заметила Вера.

— Я включу печку. Пойдет теплый воздух. Главное, чтобы вы не простудились.

«Главное, чтобы я не заплакала», — подумала Вера и тут же заплакала. Слезы полились сами собой, она не могла остановиться.

Антон заглушил мотор и повернулся к ней.

— Что с вами, Верочка?

— У вас убили брата, — проговорила она сквозь слезы, — а у меня... у меня погиб самый... погиб человек, которого я любила пятнадцать лет... и так нелепо, грубо... пьяная жена зарезала из-за квартиры. Простите меня, наверное, не надо нам никуда ехать. Я думала, сдержусь, но не получается.

— А вы не сдерживайтесь, — тихо сказал Антон и осторожно погладил ее по мокрым волосам, — вы поплачьте, не стесняйтесь. Знаете, моя мама, когда узнала про Дениску, совсем не могла плакать. До сих пор не может. От отого ей еще хуже.

— Пятнадцать лет, — всхлипнула Вера, — все было так сложно... А недавно другой человек сделал мне предложение, я согласилась... Ой, простите, это вовсе не интересно. У вас свои проблемы.

— Верочка, вы расскажите, вам ведь надо выговориться.

Вера вытерла слезы и посмотрела на Антона долгим, внимательным взглядом.

— Вы хороший человек, спасибо вам. Я должна вас предупредить. Наверное, это важно. Про вашу бывшую фирму ходят странные слухи, будто вы торговали живым товаром, вывозили девушек за границу и продавали в публичные дома.

— Это замечательно, — усмехнулся Антон, — а вы не могли бы хоть немного конкретней? Кто вам сказал эту гадость?

— Один мой знакомый... Он очень вспыльчивый и мнительный человек, его младшая сестра попала в какую-то скверную историю, знаете, сейчас много объявлений: работа за границей, приглашаются девушки... Вот, мой знакомый теперь ищет виноватых. Он решил, будто фирма «Стар-Сервис» продала его сестру. Он знает вашу фамилию.

— А кто вам этот человек? Вы давно с ним знакомы? — тихо спросил Антон. — Если можно, расскажите мне о нем.

— Он работает охранником в какой-то фирме. В какой, не знаю. Мы познакомились недавно и совершенно случайно.

— Как именно?

— У меня собака, ирландский сеттер. Он потерялся, — начала Вера.

Она чувствовала: ей действительно надо выговориться, посмотреть на все посторонними глазами. Ни с кем, кроме Сони, она не могла обсуждать эту историю. А Соня все-таки ребенок.

Дождь кончился. Вдали, где-то у краснопресненской высотки, стояла бледная радуга. Вера не заметила, как они подъехали к маленькому ресторану. Она говорила, и ей становилось легче. Она не упустила ни одной важной детали. А главное, произнесла вслух то, что не давало ей покоя:

— Стас спросил у него, не встречались ли они раньше. У Стаса плохая память на лица, однако, если он запомнил и узнал кого-то, значит, это важно для него. Но Федор сказал: «Нет». Категорически. Из квартиры они вышли вместе. Так получилось, мне надо было остаться одной, и я попросила их уйти. А ночью Стаса убила его жена... Знаете, он то и дело женился, разводился, это стало для него чем-то вроде спорта. Но, честно говоря, мне сложно представить, чтобы он женился на сумасшедшей алкоголичке, которая его зарежет.

Они уже сидели за столиком. В маленьком подвальном ресторане, кроме них, не было ни одного посетителя.

— Что будем заказывать? — спросил высокий полный официант в кожаном жилете и смешных кожаных штанишках до колен.

Антон вопросительно взглянул на Веру. Она даже не открывала лежавшее перед ней меню.

— Знаете, мне, оказывается, совсем не хочется есть, — виновато призналась она. — Что-нибудь легкое. И кофе, покрепче.

— Хорошо, давайте два салата из крабов, два жульена с грибами, кофе-эспрессо, апельсиновый сок... Верочка, я за рулем, мне пить нельзя, а вам не мешало бы сейчас.

— Да, пожалуй.

Антон заказал для нее пятьдесят граммов коньяку. Когда официант ушел, Вера произнесла совсем тихо:

— Мне так не хочется думать о нем плохо. И, в общем, до сегодняшнего утра не было никаких серьезных оснований.

— Вы стали подозревать его в чем-то только сегодня утром? — быстро спросил Антон.

— Сейчас я понимаю, что раньше. С самого начала. Но смешно ведь подозревать злой умысел только потому, что человек слишком уж хороший. Знаете, есть такая песенка: «Чтоб не пил, не курил и цветы всегда дарил». Не жених, а мечта. И так приятно думать, что ты заслужила, дождалась, ты такая красивая, замечательная, ты достойна, чтобы тебя носили на руках. Очень трудно расставаться с этой иллюзией. Нет, я не думаю, что он убил Стаса. Это бред. Из ревности, что ли? Просто Соня, когда я

401

позвонила домой, сказала одну фразу: не бойся, он за тобой не следит. И я вдруг поняла, что не исключаю такую возможность. Он ведь требовал, чтобы я назначила вам встречу. Вы зачем-то нужны ему. Он сказал, что на встречу мы пойдем вместе. Возможно, ему вообще нужны вы, а не я. Вы и ваши факсы.

— Я должен на него посмотреть, — задумчиво произнес Антон.

— А вы уверены, что он не знает вас в лицо? Ведь имя ему известно.

— Не уверен. Надо что-то придумать... Какой-нибудь маскарад. Вы можете вызвать электрика или сантехника?

— Нет, — Вера усмехнулась, — он сам все починил в доме. Все, до последнего штепселя, исправно.

— Да, действительно, не мужик, а мечта, — улыбнулся Антон, — а вы правда всерьез за него замуж собрались?

— Да нет, — вздохнула Вера, — не всерьез. Назло своему Зелинскому. Стас — полный антипод «мечты», капризный, избалованный, пятнадцать лет мне голову морочил. А я его любила, хотя это совсем нелогично.

— Я должен посмотреть на него, — еще раз медленно произнес Антон, — не нравится мне это...

— Компьютер, — прошептала Вера, — он ничего не понимает в компьютерах.

— Верочка, вы умница. Я приду к вам чинить компьютер.

Официант давно принес жульены и салаты, перед Верой стояла рюмка коньяку.

— Жалко, что я за рулем и мне нельзя пить. Давайте помянем вашего Стаса, — сказал Антон, — вы коньяком, я апельсиновым соком.

Они выпили, не чокаясь, помолчали.

— А теперь помянем вашего Дениса, — сказала Вера.

У Инны Зелинской так болела шея, что она не могла спать. Конечно, дело было не только в ноющей боли, но и в нервном напряжении, в паническом и безнадежном страхе: засудят ни за что, как пить дать засудят.

Папа должен скоро приехать, адвоката нанять хорошего, но, если решили свалить на нее убийство, если им так удобней, никакой адвокат не поможет. Все папины связи далеко, в Кривом Роге, на Украине. Это теперь заграница. В Москве у папы никого нет. А без связей и взятку не дашь...

А может, кто-то подставил Инну, хитро и тонко? Кому это надо было? Разве что самому Стасу, чтобы избавиться от нее. Но это бред. Не мог он самому себе воткнуть нож в спину. А больше некому и незачем ее подставлять. Кто она такая, чтобы идти ради нее на все эти сложности, на убийство?

В последнее время они со Стасом так люто ненавидели друг друга, прямо искры летели. А почему, собственно? Не такой уж у Инны тяжелый характер, и Стас, конечно, не подарочек, но жить можно было. Так чего же не жилось?

Ей было жалко Стаса, но себя было намного жальче. Ему теперь все равно, ему уже не больно. А что ее ждет, даже подумать жутко.

КПЗ – это такая гадость! Но, говорят, в зоне еще хуже. Вместе с Инной сидели восемнадцать женщин – воровки, проститутки, бомжихи, цыганки, в общем, всякий сброд, вонючий, приставучий, наглый.

Когда Инна вошла в камеру, такая чистенькая, красивая, ухоженная, они все как с цепи сорвались, стали подкалывать, издеваться. А надзирательница, железная баба, даже не цыкнула на них.

Инна с детства умела за себя постоять, однако с

подобной публикой ей еще не приходилось сталкиваться. Она огрызалась, но не слишком агрессивно. Она чувствовала и знала по фильмам: главное, не показывать, что боишься, и самой не лезть на рожон. Наверное, Инна правильно себя вела в камере, потому что довольно скоро ее оставили в покое. Привели другую новенькую, и все внимание переключилось на нее. А от Инны отстали.

Ей казалось, что вонь пропитала ее насквозь. Хотелось почистить зубы, голову вымыть, хотелось домой, в чистую ванную. Ночью она представляла себе, как залезает в горячую воду с душистой пеной, потом заворачивается в мягкое махровое полотенце, и тут же думала с отчаянием: засудят, отправят в зону, и не будет горячей ванны с пеной еще много лет. А потом она станет старой, морщинистой, беззубой, и ей вообще ничего не захочется.

Инна уже знала, что на рукояти кухонного ножа обнаружены ее отпечатки. Следователь Гусько с большим удовольствием сообщил об этом. На ее жалобу, что шея болит, и на просьбу о повторном медицинском освидетельствовании он нагло усмехнулся:

— Знаете что, подозреваемая, кончай ваньку валять. Признаваться будем или как?

Он разговаривал с ней то на «вы», то на «ты», называл даже не по фамилии, а «подозреваемая». И требовал только одного: признания. Инна понимала: ее хотят взять измором. Им надо, чтобы она призналась, и тогда не придется корячиться, искать настоящего убийцу.

Она всякое слышала про милицию и прокуратуру, в основном плохое. Недавно какая-то правозащитница по телевизору рассказывала, что, прежде чем нашли белорусского маньяка Михасевича, четырнадцать человек признались. Четырнадцать невиновных, сильных молодых мужиков готовы были взять на себя жуткие убийства. Как же их обрабатывали...

Однако в глубине души Инна не верила, считала все это не то чтобы полным враньем, но преувеличением. Люди любят ужасы рассказывать, а на самом деле справедливость все-таки торжествует.

Ночью на вонючих нарах она старалась поудобней положить голову, чтобы шея не болела. Был бы шарфик какой-нибудь шерстяной, она бы закутала шею, стало бы легче. Но ничего не было, ничего. А главное, не было справедливости. Почему этот ублюдок, милицейский врач, не разглядел синяк? Не захотел разглядеть. Все они заодно.

Она вдруг вспомнила, как однажды, совсем недавно, сидела в метро на лавочке и ждала подругу. А рядом сидела молодая мамаша с ребенком лет трех. Мальчик плакал, капризничал, бедная мамаша уговаривала его, а он орал, требовал мороженое сию минуту. Не хотел слушать, что в метро мороженое не продается. Мимо проходил милиционер, симпатичный такой, с усиками. И мамаша сказала:

— Вот будешь плакать, тебя милиционер заберет.

А он вдруг подошел, присел на корточки, погладил ребенка по головке и говорит:

— Не бойся, маленький. Никто тебя не заберет. Не бойся милиционеров.

А потом к мамаше обратился:

— Что же вы делаете? Зачем вы нами детей пугаете? Звери мы, что ли?

Инна тогда подумала: действительно, нехорошо детей милицией пугать.

Однако вот ведь, оказывается, и правда, звери они. Арестовали невиновного человека, посадили с воровками-проститутками и хотят только одного: чтобы Инна на себя наговорила, чтобы самое себя в зону отправила, к их удовольствию.

Задремала она только на рассвете, и сразу ее разбудили. Она бы еще поспала под утренний шум камеры, но раздался голос:

— Зелинская, к следователю!

Он был не один в кабинете. У окна стоял и курил человек в милицейской форме. Инне жутко захотелось курить, но попросить она не решилась. От тусклых отечных глазок этого следователя у неё мурашки по спине бежали. Инна кожей чувствовала: он вовсе не уверен в ее виновности. Какой же сволочью надо быть, чтобы заставлять признаться...

Тот, что стоял у окна, повернулся лицом, и Инна сразу его узнала. Надо же, тот самый, с усиками, который подошел в метро. Она его так хорошо запомнила потому, что очень удивилась: вот ведь человек, не поленился, подошел. Важно ему, что о них, о милиции, говорят детям... Не понимая, что на нее нашло, она вдруг сказала, тихо и внятно:

— А вы все-таки звери, оказывается. И правильно вами детей пугают. Звери вы, граждане милиционеры.

— Подозреваемая, прекратите! — Следователь шарахнул кулаком по столу. — За оскорбление при исполнении полагается...

— Да ладно вам, — махнул на него рукой усатый. — Инна Валерьевна, как вы себя чувствуете?

— Отлично! Мне здесь, в КПЗ, отлично! — буркнула Инна.

— Как ваша шея?

У Инны на секунду остановилось сердце. Неужели все-таки решили искать настоящего убийцу?

— Болит, — сказала она спокойно, — ноет постоянно. Я просила показать меня врачу. А мне говорят, — она покосилась на следователя, — чтобы я ваньку не валяла и признавалась. Я не буду признаваться в том, чего не делала. Я не убивала мужа. Дайте мне, пожалуйста, сигарету.

Усатый протянул пачку «Честерфильда», дал прикурить.

— Инна Валерьевна, сейчас мы поедем с вами в больницу, и вас посмотрят специалисты.

Ультразвуковое исследование показало, что с левой стороны шеи, у сонной артерии, имеется гематома. Вероятно, она является следствием удара тупым предметом.

— Есть такой прием в джиу-джитсу, бьют ребром ладони у сонной артерии, не по ней, а рядом. И человек теряет сознание, — объяснял майору Уварову врач, — ее, конечно, вырубили. Сделал это большой специалист, мастер восточных единоборств.

Юрий добился, чтобы санкция на освобождение гр. Зелинской Инны Валерьевны из-под стражи была подписана прокурором в тот же день.

А вечером Инна лежала в горячей ванне с душистой пеной. На белоснежном широком бортике стояли рюмка коньяку, блюдце с нарезанным яблоком и пепельница. Из магнитофона, включенного на кухне, звучал низкий, томный голос Патрисии Каас.

Инна курила, отхлебывала коньяк маленькими глоточками и плакала. Она плакала по своему мужу Стасу, которого никогда не любила.

Глава 29

— Я надеюсь, вы не собираетесь везти ребенка на опознание трупа? — грозно спросила Надежда Павловна молодого оперативника из районного отделения.

— А что? — вмешалась Соня. — Мне даже интересно.

— Ничего интересного, — улыбнулся оперативник, — труп он и есть труп. Я тебе фотографию покажу, а ты скажешь, тот ли это мужчина, который был в подъезде.

— Я по фотографии могу не узнать. Возьмите меня на опознание, ну пожалуйста! — не унималась Соня.

— Дети до шестнадцати не допускаются.

— Допускаются! А вы нашли, кто его застрелил?

— Нет пока. Ищем.

— А ему что будет?

— Накажут.

— Это неправильно, — покачала головой Соня, — если бы у меня был пистолет, я бы сама его застрелила. Не за себя, а за ту девочку, с астмой. Он ведь второй раз на нее напал, и теперь она в больнице, в реанимации.

— Он не напал, только напугал, — заметил оперативник.

— Ребенку с астмой этого было достаточно, — тихо сказала Надежда Павловна.

— Интересные вы люди, — вздохнул оперативник, — ладно, давайте фотографии смотреть.

Глядя на снимки мертвого человека, Соня раздумала проситься на опознание. Выглядело это действительно неприятно. Она не могла точно сказать, он или не он. В подъезде было темно, лица она не разглядела. Но ей очень хотелось думать, что застрелили именно того, с расстегнутой ширинкой.

— Да, мне кажется, это он.

— Кажется или точно?

— Гарантировать не могу, — призналась Соня, — но похож.

На самом деле оперативник знал: убитый — тот самый эксгибиционист, который пугал девочек в подъездах. Его личность удалось установить очень быстро. Паспорт лежал в кармане рубашки. Оказалось, этот человек много лет состоял на учете в психдиспансере, и лечащий врач подтвердил, что убитый страдал острыми психозами на сексуальной почве. Однако законных оснований изолировать его не было. Его болезнь не считалась общественно опасной.

Все совпадало. На нижнем белье обнаружили большое пятно спермы. Еще две девочки из соседнего дома опознали убитого, непосредственно на месте происшествия. Предъявление фотографий ребенку было формальностью, неприятной, но необходимой.

Выстрел из пистолета Макарова прозвучал, вероятно, в тот момент, когда мама ребенка с хронической астмой вызывала для дочери «скорую». У семилетней девочки случился тяжелейший приступ, ее чудом удалось спасти, она действительно лежала в реанимации Филатовской больницы, и врачи пока ничего не могли гарантировать ее родителям.

Выстрела никто не слышал. Была гроза, сильный гром. Однако сосед с первого этажа, который открыл дверь на детский крик, сообщил, что видел двух мужчин. Они пронеслись мимо, друг за другом. Первый, высокий, сутулый, — тот самый. А второй... Второй, кажется, был тоже высокий, полный, с бородой, или без бороды. Лысый, совершенно лысый, как коленка. В общем, сосед не разглядел, они промелькнули очень быстро.

Окно соседа с первого этажа было расположено так, что оттуда отлично просматривались люди, бежавшие через двор. Как только дверь подъезда захлопнулась, он бросился к окну и сквозь пелену дождя разглядел длинного маньяка и маленького, худенького парнишку, который гнался за ним по лужам. Он, правда, не ожидал, что парнишка выстрелит, думал, просто побить хочет.

Сосед с первого этажа плохо разбирался в законах, в уголовном праве. Сам он был человеком пожилым, не очень здоровым и при всем желании догнать, побить, а тем более застрелить ублюдка не мог. Он не знал, правильно поступил тот маленький парнишка с пистолетом или нет. Когда он увидел, как Лидочку с пятого этажа выносят на носилках почти бегом и фельдшер «скорой» держит над ней банку капельницы, ему вообще расхотелось думать о законе и уголовном праве. У него были две внучки-близняшки шести лет...

Капитан Мальцев вошел в подъезд старого дома на Самотеке и сразу услышал громкие голоса, смех, веселый мат. Группа подростков сидела на подоконнике между третьим и четвертым этажами. Мальцев поднялся к ним.

— Привет, ребята. Среди вас нет случайно Иры Лукьяновой? — спросил он.

— А вы кто? — Девочка в розовой майке сдула челку со лба и оглядела Гошу вполне женским, оценивающим взглядом.

— Я из милиции. Капитан Мальцев.

— Очень приятно, — девочка спрыгнула с подоконника, и высокие «платформы» босоножек слегка спружинили, — Ира Лукьянова — это я. Вы насчет того убийства?

— Да. Мне надо с вами поговорить. Вы ведь в этом подъезде живете? Давайте пройдем к вам в квартиру.

— Ой, а можно на улице? Если я сейчас дома появлюсь, да еще с милиционером... И вообще у нас дома трудно вести серьезные разговоры.

— Хорошо, — кивнул Гоша, — можно и во дворе, на лавочке.

— Я вообще-то все уже сказала следователю, — сообщила Ира, когда они уселись на единственную свободную от дворовых бабушек скамейку. — Хорошо, что Инну выпустили. Это точно не она убила.

— Почему вы в этом так уверены? Вы с ней знакомы?

— Ну, по-соседски, — пожала плечами Ира, — один раз к нам в почтовый ящик их телефонный счет бросили, я занесла, поболтали немного. Потом однажды Станислав Михайлович ключ оставил в замочной скважине снаружи. Я увидела, позвонила в дверь.

— Он был настолько рассеянным человеком? — удивился Мальцев.

— Я его совсем не знала. Но, наверное, был растяпой, если мог так ключ оставить.

— Ира, расскажите мне, пожалуйста, что вы видели и слышали на лестнице в тот вечер.

— Ну, в общем, я уже рассказывала следователю.

— И все-таки давайте еще раз, подробненько, с самого начала. Вот вы стали спускаться по лестнице. Вы до этого сидели на подоконнике или вышли из квартиры?

— Я сидела на подоконнике, потом забежала домой на секунду, а потом спустилась вниз. Но, если уж с самого начала... Я еще раньше видела, как Станислав Михайлович выходил из дома в тот вечер.

— Во сколько это было? — быстро спросил Гоша.

— Около семи. Точнее сказать не могу. Я шла из булочной, мать попросила хлеба купить. А он выходил из подъезда, в костюме, в галстуке, такой весь парадный, одеколоном от него пахло.

— Вы запомнили потому, что обычно он ходил в другом виде?

— Нет. Он часто надевал пиджак, но, знаете, с джинсами, с темной рубашкой или даже с футболкой. А чтобы вот так, при галстуке, это редко.

— Значит, он вышел из дома около семи, — задумчиво произнес Мальцев, — и при полном параде.

— Да, около семи. А вернулся около девяти.

— И вы все это время сидели в подъезде?

— А где же еще? — фыркнула Ира. — Во дворе бабки пристают, дома — родители. Где ж еще можно спокойно пообщаться?

Мальцев вытащил сигареты, закурил.

— Можно мне тоже? — попросила Ира. — Я свои там, у ребят, оставила.

«Рановато тебе курить в шестнадцать-то лет», — хотел сказать Гоша, но раздумал, протянул ей пачку, щелкнул зажигалкой.

Девочка глубоко затянулась и тут же закинула ногу на ногу, томно прищурившись, выпустила дым из ноздрей, медленно повела плечами. Сигарета делала ее взрослей и раскованней.

«Смешные они, — подумал Мальцев, — смешные и глупые. За то время, пока они торчат по подъездам и подворотням, курят, пьют пиво и кадрят друг друга, каждый из них мог бы по два языка выучить, компьютер освоить, банковское дело или еще что-нибудь полезное. Хорошо, что моему Сереже только шесть и нет у нас пока этой головной боли с подъездами-подворотнями».

— Как вы думаете, тот человек, с которым Зелинский разговаривал у лифта, вошел в подъезд вместе с ним? Мог он ждать, например, в закутке у подвальной двери?

— Нет, там никто не стоял. Я несколько раз бегала туда-сюда. Моя бабушка во дворе сидела, на лавочке. Я ей сначала кофту принесла накинуть. Потом она еще очки попросила. В общем, загоняла меня совсем. Если бы кто-то стоял в подъезде незнакомый, я бы заметила.

— Так, значит, они вошли вместе. И вы услышали обрывок разговора, когда спускались по лестнице.

— Да. Станислав Михайлович сказал: «Что за бред, откуда ты такой взялся...» Я дословно не помню, но что-то в этом роде. А тот... — девочка наморщила лоб под челкой, — подождите, он, кажется, что-то про ясность говорил, мол, люблю ясность, не надо усложнять... И еще Зелинский сказал: «Слушай, может, ты псих?» Вот эту фразу я хорошо запомнила.

— А лицо того человека вы случайно не запомнили? — тихо спросил Гоша.

— Он стоял лицом к лифту, я видела его сзади и чуть-чуть в профиль, но совсем мельком.

— Как он был одет?

— Обыкновенно, — пожала плечами Ира, — джинсы, рубашка с короткими рукавами.

— Рост, телосложение?

— Невысокий. Пониже Зелинского на полголовы. Худощавый, но крепкий. Волосы короткие, скорее светлые, чем темные... Нет, я его совсем не запомнила.

— Молодой?

— Если бы я лицо видела... Но не больше сорока, это точно. Знаете, фигура, осанка... Да, скорее молодой.

— Вы сказали следователю, что почувствовали враждебность между ними, — напомнил Гоша.

— Да, мне показалось, они сейчас начнут друг другу морду бить. Прямо воздух сгустился.

Попрощавшись с Ирой Лукьяновой, Мальцев тут же вернулся в подъезд, поднялся на пятый этаж и позвонил в дверь квартиры Зелинских.

Инна встретила его в белом махровом халате до полу и в чалме из полотенца на голове.

— Отмываюсь от вашего КПЗ, — мрачно сообщила она, возвращая Мальцеву удостоверение, — до сих пор чувствую себя свиньей после ваших нар! Вопросы мне уже все задали, подписку о невыезде взяли. Что еще?

— Еще вопросы, Инна Валерьевна, — улыбнулся Гоша, — извините, служба.

— Ладно, проходите. Могу даже чаем угостить.

— Спасибо, не откажусь.

На кухне все сверкало стерильной чистотой. Инна Зелинская в халате и в чалме из полотенца напоминала героиню какого-то рекламного ролика, но какого именно, Мальцев не мог вспомнить. Полные чувственные губы, кошачий разрез светло-карих глаз, тонкий, чуть вздернутый носик. Очень красивая женщина.

Он сел на широкую деревянную лавку, дождался, пока хозяйка нальет воды в чайник, включит его, усядется напротив, и только тогда задал свой первый вопрос:

— Скажите, Инна Валерьевна, вы слышали, как ваш муж вернулся домой в тот вечер?

— Слышала, как дверь хлопнула, и еще мне показалось, он разговаривал с кем-то.

— Во сколько это было?

— В девять, может, без трех минут девять... По ОРТ шел блок рекламы перед вечерними новостями.

— Вам показалось, что муж разговаривал с кем-то у двери. Второй голос был мужской или женский?

— Мужской. Но слов я не разобрала. У меня телевизор орал.

— А почему, простите, вы не вышли встретить мужа? Не поинтересовались, кто с ним пришел?

— Мы поцапались сильно. До его гостей мне дела не было. Я злилась.

— Почему?

— Долго объяснять.

— И все-таки, в двух словах, — осторожно попросил Мальцев, — это важно.

— Что важно? Почему мы ругались? Почему разводиться собрались? — взвилась Инна. — Я ведь все этому хмырю-следователю изложила. С постельными подробностями, как он требовал. Он, знаете, интимные детали очень уважает, этот ваш следователь Гусько. Вам что, тоже охота чужое грязное белье перетряхнуть?

— Неохота, — честно признался Мальцев, — но приходится. Однако интимные детали мне не нужны. Главное, что меня интересует: у вашего мужа была другая женщина?

— Наверняка, — презрительно фыркнула Инна, — была, и не одна.

— Даже так? Не одна?

— Ну, я их не считала. Вообще, если несколько, это не обидно. Противно, конечно, так сказать, негигиенично. Но для семьи опасней, когда одна, постоянная...

— Он сказал вам, куда идет и когда вернется?

— Он не сказал ни слова. Но шел к ней.

«Так, значит, все-таки была одна, постоянная», — отметил про себя Мальцев и спросил мягко:

— Почему вы так думаете?

— Именно потому, что уходил молча.

— Странная логика, — пожал плечами Гоша, — обычно в такой ситуации мужчины, наоборот, что-нибудь сочиняют...

— Ну, наверное, вам видней, как ведут себя мужчины в такой ситуации, — пожала плечами Инна, — одни врут, другие молчат. Но нормальная жена всегда чувствует.

— Ладно, я понимаю, вам неприятно говорить на эту тему. Простите, последний вопрос. Что вы знаете об этой женщине?

— Ничего. Вы у Завьялова спросите, у владельца издательства. Вот он вам все расскажет, в деталях, и телефон даст. А я не знаю и знать не хочу.

***

— А к нам из милиции приходили, — сообщила Соня, внимательно глядя Федору в глаза.

— Да? — Лицо его на миг окаменело, но он тут же справился с собой, выдержал пристальный Сонин взгляд и даже улыбнулся. — Очень интересно.

— Это действительно интересно, — кивнула Соня. — Между прочим, про вас спрашивали.

— Соня! — послышался голос Надежды Павловны из кухни. — Суп уже холодный. Иди есть!

— Я сейчас! — крикнула Соня в ответ, продолжая глядеть Федору в глаза.

— Подожди, — тихо сказал он, — успеешь. Кто приходил и что спрашивал?

Они стояли в прихожей и смотрели друг на друга. Федор только что вошел, еще не успел снять ботинки. Соня открыла дверь на его звонок, и ей тут же пришла в голову идея – сказать про милицию. И посмотреть, как он отреагирует.

Он отреагировал именно так, как она предполагала.

– Ничего, – она развернулась и побежала на кухню, – шутка!

Вера сидела перед компьютером, откинувшись на спинку стула и внимательно глядя на экран. В молочно-белой мути плавали какие-то причудливые фигурки.

Федор встал у нее за спиной, наклонился и, приподняв волосы, поцеловал в затылок.

– Привет. – Она слегка дернула головой, отстраняясь от него.

– Что случилось? – спросил он и попытался ее обнять.

– Федор, не надо, – сказала она спокойно, – не трогай меня сейчас. Ладно? Там на кухне мама и Соня обедают, можешь к ним присоединиться.

– Я не голоден. – Он отошел и сел в кресло. – Вера, объясни, что происходит.

– Ничего, – она наконец развернулась на стуле и посмотрела на него, – ничего не происходит. У меня проблемы с компьютером. Сейчас буду вызывать специалиста.

– То ты запираешься в комнате, потом убегаешь, ничего не объясняя. То отворачиваешься и не желаешь со мной разговаривать. Вера, что за дела?

– Прости, мне надо позвонить насчет компьютера. Я позвоню, а потом объясню.

Она вышла в прихожую, он услышал, как она набрала номер и произнесла в трубку:

– Здравствуйте, для абонента... – она назвала

номер. – Валентин, это Вера Салтыкова. У меня, ка-жотол, опять вирус. Если можете, приезжайте по-скорей. Адрес у вас есть. Заранее спасибо.

Вера говорила громко, он слышал каждое слово.

Вернувшись в комнату, она хотела опять сесть за свой стол, но Федор поймал ее за руку, усадил к се-бе на колени.

– Не надо, – тихо сказала Вера, – в любой момент могут войти мама и Соня.

– Ну и что? Ты думаешь, они не догадываются о наших отношениях? – Его руки были уже под блуз-кой.

– Соня – ребенок. Мама – пожилой человек. Они, конечно, догадываются, но демонстрировать это пе-ред ними не стоит.

Вера попыталась встать с его колен, но почувст-вовала, что он держит ее очень крепко, слишком крепко. И нет в этом никакой нежности, любовной игры.

Ей стало страшно, как никогда в жизни. Еще ни-чего особенного не произошло, ничего не измени-лось. Она сидела в своей родной комнате, на коле-нях у человека, за которого еще два дня назад соби-ралась замуж. И вдруг ей показалось, что в любой момент он может не то что сделать ей больно, а про-сто взять и убить. Вырываться, кричать, звать на помощь бесполезно. Кого звать на помощь? Маму с Соней? Их он тоже может... Запросто...

Вера зажмурилась, словно стараясь отогнать это наваждение. Кто бы он ни был, убивать все-таки не станет. Зачем? Ему надо что-то узнать, но не убить. За убийство расстреливают... Зачем ему?..

– Феденька, не надо меня так держать, – голос ее прозвучал спокойно и ласково, – это неприятно.

– А мне неприятно, когда из меня делают при-дурка, – медленно проговорил он.

– Стас погиб, – сказала она еле слышно, – никто не делает из тебя придурка.

— Этот бородатый? — спросил Федор равнодушным голосом.

— Да. Этот бородатый. Мы были знакомы пятнадцать лет.

— Вы не просто были знакомы. Он приходил тебя трахать, когда ему вздумается. Он что, под машину попал от огорчения?

— Перестань, — поморщилась Вера, — успокойся. И отпусти меня, пожалуйста.

— А милиционер зачем приходил? Или Соня придумала?

— У нас во дворе застрелили человека. Сумасшедший пугал детей в подъездах, в том числе и Соню. Кто-то его застрелил. Оперативник приносил фотографии для опознания.

Он разжал руки.

Вера отпрыгнула от него так, будто только что стояла на краю бездны. Почему-то вдруг совсем некстати вспыхнули в мозгу пушкинские строки: «Есть упоение в бою, и бездны мрачной на краю...»

«Нет никакого упоения, — подумала она, — очень страшно, до обморока. Хочется скорей убежать подальше от края «бездны мрачной». Но бежать некуда. Наоборот, надо продолжать игру. Господи, какую игру? С ее неумением врать, притворяться, с ее лицом, на котором всегда все написано... Может, выгнать его вон? Прости, дорогой, мы разные люди! Ага, уйдет он, как же...»

— Феденька, ты меня любишь? — спросила она, глядя на него ясными, растерянными глазами.

— Да, Вера. Я тебя люблю. А вот ты меня совсем не любишь. Ты переживаешь из-за этого своего Стаса, а мои проблемы тебе по фигу.

— Что ты имеешь в виду?

— Вот, уже забыла. Курбатов звонил?

— А, ты об этом? Нет, не звонил.

— Что, с тех пор ни разу?

418

— При мне — нет. Были какие-то звонки, не туда попадали. Но Курбатов больше не звонил.

— Факсы искала?

— Искала. Но, как я и думала, ничего не осталось. Я ведь совсем недавно разбирала бумаги на столе и в ящиках, вот и выкинула все лишнее.

В прихожей затренькал аппарат домофона.

— Кто это? — Федор чуть привстал в кресле.

— Сиди, я открою, — Вера остановила его жестом, — что ты так дергаешься? Это мастер, специалист по компьютерам.

— Так быстро?

Вера не ответила, вышла в прихожую, взяла трубку домофона, услышала голос Антона Курбатова и вздохнула с некоторым облегчением.

— Вера, кто это пришел? — спросила Надежда Павловна, появившись на пороге кухни.

— Это ко мне, компьютер чинить.

— У тебя что, компьютер сломался? — Брови Надежды Павловны медленно поползли вверх.

— Он у нее давно барахлил, — авторитетно сообщила Соня, пронырнула под рукой Надежды Павловны и выскочила в прихожую.

Совсем недавно Вера в очередной раз что-то объясняла маме про компьютер и сказала: «Его практически невозможно сломать. Можно запутать или стереть информацию, но механических поломок, как в пишущей машинке, не бывает».

— Да, мамуль. У меня вирус, кажется.

В этот момент позвонили в дверь.

Вера не сразу узнала Антона Курбатова. Он действительно устроил маскарад. В прошлый раз он был одет элегантно, строго, без всяких излишеств. А сейчас из-под ворота мятой пестрой гавайской рубашки торчал дурацкий шейный платок в горошек. Белые льняные брюки были откровенно грязными, мятыми и напоминали нижнее белье. Вдобавок он нацепил на нос немыслимые квадратные очки с дымчатыми голубоватыми стеклами, на руке его посверкивал массивный серебряный перстень.

Вера отметила про себя, что он все рассчитал правильно. Не стал гримироваться, наклеивать усы и бороду. Это могло сразу броситься в глаза, привлечь внимание, серьезно насторожить, даже если Федор никогда раньше его не видел.

Антон не стал менять лицо, но полностью изменил свой всегдашний облик. Судя по всему, он никогда в жизни так не одевался, и, если даже лицо покажется Федору знакомым, он вряд ли узнает в этом немытом дешевом пижоне с гомосексуальным душком настоящего Курбатова.

— Валентин, здравствуйте! Хорошо, что вы так быстро приехали! — радостно улыбнулась Вера. — Проходите, пожалуйста.

Антон Курбатов неплохо разбирался в компьютерах. Каждое свое действие он сопровождал веселыми прибаутками, и Вера чувствовала, как сильно он нервничает.

— Ну, вируса у нас здесь нет, — сообщил он, — однако, знаете ли, давненько вы не наводили порядок в своих файлах. Он у вас кто, девочка или мальчик?

— Как это? — не поняла Вера.

— Ну вот, проводите у компьютера столько времени, а даже не знаете, что у них есть пол. Я такие вещи всегда чувствую. С ними разговаривать надо по-разному, с девочками и с мальчиками. Они ведь все понимают.

— А вы не преувеличиваете, Валентин? — Вера улыбнулась, но улыбка тут же испарилась, когда она встретилась глазами с Федором.

Все это время Федор сидел в кресле, вальяжно раскинувшись и пролистывая какой-то случайный журнал. Разумеется, на страницы он не смотрел. Он напряженно слушал и следил за каждым жестом смешного компьютерщика Валентина.

— Сейчас начнем генеральную уборку, пройдемся по файлам. Зачем вам столько глупых игр, Вера? Вы же серьезный человек. Ну как, убираем этот мусор?

— Убираем, — кивнула Вера, — а все-таки, как вы думаете, кто он у меня, девочка или мальчик?

— Мальчик, — прищурившись по-кошачьи, произнес компьютерщик после некоторого размышления, — имя ему придумайте. Пусть он будет... Иммануил.

— Это слишком длинно, — покачала головой Вера.

— Зато почтительно. А у вас есть компьютер? — он повернулся к Федору.

— Нет, — буркнул тот.

— Не представляю, как можно жить в наше время без компьютера. А вы, простите, чем занимаетесь?

— Я охранник.

— То-то я заметил, взгляд у вас специфический.

Федор ничего не ответил. Повисла неприятная пауза.

— А где у вас можно курить? — бодро спросил Антон.

— На кухне, — ответила Вера, — пойдемте, я тоже покурю.

— Вам еще много осталось? — подал голос Федор из своего кресла.

— А что? — обернулась к нему Вера. — Если ты куда-то спешишь, можешь идти...

— Да. — Он встал. — Я, пожалуй, пойду. Проводи меня, потом покуришь.

Когда они оказались в прихожей, он тихо спросил:

— Откуда этот компьютерщик?

— Из фирмы.

— Из какой?

— А почему тебя это интересует?

— Дай мне номер, по которому ты его вызвала, и скажи название фирмы.

Его лицо было совсем близко, серые глаза смотрели так тяжело и холодно, что опять накатила волна панического, детского страха. Но Вера справилась, изобразила обиду и удивление.

— Федя, зачем тебе? И вообще, что за тон?

— Дай мне номер, — повторил он и схватил ее за плечо.

— Так, во-первых, убери руку, — спокойно глядя ему в глаза, сказала Вера, — во-вторых, запомни, пожалуйста. О чем бы ты ни спросил меня таким вот тоном, я не отвечу.

В прихожую вышла Соня.

— Эй, вы что, ссоритесь? — спросила она.

Пальцы Федора разжались. Даже при неярком свете было видно, что на нежной Вериной коже остались красные пятна.

— Нет, Сонюшка, мы просто разговариваем. Ты предложи, пожалуйста, компьютерщику Валентину чаю или кофе, а я сейчас приду, — успокоила ее Вера.

Соня понимающе кивнула.

— Прости, — процедил он сквозь зубы, когда Соня скрылась на кухне, — но мне все-таки надо знать, откуда взялся этот... как его?

— Валентин, — напомнила Вера, — его однажды порекомендовали мне знакомые. Он работает в какой-то мелкой фирме, торгующей оргтехникой, и подрабатывает частным образом, обучает таких олухов, как я, настраивает разные программы, находит вирусы и так далее. Я вызываю его уже второй раз, примерно полгода назад у меня тоже были проблемы. Берет он недорого, а дело свое знает.

— Дай мне номер.

— О Господи, Федя, у тебя ведь нет компьютера. Ты ничего в этом не понимаешь. Зачем тебе?

— Мне понравилось, как он работает. У меня компьютера нет, но на фирме есть. А хороший специалист — большая проблема.

— Ты такой патриот своей фирмы? — Вера удивленно подняла брови. — Вот уж не думала. Однако у тех людей, которым это надо, обычно есть свои хорошие специалисты.

— И все-таки.

Он дернул головой, и Вера кожей почувствовала, как ему хочется сейчас ударить ее. Но он сдерживался.

— А ты, оказывается, еще и зануда, — она заставила себя улыбнуться, — в конце концов, поговори с ним сам.

Она сделала шаг в сторону кухни и громко позвала:

— Валентин!

— Аушки? — ответил веселый голос.

— Тут очень интересуются вами, — Вера уже стояла на пороге кухни, — Федор горит желанием узнать ваши координаты, но сам спросить стесняется.

— Верочка, в чем проблема? Пусть запишет номер пейджера. Он ведь есть у вас.

— Нет, — жестко сказал Федор, — мне нужен телефонный номер, пейджер меня не устраивает.

— Почему? — Компьютерщик вышел в прихожую и взглянул на него с удивлением. — Чем же плох пейджер?

— Это односторонняя связь. Это ненадежно. Я люблю определенность.

— Вера, вы когда-нибудь слышали подобное? — засмеялся компьютерщик.

— Вы извините его, Валентин, — вздохнула Вера, — на самом деле Федор очень стеснительный человек, поэтому иногда бывает не совсем вежлив. Но это не от хамства, а от робости.

— Если я буду рекомендовать вас своей фирме, я должен выяснить, кто вы и откуда. В компьютерах содержится информация, к которой нельзя подпускать кого попало, — хладнокровно объяснил Федор.

Казалось, Верину реплику о вежливости и хамстве он пропустил мимо ушей.

— Извините, но я вовсе не просил вас рекомендовать меня вашей фирме, — спокойно заметил компьютерщик.

— Разве вам не нужны деньги? — удивился Федор. — Вы должны быть заинтересованы в заказчиках.

— Но не в таких, которые намерены меня проверять.

— А вам есть что скрывать?

— Федор, прекрати, пожалуйста, — вмешалась Вера, — так себя не ведут. Человек пришел чинить мой компьютер, а ты устраиваешь допрос с пристрастием. Хватит.

— Действительно, — хмыкнул компьютерщик, — теперь я просто из принципа не дам вам никаких своих координат.

Федор ничего не ответил, смерил его долгим, тяжелым взглядом, а потом как ни в чем не бывало поцеловал Веру в щеку.

— До свидания, Верочка, до завтра.

Когда дверь за Федором захлопнулась, Антон снял дурацкие квадратные очечки, размотал шейный платок в горошек, сунул в карман.

— А перстень? — послышался детский голос у него за спиной.

Антон стянул с пальца массивный серебряный перстень и улыбнулся Соне:

— Ну что, на кого я больше похож, на торговца живым товаром или на слесаря по ремонту компьютеров?

— На отрицательного героя из мексиканского сериала, — улыбнулась в ответ Соня.

Послышался писк пейджера, и Мотя, все это время мирно дремавший под столом, тревожно гавкнул.

Пейджер Антон одолжил у Галюши, жены депутата Госдумы. Она дала всего на один день после долгих уговоров. Уже сегодня вечером он должен вернуть Галюше ее любимую «пикалку». Она почти не пользовалась своим радиотелефоном, не носила его с собой. Ей нравились маленькие изящные сумочки. А в них всегда было набито столько косметики, что для радиотелефона просто не оставалось места. Пейджер маленький, совсем крошечный, как пудреница. К тому же Галюше далеко не всегда хотелось отвечать на звонки, разговаривать, особенно с собственным мужем-депутатом, который был ревнив и умел угадывать по ее голосу, одна она сейчас или нет.

Нажав кнопку, Антон прочитал:

«Где ты? Верни мою пикалку. Приезжай. Можно с ночевкой».

— Мы с ним раньше не встречались, — тихо сказал Антон Вере, — он меня не мог видеть, нигде и никогда. Однако к моему визиту отнесся крайне подозрительно. А не должен был. Ведь все получилось вполне естественно. Я прав?

Пейджер опять запищал. На этот раз депутат Игнатьев обращался к своей драгоценной Галюше. Это было трогательно.

«Кисуля, не забудь покормить моих рыбок. Буду завтра днем. Целую, твой мышонок».

— Да. К сожалению, вы правы, — сказала Вера, когда Антон прочитал интимное послание депутата и убрал пейджер в футляр. — И самое скверное — это вранье насчет компьютерных проблем в фирме, которую он охраняет. Знаете, он врал небрежно, непродуманно, с хамским напором. Раньше такого не было. Следующий шаг — открытая игра. Ему уже не надо будет ничего сочинять. Он не станет утруждать себя сказками, начнет действовать. Но как, с какой целью? Не понимаю... А вы что-нибудь понимаете?

— Кое-что я попробую выяснить.

Опять требовательный писк.

«Можно хотя бы позвонить. Имей совесть».

Без подписи. Понятно, что от Галюши.

— Черт, мне надо отдать пейджер. Я его одолжил, и покоя не дадут, пока не верну. Верочка, сейчас я поеду домой и через час позвоню вам. Есть у меня одно предположение... но сначала я должен доехать до дома и кое-что проверить? Час потерпите?

— Потерплю, — кивнула Вера.

Телефонный звонок раздался через сорок минут. По голосу Антона было ясно — все оказалось даже серьезней, чем они предполагали.

— Он бандит. Ему нужен я. Но и вас он вряд ли теперь оставит в покое. Завтра утром нам надо встретиться. Мы вместе поедем к одному человеку. Он не поможет, но совет даст. А главное, внесет окончательную ясность.

— Федор может появиться завтра утром здесь, до вас. Он может прийти в любое время, — тихо сказала Вера.

— Я заеду за вами в восемь. Вряд ли он появится раньше.

— Не знаю. Теперь я уже ничего не знаю.

— Хорошо. Если вдруг... Вы просто не откроете дверь. Он обычно звонит в домофон?

— Нет. Он знает код.

— Ну и отлично. Я позвоню сначала в домофон, а он — сразу в дверь, и вы нас не перепутаете, ему не откроете, будто никого нет дома.

— У него есть ключ. У нас недавно пропал запасной ключ. Я думала, завалился куда-нибудь, потерялся, а теперь понимаю, это он взял. Антон, мне очень страшно, — добавила она совсем тихо.

— Верочка, он еще не начал играть в открытую. Есть еще время. Подождите, не паникуйте.

— Постараюсь. И все-таки, как вы поняли, что он бандит? Я должна знать точно.

— А вам все-таки не верится до сих пор, — вздохнул Антон.

— Мне не хочется верить. Пусть хам, авантюрист, но только не бандит.

— Ну, это достаточно близкие понятия. Хам, припертый к стенке, запросто может стать бандитом. Завтра утром мы с вами узнаем все точно, насколько это возможно. А сейчас мне пришлось бы слишком долго объяснять. Сложно объяснять то, что сам до конца не понял. Не бойтесь, спите спокойно, Верочка.

Антон положил трубку и еще раз взглянул на небольшую полароидную фотографию. С фотографии на него смотрел охранник Федор. Конечно, на самом деле этого человека зовут как-то иначе. И никакой он не охранник. Он — «сладкий русский медведь», которого с придыханием вспоминала шведка Каролина, торговка наркотиками. Именно ему должен был Денис передать сверток в аэропорту. Вероятно, именно он должен был после этого Дениску убрать...

Антон пока не хотел выстраивать дальше свою логическую цепочку. Надо подождать до завтра. Старый друг его отца, семидесятипятилетний адвокат Семен Израилевич Кац, ждет его завтра к девяти утра. Отыскав фотографию, Антон сначала позвонил старому юристу-всезнайке, договорился о встрече, а потом уже набрал номер Веры Салтыковой.

Прежде чем выйти из дома, Антон очень быстро принял горячий душ, надел легкий темный костюм, чистую рубашку, вытащил из ящика письменного стола пять стодолларовых купюр, отметив про себя, что это уже последние. Взглянув в зеркало в прихожей, он заметил, что лицо осунулось, под глазами круги.

Ему тоже было страшно. И не только за себя.

Глава 30

→Глухо, как в танке, — вздохнул Мальцев, — одно утешает, вытащили красивую женщину из КПЗ. Давай, что ли, водочки выпьем?

Они сидели глубокой ночью у Уварова на кухне и разговаривали почти шепотом. За тонкой стенкой спали Алена, жена Уварова, и двухмесячная Дашенька, младшая дочь. Старший сын, четырнадцатилетний Глеб, был в спортивном лагере под Дубной.

— А если бы некрасивую из КПЗ вытащили, это бы не так утешало?

Юрий извлек из морозилки располовиненную бутылку «Столичной» в тонком инее, поставил на стол две рюмки, нарезал черного хлеба и ветчины.

— Красивую почему-то вдвойне жалко, — признался Мальцев, закуривая.

— Некрасивую еще жальче, — Уваров разлил водку по рюмкам, — особенно если ни в чем не виновата. Ладно, будем здоровы.

Они беззвучно чокнулись.

— Салтыкова Вера Евгеньевна, 1967 года рождения, родилась в Москве, окончила университет, филфак, романо-германское отделение. Переводчик, свободно владеет английским и французским. Постоянной работы не имеет, только контракты и всякие случайные заработки. Не замужем, детей нет, живет с мамой. Мама — детский врач, — тусклым голосом докладывал Мальцев, — с убитым Зелинским была знакома пятнадцать лет. Хронический вялотекущий роман, с обострениями. Слушай, Юрк, при чем здесь Сквозняк? Мы с тобой совсем сбрендили на всяких восточных единоборствах. Мало ли в Москве и в Московской области каратистов, дзюдоистов и прочих мастеров рукопашного боя?

— Много, — кивнул Уваров, — ты этой переводчице звонил?

— Нет еще. А зачем? Что Зелинский был у нее в тот вечер, я и так знаю. Мы с тобой сейчас по уши влезем в любовную драму, убийцу Зелинского не найдем, а время драгоценное потеряем. Я, между прочим, хорошо понимаю этого следователя Гусько. Он, конечно, сволочь, но не просто так в Зелинскую вцепился. Там ведь если не жена убила, то получается глухарь. А кому нравятся глухари? Никому. Разве что нам с тобой, самым умным...

— Но убила все-таки не жена, — жестко сказал Уваров, — и ты, Гоша, не раскисай.

— Слушай, а может, там какая-нибудь любовная месть? Ревность? — вяло предположил Мальцев. — Бывший любовник жены. Она такая красивая, по ней наверняка многие сохли. Вот кто-нибудь и усох совсем.

— Решил убрать мужа, а неверную-коварную красавицу подставить? — усмехнулся Уваров. — Нет, Гоша, там не ревнивец страстный, там профессионал поработал. И ты сам это прекрасно понимаешь.

— Ну хорошо. У профессионала при таком раскладе могла быть задача убрать Зелинского как свидетеля и запутать следствие, хотя бы на некоторое время. Но при чем здесь тогда тот парень, который дошел с Зелинским до квартиры и базарил с ним по дороге? Профессионал вряд ли бы стал заранее маячить в подъезде.

— Значит, были у него свои уважительные причины, — Уваров налил еще водки, — может, он его прощупывал таким образом, прежде чем принять решение. А может, просто хотел срочно выяснить адрес. Согласись, дойти с человеком до квартиры — это самый быстрый и оригинальный способ выяснить адрес, если очень надо, а задействовать свои каналы некогда и светиться лишний раз не хочется. Базар — так, для отвода глаз. Ведь Зелинский был лопухом. Вот профессионал и сыграл на этом. Ладно, давай выпьем за профессионалов.

Они опять беззвучно чокнулись, глотнули водки, зажевали хлебом с ветчиной.

— Не знаю, может, у меня совсем крыша съехала, — задумчиво произнес Мальцев, — понимаешь, я тут вспомнил, к нашему разговору о том, кого жальче, красивых или некрасивых. У нас среди жертв банды была Веденеева Марина Александровна, она мне в душу запала. Очень красивая женщина, даже на каких-то конкурсах красоты побеждала. А сегодня я говорил с Завьяловым, владельцем издательства, в котором работал убитый. Про переводчицу расспрашивал, про их отношения. Завьялов сказал, что из всех друзей Стаса лучше всего про это мог бы рассказать некто Веденеев, но он уехал в Канаду. Фамилия, конечно, распространенная, однако, я думаю, завтра надо еще раз то старое дело просмотреть, на свежую голову. А то ведь я пока все так, по памяти. Я с Завьяловым только сегодня вечером говорил, всего-то четыре часа назад.

Уваров щелкнул наконец зажигалкой, закурил сигарету, которую все это время вертел в руке.

— Ну вот, а говоришь — висяк. Ты, Гоша, главное, не раскисай раньше времени.

— А ты, Юра, раньше времени не радуйся.

— Радоваться, Гоша, надо всегда, независимо от времени и обстоятельств. Особенно когда совсем нечему, разве что жизни как таковой и ее хитрым сюрпризам:

— Сюрприз будет, когда наш с тобой неуловимый Джо засветится наконец в замечательном ресторане «Трактир». Кстати, кухня там классная. Особенно хороша осетрина по-монастырски.

— Мороженая небось?

— Свежая. Честное слово, Юра, свежая. А еще — кулебяки. Ох, Юра, какие там кулебяки, — Гоша зажмурился, — и огурчики малосольные, с чесночком, с укропчиком. Нам бы сейчас к водке, а? У тебя Аленка огурчики солит?

— Бывает иногда. По большим праздникам. Ты бы про эти кулебяки-огурчики лучше Сквозняку рассказал. Может, он соблазнится, кушать захочет, заглянет к другу детства в придорожное заведение.

— Слушай, а может, тряхнуть Чувилева? Знает ведь наверняка.

— Нет, Гоша, рано. Спугнем. Да и не обязательно, что знает. Вполне возможно, связь у них односторонняя.

Глава 31

Саша Сергеев выходил из запоя.

Было раннее прохладное утро. Подмосковные Мытищи еще спали тихим рассветным сном. Саша постоял у открытой балконной двери, подышал чистым воздухом. Потом опохмелился ста граммами, сжевал горсть прошлогодней квашеной капусты, закурил и долго сидел на трехногой табуретке, тупо глядя перед собой опухшими, красными глазами и пытаясь сообразить, болит у него голова или уже не болит.

— Чаю выпьешь, что ли?

Сашина верная подруга Анжела, маленькая, востроносая, с всклокоченными черно-белыми волосами, стояла на пороге кухни.

— Чаю хорошо бы, — задумчиво произнес Саша, — и это, пожрать чего-нибудь.

— Чтоб пожрать, надо заработать, — резонно заметила Анжела, прошлепала в стоптанных тапках к раковине и стала мыть посуду.

Жизнь Саши состояла из черных и белых полос, которые сменяли друг друга со странным, почти мистическим постоянством и напоминали лунные циклы. За светлым и ярким периодом запоя, когда море по колено, хочется петь душевные песни и со всеми дружить, следовал мрачный период трезвости. Саша становился злым и жадным. Ему хотелось денег, как можно больше и скорей.

Если в тяжелые дни трезвости Саше удавалось раздобыть много денег, подруга Анжела не портила ему последующих светлых дней запоя.

Анжела работала медсестрой в районном психдиспансере. Они с Сашей познакомились пять лет назад. В учетной карточке голубоглазого светловолосого красавца стоял противный диагноз: «олигофрения в стадии дебильности». Много лет Сергеев добивался от врачей, чтобы диагноз сняли.

Единственной Сашиной страстью были автомобили. Он знал про них все, мог обнаружить и устранить любую поломку с закрытыми глазами, был отличным водителем, но водительских прав получить не мог из-за своего диагноза.

У медсестры Анжелы тоже была страсть.

Когда-то в ранней молодости она вышла замуж за тихого, милого инженера, которого очень любила. Инженер ее тоже любил, и все бы сложилось хорошо, если бы не свирепый нрав свекрови, которая поклялась сжить со свету ни в чем не повинную невестку. Взаимная ненависть двух в общем-то незлых и неглупых женщин раздувалась с каждым днем все больше, заполняла пространство маленькой двухкомнатной квартиры, не давала дышать тихому инженеру. Он любил обеих, ничего не мог поделать и умер от инфаркта в тридцать лет.

Обе, мать и жена, знали, что у него слабое сердце, и обе потом еще несколько месяцев пытались добить друг друга взаимными обвинениями: это ты его довела.

С тех пор страстью Анжелы стал поиск сироты. Круглого сироты, чтобы ни матери, ни отца, никаких тетей и дядей. Задача оказалась нелегкой. Если попадались круглые сироты мужского пола, то что-то обязательно было не так. Либо возраст не подходил, либо внешность и характер. Иногда отпугивало слишком уж безоглядное пьянство, иногда чересчур уголовная биография. Бывало, что все подходило, однако в последний момент появлялась жена сироты и уводила его за руку от Анжелы.

Приглядевшись к красивому одинокому автомеханику Саше Сергееву, который посещал психдиспансер исключительно с одной целью – снять диагноз, прочитав внимательно его учетную карту, Анжела поняла: это то, что ей нужно.

Саша оказался сиротой с рождения, мать умерла во время родов. Больше никаких родственников не было. Жены и детей тоже не было. Что касается диагноза, то Анжела, проработавшая к этому времени в психдиспансере восемь лет, поняла: его вполне можно снять. Но просто так этого никто не сделает.

Саша совал врачам взятки неправильно, бестолково. Он не знал как и кому, а главное, сколько. Анжела знала. Диагноз был снят. Саша получил водительские права. Они с Анжелой стали жить вместе.

Несмотря на продолжительные счастливые запои, водка все-таки не была главным делом Сашиной жизни. Она оставалась для него чем-то вроде хобби. А самым главным, заветным, трепетно-любимым делом были для него машины. Серебристый «Форд», матово сверкающий, летящий, как птица, над ухабами и грязью подмосковных дорог, стал для Саши хрустальной мечтой. «Форд», собственный, родной, снился ему ночами и не давал спиваться окончательно.

У Саши был «жигуль», ладненькая, чистенькая, выхоленная «шестерочка». А «Форд» только снился. Он знал, что никогда столько денег сразу не сумеет заработать.

– Воруй, – говорила Анжела, – не будь дураком. Все, кто ездит в «Фордах», воруют.

Саша рад бы воровать, но как-то не получалось. Во-первых, было страшно. Во-вторых, хотелось рискнуть сразу по-крупному, чтоб не обидно, если попадёшь. От грустных размышлений Саша уходил в запой. А потом из него выходил, с отвращением говорил себе, что это в последний раз. У запойных алкоголиков не бывает «Фордов». Чтобы успешно, по-крупному воровать, надо иметь трезвую, ясную голову. А если пьёшь, то остаётся только работать. Платят на станции техобслуживания, конечно, неплохо. Однако в наше время настоящие, серьёзные деньги за работу не получает никто.

В трезвые дни Саша прислушивался к разговорам своих клиентов, среди которых попадались владельцы и «Фордов», и «Мерседесов», и других хороших машин. Из этих разговоров Саша понимал: чем круче у человека тачка, тем меньше он работает в прямом и общепринятом смысле этого слова. Эта странная закономерность жгла ему сердце и заставляла уходить в очередной запой. Он тоже хотел, как они, получать свои деньги не за работу, а брать сколько нужно. Но они его в свой круг не приглашали, в одиночку он даже не знал, с чего следует начинать красивую «иномарочную» жизнь. А общество мытищинских братков-блатарей его не устраивало. Блатари пили ещё крепче, чем он, жили грязно, рисково, а главное, страшно мало. В общем, мыслей в голове у Саши было много, но толку от них никакого.

И вот однажды появился в его квартире в Мытищах старый друг ещё с детских, интернатских времён. Колька Козлов, Сквозняк. Саша был привязан к нему всей душой. С годами детская преданность не остыла. Он страшно обрадовался Кольке, не знал, куда посадить и чем угостить.

Сквозняк не пил, не курил. О себе ничего не рассказывал, но Саша почуял: внутренней силы в Коле Козлове не убавилось с годами. Наоборот, Коля стал таким крутым, что даже жутковато. Нет, часов «Ролекс», перстней с бриллиантами, золотых цепей и малинового пиджака на нем не было. В Мытищи он прикатил на «Ниве», добротной, но скромной.

— Про кого из наших что знаешь? — спросил Сквозняк.

— Кто в психушке гниет, кто сгнил уже, — пожал плечами Саша, — не знаю и знать не хочу. У меня своя жизнь.

— Про Толяна Чувилева ничего не слышал? — спросил Коля.

— Толька в ПТУ пошел, на слесаря, после восьмого класса. С тех пор не виделись.

— Понятно, — кивнул Сквозняк.

— А ты? — спросил Саша. — Ты как сам-то?

— Нормально.

— Слыхал я кое-что про Сквозняка, однако думал, не ты это...

— А что слыхал? От кого? — спросил Коля равнодушно.

— От клиентов своих, у меня есть серьезные клиенты, иногда кое-какие разговоры мелькают. Вот как-то и говорили, что, мол, есть такой Сквозняк. Совсем «отмороженный», совсем... Очень уважительно говорили. Но я думал, не ты. Просто кликуха совпала.

— А теперь что думаешь? — тихо спросил Коля.

— Теперь вижу — ты. Точно ты.

Анжела давно ушла спать, уже светало. Они все сидели вдвоем на маленькой кухне. Саша пил водку, Коля — апельсиновый сок с минералкой.

— Возьми меня в дело, — попросил Саша, — я «Форд» хочу, серебристый, последнюю модель. Рекламу видел по ящику? Вот, я такой хочу...

— Возьму, но не сейчас. Сиди тихо, пей меньше, не высовывайся, не светись перед ментовкой, на мелочевке не срывайся, и будет тебе «Форд». Потерпи.

Коля переночевал у них тогда, уехал утром. Саша стоял на балконе и глядел вслед синей «Ниве». Ему почудилось, что сверкнуло вдали, за бледным

435

мытищинским горизонтом, серебристое крыло сказочного, легкого, как ласточка, «Форда»...

Прошел год, потом два. Коля Сквозняк иногда появлялся, ночевал, пил свой сок с минералкой, говорил: жди.

Ждать становилось все труднее.

— Кинет он тебя, — вздыхала Анжела, — он крутой, а ты кто? Лучше воруй по-тихому, как все люди. Водку не пей, скопишь на свой «Форд». А этот тебя кинет.

— Молчи, дура, — рявкал на нее Саша, — за Кольку горло перегрызу.

Сейчас, за второй кружкой крепчайшего сладкого чая, Саша потихоньку отходил от похмелья. В голове прояснялось, мысли зашевелились, медленно, лениво: а вдруг и правда кинет Колька? Надо бы что-то придумать, пока дождешься... Он ведь сам в розыске, Колька-то. Вот возьмут его, и все. Прощай, сказочная птица, серебряный «Форд».

И тут в дверь позвонили.

— Кого это черт принес? — Анжела зевнула и прошлепала в прихожую открывать.

Через минуту перед Сашей Сергеевым стоял Коля Сквозняк, собственной персоной.

* * *

Проверка показала, что убитая три года назад Марина Веденеева действительно была женой того самого Веденеева Евгения Борисовича, который учился вместе с Зелинским на одном курсе. Потом они занимались совместным бизнесом, дружили...

— Ну представь — муж в командировке, а близкий друг семьи слаб по части женского пола, и сама красотка сдержанностью не отличалась. Конечно, не тем будут помянуты оба. — Мальцев вздохнул. — В показаниях мужа об этом — ни слова, но он не знал. Его не хотели огорчать всякие общие знакомые. Мог Зелинский той ночью побывать у Ведене-евых дома? Запросто. Мог как-то случайно пере-сечься с бандой и со Сквозняком лично?

— Мог, — кивнул Уваров, — но уже не запросто... Нет, Гоша, это слишком невероятно. Сквозняк бы убрал сразу свидетеля. Сразу, а не через три года.

— А если он только через три года узнал, что ос-тался свидетель? Ведь всех убрать невозможно. Нет, свидетелем ограбления и убийства Зелинский, конечно, не был. Но просто — на лестнице столкну-лись, во дворе... Знаешь, человеческая память так устроена, что случайная деталь, мелькнувшее лицо могут врезаться накрепко, на многие годы, если это связано с потрясением.

— Да, — задумчиво произнес Уваров. — Когда уби-вают жену твоего близкого друга, это потрясение или нет? Если друг был в командировке, а ты зашел в гости скрасить одиночество его жены, да еще но-чью... той же ночью... тогда да, безусловно, потрясе-ние. На всю жизнь. А потом, через три года — слу-чайная встреча...

— Интересно, — усмехнулся Мальцев, — когда Зе-линский там побывал, до или после? Да и побывал ли вообще?

— Мы с тобой уже не узнаем. Никто не узнает. Но это и не важно. Хотя, конечно, Гоша, конструкция с Зелинским получается у нас с тобой очень хлипкая, дунешь — и развалится, как карточный домик. Лад-но, с переводчицей Верой Салтыковой я, пожалуй, встречусь сам. Прямо сегодня к ней и отправлюсь. Это ведь должнен был сделать следователь Гусько. Но не сделал, поленился.

И тут затренькал сотовый телефон прямо в ру-ках у Уварова.

— Товарищ майор, звоночек есть интересный к объекту, — услышал Юрий в трубке голос младшего лейтенанта Васи Зорькина, — только что записали. Вот, послушайте.

В трубке раздалось пощелкивание, тихий писк перематываемой пленки, потом далекий хриплый голос:

— Это я, Толян. Встретиться надо. Срочно.

— Коля, — голос Чувилева звучал удивленно и растерянно, — что случилось? Я жду, а ты не звонишь.

— Вот звоню. Ладно, времени мало. На Луговую приезжай, за Лобней. Там магазин у станции, по правую руку, если от Москвы. Через два часа, за магазином.

Едва слышный щелчок, потом частые гудки.

— Зорькин, ты здесь? – хрипло спросил Уваров.

— Здесь, товарищ майор.

— Откуда был звонок?

— Из автомата на Пушкинской, у кинотеатра «Россия».

Уваров захлопнул крышку радиотелефона.

— Вот так, Гоша. Не нужны ему кулебяки-огурчики. Не пойдет он в ресторан.

***

— Ну проходите, проходите, молодые люди. Милости прошу.

Семен Израилевич Кац, высокий сухощавый старик с буйной белоснежной шевелюрой, обнял Антона, а Вере галантно поцеловал руку.

Известный всей Москве адвокат жил скромно. Двухкомнатная квартира в старом, послевоенном доме на проспекте Мира вовсе не сверкала роскошью. Добротная простая мебель, сделанная на заказ; ни антиквариата, ни картин на стенах, только семейные фотографии в рамках.

Львиную долю своих солидных сбережений Семен Израилевич переправил в Париж, где жила его единственная, нежно любимая дочь Машенька с мужем-французом и двумя сыновьями. Туда же Кац собирался переехать сам, но все медлил. Не нравился ему Париж, казался холодным и надменным. В Москве он скучал по дочери и по внукам, в Париже тосковал по Москве.

— Весь мой огромный и печальный жизненный опыт не помогает решить одного простого противоречия, — говорил старик, — я хочу умереть на родине, но не в одиночестве, а чтобы рядом были внуки. Однако это невозможно. Вот и не умираю, живу то в Москве, то в Париже.

Многие думали, что старик совсем отошел от дел, занят лишь семейными проблемами и мемуарами. Кац давно не брался ни за какие процессы, а консультации давал крайне редко. Но мало кто знал, что старый адвокат владеет самой свежей информацией об уголовной жизни не только Москвы, России, но и зарубежья — ближнего и дальнего. Каким образом он собирает и, главное, где хранит эту информацию, не знал никто.

С покойным отцом Антона, полковником КГБ Владимиром Николаевичем Курбатовым, старого адвоката связывали давние приятельские отношения. Они были знакомы больше тридцати лет и за эти годы успели оказать друг другу множество мелких и крупных услуг. Семен Израилевич почти сразу узнал о гибели Дениса Курбатова, причем не от Антона и не от Ксении Анатольевны, а из каких-то своих источников. Его сочувствие было искренним, он спрашивал по телефону, не нужна ли помощь. Антон поблагодарил и отказался.

Это было десять дней назад. А вчера вечером Антон спросил старика, когда к нему можно подъехать. Кац ответил, что всегда рад его видеть. Антон попросил разрешения прийти с дамой, старик хмыкнул и сказал: «Это тем более приятно».

Он провел их в комнату, усадил в кресла у журнального столика, сам сел напротив.

— Ну что, Антоша, ты ведь наверняка по делу. Сейчас никто просто так в гости не ходит. Особенно к старикам, да еще рано утром.

— Да, — искренне признался Антон, — я по делу.

— Только не сразу, ладно? Я еще не совсем проснулся. Отвык, знаешь ли, заниматься делами с раннего утра. Скажи, как мама? Опомнилась немного? Сколько бедной девочке пришлось пережить — сначала Володина нелепая смерть, теперь вот Дениска... подумать страшно. Для меня твоя мама до сих пор девочка Ксюша с музыкальными пальчиками.

— С мамой сейчас трудно, — признался Антон, — боюсь, придется показать ее психиатру.

— Не тяни с этим. У меня есть хороший специалист. Бедная Ксюша, такая была красавица. А что, нашли убийцу? Есть какие-нибудь новости из Праги?

— Нет. Собственно, я об этом и хотел с вами поговорить...

— Антоша, — старик покачал головой, — об этом мы говорить не станем. Ты знаешь, я от дел отошел. Дениса не вернешь, а тебе лучше держаться подальше от сыщицких проблем. Убийство — дело сыщиков, а не родственников.

— Я не собираюсь искать убийцу, — тихо сказал Антон.

— Ну и молодец, — улыбнулся старик, — давайте мы с вами, молодые люди, чаю выпьем. Или кофе. Вы успели позавтракать? Лично я не успел. Мне будет очень приятно позавтракать в вашей компании. Антоша, мы с тобой пойдем на кухню, займемся стряпней, как настоящие мужчины, а вы, Верочка, отдохните.

— Спасибо, — улыбнулась Вера, — может, я все-таки помогу вам с завтраком?

— Ни в коем случае! Женщин нельзя близко подпускать к плите. У меня есть помощница по хозяйству, милейшая дама, но гренки у нее непременно подгорают, мясо получается жестким, рыба крошится и теряет сок, а кофе всегда убегает.

Оставшись одна в уютной чужой комнате, в огромном мягком кресле, Вера на несколько минут закрыла глаза. Она почти не спала этой ночью. Пыталась заглушить тяжелый, тошный страх механической работой над переводом. Но самые простые слова вдруг теряли смысл, она тупо смотрела на экран компьютера и думала только об одном. Почему она, Вера Салтыкова, уже не юная и в общем совсем не глупая женщина, дала себя обмануть, использовать в качестве наживки, подсадной утки или кого там еще?

Ей нагло, сознательно врали, каждый день, каждую секунду. И ведь чувствовала она какой-то тайный подвох. Чувствовала, но врала себе: нет, он хороший, у него просто было тяжелое детство...

Вера так легко оправдывала других, но теперь надо было как-то оправдаться перед самой собой. И она не могла. Да, банальная, старая, как мир, женская потребность быть любимой. Это вполне понятно. Да, сложный многолетний роман со Стасом, усталость от одиночества. И это понятно. Но в итоге Вера дала себя втянуть в чужую, грязную и совершенно непонятную игру. Не только себя, но еще маму, Соню, Стаса...

Чем больше она думала, и бессонной ночью, и сейчас, утром, как бы на свежую голову, тем меньше верила, что Стаса убила его жена. Если эта женщина по имени Инна хотела завладеть квартирой, она не стала бы вот так, открыто и бесхитростно, избавляться от мужа. Ну, предположим, напилась. Можно представить очень пьяную разъяренную женщину, которая в пылу семейного скандала запускает в мужа утюгом, сковородкой или хватается за нож. Но представить, как пьяная женщина крадется ночью и всаживает нож в спящего мужа... Нет, так не бывает.

Надо позвонить этому Завьялову, прямо сегодня. Узнать телефон следователя. Стас где-то видел Федора и сказал об этом. Стас, как нормальный человек, пытался вспомнить, где и когда они могли встречаться раньше. Стасу было интересно, за кого Вера собирается замуж. Он сказал: это важно, я обязательно вспомню. Федор вошел в комнату в тот момент, когда Стас задал простой вопрос: как вы с ним познакомились? Федор вполне мог стоять под дверью и слышать весь их разговор. Даже если он сам не помнил, где они встречались раньше, ему, уж конечно, не надо было, чтобы это вспомнил Стас.

Пора связаться со следователем и вообще с милицией. Хватит...

— Верочка, вам чай или кофе? — Антон заглянул в комнату.

Вера вздрогнула и открыла глаза.

— Мне кофе, если можно. Покрепче.

Антон кивнул и вернулся на кухню.

— Между прочим, очаровательная барышня, — говорил Семен Израилевич, нарезая сыр специальным ножом тончайшими, прозрачными ломтиками, — у тебя с ней как, всерьез или... гм... как всегда?

Антон удивленно взглянул на старика.

— Семен Израилевич, у меня с ней вообще ничего. Мы пришли по делу. Так получилось, что мы оба, не будучи знакомы, вляпались в одну скверную историю. Сначала вляпались, а потом уж познакомились.

— Ну вот, я всегда говорил, нет худа без добра, — хмыкнул старик. — Достань-ка там ветчинку из холодильника. Нет, вот резать я буду сам. Ты пока что зеленью займись.

Антон уже в который раз пытался завести разговор о том, ради чего пришел к старику, но все не получалось. Семен Израилевич был так поглощен приготовлением завтрака, что, казалось, все прочее пролетает мимо его ушей. Стоя у раковины с пышным пучком укропа в руках, Антон сделал еще одну попытку:

— Семен Израилевич, я хочу вам показать фотографию. Возможно, в вашем архиве...

— Подожди, — поморщился старик, — какой архив? Нет у меня никакого архива. И вообще, такие вещи не обсуждаются на голодный желудок. Я уже понял, у тебя важный разговор. Но давай сначала позавтракаем спокойно. Ты же знаешь, я не могу говорить о делах натощак. Если я не позавтракаю, у меня, между нами, мальчиками, будет громко и неприлично бурчать в животе. Это отвлекает и не дает сосредоточиться. И перед барышней неловко. Да, а барышня — прелесть. Есть в ней что-то такое... знаешь, когда она вошла, я сразу вспомнил полотна старых мастеров... голландская школа, эпоха Возрождения...

Наконец завтрак был готов. Семен Израилевич постелил на стол белую скатерть, не спеша, со знанием дела, расставил тарелки, разложил приборы.

— Молодые люди, я понимаю, у вас серьезные неприятности, — сказал он, когда они уселись за стол, — но не стоит думать о них во время еды. Аппетит лучше не станет, а неприятностей не убавится. Верочка, этой кофейной чашке сто лет, — он поставил перед Верой тончайшую, почти прозрачную фарфоровую чашку. — Мой дедушка вез сервиз из Китая в девяносто седьмом году. В восемьсот девяносто седьмом. Он добирался до Москвы почти месяц. Во Владивостоке у него украли все деньги, много было приключений. И в Москву он привез черепки вместо сервиза. Только одна чашка уцелела. И прошла эта чашечка три войны, революцию и много чего еще. Но уцелела, такая хрупкая, почти прозрачная. Вы, Верочка, выпейте из нее кофе. Я не суеверный человек, но она приносит удачу.

— Даже страшно держать ее в руках, — улыбнулась Вера.

— А вы не бойтесь. Пейте кофе на здоровье. И взбодритесь, взбодритесь.

После завтрака все трое закурили, и Антон достал фотографию. Вера уже видела ее. Антон показал сразу, как только они сели в машину. И все равно взглянула еще раз.

Старик осторожно, двумя пальцами, взял снимок, поднес совсем близко к глазам, долго рассматривал сквозь очки. Потом резко встал и, ни слова не говоря, вышел в другую комнату. Вернулся он минут через пять, сел в кресло и тихо спросил:

— Антоша, откуда это у тебя?

**

Соне очень хотелось мороженого. В ее кошелечке было пять тысяч. В супермаркете на углу продается ее любимое, сливочное в белом шоколаде, с орешками. Оно как раз стоит четыре восемьсот.

Дома никого не было. Надежда Павловна ушла на работу, Верочка отправилась вместе с Курбатовым к какому-то старому адвокату, выяснять про Федора...

Будет неприятно, если сейчас он заявится, собственной персоной. У него есть ужасная манера — приходить без звонка. У него вообще все манеры ужасные. Он начнет выспрашивать, где Вера, и, чего доброго, останется здесь, будет ее ждать. Вдруг Курбатов проводит Веру до квартиры? И тогда Федор все поймет... А может, он уже понял? Бандюга, урка несчастный. А эти тоже хороши, в милиции. Когда она заинтересовалась фотографией особо опасного преступника, они даже внимания не обратили, не спросили: а где ты его видела, девочка? Будто и вовсе не хотят ловить. А человека, который застрелил мразь, ловят. Очень старательно ловят. Конечно, хорошего человека поймать проще, чем бандита.

444

В том, что убийца сумасшедшего маньяка — человек хороший и поступил совершенно правильно, десятилетняя Соня Логинова не сомневалась ни секунды.

Соня надела шорты, футболку, немножко повертелась перед зеркалом, размышляя, оставить ли волосы распущенными или лучше сделать хвост. С распущенными красивей, зато с хвостиком удобней и не так жарко. На полочке у зеркала она заметила свою любимую заколку, большую, удобную, с нарисованным пятнистым далматинцем. Соня ее без конца теряла, а Надежда Павловна находила. Вот и сейчас нашла, положила у зеркала.

Она расчесала волосы, собрала их в толстый хвост на затылке. Нет, так тоже неплохо. Мама сейчас наверняка бы сказала: ты вертишься перед зеркалом, как будто на бал собираешься, а всего-то в супермаркет за мороженым. А папа сказал бы: да ладно тебе, она ведь девочка. Кому, как не ей, вертеться перед зеркалом?..

Когда Соня застегивала сандалии в прихожей, Мотя засуетился, запрыгал вокруг нее.

— Я потом тебя возьму, — пообещала она, — тебя в магазин не пустят. Ты же не согласишься сидеть и ждать меня у двери.

Мотя изо всех сил стал крутить хвостом. Наверное, он хотел сказать, что согласен ждать ее где угодно и сколько угодно, только бы она взяла его с собой.

— Ты не расстраивайся, я быстро. А мороженого тебе все равно нельзя, — Соня погладила пса по голове. — У тебя от сладкого глаза портятся.

Было жаркое, ясное утро. Соня побежала через пустой двор. Дети все разъехались. Гулять одной, конечно, скучно. Но все равно лучше, чем сидеть дома в такую погоду, да еще Федор может прийти в любую минуту...

Она вошла в длинную темную арку, отделяющую двор от площади. Сзади послышался шум мотора и грохот тяжелого рока. Соня отошла в сторонку, прижалась к стене арки, чтобы пропустить машину. Темно-вишневый «жигуль» притормозил рядом с ней. Окна в машине были открыты. Оглушительно орала музыка. За рулем сидел светловолосый очень бледный мужчина.

— Девочка, ты не знаешь, где здесь ближайшая аптека? — прокричал он, высунувшись из окна.

— Сейчас из арки направо, через площадь, и первый переулок налево, — стала объяснять Соня.

— Что? Не слышу! — Мужчина старался перекричать музыку.

На заднем сиденье Соня увидела худую, коротко стриженную женщину в майке с открытыми плечами.

— Девочка, ты не ему, ты мне объясни, — женщина тоже старалась перекричать музыку, — у него сердце прихватило, а я машину водить не умею. Срочно нужен нитроглицерин.

— А вы сделайте потише, — сказала Соня.

— Что? — переспросила женщина. — Подожди, не убегай, я выйду. У нас радио заело...

Задняя дверца приоткрылась.

«Странные какие, — успела подумать Соня, — такой молодой, и уже сердце...»

Струя жгучего, сладковатого газа ударила ей в лицо. Соня хотела крикнуть, но не хватало воздуха. В горле страшно запершило, из глаз брызнули слезы. Она чувствовала, как ее втянули в машину, бросили на заднее сиденье, но тело стало ватным, сопротивляться она уже не могла. Голова закружилась, Соня потеряла сознание.

— Только не гони, — сказала женщина, — нарвемся на гаишников.

— Надолго она вырубилась? — спросил мужчина, нажимая на педаль газа. — Доехать успеем?

— Не хватит — добавим, — успокоила его женщина.

446

Темно-вишневый «жигуль» выехал из арки на площадь, через несколько тихих переулков свернул на Садовое кольцо и затерялся в потоке машин.

Водитель вел машину очень аккуратно, соблюдая все правила дорожного движения.

Глава 32

— Значит, вы, Верочка, замуж за него собрались? — Семен Израилевич покачал головой. — Ладно, оставим это без комментариев. Антоша, ты мне скажи честно, ты дома не живешь потому, что от милиции прячешься? Что там у тебя за проблемы с налогами?

— Нет. От милиции я не прячусь. На наш «Стар-Сервис» наехали бандиты. Ну и налоговая полиция. Впрочем, мне кажется, они друг с другом были тесно связаны. Просто кому-то мы дорогу перебежали. С нашей стороны — никакого криминала. **Мелкие** грешки, конечно, были, но это как у всех. Без этого бизнеса не получается. Хотя при желании можно раздуть и до криминала. И желание такое возникло, правда, до сих пор не знаю, у кого именно. А что?

— А то, что мне придется сейчас позвонить на Петровку.

— Можно, я сначала домой позвоню? — спросила Вера. — У меня ребенок один дома.

— Ваш? Сколько лет?

— Десять, — Вера взяла радиотелефон с журнального столика, — это дочь моей близкой подруги, она живет сейчас у меня, родители в отъезде, — объясняла она, слушая протяжные гудки.

— Может, Соня с собакой вышла погулять? — предположил Антон, заметив, как Вера все больше бледнеет.

— Может быть. — Она нажала кнопку отбоя и отдала телефон Семену Израилевичу.

Прежде чем звонить на Петровку знакомому генералу, старый адвокат записал адрес Веры.

До дома они доехали за полчаса.

— Подождите, — уговаривал Антон по дороге, — не нервничайте. Еще ничего не началось. Кац уже звонит генералу, этого Сквозняка ищет чуть ли не вся Петровка.

Вера молчала. Она ненавидела себя за то, что не догадалась сегодня утром сделать одну простую вещь: взять Соню с собой, не оставлять ее одну. Да, неловко заявляться к незнакомому человеку с ребенком. Да, было раннее утро, и Соня еще спала, к тому же до разговора с адвокатом ситуация все-таки не выглядела столь кошмарно. Много можно придумать всяких разумных оправданий. Но факт остается фактом: ребенок один в квартире, у бандита, профессионального убийцы, есть от этой квартиры ключ, жизнь ребенка может стать самым весомым аргументом в его руках, и он это прекрасно понимает.

— Верочка, у нас с вами есть какой-нибудь план? — спросил Антон, выруливая на Новослободскую, — нам обоим сейчас лучше всего исчезнуть, пока его не возьмут. Захватим Соню, собаку, и можно поехать в Александров. Там у меня тетя и мама.

— А моя мама? Ей нельзя позвонить, она на вызовах. Я же не могу ей передать через регистратуру, что мой жених Федор оказался бандитом по кличке Сквозняк и домой ей лучше не приходить, а переночевать у приятельницы? После вызовов у нее прием с четырех до шести. И вообще, его могут не взять, если мы исчезнем. Ему нужны вы, ну и я, конечно. Мы с вами сейчас вроде наживки. Вы — чтобы узнать важную для него информацию, а я — чтобы убить меня как свидетеля. Наверное, для того же ему нужны Соня и моя мама. Семен Израилевич сказал, этот Сквозняк не попадается потому, что уничтожает свидетелей.

— Меня он тоже убьет, как только я отдам ему листочек с факсом.

— Не обязательно. Без вашей помощи он вряд ли разберется, что это за адрес. Он ведь даже не знал, как должен выглядеть нужный ему факс.

Они уже въезжали во двор, и Вера замолчала. Сердце гулко колотилось. Из квартиры был слышен нервный лай Моти. Пес рвался, скреб лапами дверь. У Веры так дрожала рука, что она не могла попасть ключом в замочную скважину.

— Верочка, только спокойно. Не сходите с ума раньше времени. Она могла просто уйти гулять, — сказал Антон, когда они оказались в пустой квартире.

— Пойдемте во двор, искать, — Вера пристегнула поводок, — если бы она гуляла, собака была бы с ней. Она бы не оставила Мотю. С ним никто не выходил с раннего утра. Видите, как рвется.

На улице Мотя поволок их не к собачьей площадке, где обычно делал свои дела, а в центр двора, к проезжей части, оттуда к арке. Вера с трудом удерживала поводок. Пес остановился в арке, громко завыл, стал быстро нюхать асфальт, подбежал к стене, заскулил, поскреб лапой в углу. Потом, напряженный, дрожащий, сел и ткнулся мордой в Верину ладонь. В зубах он держал большую пластмассовую заколку с нарисованным пятнистым далматинцем.

***

Соне еще никогда в жизни не было так худо. Она не могла шевельнуться, тело не слушалось, было каким-то чужим. Голова сильно кружилась, болели глаза, язык распух и стал сухим, наждачным. Ей казалось, она сейчас умрет, и это было так страшно, что она попыталась закричать. Но крик получился совсем тихий, слабый, словно в кошмарном сне. Хочешь позвать на помощь, открываешь рот, но звука нет, тебя никто не слышит. Хочешь побежать и тут же падаешь. Мягкие ватные ноги подкашиваются, не держат.

Громко орала музыка. Это был тяжелый рок, от него еще сильней раскалывалась голова. Соня чуть приоткрыла глаза и сначала увидела, как мимо открытого окна мчатся деревья. Солнечный свет быстро пульсировал сквозь листву. Она подумала: все хорошо, ничего страшного. Она заболела, ее везут в больницу. Но почему так орет музыка? Надо сказать, чтобы сделали потише.

Однако уже в следующую секунду она вспомнила, что произошло. Ее украли, похители. Это люди Федора. Орать и драться бесполезно. Они могут убить.

Преодолевая ужас и дурноту, Соня стала соображать, как лучше поступить сейчас: притвориться, что не очнулась еще, или все-таки попробовать открыть дверь и выпрыгнуть из машины.

Соня полулежала на заднем сиденье, откинув голову и вытянув ноги. Машина мчалась с большой скоростью, не меньше ста двадцати. Двери заблокированы. Рядом с Соней сидела худая женщина с короткими крашеными волосами. Не поворачивая головы, чуть скосив глаза, Соня увидела востроносый профиль, черно-белые пряди торчали во все стороны, как шерсть мокрой крысы. В ухе поблескивали три сережки, на шее болтались дешевые голубые бусы. Женщине было не больше тридцати. Она не смотрела на Соню, сидела, уставившись вперед, на бегущее под колеса ухабистое подмосковное шоссе.

Мужчина за рулем показался Соне совсем молодым. Лица она не видела, только аккуратный белобрысый затылок. Если бы руки слушались, можно было бы хорошенько врезать кулаком по этому за-

450

тылку. Но что толку? Они опять брызнут газом на лицо... Хотя в салоне машины, даже при открытых окнах, им это будет сложно сделать. Могут просто избить и связать. Эта тетка с тремя серьгами в ухе похожа на крысу... Наверное, они не рискнули везти связанного ребенка по Москве, из центра. Вдруг ГАИ остановит? А так можно сказать, что ребенок заснул. Но сейчас они уже едут где-то за городом, по пустому шоссе. Здесь нет никаких постов ГАИ. И теперь ее запросто могут связать, рот залепить.

Вера вернется домой, сообщит в милицию... Она, конечно, сразу догадается, но вот в милиции придется долго объяснять, заявление писать. Пока объявят розыск, Соню уже привезут куда-нибудь и спрячут.

К горлу подступила тошнота. Соня почувствовала – сейчас ее вырвет. Она судорожно сглотнула. Женщина повернула голову. Да, очень похожа на крысу. Низкий лобик, вострый носик, маленькие злые глазки.

— Меня сейчас вырвет, — произнесла Соня.

— Эй, она мне весь салон загадит! — заволновался водитель. — У тебя есть пакет какой-нибудь?

— Не могу больше, — простонала Соня, — остановите.

Она могла сдержаться, но почувствовала, как водитель беспокоится за чистоту салона своего авто. Вот и пусть остановится. Пусть. Далеко Соня убежать не сумеет, но вдруг там какие-нибудь люди...

Женщина сунула руку в сумку, и Соня увидела маленький пистолет.

«Газовый, — подумала она, — но возможно, что настоящий... заряженный. Ой, мамочки...»

— И без фокусов, — предупредила крыса. — Из машины не выходить. Я сейчас открою дверь. Нам все равно, живая ты или мертвая. Поняла?

Соня поняла и жутко разозлилась. Так разозлилась, что дурнота прошла. Нельзя такое говорить ребенку. И делать такое с ребенком нельзя. Даже если ты крыса и тебе за это заплатят очень много денег, ты все равно подавишься этими деньгами.

Машина съехала на обочину. Соня подняла вверх рычажок блокировки и открыла дверцу. Крыса уперла дуло пистолета ей в спину.

«Я буду думать, что он газовый, – сказала себе Соня, – иначе я не смогу шевельнуться».

Она медленно высунула ногу из машины, чуть наклонилась вперед, чувствуя холодок пистолетного дула сквозь тонкую футболку. Крыса одной рукой держала пистолет, а другой вцепилась в Сонино плечо.

«Если бы он был настоящим, она не ухватилась бы за меня так крепко», – подумала Соня, напряглась, как струнка, и, резко распрямившись, саданула затылком, сама не зная куда.

Наверное, она попала крысе по подбородку, потому что ударилась обо что-то твердое. Рука, державшая плечо, ослабла на миг. Соня выскочила из машины и кинулась через неглубокую канаву в рощу, не оглядываясь.

Она слышала: крыса и водитель мчались за ней, оба топали и громко матерились. Где-то рядом взвизгнули тормоза, но Соня не обратила внимания. Она споткнулась о камень, с разбегу стукнулась об него большим пальцем. На ней были открытые босоножки, получилось ужасно больно.

– Мама! – кричала Соня. – Помогите! Кто-нибудь!

Несколько метров она проскакала на одной ноге. Нет, так она не убежит далеко... И на крик уходит много сил. Лучше не кричать, не хватит дыхания...

Мат и топот были все ближе. Она не оглядывалась, но понимала: ее сейчас догонят. Уже догнали. Белобрысый водитель сопел совсем близко. Грубая рука схватила за волосы. Соня извернулась, лягнула его куда-то в колено. Но подоспела крыса, они уже держали ее вдвоем. Дуло пистолета было самого лица.

И тут прозвучал выстрел. А потом сразу — второй.

«Настоящий... — подумала Соня, — пистолет настоящий».

Белобрысый водитель стал падать прямо на нее. Она видела его глаза, совсем белые, странно выпученные и пустые, будто кукольные. Рядом что-то стукнуло, мягко и тяжело. Женщина-крыса упала лицом вниз.

Деревья, облака, кусок шоссе с прижатыми к обочине вишневыми «Жигулями», все закружилось со свистом, будто Соня неслась на очень быстрой карусели. Карусельщик сошел с ума и запустил свой смертельный аттракцион. Надо бы спрыгнуть, но разобьешься...

— Сонечка, не бойся, все кончилось... — Кто-то со всем незнакомый не дал ей упасть, подхватил на руки, назвал по имени.

Соня увидела молодое, почти мальчишеское лицо, светлые ясные глаза. Маленький человек в клетчатой ковбойке держал ее на руках. Она обняла его за шею, он был теплый и живой. Теперь уже не так страшно. Она не одна с этими двумя мертвыми в пустой подмосковной роще.

— Вы кто? — спросила она, когда он вынес ее из рощи и бережно усадил на заднее сиденье желтого «Москвича».

— Меня зовут Володя, — сказал он, сел на водительское сиденье, завел мотор, развернул машину. — Как ты себя чувствуешь?

— Не знаю. У вас есть что-нибудь попить?

— Там около тебя куртка, в кармане банка «Спрайта».

— Вы из милиции?

— Нет, я сам по себе.

Соня взяла в руки куртку из тонкой светло-се-

453

рой плащевки, нащупала в большом кармане какие-то тяжелые штуки.

— Осторожно, — сказал Володя, — там в правом кармане гранаты, в левом – «Спрайт». Не перепутай.

— Гранаты – в смысле фрукты? – спросила Соня.

— Нет, в другом смысле. Не бойся, они не взорвутся. Но лучше не трогай. Нашла «Спрайт»?

Он гнал машину к Москве очень быстро, не отрываясь смотрел на дорогу.

— Нашла. А зачем вам гранаты? – Соня открыла банку, сделала несколько жадных глотков и протянула Володе: – Хотите?

Он оторвал руку от руля, не оборачиваясь, взял у нее банку, отхлебнул немного и отдал ей.

— Можешь допивать. У тебя есть ключ от квартиры?

— Есть, – Соня проверила на всякий случай, ключ лежал в кармане шортов, – а вам зачем?

— Когда мы приедем, ты останешься в машине. Я поднимусь. Мне надо войти тихо, не звонить в дверь. Он скорее всего уже там. Главное – успеть.

Соня прекрасно поняла, кого Володя имеет в виду, и только спросила:

— А как вы узнали, что он бандит?

— Он убил мою семью. Маму, папу и бабушку. Милиция поймать его не может уже три года. Даже больше.

— И вы решили сами? Своими силами? А вы давно за ним следите?

— Давно, Сонечка, очень давно.

— Значит, вы ждали его у нас во дворе, увидели, как меня затаскивают в машину, и поехали следом? Кстати, откуда вы знаете, как меня зовут?

— Я слышал, случайно. И Веру я знаю... То есть я с ней не знаком. Она очень похожа на мою бабушку в молодости. Если посмотреть старые фотографии...

454

— Если вы знали, что он бандит, почему не подошли к Верс или ко мне, не предупредили?

— Я хотел сначала. Но потом подумал, вы не поверите. Представь, подходит совершенно незнакомый человек и говорит такое. А даже если бы вы и поверили, все равно — ну что бы вы с ним сделали?

— Мы бы пошли в милицию. А почему вы не сообщили в милицию?

— Я не могу идти в милицию. Меня арестуют. Понимаешь, пока я его вычислял, выслеживал, я... В общем, я убил несколько человек. И вот сейчас, только что — еще двоих.

— Вы меня спасали. Вы не виноваты. За это не могут арестовать.

— Могут.

Соня долго молчала, потом спросила:

— Этого, с ширинкой, вы застрелили?

— Я случайно зашел в подъезд, спрятался от дождя. И увидел... Я знаю, что такое астма. Если бы у девочки не начался приступ, возможно, я бы не стал в него стрелять. Я понимаю, он больной, сумасшедший, но я не мог сдержаться.

— Я бы тоже не сдержалась. Девочку зовут Лида. Ей уже лучше. Из реанимации перевели в обычную палату. Вы только его убили? И этих двоих? И все?

— Нет...

Впервые в жизни Володя мог выговориться. Он говорил тусклым, ровным голосом. Соня слушала затаив дыхание. Они давно въехали в Москву. Володя вел машину уже не так быстро, нельзя было превышать скорость.

— А что будет, когда вы убьете его? — тихо спросила Соня, дослушав до конца.

— Не знаю. Мы скоро приедем. Ты останешься в машине. Ни в коем случае не выходи. У тебя есть часы?

— Нет.

— Ладно. Там в куртке маленький карман, внутренний, на «молнии». Открой.

Соня осторожно достала круглую золотую коробочку с толстой короткой цепочкой.

— Ничего себе — присвистнула она, — настоящие старинные. Такие в жилетном кармане носили. Неужели они еще идут? — Она прижала часы к уху и услышала тихое тревожное тиканье. — Можно открыть?

— Там плоская кнопка сбоку, нажми. Ты будешь ждать двадцать минут. Если через двадцать минут я не выйду, ты пойдешь в милицию. Ты знаешь, где милиция?

— Да. А он не убьет Веру?

— Сначала он должен получить от нее какую-то информацию. Ему что-то надо от нее. Если бы он хотел просто убить, давно бы это сделал. Я успею. Она ведь не скажет сразу, в ту же минуту.

— Она понятия не имеет, что именно он хочет узнать. Она вообще за него замуж собралась. Представляете, за него замуж...

— Не отвлекайся, — перебил Володя, — у нас очень мало времени. Слушай внимательно. В милиции ты назовешь адрес и скажешь, что там находится Сквозняк. Ты поняла? Сквозняк.

— А если он выйдет первым из подъезда? — осторожно спросила Соня.

— Тогда ты тоже пойдешь в милицию, но так, чтобы он тебя не заметил. Ты пойдешь и все расскажешь про него.

— Они не поверят.

— Возможно, и не поверят сначала. Но потом все равно придется... И вот еще... если я не вернусь, ты эти часы оставь себе. Только не разбей, не потеряй, ладно? Их еще мой прапрадедушка носил, в жилетном кармане.

— Вы вернетесь, — убежденно сказала Соня, — я точно знаю.

— Семен? Рад тебя слышать. Как здоровьице? Как Маша? — раскатистый генеральский бас гудел в трубке так, что уху было щекотно.

— Все нормально, Гена, спасибо. Скажи, пожалуйста, кто у тебя работает по Сквозняку?

В трубке возникла долгая пауза. Было слышно, как генерал напряженно сопит.

— А что? — спросил он наконец.

— А то, что я могу сказать адрес, по которому твои ребята его возьмут в ближайшие сутки.

Генерал тяжело, с присвистом, засмеялся.

— Сема, у нас сегодня разве первое апреля?

— Гена, — жестко сказал Кац, — мы с тобой оба старые слишком шутки шутить. Только что у меня были молодые люди. Они владеют информацией, которая Сквозняку нужна позарез. Суть информации они не знают. И никто не знает, но это сейчас не важно. Ты просто запиши адрес и пошли по нему группу захвата как можно быстрей.

— Ну, валяй, записываю, — даже через телефонную трубку Семен Израилевич чувствовал, как генерал снисходительно улыбается.

Он медленно продиктовал адрес, телефон и код домофона Веры Салтыковой.

— Гена, ты записал?

— Записал, Сема. Спасибо за информацию. Приму к сведению.

— Ты не к сведению, ты меры принимай. Срочно. Мне что, 02 звонить, дежурной все объяснять? Это серьезно, Гена, пойми наконец. Там еще и ребенок десятилетний под прицелом.

— Сема, ты знаешь, как я к тебе отношусь, но не надо учить меня, ладно? За Сквозняком у меня уже несколько лет половина Петровки охотится, а ты звонишь и говоришь: какие-то молодые люди... записывай адрес. Ну смешно, в самом деле.

— Во-первых, не какие-то. Ты помнишь полковника Курбатова? Ты с ним был знаком.

— А, тот чекист, который застрелился? Ну, помню.

— Так вот. У вдовы полковника было два сына, остался один. Если ты не вышлешь группу по этому адресу, у тебя, Гена, будет сегодня три трупа. Сын полковника, женщина тридцати лет и ребенок десяти лет. А возможно, и четыре. Там еще пожилая женщина, детский врач. Они все — свидетели. А ты знаешь, как Сквозняк поступает со свидетелями. А потом вы за ним еще три года будете бегать всей Петровкой.

— Хорошо, Сема, не горячись, я понял.

Положив трубку, генерал вызвал по селекторной связи своего адъютанта и мрачно спросил:

— Кто у нас сейчас работает по Сквозняку?

— Группа майора Уварова, товарищ генерал, — доложил адъютант.

— Найди мне Уварова.

— Слушаюсь, товарищ генерал.

Через пять минут адъютант сообщил:

— Товарищ генерал, майор Уваров с группой на операции, под Москвой, на станции Луговая, Савеловского направления.

— На какой операции?

— По задержанию особо опасного преступника. Сквозняка берут, товарищ генерал.

— Берут уже? На Луговой? Ну и хорошо. Ты держи меня в курсе. А как возьмут, сразу майора Уварова ко мне.

— Слушаюсь, товарищ генерал, — козырнул адъютант.

Глава 33

— Теперь остается идти домой и ждать, — сказала Вера, — теперь он будет диктовать свои условия.

— Надо сначала пойти в милицию, — покачал головой Антон, — даже если мы выполним все его условия, он нас убьет. Или вы надеетесь с ним как-то договориться?

— Если мы пойдем сейчас в милицию, его могут и не взять. Он ускользнет. А так — есть шанс. Хоть небольшой, но есть — у Сони, во всяком случае. Ваш старый адвокат уже позвонил генералу. Генерал с Петровки — это серьезней, чем дежурный районного отделения. К тому же о звонке генералу Федор... то есть Сквозняк, знать не может. А где гарантия, что он сейчас не наблюдает за нами? Он или кто-то из его людей. Мы пойдем в милицию, долго будем там объяснять, в чем дело, писать заявление. Они примут меры, оцепят район, объявят по городу, но он успеет исчезнуть. И вот тогда шансов у Сони не будет. У нас с вами — да. У нее — нет. Впрочем, вы можете сесть в машину и уехать. Прямо сейчас. Это ваш выбор. Он ведь не знает, что факс уже у вас. Соня вам никто. Я тоже. Я буду ждать его в квартире, а потом — тянуть время, до последнего. Семен Израилевич уже сказал генералу с Петровки адрес. Его возьмут, и вы сможете отправиться в Прагу, в Карлштейн.

Вера говорила совершенно спокойно, только лицо ее было бледным до синевы.

— Ох, Верочка, — вздохнул Антон, — оттого, что вы, как принцесса из сказки братьев Гримм, решили с какого-то горя выйти замуж за первого встречного и вам в женихи попался бандит, нельзя сразу обо всех думать так плохо. Пойдемте. Будет лучше, если мы окажемся в квартире раньше, чем он. У вас есть дома что-нибудь типа газового баллончика?

— Нет, — Вера благодарно улыбнулась, — есть аэрозоль с освежителем воздуха. Есть топорик для разделки мяса, молоток, утюг. Ну и пара острых кухонных ножей. Только бесполезно это все. Мы должны говорить с ним, торговаться — как можно спокойней и как можно дольше. Сначала – Соня, живая и невредимая. А потом – все остальное.

Вера открыла дверь, и Антон заметил, что рука ее больше не дрожит.

Что-то изменилось в ней за те несколько минут, пока они шли к подъезду, поднимались по лестнице. Она была странно спокойна. Только лицо оставалось все таким же бледным.

Как только они вошли в квартиру, Антон тут же схватил телефонную трубку, он хотел позвонить старому адвокату, предупредить, что ребенок похищен. В трубке была гробовая тишина. Никаких гудков. Телефон не работал.

Он положил трубку и услышал за спиной спокойный мужской голос:

– Ты ведь сам вырубил телефон, Курбатов. Зачем этот театр?

***

Магазинчик на станции Луговая был закрыт на учет. Эта кособокая избенка стояла здесь с начала пятидесятых. Украшал ее размытый дождями, облупленный от солнца деревянный щит с красноречивой надписью: «ПРОДМАГ». Стайка алкашей, без возраста и пола, деловито поедала крошащиеся остатки черного батона. По перевернутому ящику каталась только что опустевшая бутылка дешевой водки. Алкаши курили «Приму» и азартно материли шумных грязно-белых куриц, которые, вероятно, отвечали им тем же, только на своем булькающем курином языке.

Пахло нагретой пылью и аптечной ромашкой. Старая дубовая рощица была насквозь пронизана полуденным июньским солнцем. Где-то вдалеке печально мычали коровы и слышались сухие хлопки пастушьего кнута. По другую сторону железной дороги, за полем, белели панельные пятиэтажки маленького жилого городка при Институте кормов.

— Идиллия, — вздохнул капитан Мальцев, выходя из машины, — подмосковная пастораль. Сейчас бы костерок, шашлычок. Юр, ты какой шашлык больше любишь? Бараний или свиной?

— Свиной, Гоша. Только я бы сейчас не шашлыку, я бы рыбки наловил и пожарил. Карасей, например. Не знаешь, есть здесь пруд с карасями?

— Здесь карпов разводили в водохранилище, — сообщил участковый милиционер, пожилой, полный, распаренный, как после бани. — Из Лобни и Дмитрова городское руководство приезжало на рыбалку. Ну что, товарищ майор, как думаете, стрельба будет?

— Вряд ли, — пожал плечами Уваров, — попробуем тихо взять. Но эту теплую компанию лучше убрать отсюда, от греха подальше. Только вы уж приглядитесь к ним внимательно. Если что, задержите всех мирным разговором.

Участковый не спеша подошел к алкашам. Те встрепенулись, замолчали.

— Че, начальник, магазин-то когда откроют? — спросил тот, кто был посмелей и потрезвей.

— Мужики, шли бы вы отсюда, — сказал участковый.

— А че, начальник? Кому мешаем?

— Идите по-хорошему, мужики.

Они не стали возражать, прихватили пустую бутылку. Того, который был самым пьяным и вблизи оказался женщиной, подняли под локотки.

— Ты скажи, ты скажи, че те надо, че те надо... — жалобно заголосила женщина куплет популярной песенки.

— Может, дам, может, дам, че ты хошь, — подтянули дурными голосами ее спутники.

В ответ зазвучал нервный собачий лай из ближних дворов.

461

— Все здешние, товарищ майор, — сообщил участковый, — всех в лицо знаю.

Над плоской крышей продмага вздымался трехсотлетний огромный дуб. В глубине его кроны, в густой листве, спрятался снайпер. Ему было хорошо, не жарко, только курить хотелось смертельно.

Еще один снайпер залег на ржавом жестяном навесе, над билетными кассами. Жесть успела раскалиться на солнце, ветви нескольких берез, склонившихся над самым навесом, от жары не спасали, но полностью скрывали от любопытных глаз. Трое оперативников в оранжевых жилетах возились со шпалами. Еще двое изображали пассажиров, поджидающих электричку.

Время тянулось страшно медленно. Ничто так не расслабляет, как долгое напряженное ожидание. Начинают вдруг слипаться глаза, особенно на мягком июньском солнышке, на свежем воздухе...

— Смотри-ка, раньше приехал, на пятнадцать минут, — встрепенулся Мальцев, когда из-за поворота показалась салатовая «Шкода» Толика Чувилева.

Толик припарковал машину за магазином, посидел немного, открыл дверцу, вылез на воздух, обошел вокруг избенки, постоял у запертой на амбарный замок двери, долго изучая обрывки старых объявлений и прикнопленный тетрадный листок с жирно написанным словом «Учет». Потом тревожно огляделся по сторонам, взглянул на часы, походил туда-сюда, наконец присел на траву у дуба, того самого, на котором был снайпер. Прислонившись к широкому стволу, закурил. Еще раз посмотрел на часы.

— Прямо как девушку любимую ждет, — заметил Мальцев, — волнуется.

— Я тоже волнуюсь, — буркнул Уваров.

Прошло пятнадцать минут, потом полчаса. Толик Чувилев успел выкурить еще одну сигарету, походить, подняться на платформу, почитать расписание электричек. Потом опять вернулся и сел у того же дуба.

Прошел час. Проехало три электрички из Москвы, две в Москву. На станции Луговая в это время почти никто не выходил. Толик Чувилев вернулся в машину, достал картонную упаковку яблочного сока, пластмассовый стаканчик. Включил радио.

У снайперов стали затекать ноги и руки. Тот, который сидел на дубе, потихоньку, в кулак, выкурил сигаретку.

Прошло еще полчаса.

Толик Чувилев в последний раз обошел вокруг магазина, потом сел в машину и завел мотор.

— Слушай, Юр, может, хоть этого возьмем, чтоб не так обидно было? — сказал Мальцев.

— Никуда не денется. Брать его нет смысла, сажать слишком хлопотно, доказательств — кот наплакал, а вот информатор из него может получиться. Думается мне, стучать он будет вполне добросовестно.

— Да уж, за свой ресторан он душу заложит. Ну что, вперед с песней?

Уваров ничего не ответил. В его руке тихо затренькал радиотелефон.

Майор Уваров? Говорит капитан Зинченко. Товарищ майор, я вас с генералом соединяю.

И тут же в трубке раздался раскатистый генеральский бас.

— Как там у вас? Взяли наконец?

— Здравия желаю, товарищ генерал, — сказал Уваров, — не взяли. Он не появился.

— Та-ак, — задумчиво протянул генерал, — ну что, есть у меня тут одна наводочка. Попробуй послать своих ребят, может, там повезет? Вряд ли, конечно, но ты проверь на всякий случай.

В трубке опять послышался голос адъютанта. Он назвал адрес. Уваров уже знал его. Это был адрес Салтыковой Веры Евгеньевны.

В большом зеркале, которое висело в прихожей над телефонным столиком, Антон увидел лицо Сквозняка и бледное, почти прозрачное лицо Веры.

— Стоять. Не двигаться, — в руке у Сквозняка был пистолет, дуло смотрело в затылок Антону, — пошел в комнату. Медленно. Руки за голову.

Антон поднял руки и повернулся. Теперь дуло смотрело ему в лоб.

«Он может убивать без всякого оружия, голыми руками, одним ударом», — слова старого адвоката прозвучали в мозгу с отчетливостью звуковой галлюцинации.

Антон сделал несколько осторожных шагов, прямо на дуло. Сквозняк отступил назад, пропуская его в комнату. Вера стояла, не двигаясь. Антону показалось, что она даже не дышит.

— Сядь на стул. Вот так. Руки не опускать. Вера, у тебя на письменном столе рулон скотча. Возьми и замотай ему руки. Не бойся, под дулом он не рыпнется.

— Нет, — тихо сказала Вера.

— Девочка, любимая моя, хорошая, ты и так наделала много глупостей. Подумай о Соне.

— Скотч тоже принес он? — тихо спросила Вера.

— Нет. Скотч принес я. У тебя в доме не было, и я купил, дня три назад, на всякий случай. Ты просто забыла. Ты ведь у меня такая рассеянная, Верочка. Будь умницей. Делай, что я говорю. И тогда мы спасем Соню.

— Федя, отдай мне пистолет, — спокойно сказала Вера.

— Хорошо, — кивнул Сквозняк, — подойди ко мне. Подойди и возьми. Пока он не привязан, дуло надо держать направленным на него. Ты поняла? Ты справишься? Глупостей больше не будет?

Вера сделала несколько медленных, осторожных шагов. Сквозняк вложил пистолет в ее ладонь. И в ту же минуту, отпрыгнув от него на шаг, Вера повернула дуло в его сторону.

— Где Соня?

— Верочка, солнышко, любимая моя, успокойся, — голос Сквозняка звучал ласково и чуть хрипло, — он убедил тебя, будто я бандит, убийца, исчадие ада. Возможно, он даже предъявил тебе какие-то доказательства. Это блеф...

Антон сидел не шевелясь. Он не мог оторвать глаз от маленькой Вериной руки, в которой был зажат пистолет. Сквозняк спокойно уселся в кресло, чуть отодвинув его так, чтобы оказаться позади Антона.

— Где Соня? — тихо повторила Вера. — Сначала я должна увидеть Соню, живую и невредимую, потом мы будем говорить обо всем остальном.

— Я так надеялся, что нам не придется тратить время на долгие объяснения, — печально вздохнул Сквозняк. — Я надеялся на твой здравый смысл, Верочка. Учти, время идет. Сонино время. Неужели ты до сих пор не поняла, что Соню похитили его люди? Я ведь предупреждал тебя. Я не случайно напрягся, когда он пришел сюда вчера и устроил весь этот маскарад с компьютером. Но ты назвала меня невоспитанным хамом, ты стала перед ним за меня извиняться. Ты решила сама, без меня, выяснить, кто такой Курбатов. Ты встретилась с ним, не сказав мне ни слова. Он наплел тебе всякие ужасы про меня, и ты поверила. Вот результат. Он похитил ребенка. Ты отдала ему его факсы? Ответь мне, пожалуйста, да или нет.

— Да, — сказала Вера, — вся информация, которую он хотел получить, теперь у него.

— Значит, не вся, раз он нанял людей, чтобы похитить ребенка. Ему что-то еще от тебя нужно. Он молчит потому, что не ожидал увидеть меня здесь,

465

он думал, ты одна, беззащитная, слабая, и он сможет спокойно диктовать свои условия. Но я с тобой, Верочка. Не бойся его, нас двое, он один. Сейчас он скажет нам, где Соня. Более того, он вместе с нами отправится за ней. У него теперь нет выбора.

Антон заметил, как Вера осторожно скосила глаза и взглянула на маленькие наручные часики. Сам он и без часов чувствовал время. Прошло не больше сорока минут с того момента, как старый адвокат позвонил на Петровку своему знакомому генералу. Не больше, но и не меньше.

— Да, я получил не всю информацию, — медленно проговорил Антон, — не хватает главного. Информация зашифрована, и нет ключа от шифра. Я искал его в вашем компьютере, Вера. Но не нашел. Вы закрыли доступ к нескольким файлам. Вы работали, подсоединив факс непосредственно к компьютеру, и ключ к шифру — там. Часть информации шла прямо на компьютер. С факса на компьютер.

Вера быстро взглянула на него, ее губы чуть дрогнули.

Эта шальная импровизация была рассчитана на человека, который не имеет ни малейшего представления о работе компьютера и факсового аппарата.

— Ну вот, Верочка. Видишь, как все просто? — сказал Сквозняк. — Ты включишь компьютер, найдешь ему этот проклятый ключ, и он вернет нам Соню.

— Нет, — покачала головой Вера, — сначала — Соня, потом ключ от шифра.

— Верочка, не надо торговаться. Он никуда не денется. Я немного знаком с законами уголовного мира. — Сквозняк повернулся к Антону и взглянул на него. — Людям, которые похитили Соню, он наверняка заплатил только половину обещанных денег. Если он не заплатит остальное, они его заложат. Они пойдут в прокуратуру и скажут, что он нанял их.

466

— Но их ведь посадят, — сказала Вера, — за то, что они похитили ребёнка, их посадят. Даже если они придут с повинной. И потом, зачем ему исчезать, не расплатившись с ними, когда ключ от шифра будет уже у него?

— Они сядут не надолго, зато потом они получат очень много денег и будут жить в своё удовольствие, — медленно и внятно произнёс Сквозняк.

— Если с Соней что-то случится, они сядут надолго, очень надолго. А скорее всего их расстреляют. Если они не полные идиоты, то должны это понимать, — сказала Вера.

— Беда в том, что они как раз полные идиоты. — Он опять взглянул на Антона.

— Откуда ты знаешь? — быстро спросила Вера.

— А разве нормальные люди согласятся похитить ребёнка? — Он горько усмехнулся. — Нормальные люди детей не обижают. Ладно, Вера, мы с тобой потом об этом поговорим. Время идёт. Включи компьютер и найди то, что он требует. Зачем тебе ключ от зашифрованной информации? Тебе нужна Соня.

— Хорошо, пусть он сам сядет к компьютеру, — Вера посмотрела на Антона, — а я скажу ему, как открыть нужные файлы. Пистолет должен оставаться у меня.

— Так ты нас обоих держишь под прицелом, — Сквозняк улыбнулся, — а я думал, ты всё уже поняла... Нет, Вера, за компьютер сядешь ты. Он должен оставаться на месте.

— Я не шевельнусь, пока не увижу Соню.

Балконная дверь была открыта. Где-то совсем близко послышался вой милицейской сирены. В комнате повисла тишина. А через миг Вера увидела, как голова Антона беспомощно откинулась назад, поднятые руки упали, словно у тряпичной куклы. Она даже не успела понять, что произошло. Сквозняк уже не сидел в кресле, а стоял, совсем близко.

Вой милицейской сирены затих, растаял вдали.

— Не подходи, — прошептала Вера, отступив на шаг, — я выстрелю.

— Вера, включи компьютер. Нет времени.

— Что ты с ним сделал?

— Вырубил на пять минут. Есть много разных приемов, Верочка. Можно вырубить, а можно сделать очень больно. Так больно, что ни один здоровый мужик не выдержит, а ты тем более. Ты напрасно не связала ему руки. — Сквозняк сделал еще один шаг. — Неужели ты выстрелишь в меня, любовь моя? По сути, я был первым твоим мужчиной. Этот бородатый придурок не в счет.

Прежде чем он сделал еще шаг, Вера нажала курок. Палец дернулся сам собой, она даже не успела ничего сообразить. Вместо выстрела раздался пустой щелчок.

«Разумеется, пистолет не заряжен, Сквозняк может убивать без всякого оружия...» — спокойно и отстраненно подумала Вера.

В следующую секунду ее пронзила такая чудовищная боль, что даже крикнуть она не смогла.

— Нет, — сказал Сквозняк, — тебя я не вырублю. Ты не потеряешь сознание, как Курбатов. Я буду делать тебе больно до тех пор, пока ты не сядешь за компьютер. От следующего удара ты станешь калекой.

Вера не могла опомниться от оглушительной боли. Болело внутри, где-то под солнечным сплетением, и было трудно дышать.

— Верни Соню, — прошептала она, уже предчувствуя следующий удар.

И вдруг Сквозняк стал как-то странно оседать. Когда он упал, Вера увидела Антона. В руке он держал старинное мраморное пресс-папье, очень тяжелое. Оно принадлежало Вериному прадедушке и много лет стояло на письменном столе просто так, в качестве украшения.

— Надо быстро скрутить его, очень быстро. — Антон взял рулон скотча и стал отдирать зубами конец липкой широкой ленты. — Вера, что-нибудь, простыню, ремень... Что-нибудь.

Вера бросилась к шкафу, схватила первое, что попалось под руку — тонкий лаковый ремешок от нарядного платья. За спиной у нее раздался грохот. Когда она обернулась, Антон лежал на полу, Сквозняк придавил его грудь коленом, потом навалился всем телом и стал душить. Антон пытался сопротивляться.

Сквозняк, хоть и не опомнился окончательно от удара по голове, все равно был значительно сильнее и ловчее. Вера вдруг поняла, что он уже и не хочет ничего узнать. Он хочет только убить. Это для него сейчас важнее всего остального. Он убьет Антона, потом — ее. А Соня? Мама?

— Ты не можешь его убить! — крикнула Вера. — Ты ничего не узнаешь, если убьешь.

Руки Сквозняка были у Антона на горле.

— Говори, сука! — прохрипел он, все сильнее сжимая пальцы. — Говори, а то подохнешь. Ну!

Лицо Антона стало багрово-красным. Вера схватила пресс-папье, но Сквозняк, вскинувшись, как пружина, откинул ее ногой в другой конец комнаты, и тут же его пальцы опять сомкнулись на горле задыхающегося Антона.

Вера с размаху стукнулась головой об угол дубового комода. И в этот момент в комнате сухо треснул выстрел.

Сквозняк, издав короткий хриплый стон, вскочил на ноги. На его левом плече, по рукаву голубой рубашки, медленно расползалось бурое пятно.

Маленького человека в светлой легкой куртке, с пистолетом в руке Вера увидела только тогда, когда Сквозняк бросился на него. Пистолет тут же отлетел куда-то глубоко под тахту.

«Заряжен, но его уже не достанешь»,— механически отметила про себя Вера.

Откуда он взялся, этот парнишка в светлой куртке? Как он вошел в квартиру? Он стрелял в Сквозняка, ранил его, но не убил. И теперь они сцепились в смертельной схватке. Парнишка очень маленький, на голову ниже Сквозняка и, конечно, слабей. Раненому Сквозняку прибавит сил звериная злость. Неизвестно, кто победит. Надо что-то сделать...

Вера попыталась встать, но не вышло, ноги не держали, голова сильно кружилась. Антон лежал у стола неподвижно, с запрокинутой головой и приоткрытым ртом.

Она не подошла, а подползла к Антону, припала ухом к груди и не могла понять, есть ли у него сердцебиение, или это ее собственное сердце стучит так оглушительно. Антон закашлялся, хрипло, надрывно. Вера приподняла ему голову, но руки были совсем слабыми, она чувствовала, что теряет сознание, комната неслась перед глазами, уплывала куда-то в звенящую, пустую тьму.

За стеной в комнате Надежды Павловны отчаянно лаял Мотя. Еще в самом начале, когда они только вернулись в квартиру, пес бросился туда, забился под маленький письменный стол. Дверь захлопнулась за ним, открыть ее лапами он не мог, выл и метался. Но его никто не слышал.

Сквозняк слабел и зверел. Володя дрался впервые в жизни. В детстве, конечно, всякое случалось, но вот так, насмерть, — ни разу. Краем сознания он уже понимал: в этом последнем единоборстве ему со Сквозняком не справиться. Даже с раненым. Еще немного, и Сквозняк одолеет.

Казалось, эта схватка длится целую вечность. Но прошло всего несколько минут. Володя уворачивался от ударов, отступая к открытой балконной двери.

Вера и Антон сумели наконец подняться на ноги.

— Уйдите! — крикнул им Володя.

Схватка продолжалась на балконе. Вмешаться, расцепить этот дикий, кровавый клубок было уже невозможно. Внизу стала собираться толпа. Несколько человек, задрав головы, смотрели на балкон пятого этажа.

— Что там происходит?

— Надо вызвать милицию! Кто-нибудь, вызовите милицию!

Сквозняк навалился, придавливая Володю к хлипкой балконной решетке. Перед глазами, сквозь кровавую пелену, Володя увидел мертвые лица своих родных...

Самодельная граната, совсем маленькая, плоская, умещалась в кожаный футляр для зажигалки «Зиппо». Он взял только эту, на всякий случай. Он рассчитывал на пистолет. Две гранаты побольше он заранее вытащил из кармана куртки, оставил в машине, строго запретив Соне к ним прикасаться.

Футляр с маленькой гранатой, которую он сконструировал специально для самых локальных, «комнатных» взрывов, прикреплен к брючному ремню. Всего два легких движения — расстегнуть кнопку футляра, дернуть тонкое проволочное кольцо.

Балкон не обрушится, комнату не разнесет, никто не пострадает. Взрыв будет локальным.

Рука Сквозняка взметнулась для удара. В следующую секунду раздался взрыв. Небольшая толпа, ахнув, бросилась врассыпную. Кто-то помчался к телефону-автомату вызывать милицию и «скорую». Балкон не обрушился. Взрывной волной выбило стекла балконной двери, в комнате сорвалась фарфоровая люстра, разбилась вдребезги, мелкие осколки разлетелись в разные стороны. Антон успел упасть на пол вместе с Верой, ему показалось, сейчас рухнет потолок, он закрыл ладонями Верину голову и зажмурился.

Балконная решетка проломилась. Два окровавленных человека рухнули вниз с пятого этажа на теплый пыльный асфальт. Из «Москвича», припаркованного у собачьей площадки, выскочила девочка, бросилась к распростертому телу маленького человека в светлой куртке, упала на колени и заплакала.

Вокруг стали собираться люди, какая-то старушка подошла к девочке, осторожно попыталась поднять ее.

— Не надо, детка, не смотри.

Но девочка не замечала никого вокруг. Она горько плакала и повторяла одними губами:

— Володенька... такой хороший... ну почему?

Послышался вой сирены. Во двор въехал милицейский «газик», сразу вслед за ним — микроавтобус с опергруппой майора Уварова.

***

Юрий узнал его сразу. Мертвые глаза детдомовца Коли Козлова глядели в прозрачное июньское небо. По небу медленно плыли редкие ослепительно белые облака, где-то совсем высоко чертила быстрые зигзаги случайная шальная ласточка.

— Граждане, разойдитесь...

— Ребенка уберите отсюда. Чей ребенок?

— Девочка, встань. Ты знаешь этого человека?

— Туда нельзя! Стойте!

Сквозь толпу зевак, милиционеров и оперативников прорвалась светловолосая молодая женщина, бросилась к девочке.

— Сонечка... Господи...

— Товарищ майор, неужели это правда Сквозняк? — услышал Уваров голос у себя за спиной.

472

Юрий оглянулся. Рядом с ним стоял незнакомый младший лейтенант, совсем молодой, рыжий, веснушчатый.

— Сквозняк, — кивнул Уваров, — он самый.

— Товарищ майор, здесь с ребенком плохо, то ли шок, то ли истерика. И женщина рыдает у второго трупа. А второй без документов, будем пока оформлять как неизвестного?

Уваров удивился, почему сразу не заметил женщину и ребенка. Ведь второй труп лежал совсем близко, но майор в первые несколько мгновений видел перед собой только мертвого Сквозняка и больше никого.

«Вероятно, у меня тоже легкий шок», — подумал Уваров и взглянул на второй труп.

Молодая женщина и девочка лет десяти сидели, обнявшись, прямо на асфальте и плакали над вторым погибшим.

«Неизвестный мужчина, около тридцати, невысокого роста, худощавого телосложения», — машинально отметил про себя Уваров.

— Вера! Верочка! Соня! Да пропустите же меня! — Какой-то парень, очень бледный, с разбитым лицом, в разодранном пиджаке, рвался из рук толстого милицейского старлея.

Голос у парня был хриплый, слабый, он едва стоял на ногах.

— Не положено, — басил старлей и крепко держал его за плечо, — слышь, че говорю, не положено! Тем более ты под градусом.

— Да не пьяный я, пустите, мне надо их увести отсюда. Им плохо, обеим.

— Плохо, так сейчас «скорая» все равно приедет, как положено...

Уваров подошел к женщине и тихо спросил:

— Салтыкова Вера Евгеньевна?

Она вскинула на него заплаканные ярко-голубые глаза.

473

— Да.

— Майор Уваров, ГУВД. Ребенку или вам нужна медицинская помощь?

— Нет, спасибо... Все нормально.

Он помог обеим подняться и заметил, что девочка прижимает к груди стиснутый кулачок.

— Как тебя зовут? — спросил он.

— Соня, — горько всхлипнула девочка.

— Можно посмотреть, что у тебя в руке?

Она разжала кулачок. На ее ладони майор Уваров увидел старинные золотые часы-луковицу.

Глава 34

— Пшичка станичка Карлштейн, — весело сообщил машинист в микрофон.

Утренняя электричка из Праги была почти пустой. Шел мелкий теплый дождик. Поезд тяжело остановился, из последнего вагона на платформу спрыгнули Вера и Антон.

Цветные, как леденцы, огни семафора отражались в мокром асфальте. Электричка прогудела печальным басом и отчалила.

Свернув с шоссе, они долго поднимались по извилистой тропинке на крутой холм. Уютный сонный городок остался внизу. Небольшой двухэтажный дом стоял на поляне, окруженной трехсотлетними раскидистыми дубами. Черепица осыпалась, стены облупились, ставни были заколочены. Ключ лежал в узком углублении между стеной и карнизом, под окном, которое выходило в сторону часовни Святого Креста. Проржавевший замок долго не поддавался. Наконец дверь громко заскрипела.

В доме пахло сыростью, было темно и страшно.

— Дай мне руку и смотри под ноги, — сказал Антон.

Лестница, ведущая на чердак, была шаткой и

скрипучей. Большой фанерный ящик с полустершейся надписью «Мокко» стоял в углу. Под ящиком оказался небольшой кейс. Он был не заперт. Мягко щелкнули блестящие замочки. Вера тихо охнула. В кейсе лежали толстые пачки стодолларовых купюр, перетянутые банковскими бумажными лентами.

— О Господи... — выдохнул Антон и тупо уставился на деньги.

Все кончилось. Нет брата, есть толстые пачки долларов. Они столько лет мечтали с Дениской именно об этом — о миллионе долларов. Да, здесь, вероятно, как раз миллион, не меньше.

Вера стояла рядом и растерянно молчала.

Они оба молчали, пока спускались по лестнице, запирали дом, шли назад, к станции. Навстречу им проехал разноцветный «Икарус», прошла группа американских туристов, бодрые румяные старички и старушки оживленно обсуждали местные цены и особенности пейзажа. Характерное проглатывание гласных выдавало в них южан, откуда-нибудь из Алабамы.

— Да, — опомнился Антон, когда они вышли из электрички на старом пражском вокзале, — надо поменять несколько сотен и пойти позавтракать в хороший ресторан.

Они сели на влажную лавочку в привокзальном скверe. Антон тревожно огляделся, открыл кейс, достал пачку долларов. На ней была написана сумма – 10 000. Он разодрал бумажную ленту, вытащил не глядя несколько купюр, остальные убрал назад, в кейс.

Протянув купюры в окошко обменного пункта, он подумал, что даже не посчитал их, не знает, сколько собирается менять.

— Пан, я очень сожалею, но эта купюра фальшивая, — услышал он, — и эта тоже... Пан, здесь восемь купюр по сто долларов, и все фальшивые. Если вы желаете, я могу вызвать специалиста для дополнительной экспертизы и составить официальный акт.

— Нет, пани, спасибо, не стоит...

Девушка из окошка обменного пункта долго и удивленно смотрела вслед странной паре. По статистике, каждая десятая стодолларовая купюра является фальшивой. Люди, узнав, что в руках у них не деньги, а бумажки, реагируют по-разному. Одни начинают возмущаться, другие – плакать, третьи – истерически хохотать, особенно если речь идет о большой сумме. Но таких, которые просто, без всяких эмоций и дополнительных проверок, оставляют фальшивые бумажки и уходят, сотрудница привокзального обменного пункта еще не видела.

***

Целый день они бродили по Праге, по Стару Мясту, Вацлавской площади и Карлову мосту. День был пасмурный, теплый, с фланелевым сизым туманцем над готическими башнями.

Проголодавшись, заходили в маленькие кафе, ели жареные шпикачки, пили пиво, курили, молча глядя на бодрые, шумные толпы туристов. Устав от сутолоки, они сели в трамвай, доехали до Инвалидовны, Антон показал Вере старую школу и офис туристической фирмы Бем. Он подумал, что, наверное, надо зайти к Агнешке, но не хотелось.

Вечером, сидя в небольшом уличном кафе у Градчанской ратуши, Антон вдруг обнаружил, что кейса нет. Всего лишь пять минут назад он стоял на свободном стуле у их столика.

Взглянув на площадь, они увидели, как коренастый человек в мятой гавайской рубашке, с крысиным хвостиком на затылке, деловитой походкой удаляется от кафе с кейсом в руке.

— Однако самолет только завтра днем. Надо где-то переночевать, — задумчиво произнес Антон, — сколько у нас осталось денег?

— Утром в аэропорту мы разменяли по полтиннику, — вспомнила Вера.

Они стали выгребать бумажки из карманов и обнаружили, что осталось всего пятьсот крон с мелочью, то есть меньше двадцати долларов.

— Этого не хватит на гостиницу. Можно поехать к Иржи, но не хочется. — Антон подозвал официанта и расплатился.

— Ничего, — улыбнулась Вера, — можно поспать в аэропорту, в зале ожидания. Там удобные кресла.

— Поехали, — кивнул Антон.

— В аэропорт?

— Нет, в Карлштейн. Там на станции хозяин харчевни сдает комнаты, очень дешево. Мы как-то перепили пива с Дениской, опоздали на последнюю электричку и переночевали там всего за четыреста крон.

...Из распахнутых дверей пристанционной пивной в Карлштейне звучал одинокий, чуть пьяный голос саксофона. Над маленьким сонным городком вздымались призрачные башни замка. Музей был давно закрыт, туристы разъехались, местные жители ложились спать рано.

Посредине пустого зала пивной толстый человек в джинсах и тирольской шляпе с перышком самозабвенно играл на саксофоне. Увидев поздних посетителей, он встрепенулся, отложил инструмент и заулыбался:

— Добри вэчэр, панам пива? Теплы пршедкорм?

— Просим, пан, потршебуйи ноцлех, — ответил Антон, — про две особы.

— Ано, пан, йеднолужковы покой с купелной, четыресотэн корун, просим.

— Есть только одноместный номер, с ванной, — сообщил Антон и посмотрел на Веру.

477

Она не знала, что ответить. Она полетела в Прагу потому, что Антон попросил ее об этом. Ему не хотелось после всего пережитого оставаться один на один с разгадкой. И ей, разумеется, тоже было интересно узнать, что лежит в ящике на чердаке.

До отлета два дня подряд они отвечали на вопросы майора Уварова и подписывали протоколы. В самолете бурно делились впечатлениями. А потом целый день тупо, ошалело слонялись по Праге, не зная, что сказать друг другу.

Дядька с саксофоном смотрел на них с интересом. Ему было странно, почему они молчат, почему молодую пару, заявившуюся так поздно в романтический Карлштейн, не устраивает дешевый одноместный номер с ванной.

Пауза явно затянулась. Хозяин постукивал ногтем по пластмассовому мундштуку саксофона.

Наконец, не дождавшись от Веры никакого ответа, Антон решительно протянул хозяину деньги.

– Ано пан, декуйи.

– Добре, кличе просим. – В руке Антона оказались ключи с тяжелой деревянной грушей.

Хозяин объяснил, какой от входной двери в маленькую гостиницу при таверне, какой – от комнаты.

– Это в любом случае лучше, чем в аэропорту, – сказал Антон, когда они вышли на улицу, – если ты захочешь, я могу и на полу поспать.

Вера вдруг подумала, что вовсе не хочет, чтобы он спал на полу, но ничего не ответила. Им вслед зазвучал насмешливый хрипловатый голос саксофона.

Эпилог

В середине четырнадцатого века по приказу Карла IV была выстроена неподалеку от Праги, на высоком известковом холме неприступная крепость Карлштейн. Здесь хранились сокровища империи, символы легендарных побед и вечной имперской власти, сюда был свезен государственный архив. В блеске золота и драгоценных камней, за мощными крепостными стенами христианнейший король отдыхал от государственных дел. Ему нравилось, когда на стенах часовен, рядом с ликами святых и душераздирающими сценами из Апокалипсиса, художники изображали его самого с семейством.

Во время праздничных месс вспыхивали в часовне Святого Креста полторы тысячи свечей, насаженных на железные колья. Ночами в окрестных лесах выли голодные волки. Гуляли по маленькой готической Европе проказа и чума. Красавицы замазывали грубые оспины на лицах толстым слоем белил. Под войлочными колпаками крестьян, под шлемами рыцарей и коронами королей копошились вши. Схоласты спорили, есть ли глаза у крота и конец у бесконечности. Алхимики пытались добыть золото из ртути и свинца, а тленную плоть наделить бессмертием.

Булькали зловонные смеси в грязных ретортах, но свинец оставался свинцом, а смерть никого не щадила...

Литературно-художественное издание

Дашкова Полина Викторовна

НИКТО НЕ ЗАПЛАЧЕТ

Издано в авторской редакции

Художник И. Сальникова
Технический редактор Т. Тимошина
Корректоры Н. Миронова, Л. Савельева
Компьютерная верстка Н. Молокановой

ООО «Издательство Астрель»
129085, г. Москва, пр. Ольминского, За

ООО «Издательство АСТ»
667000, Республика Тыва, г. Кызыл,
ул. Кочетова, д. 28
Наши электронные адреса:
www.ast.ru
E-mail: astpub@aha.ru

При участии ООО «Харвест».
Лицензия № 02330/0056935 от 30.04.04.
РБ, 220013, Минск, ул. Кульман,
д. 1, корп. 3, эт. 4, к. 42.

Открытое акционерное общество
«Полиграфкомбинат им. Я. Коласа».
220600, Минск, ул. Красная, 23.

По вопросам оптовой покупки книг
«Издательской группы АСТ» обращаться по адресу:
г. Москва, Звездный бульвар, д. 21, 7-й этаж
Тел. 215-43-38, 215-01-01, 215-55-13
Книги «Издательской группы АСТ»
можно заказать по адресу:
107140, Москва, а/я 140, АСТ — «Книги по почте»